계서야담
어우야담

李羲準・柳夢寅 著
李 民 樹 編著

머 리 말

 야담이란 해학과 풍자, 그리고 보고 나서 느끼는 점이 있어야 한다. 즉, 글 속에 뼈가 있어야 한다는 말이다.
「계서야담(溪西野譚)」과 「어우야담(於于野譚)」속에는 이러한 요소들이 골고루 갖춰져 있다. 무의미하게 사람을 웃겨넘기는 그저 그런 얘기로 그치는 것이 아니라, 무엇인가 독자들에게 여운을 남겨 주는 알맹이가 있는 것이다. 야담이 지닌 진정한 문학적 가치는 바로 이런 측면에서 찾을 수 있다 하겠다.
「계서야담」은 이희준(李羲準;1775~ ?)이 민담과 야설을 수집해서 기록한 책이다. 그의 호는 계서(溪西)이며, 본관은 한산(韓山)이다. 벼슬은 대사헌에 이르렀는데, 가요(歌謠)와 속악부(俗樂府)를 잘했으며 옛날 이야기를 좋아했다고 한다.
 이 책은 이희준이 노년에 소일거리로 삼기 위해 여러 이야기를 기록한 것으로, 허황되거나 음란한 것은 제외했다고 저자가 서문에서 밝히고 있다. 전부 6권 6책으로 되어 있으며, 「계서잡록(溪西雜錄)」과 중복되는 점이 많은 것으로 미루어 저자가 잡록을 증보한 것으로 보기도 한다.

「계서잡록」은 순조 33년(1833년)에 편찬한 책으로 이희준의 선조인 이색(李穡)으로부터 당대 가계(家系)에 이르기까지 여러 인물들의 일화(逸話)를 기록한 것이다.

「계서야담」이 비록 이 잡록과 중복되는 부분은 있지만, 소설적인 형식을 갖춘 것도 있고, 또 기지와 해학과 풍자가 곁들여 있어 감칠맛이 있다 하겠다.

「어우야담(於于野譚)」은 유몽인(柳夢寅;1559~1623)의 저서이다. 저자는 자를 응문(應文), 호를 어우당(於于堂), 간재(艮齋), 묵호자(墨好子)라고 했고, 본관은 흥양(興陽)이다. 그는 황해도 관찰사·좌승지·도승지를 역임하고, 예조참판을 거쳐 이조참판이 되었다.

원래 이 「어우야담」은 10여 권으로 되어 있었다고 한다. 그러나 저자가 인조 반정에 연루되어 불시에 화를 당하는 통에, 딴 문집 80여 권과 함께 각지로 흩어져 버린 채 수집되지 못하고 있었다. 그러던 것을 그의 자손이 수습해서 문집 12권과 함께 이 책도 2책의 사본이 3권으로 전해지고 있다.
　그런데 이번에 「계서야담」과 「어우야담」을 한 권으로 묶어 펴내는 데에는 나름대로 이유가 있다.
　「어우야담」이 조선 중기의 대표적 설화문학이라면, 「계서야담」은 조선 후기 설화문학의 꽃이라 할 수 있기 때문이다. 즉, 이 두 책은 '야담'의 수집·정리라는 공통점이 있는 반면, 시대적인 변화에서 오는 작가들의 견해차와 그밖의 점들을 비교해 보는 것도 나름대로 의의가 있다고 판단되었기 때문이다.

역자 이 민 수

차 례

머리말 —————————— 3

□ **계서야담**(溪西野譚)

1. 허 생 전(許生傳) ··· 13
2. 상 팔 자(上八字) ··· 19
3. 처   신(處身) ·· 25
4. 적   선(積善) ·· 29
5. 현   우(賢愚) ·· 34
6. 보   은(報恩) ·· 38
7. 부 성 애(父性愛) ··· 42
8. 승   화(昇華) ·· 45
9. 선   견(先見) ·· 51
10. 신   표(信標) ··· 56
11. 현   처(賢妻) ··· 60
12. 화   복(禍福) ··· 66
13. 설   분(雪憤) ··· 71
14. 면   천(免賤) ··· 76

15. 대	조(對照)	81
16. 열	부(烈婦)	86
17. 동	정(同情)	88
18. 효	감(孝感)	91
19. 내	조(內助)	94
20. 의	분(義憤)	99
21. 의	리(義理)	104
22. 기	연(奇緣)	109
23. 신	이(神異)	112
24. 인	정(人情)	116
25. 신	용(神勇)	122
26. 인과응보(因果應報)		126
27. 기	담(奇談)	129
28. 모 성 애(母性愛)		132
29. 모	함(謀陷)	137
30. 면	화(免禍)	141
31. 도	리(道理)	145
32. 예	정(豫定)	148
33. 의	기(意氣)	152
34. 도	참(圖讖)	155
35. 만	복(晩福)	159
36. 명	혈(明穴)	166

□ 어우야담(於于野譚)

1. 효 열(孝烈) ………………………………………… 179
2. 충 의(忠義) ………………………………………… 190
3. 덕 의(德義) ………………………………………… 197
4. 혼 인(婚姻) ………………………………………… 205
5. 처 첩(妻妾) ………………………………………… 208
6. 기 상(氣相) ………………………………………… 212
7. 붕 우(朋友) ………………………………………… 217
8. 노 비(奴婢) ………………………………………… 220
9. 배 우(俳優) ………………………………………… 224
10. 창 기(娼妓) ………………………………………… 226
11. 선 도(仙道) ………………………………………… 237
12. 승 려(僧侶) ………………………………………… 245
13. 서 교(西敎) ………………………………………… 254
14. 무 격(巫覡) ………………………………………… 256
15. 현 몽(現夢) ………………………………………… 259
16. 영 혼(靈魂) ………………………………………… 263
17. 귀 신(鬼神) ………………………………………… 268
18. 속 기(俗忌) ………………………………………… 276
19. 풍 수(風水) ………………………………………… 279
20. 천 명(天命) ………………………………………… 282

21.	문	예(文藝)	285
22.	식	감(識鑑)	331
23.	의	식(衣食)	344
24.	교	양(敎養)	351
25.	음	악(音樂)	354
26.	사	어(射御)	357
27.	서	화(書畵)	360
28.	의	약(醫藥)	363
29.	기	예(技藝)	366
30.	복	서(卜筮)	367
31.	과	거(科擧)	370
32.	치	부(致富)	374
33.	내	구(耐久)	378
34.	음	덕(陰德)	380
35.	붕	당(朋黨)	381
36.	무	망(誣罔)	382
37.	구	변(口辯)	384
38.	욕	심(慾心)	385
39.	재	앙(災殃)	386
40.	해	학(諧謔)	387

계서야담
溪西野譚

허생은 부자 백씨에게서 수천 냥이나 되는 돈을 빌려 기생 초운과 매일같이 잔치를 벌이고 놀았다. 그러나 허생의 돈이 다 떨어지자 초운은 싫어하는 기색을 역력히 내보였다. 초운과 헤어지면서 허생은 초운으로부터 다 깨진 오동 화로 하나를 정표로 받아냈다. 그러나 그 화로는 사실은 진시황의 오금로(烏金爐)로서 값비싼 보물이었다. 허생은 바로 그걸 노리고 그동안 초운에게 큰돈을 투자했던 것이다.

1. 허 생 전(許生傳)

　허생(許生)은 방외인(方外人)이다. 방외인이란 세상을 등지고 사는 사람을 말한다. 그는 집이 가난한데도 글만 읽고 식구들을 위하여 돈을 마련할 생각은 하지 않았다. 책상 위에는 주역(周易) 한 권이 항상 놓여 있을 뿐 여러 날 끼니를 걸러도 조금도 마음에 걸려하는 일이 없었다.
　그의 아내가 길쌈을 해서 조석을 잇고 있었다. 그러던 어느 날 허생이 안에 들어가 보니 아내가 머리를 싸매고 앉아 있는 것으로 보아 필시 머리를 팔다가 양식을 구해온 것을 알 수 있었다.
　이것을 보고 허생은 탄식하며 말했다.
　"10년 동안만 더 고생을 하시오. 그러노라면 머리도 자랄 것이니."
　이 말을 마치자 그는 관(冠)을 집어 쓰더니 밖으로 나가 버렸다.
　허생은 그 길로 바로 송경(松京;開城)의 갑부 백가(白哥)를 찾아가서 돈 천 냥만 꾸어달라고 했다.
　백(白) 부자는 한번 보아 그가 비범한 인물임을 알고 선뜻 천 냥을 내주었다. 허생은 이 돈을 가지고 평양으로 가서 명기(名妓) 초운(楚雲)을 찾았다. 이 곳에서 그는 호탕한 술자리를 날마다 벌이고 호객(豪客)들과 더불어 주지육림 속에 파묻혀 지냈다.
　이렇게 몇 달을 지내다보니 돈이 다 떨어졌다. 허생은 다시 백 부자를 찾아가서 말했다.

"내가 큰 물건 하나를 사려고 하니 3천 냥만 더 빌려주시오."
백 부자는 이번에도 두말 없이 돈을 내주었다.

허생은 또다시 초운의 집을 찾아 주렴금상(珠簾錦床)에 날마다 술을 놓고 음악을 들으면서 그 돈을 다 써버렸다. 이에 그는 또 백 부자를 찾아갔다.

"이번에도 3천 냥만 더 있으면 성사하겠는데, 그대가 내 말을 믿겠소?"

그 말을 듣고 백 부자는,

"그게 무슨 말씀이오. 다시 만 냥을 달래도 내드리겠소."
하며 선선히 돈을 내주었다.

허생은 또 평양으로 가더니 이번에는 명마(名馬) 한 필을 사서 초운의 집 마구간에 매어두고 커다란 자루 하나를 만들어 벽에 걸어놓았다. 이런 준비가 끝나자 허생은 전보다 더 큰 술자리를 벌이고 남은 돈을 모두 술값으로 초운에게 내주었다. 이렇게 하여 돈이 또 떨어진 허생은 처량하고 난처한 빛을 감추지 못하게 되었다.

초운은 돈만 아는 기생이라 돈 때문에 허생을 극진히 대접했지만, 이제 돈이 다 떨어진 실정을 아는 바에야 하루인들 묵혀둘 까닭이 있겠는가? 내일이라도 허생이 떠나주었으면 하는 심정이 얼굴에 역력히 드러났다.

이 기색을 알아차린 허생은 초운을 향하여 말했다.

"내가 여기에 올 적에는 장사를 해 보려고 온 것인데, 벌써 밑천 만 냥이 다 없어졌으니 나는 이제 그만 돌아가야겠다. 떠나려고 생각하니 너를 차마 작별할 수가 없는데 너는 연연한 생각이 없느냐?"

그 말에 초운은 이렇게 대답했다.

"외가 익으면 꼭지가 떨어지고 꽃도 지면 나비가 오지 않는 법인데 무엇을 그리워하겠습니까?"
"내 재산이 모두 여기에서 없어졌으니 나는 영구히 너와 이별하지 않으면 안 되게 되었구나. 내가 떠나는데 너는 무슨 물건을 주어 전별(餞別)하겠느냐?"
"무엇이든 소원대로 가져가시오."
이에 허생은 방 구석에 놓인 오동(烏銅) 화로를 가리키면서,
"저 화로나 내게 다오."
하니 초운은 두말 없이 내주었다.
 허생은 그 화로를 들어 힘껏 마당에 메쳐서 여러 조각으로 깨뜨리더니 미리 준비해 두었던 자루에 넣어 명마에 실었다. 그리고 당일로 개성으로 와서 백 부자를 찾아보고, 그 자루 속에 있는 부서진 화로를 보여 주면서 말했다.
"이제 일이 이루어졌소."
하지만 백 부자는 영문도 모른 채 그저 고개만 끄덕였다.
 허생은 그 화로를 다시 말에 싣고 바로 회령(會寧)으로 가서 장바닥에 펴놓고 앉아 있었다. 얼마 안 되어 호복(胡服) 차림을 한 상인 하나가 다가와서 부서진 화로를 만져보고 말했다.
"바로 이것이다. 이것을 얼마에 파시겠소?"
"이 물건은 무가보(無價寶)요."
"10만 냥이 비록 적지만 이 값에 그 물건을 파시겠소?"
 상인이 그렇게 말하자 허생은 그 사람을 한참 쳐다보다가 승낙하니 흥정이 쉽게 이루어졌다.
 그 돈을 가져다가 백 부자에게 주자, 백 부자는 어찌된 일이냐고 영문을 물었다. 이에 허생이 대답했다.
"그 깨진 화로는 동(銅)이 아니고 바로 오금(烏金)이오. 옛날에

진시황(秦始皇)이 서시(徐市)를 시켜 불사약을 캐러 동해로 보낼 적에 내탕(內帑)에 있는 오금로(烏金爐)를 내주었던 것인데, 그 화로에 약을 달이면 그 약이 만병을 다 고치는 것이오. 서시가 이것을 가지고 가다가 바닷속에 잃었던 것을 왜인(倭人)이 얻어다가 국보로 삼았었고, 그 뒤 임진년 난리에 평행장(平行長)이 가지고 왔었는데 평양에서 패주(敗走)하다가 난군(亂軍) 중에 잃었었소. 이것이 초운의 집에 있는 것을 내가 망기(望氣)하고 찾아가서 만 금을 주고 바꾼 것이오. 화로를 사 간 호상(胡商)은 서역(西域) 사람으로서 역시 망기하고 쫓아와서 사 갔기 때문에 10만 금이 내 수중에 들어오게 된 것이오."
이에 백 부자가 말했다.
"10만 금도 얻기가 그렇게 용이한데 어찌 그리 고생을 하시오?"
"이번 일은 신물(神物)이 도와서 된 일이지 어찌 천하사(天下事)가 용이한 일이 있겠소?"
이 말을 듣고 백 부자는 탄식하며 말했다.
"그대는 참으로 신인(神人)이시오."
그리고 10만 금을 그대로 허생에게 돌려주었다. 그러나 허생은 웃으면서,
"어찌 그대는 나를 희롱하는가? 내 비록 방 안이 텅 비어 있지만 글을 읽는 것으로 마음을 즐겁게 할 뿐이니 이번에 한 일은 한번 시험해 본 것일 따름이오."
하고 일어나서 집으로 돌아가 버렸다.
백 부자가 사람을 시켜 그 뒤를 따르게 했더니 허생은 자각봉(紫閣峰) 밑 조그만 초가집으로 들어가는 것이었다.
이리하여 백 부자는 허생의 집을 알아두고 매월 초하룻날 새벽

이면 돈자루를 가져다가 그 집 문 안에 놓고 갔는데, 그 돈은 한 달 동안 생활할 수 있는 돈이었다. 허생도 그것만은 웃는 얼굴로 받아서 생계를 꾸려 가도록 했다.

 이 상공(李相公) 완(浣)이 북벌(北伐) 계획을 세워 인재를 구하다가 허생이 어질다는 소문을 듣고, 어느 날 밤 미복(微服)으로 찾아가서 천하사를 의논하면서 가르침을 청했다.

 이에 허생이 말했다.

 "공이 오실 줄 알았습니다. 공께서 큰 일을 하시고자 하면 이제 내가 제시하는 세 가지 일을 실천할 수 있겠습니까?"

 이완이 대답했다.

 "무슨 일인지 말씀해 보시오."

 그러자 허생이 다시 말을 이었다.

 "지금 당인(黨人)들이 용사(用事)해서 만사를 그들 멋대로 하고 있으니 공이 능히 주상께 아뢰어 당론을 없애고 인재를 골라 쓸 수 있겠습니까?"

 "그것은 참으로 어렵습니다."

 "군대를 뽑고 조포(租布)를 거두는 것은 한 나라 백성의 수고이니, 공은 능히 호포법(戶布法)을 실시하고 아무리 경상(卿相)의 자제라도 입대하는 것을 피하지 못하게 할 수 있겠습니까?"

 "그것도 역시 어려운 일입니다."

 "우리나라는 삼면이 바다인 까닭에 어염(魚鹽)의 이(利)는 있소. 하지만 저축(貯蓄)이 많지 못해서 곡식이 1년을 지탱하지 못하고, 땅이 삼천리에 지나지 못하는데 예법(禮法)에만 구애되어 오로지 외식(外飾)만을 일삼고 있으니 능히 온 나라 사람으로 하여금 모두 호복(胡服)을 입게 할 수가 있겠습니까?"

"그것도 또한 어렵습니다."

이렇게 세 가지 방안을 제시했는데 이를 모두 못하겠다고 하자, 허생은 화를 버럭 냈다.

"네가 시의(時宜)를 알지 못하면서 망녕되이 대계(大計)를 행하려 하니 무슨 일을 이루겠단 말이냐. 썩 물러가라."

이공은 등에 땀이 흠뻑 나 가지고 그저 다시 오겠다는 인사만 하고 도망하듯 돌아갔다가 이튿날 아침에 다시 찾아가 보니 거기에는 쓸쓸한 빈 집만 한 채 있었다.

2. 상 팔 자(上八字)

유생(柳生)은 서울 사람이다. 일찍이 글 잘한다는 이름이 있어, 나이 20세에 진사(進士)에 올랐으나 집이 몹시 가난해서 수원(水原)에 내려가 살고 있었다. 그 아내는 재질이 뛰어나 바느질을 해서 생계를 꾸려 갔다.

어느 날 문 밖에서 검무(劍舞)를 잘 추는 여자 하나가 왔다는 말을 전해 왔다. 이에 유생은 그를 내정(內庭)으로 불러들여 재주를 시험해 보라고 했다.

그러나 그 여자는 안으로 들어가더니 유생의 부인을 한참 쳐다보고는 바로 대청으로 올라가 서로 껴안고 소리를 내어 크게 우는 것이었다. 유생은 그 까닭을 몰라 부인에게 물었으나 부인은 본래 잘 아는 처지여서 그렇다고만 했다. 그리고 검무도 추게 하지 않은 채 2, 3일을 묵여서 그녀를 보냈다.

그런 지 5, 6일 후에 유생이 문 앞으로 난 길을 바라보니 새로 꾸민 교자 세 틀을 건장한 준마가 끌고오는데, 앞에는 비자 두어 쌍이 역시 말을 타고 앞뒤에서 모시고 바로 자기 집을 향해 오는 것이 아닌가. 유생은 이상하게 여겨 사람을 시켜 물어보았다.

"어디서 오는 내행(內行)인데 내 집으로 잘못 오고 있는가?"

그 말에 하인들은 대답도 하지 않고 문으로 들어가 교자를 안마당에 내려놓았다. 그리고 인마(人馬)들은 모두 점막(店幕)으로 나가서 머무르는 것이었다.

유생은 더욱 의심이 나서 편지를 써서 부인에게 물었다. 그러나 부인은 차차 알게 될 것이니 애써 묻지 말라고 했다.
 이 날 저녁부터는 반찬이 풍성하고 깨끗하여 온갖 진미가 갖추어져 나오기 시작했다. 유생은 갈수록 의아스러워, 또 편지를 써서 사람을 시켜 아내에게 물었으나 여전히 같은 대답만 되풀이했다.
 그 이튿날 아침도 저녁도 또한 이와 같았다. 여러 날이 지난 후에 안에서 부인이 편지를 보내기를, 내일 서울에 같이 가셔야겠다고 한다. 유생이 답답해서 중문(中門)에 가서 부인을 잠깐 만나 물어보았다.
 "교자에 탄 내행들은 어디에서 왔으며, 수일 동안 조석 음식은 어떻게 해서 마련한 것이오. 또 서울은 어떻게 치행을 해가지고 떠나려는 것이오?"
 "재삼 물을 것이 없습니다. 끝내는 알게 될 것입니다. 치행하는 일도 제가 알아서 할 것이니 걱정하지 마십시오."
 유생은 여전히 이상스럽게 생각하면서도 부인이 하는 대로 내버려 둘밖에 도리가 없었다.
 이튿날 내행들이 타고 왔던 세 교자는 전과 같이 준마가 끌게 하고, 유생이 타고 갈 말도 안장까지 준비시켜 같이 떠나게 되었다.
 이들 일행은 서울 남문(南門)에 도착하여 회동(會洞) 어느 큰 집으로 들어가더니, 세 교자는 문 안으로 들어가고 유생은 중대문(中大門) 밖에서 말에서 내려 들어가 보았다. 그 곳에는 빈 집 하나가 있는데, 자리까지 깨끗이 깔려 있고 서책과 붓과 벼루, 심지어 타구·요강 같은 것까지 좌우에 벌려 있었다. 겸종(傔從) 몇 명과 사환과 노비 4, 5명이 뜰 앞에 와서 인사를 했다.
 유생은 더욱더 의심이 나서 물었다.

"너희들은 누구냐?"
"모두 이댁의 종들입니다."
"이 집은 누구의 집이냐?"
"진사님 댁이옵니다."
"여기 깔려 있고 본래 있는 물건들은 어디서 난 물건이냐?"
"모두 진사님이 준비하신 것입니다."
 유생은 놀라고 의아스러워 마치 운무 속에 있는 것만 같았다.
 저녁 식사를 마치고 나서 촛불을 켜놓고 앉았는데, 그의 아내가 '오늘밤엔 미인 한 명을 내보낼 것이니 고적한 회포를 푸십시오.'라는 내용의 편지를 보내왔다.
"미인이라니, 대체 누구이며 이게 어찌된 일이오?"
 유생이 물었으나 부인은 차차 알게 될 거라고 대답할 뿐이었다.
 그날 밤이 깊자 종들은 모두 밖으로 나가고, 문안의 앞쪽에서 계집종이 절세미인 한 명을 모시고 들어왔다. 아름다운 화장에 옷맵시도 곱게 차리고 들어오더니 촛불 밑에 앉는데, 시비들이 금침까지 펴놓고 나간다.
 유생은 이상해서,
"어찌 된 사람이오?"
하고 물었으나, 그 여인은 웃기만 하고 대답하지 않았다.
 이리하여 그 여인과 동침했는데, 이튿날 아침에 부인은 또 편지를 보내어 새 사람 얻은 것을 하례하고 나서, 오늘밤에는 또 사람을 바꿔 보낼 것이라고 하였다.
 유생은 어차피 풀리지 않는 수수께끼여서 부인에게 맡겨 두기로 했다.
 그날 밤이 되자 시비가 전날과 같이 한 미인을 옹위하고 나오는데, 그 행동을 살펴보니 어젯밤의 여인이 아니라 딴 사람이었다. 이리하여 그 여인과 또 동침을 했는데, 그 이튿날 아침에도 여전히 아내가 축하의 편지를 보내왔다.

그런데 그날 오후가 되자 갑자기 밖이 떠들썩하더니 종 하나가 들어와서 아뢰었다.

"권 판서 대감의 행차가 들어오십니다."

유생은 놀라서 당(堂)에서 내려 서 있었는데, 이윽고 백발의 노(老)재상이 초헌을 타고 들어오더니 유생을 보자 반가이 손을 잡고 당으로 오른다.

노인이 좌정하자 유생은 절을 하고 나서 물어보았다.

"대감께서는 어떤 존귀하신 어른이십니까? 소생은 한번도 뵈온 일이 없는데 어찌 찾아오셨습니까?"

그 재상은 웃으면서 말했다.

"그대는 아직 변화한 꿈을 깨닫지 못하는가? 내가 이야기해주리라."

그리고 계속해서 말을 하는데 내용은 대강 이러하다.

"그대 같은 팔자는 고금에 드문 팔자일세. 연전에 그대의 빙댁(聘宅)과 우리 집과 역관(譯官) 현 지사(玄知事)의 집은 담 하나를 사이에 두고 이웃해 살았다네. 그런데 같은 해 같은 달 같은 날에 세 집에서 모두 딸을 낳았으니 희한한 일이 아닌가? 이 아이들은 매일같이 어울려 놀면서 저희들끼리 서로 약속을 했는데, 이 사실은 아무도 모르는 일이었다네. 그 후 자네 빙댁은 어디론가 이사를 해서 소식을 몰랐는데, 내 딸은 서출로서 혼처가 생겨 시집을 보내려 했으나, 저는 이미 전약(前約)이 있으니 집에서 늙어 죽을지언정 딴 사람에게는 시집을 가지 않겠다는 것일세. 또한 현 지사의 딸도 이와 똑같은 이야기였네.

두 집안에서는 딸들을 꾸짖기도 하고, 달래기도 해보았으나 막무가내였네. 이러노라 이 딸들은 나이가 25세가 지나도록 출가를 못 시키고 있었네. 그런데 저번에 들으니, 현 지사의 딸이 일부러 검무를 배워가지고 자네의 집을 찾아나섰다는 것이었네. 이렇게 하여 자네 집을 찾아내어 세 집 딸 3인이 함께 만난 것일세. 그저께 밤에 나갔던 가인은 바로 내 서녀이고, 어젯밤에 나간 것은 현 지사의 딸이었네. 그리고 집과 노비와 가재(家財)와 토지는 나와 현 지사가 함께 마련한 것일세. 그대는 한꺼번에 두 미인과 재산을 얻었으니 옛날의 양소유(楊少游)도 여기에 비할 수가 없을 것일세. 자네야말로 참으로 좋은 팔자를 타고난 사람일세."

여기에서 권 판서는 긴 설명을 일단 끝을 내고 이내 사람을 시켜 현 지사를 불러오게 하였다. 조금 후에 한 노인이 금관자에 붉은 띠를 두르고 들어와 권 판서에게 절을 한다.

권 판서가 그를 가리키면서,

"이분이 바로 현 지사일세."

하고 술상을 내오게 하여 세 사람이 하루종일 즐겁게 마시다가 헤어졌다. 여기서 권 판서는 곧 권대운(權大運)이다.

이리하여 유생은 한 아내와 두 첩을 거느리고 화락하게 수년을 살았는데, 어느 날 그 부인이 남편에게 말했다.

"지금 조정에 남인이 득세하여 세력을 부리고 있는데, 권 판서는 남인의 우두머리로서 나랏일을 맘대로 하고 있지만 오래지 않아서 반드시 패할 것입니다. 그 화가 우리에게도 미칠 염려가 있으니 일찍 시골로 내려가서 화를 면하는 것이 옳겠습니다."

이 말을 옳게 여겨, 유생은 즉시 가산을 다 팔아가지고 처첩을 거느리고 고향으로 내려가 다시는 서울에 들어가지 않았다.

곤전(坤殿)이 복위(復位)한 뒤에 남인들이 모두 내쫓기는데 권판서도 역시 거기에 끼였으니, 이는 곧 갑술년의 일이었다.

그러나 여기에 유생은 홀로 연좌의 벌을 받지 않았으니, 그의 부인은 가위 여자 중의 지식 있는 사람이라 하겠다. 어찌 범인(凡人)에 비할 수 있으랴.

3. 처   신(處身)

　남파(南坡) 홍우원(洪宇遠)이 젊었을 때의 일이다. 그가 어느 날 시골에 내려가다가 주막에서 하룻밤을 쉬어 가게 되었는데, 그 주막에는 남자는 하나도 없고 주인으로 보이는 여자가 혼자서 집을 지키고 있었다.
　그 여자는 나이가 스무 살이 좀 넘었는데 용모가 예뻐보였지만 음탕한 빛이 얼굴에 풍겼다. 그는 젊은 손님을 보더니 반가운 표정으로 다정스럽게 맞이했다.
　남파는 주인 여자가 안내하는 대로 방으로 들어가 쉬려고 하자, 여인은 까닭없이 그 방에 자주 들어와서 방이 차지 않느냐, 자리가 추해서 어찌 쉬겠느냐는 등, 공연히 말을 시키면서 추파를 보내건만 남파는 쳐다보지도 않고 단정히 앉아서 책을 읽고 있었다.
　이 주막집은 방이 모두 둘이었는데, 아랫방은 주인이 쓰고 손님은 윗방에 모셨다.
　밤이 깊었다. 남파는 윗방에 누워 잠을 청하고, 여인은 아랫방에 누워 있었다. 여인이 조용한 목소리로,
　"윗방은 차고, 더구나 이 방에는 아무도 없으니 이 방으로 내려 오셔서 편히 주무시지요."
하고 애원하듯이 말했지만, 남파는 역시 아무 대꾸도 하지 않았다.
　여인은 또 말한다.

"손님께서는 남녀가 유별하다고 생각하셔서 그러시나본데, 저희 같은 상것들에게야 무슨 남녀지별이 있겠습니까? 아무 생각 마시고 어서 내려오세요."

그러나 이번에도 남파는 아무 대꾸도 하지 않았으나, 보채듯이 서두르는 그 여인의 태도로 보아 곧 문을 밀치고 와서 겁탈할 것만 같았다.

이에 남파는 행장 속에 있던 노끈을 꺼내서 아랫방과 통한 문고리를 단단히 잡아매고 잠자리에 들었다.

이것을 보고 여인은 혼자 탄식하듯 말했다.

"저 손님은 고자인 모양이야. 내가 좋은 뜻으로 재삼 권유해서 이 아름다운 젊은 여자의 품에서 멋진 밤을 지내도록 하는데도 저렇게 완강히 거절하고 문고리까지 잡아매고 혼자 자다니, 진짜 처음 보는 괴짜로군!"

남파는 역시 못들은 척하고 잠이 들었는데, 얼마나 시간이 지났는지 어렴풋이 들으니 아랫방에서 괴상한 소리가 났다. 이윽고 문 밖에서 기침소리가 나면서 남자의 목소리가 들려왔다.

"손님께서 잠이 드셨습니까?"

남파는 놀라고 의아히 여겨 물었다.

"웬 사람이기에 늦은 밤에 나를 찾느냐?"

"소인은 이 집 주인입니다. 뵙고 드릴 말씀이 있으니 문을 좀 열어 주십시오."

이에 남파가 일어나 앉아 문을 열자 주인은 촛불을 들고 들어서더니 술상 하나를 들고 들어와 권하는 것이었다.

남파는 더욱 이상해서 그 남자에게 물었다.

"이 술은 웬것이며, 네가 주인이라면서 낮에는 어디를 갔다가 밤늦게 돌아왔느냐?"

"손님께서는 오늘밤에 위험한 경우를 면하셨습니다. 소인의 아내가 얼굴은 비록 아름답사오나 마음이 몹시 음탕해서 매양 소인이 출타한 틈을 타서 간통을 해왔습니다. 소인은 이를 눈치채고 항상 그 범행 현장을 잡으려고 했어도 뜻대로 하지를 못했습니다. 이에 오늘은 기어이 그 현장을 잡으려고 외출한다는 핑계를 대고 칼 하나를 가슴에 품고 집 뒤에 숨어서 아내의 동정을 살폈습니다. 하온데 이윽고 손님께서 오셨는데, 소인의 아내가 백방으로 유혹을 해도 손님께서는 사대부다운 심지로 이를 끝내 거절하고 문고리까지 잡아매고 혼자 주무셨습니다. 손님께서 만일 그 유혹을 거절하지 않으시고 소인의 아내와 동침하셨더라면 소인의 이 칼에 목숨이 끊어지셨을 것입니다. 소인은 손님의 행동을 지켜보다가 심중으로 탄복하여 변변치 못한 술 한 잔이나마 대접하는 바입니다. 소인의 아내는 음탕한 마음을 억제하지 못하고 끝내 건너마을 김 총각을 유인해다가 동침하는 것을 보고 이 칼로 두 연놈을 찔러 죽였습니다. 일이 이 지경이 되었사오니 손님께서는 이 술 한 잔을 드시고 자리를 빨리 뜨십시오. 오래 머무르다가는 불의의 화를 당하실까 두렵습니다. 소인도 곧 이 집을 떠나겠습니다."

남파는 크게 놀라 행장을 차려 바로 문 밖으로 나섰다. 주인은 서둘러 그 집에 불을 지르고 남파를 따라 2, 30리를 같이 가다가 작별하면서 몇 마디 덧붙였다.

"손님께서는 조만간에 반드시 높은 벼슬에 오르실 것이오니 작별한 후로는 다시 뵈올 기회가 없겠습니다. 부디 몸을 보중하십시오."

그 후 남파는 과거에 급제하여 암행어사가 되어 민심을 수렴하기 위해 남도의 산골짜기를 돌았다. 그러던 어느 날 궁벽한 산길을 가는데, 해가 저물어 한 초가에 들러 하룻밤 자고 가기를 청했다. 그런데 그 집 주인이 바로 옛날에 하룻밤 자다가 화를 당할 뻔했던 주막집 주인이 아닌가?
 남파가 그에게 물었다.
"자네가 나를 알아보겠는가?"
 암행어사인 남파는 자신의 행색을 감추기 위해서 일부러 남루한 옷차림을 했기 때문에 주막집 주인은 얼른 알아보지 못했다.
"어느 어른이신지 못 알아뵙겠습니다."
 이에 남파가 다시 설명했다.
"아무 해에 아무 고을에서 과객 하나를 재워주고, 그날 밤 그 집에 불을 지른 후 같이 걸어 수십 리를 가던 생각이 나는가?"
 말을 다 듣고나자 그 남자는 깜짝 놀라면서 남파의 앞에 꿇어앉더니,
"몰라뵈어서 죄송합니다. 그동안 높은 벼슬에 오르셨을 줄 알았사온데 어찌되신 일입니까?"
 하고 남파의 행색을 다시 살펴본다.
 남파는 그 사람에게만은 자기의 본색을 숨길 필요가 없어 사실대로 밝히고 나서 또 질문을 했다.
"그런데 자네는 왜 이렇게 인가도 없는 궁벽한 곳에 와서 사는가?"
 이 물음에 대한 그 사람의 대답은 대강 이러했다.
 연전에 집을 불태운 그는 어느 농촌에 가서 다시 아내를 얻었는데, 그 여인도 역시 얼굴이 예쁘다는 것이다. 그러니 전에 당해 본 경험도 있어서 만일 번화한 곳에서 살다가는 또 무슨 일이 있을까 걱정이 되어, 일부러 인적이 드문 궁벽한 산 속에 와서 땅을 파먹고 살고 있다는 것이었다.

4. 적　　선(積善)

　강릉 김씨(江陵 金氏)의 한 선비가 집은 가난하고 어머니가 늙었는데, 조석 식사도 계속할 수가 없어 걱정이 이만저만이 아니었다.
　어느 날 늙은 어머니가 아들을 보고 말했다.
　"너의 집이 선대에는 부자로 이름이 나서 노비들이 호남(湖南) 섬 속에 흩어져 살고 있는 자들만도 부지기수로 많을 것이다. 그러니 네가 한번 가서 그들에게서 공물이라도 받아오도록 하려무나."
　말을 마치고 어머니는 행담 속에서 노비들의 문서를 꺼내 주는 것이었다.
　선비는 그 종들의 문서를 가지고 어느 섬 속에 들어가 보니 백여 호 되는 사람들이 스스로 한 마을을 이루어 살고 있었다. 그들을 조사해 보니 모두 그 문서에 적힌 종들의 자손이었다.
　이들은 그 문서를 보더니 저마다 공손히 절을 하고 모두 돈을 거두어 모으니 천 금이 넘었다. 이것을 받자 김 선비는 그들이 보는 앞에서 종문서를 불태워 없애고, 돈만 실어가지고 올라오는데 마침 금강(錦江)을 지나게 되었다.
　이때는 겨울이라 날씨가 몹시 추웠다. 그런데 강가에 한 늙은 남자와 늙은 여인과 젊은 부인 하나가 물에 빠진 것을 서로 부축해 건져놓고 통곡을 하고 있었다.
　김 선비는 괴이히 여겨 까닭을 묻자 늙은 남자가 말했다.

"나의 외아들이 공주감영(公州監營)에서 일을 보다가 관청 돈을 포흠내서 간헸는데 여러번 돈 갚을 기일을 어겨서 내일까지 못 갚으면 죽게 되오. 그러나 입에 풀칠할 곡식도 얻을 길이 없는데 무슨 수로 그 많은 돈을 갚는단 말이오. 그러니 외아들이 사형당하는 꼴을 차마 볼 수가 없어서 저마다 물에 빠져 죽겠다고 하는 것을 서로 구원해 주고 나서 이렇게 통곡하고 있다오."
이 말을 듣고 선비가 물었다.
"돈이 얼마나 있으면 포흠낸 돈을 갚을 수가 있겠습니까?"
"2천 냥만 있으면 갚을 수 있겠습니다."
이에 선비는 다시,
"내가 마침 노비들에게서 받은 돈을 싣고 오는데 아마 2천 냥은 넉넉히 될 것이니 이것으로 그 돈을 갚도록 하시오."
하고 짐바리에 있는 돈을 모두 내주니 세 사람은 또 큰 소리로 통곡하면서 말했다.
"우리들 네 사람의 목숨은 이것으로 살 수가 있겠지만 장차 어떻게 은혜를 갚는단 말이오? 내 집에 들어가서 하루만 유숙하고 가시지요."
"해가 이미 저물고 길은 먼데 늙은 어머님께서 문에 의지해 기다리실 것이니 지체할 수가 없습니다."
하고, 그 선비는 즉시 말을 달려 돌아다보지도 않고 가버렸다.
　세 사람은 선비가 준 돈으로 관청의 빚을 갚으니, 그 길로 그 아들은 석방되어 옥문을 나오자 온 집안이 선비를 감축했다. 그러나 선비가 거주하는 곳과 성명조차 알 길이 없어서 애태우고 있었다.
　한편 김 선비가 집으로 돌아오자 그 늙은 어머니는 그가 아무 탈없이 돌아온 것을 기뻐했다. 또 종에게서 뜻과 같이 추심한 것을 듣고 더욱 기뻐하며 받은 돈은 어찌했느냐고 묻자, 금강가에서 난처한 사람들을 구제해준 일을 말했다. 그 어머니는 아들의 등을 어루만지면서 말하기를,
"참으로 내 아들이로다."
하고 기뻐했다.
 그 후에 늙은 어머니는 천수를 다하고 세상을 떠났는데, 집이 더욱 가난해서 장사를 지낼 길이 없었다. 거기다가 산지(山地)까지 구하지 못해서 지관과 함께 걸어서 산지를 찾아 한곳에 이르렀는데, 지관이 크게 탄식하면서 말했다.
"부귀와 복록(福祿)을 형언할 수 없는 자리오."
그 산 밑에 큰 집이 한 채 있기에 마을 사람들에게 물어보았더니 김씨 노인의 집이라고 하는데, 좋고 아름다운 전답이 앞 들에 가득하고 촌락이 즐비한데 이는 모두 노복들의 집이었다.
 이에 지관을 보고 말하기를,
"이러한 자리를 어떻게 얻는단 말이오. 그러나 날이 이미 저물었으니 이 집에서 쉬어갈 수밖에 없소이다."
하고 그 집으로 들어가니, 한 소년이 이들을 객실로 영접해 들여다가 저녁밥을 대접한다.
 김 선비는 등불 밑에 앉아서 슬픈 회포가 가슴속에 가득하고 더욱이 산지의 일을 생각하며 길게 탄식할 뿐이었다. 이때 내실로부터 방문이 열리면서 한 젊은 여인이 들어오더니 김 선비를 껴안고 큰 소리로 통곡하면서 목이 막혀 말을 하지 못한다.
 선비가 까닭을 묻자 젊은 부인은 말하기를,
"이분이 금강에서 만난 은인입니다."
하고 또 선비를 껴안고 운다. 이때 늙은 노인과 늙은 할머니가 이 말을 듣고 급히 뛰쳐나오더니 역시 그를 껴안고 울었다. 잠시 후

울기를 그치고 촛불을 돋우고 나서 그 일의 연조와 사실을 물어보
니 하나도 틀리지 않는다.
　젊은 부인은 옛날 그 일이 있은 후로 밤마다 향불을 피워 놓고
하늘에 빌기를,
　"원컨대 은인을 만나서 그 은혜를 갚게 해 주십시오."
했다고 한다. 그 남편도 역시 관청에서 물러나 이곳으로 이사 와
서 졸지에 큰 부자가 되었는데, 그 부인은 매양 외실(外室)에서
손님을 엿보고 그 용모를 살펴 왔는데 나이가 젊고 눈이 밝기 때
문에 한번 보고 알 수가 있었으니, 이는 또한 그의 지성이 하늘을
감동시킨 때문이었다.
　계속해서 주인이 선비가 상제가 된 일을 알고 묻자, 선비는 그
늙은 어머니의 상사를 당한 이야기와 장례를 치르지 못하고 있는
사정, 그리고 산지를 구하러 여기까지 와서 이 집 뒤에 좋은 자리
를 보았으나 쓸 형편이 못된다는 이야기를 자세히 했다. 그러자
주인은 말하기를,
　"장례 지내는 범절은 우리 집에서 감당할 것이니 돌아가서 발
　인해 가지고 오시도록 하시오."
하고, 발인에 쓸 제구와 담여군(擔輿軍)은 모두 노비를 시켜 마련
해 보내는 한편 교꾼과 말을 그 집으로 보내서 식구들을 모셔오도
록 했다..
　장례를 지내고 졸곡(卒哭)이 끝나자 그 집에서는 다시 집과 전
답과 노비 문서를 선비에게 주고 그 집을 떠나가려고 한다. 선비
는 놀라서 그 주인에게 물어보았다.
　"어디로 가려고 하시오?"
　"뒷마을에 또 별장 하나가 있어 족히 살 만합니다. 이 물건은
　모두가 상주님의 복력(福力)이요, 우리 집 소유가 아니오니 조

금도 사양하지 마시오."
하고 말을 마친 후 작별하고 떠나갔다.
　그런 후로 김 선비의 자손은 높은 벼슬이 대대로 계속되고 혁혁하게 잘 살았다.

5. 현　　우(賢愚)

유서애(柳西厓) 성룡(成龍)은 안동(安東)에 살았다. 숙부 하나가 있었는데 사람됨이 어리석고 무식해서 숙맥이라고 할 수밖에 없었고, 그래서 집안에서는 모두 그를 치숙(癡叔)이라고 불렀다.
이 치숙이 어느 날 조카 서애에게 조용히 말했다.
"그대의 생활은 항상 바쁘니 혹시 한가하고 조용한 시간이 있거든 꼭 나를 부르게. 내가 그대에게 긴히 할 말이 있으니."
이런 일이 있은 지 며칠 안 되어 마침 서애의 집에 손님이 없어 치숙을 불렀더니, 그는 떨어진 옷에 쭈그러진 관을 쓰고 기쁜 낯으로 조카 앞에 앉았다. 그리고는,
"내 오늘 그대와 바둑을 한 판 두고 싶네."
하는 것이었다. 서애의 바둑 실력은 당시 제일류에 해당했고, 그는 그 숙부가 일찍이 바둑 두는 것을 보지 못했다.
"숙부께서 저와 적수가 되시겠습니까?"
그러나 그 말에 치숙은 웃으면서,
"아무 말 말고 한 판만 두어 보면 알 것 아닌가?"
한다. 이리하여 삼촌과 조카가 바둑을 두기 시작했는데, 반도 두기 전에 서애의 바둑이 모두 죽어서 더 두어볼 곳이 없게 되었다.
이에 서애는 그 숙부가 자기의 재주를 숨기고 사는 사람이라는 것을 알고 무릎을 꿇고 정중히 말하기를,
"유부유자(猶父猶子) 사이에 반평생을 같이 있으면서 이토록 속이시다니 이 조카의 심회가 편치 못합니다. 앞으로 원컨대 가르

침을 받겠습니다."

하니, 치숙은 웃으면서 말하는 것이었다.

"어찌 그대를 속였다고 생각하는가. 그럭저럭 지내다 보니 우연히 그렇게 되었을 뿐이네. 그대는 이미 출세해서 나라 일에 바쁜 몸이고, 나 같은 사람은 초야에 묻혀 있으니 무슨 가르칠 말이 있겠는가? 그러나 내일 반드시 중 하나가 찾아와서 자고 가기를 청할 것이니, 그 중이 아무리 애원하더라도 절대로 재우지 말고 집 뒤 암자로 보내서 재우도록 하게. 이 말을 깊이 명심하고 절대로 그르치지 말아야 하네."

"가르치심에 따르겠습니다."

그 이튿날 저녁때 과연 중 하나가 와서 성명을 통하므로 들어오라고 하여 만나보니, 상모(狀貌)가 당당한데 나이는 40세쯤 되어 보인다.

어디서 왔느냐고 물었더니 그는 강릉 오대산에 있는 중으로서 영남의 산천을 구경하러 왔다가 돌아간다면서,

"대감의 맑은 덕과 높은 이름이 당대의 제일이란 말을 듣고 잠시 뵙고자 왔사온데 오늘은 해가 이미 저물었사오니 하룻밤을 재워 주시면 내일 일찍 떠나겠습니다."

한다. 그러나 서애는 치숙에게 들은 말이 있는 터라,

"집안에 마침 무슨 일이 있어서 외간 사람을 재울 수가 없으니, 집 뒤 산속에 있는 암자에 가서 쉬어 가도록 하라."

하고 거절하였다. 중이 재삼 간청했으나 서애가 들어줄 리 없었다. 하는 수 없이 가동(家童)을 따라서 집 뒤 암자로 갈 수밖에 없었다.

이때 치숙은 비자(婢子) 하나만 데리고 자기는 거사(居士) 차림으로 승건(繩巾) 포갈(布褐)로 문 앞에 나와서 합장하고 절하면서

맞기를,

"어디서 오시는 존사(尊師)이시기에 이러한 누지(陋地)에 왕림하셨습니까?"

하니, 그 중은 답례를 하고 거사를 따라 방으로 들어가 좌정한다.

거사는 정하게 저녁밥을 갖추어 그 중에게 대접하고 술 한 병을 내다가 따라주는데, 그 맛이 맑고 기이하여 중은 취하는 줄 모르고 연거푸 대여섯 잔을 마시고 정신을 잃고 쓰러졌다.

밤이 깊은 후에 중은 가슴이 답답함을 느끼고 눈을 떠보니 자기의 배 위에 거사가 앉아 있는데, 그의 손에는 시퍼런 비수가 들려 있지 않은가?

거사는 중의 배를 타고 앉아서 눈을 부릅뜨고 꾸짖는다.

"천한 중녀석이 어찌 감히 이런 생각을 했느냐. 네가 바다를 건너 이 땅에 오르던 날 내 이미 네가 올 것을 알았는데, 네가 어찌 나를 속이려 드느냐. 네 만일 사실대로 말하면 살려줄 길이 있지만, 그렇지 않으면 네 목숨은 이 칼 끝에 달려 있으니 너는 이실직고하렷다."

그러자 그 중은 손을 모아 애걸하는 것이었다.

"이제 소승은 죽음이 박두했는데 터럭만큼인들 어찌 속이겠습니까? 소승은 과연 일본 중입니다. 관백(關白) 평수길(平秀吉)이 바야흐로 군사를 내어 귀국을 치려 하는데 꺼리는 것은 오직 귀댁 대감이오. 그 때문에 먼저 여기에 와서 대감을 해치려 했던 것인데, 이제 선생의 신감(神鑑)에 탄로난 것입니다. 바라옵건대 제 목숨을 살려 주시면 맹세코 다시는 이런 일이 없도록 하겠습니다."

이 말을 듣고 치숙은 말하기를,

"우리나라 병화(兵火)는 곧 하늘의 운수로 정해진 것이니 사람의 힘으로는 어찌할 수가 없다. 나도 역시 하늘을 어기려고는 하지 않지만 우리 시골만은 내가 있으니 병혁(兵革)의 화에서 구제할 수가 있다. 왜병이 만일 이 지경에 들어오면 하나도 살아서 돌아가지 못할 것인데, 너처럼 개미 같은 목숨을 죽여서 무엇이 유익하겠느냐. 네 목숨을 살려줄 것이니 너는 돌아가서 평수길(平秀吉)에게 전하여 우리나라에는 내가 있다는 것을 반드시 알리도록 하라.”
하고 그 중을 놓아 주니, 그 중은 머리를 조아리면서 사죄하며 말했다.
“명령대로 하겠습니다. 고맙습니다.”
마침내 쥐처럼 기어서 그 지방을 떠나고 말았다.
그는 돌아가서 수길(秀吉)더러 그 일을 일일이 군중(軍中)에 명하게 하여 조선에 건너 가거든 영남의 안동(安東) 지방에는 가까이 가지 못하도록 했다.
이리하여 임진 병란에 안동 한 고을은 편안히 지낼 수 있었다.

6. 보　은(報恩)

　홍순언(洪純彦)은 젊어서부터 기상(氣象)이 크고 의기(義氣)가 있었다. 일찍이 중국 연경(燕京)에 갔을 때 통주(通州)의 한 술집에 놀러간 일이 있었다.
　이때 그 술집에는 남달리 뛰어난 여자 하나가 있었다. 이에 순언은 한눈에 그녀가 마음에 들어 주인 노파를 불러 그 여인을 만나게 해 달라고 청했다.
　그러나 그 여인은 소복을 입고 있었고 몹시 수줍은 기색이었다. 순언이 그 까닭을 묻자 그녀는 이렇게 대답했다.
　"저는 본래 절강(浙江) 사람으로서 아버님이 벼슬에 계시어 모두 서울에 가 사시더니 불행히 병으로 부모가 일시에 돌아가셨습니다. 영구(靈柩)가 객지에 있는데 저 혼자 고향으로 모셔다가 장례를 치를 방법이 없으므로 부득이 창가(唱家)에 몸을 팔아서 그 값으로 장례를 모시려는 것입니다."
　말을 마치자 그녀는 목이 메어 울음을 터뜨렸다. 이 말을 듣자 순언은 장례 비용이 얼마나 있으면 되겠느냐고 묻자, 그녀는 백냥은 가져야 장례를 모시겠다고 한다. 이에 순언은 가지고 있던 돈을 모두 털어서 그 여인에게 주었다. 하지만 그러고 나서도 끝내 그 여인을 가까이하려고 하지 않았다. 여인은 한편 기쁘면서도 한편 어이가 없어서,
　"대인의 존함이라도 가르쳐 주십시오."
　했으나 순언은 성명도 말하지 않았다. 그러자 여인이 다시 입을

열어,

"대인께서 존함도 말씀하시지 않으시면 소녀도 또한 이 돈을 받을 수가 없습니다."

한다. 순언은 하는 수 없이 성(姓)만 이야기해 주고 자리에서 일어나니, 일행들은 이러한 순언의 행동을 보고 모두 오활한 사람이라고 비웃었다.

그런데 이 여인은 그 후에 예부시랑(禮部侍郞) 석성(石星)의 계실(繼室)이 되어 사랑을 받고 살게 되었다.

그러는 동안 석성은 그 부인에게서 이러한 과거 이야기를 듣고 홍(洪)이라는 성을 가진 조선 사람의 의리를 매우 높이 여겨 마음속으로 흠모하게 되었다.

이때 우리나라에서는 종계(宗系)의 변무(辨誣)로 해서 전후 10여 차례에 걸쳐 중국에 사신을 보냈으나 이 일을 매듭짓지 못하고 있었다.

명종(明宗) 갑신(甲申)에 변무사(辨誣使) 지천(芝川) 황정욱(黃庭彧)이 중국에 가게 되었는데, 홍순언도 사신의 일행을 따라 북경에 이르렀다. 이때 멀리 조양문(朝陽門) 밖에 비단 장막이 구름에 연해 있는데 말 한 필이 달려오더니,

"조선에서 오신 홍 판서가 어느 분이십니까?"

하고 찾는다. 이리하여 홍순언은 예부시랑의 집으로 안내되었다. 순언이 시랑과 함께 좌정하자 이윽고 계집종 10여 명이 한 부인을 옹위하고 들어왔다. 순언이 이 모습을 보고 놀라며 자리를 피하려고 하자 시랑이 말하였다.

"대인은 통주에서 은혜를 베푸신 일을 기억하십니까. 내가 부인의 말을 들으니 대인은 진실로 천하의 의사(義士)이십니다. 이제 다행히 서로 만나게 되니 내 마음에 많이 위로가 됩니다."

이때 부인은 순언을 보더니 즉시 절을 한다. 순언이 어찌할 바를 몰라 부복하고 사양했으나 시랑은 말하기를,
"이 절은 보은배(報恩拜)이니 대인은 받지 않으실 수가 없습니다. 부인이 그때 대인의 높은 의리를 입어 그 부모를 무사히 장사를 지낼 수가 있었으니, 그 감동이 마음속에 맺혀져서 어찌 한때인들 잊었겠습니까."
하고 크게 잔치를 벌여 순언을 대접하는 것이었다.
 잔치 자리에서 부인이 잔을 잡아 묻는다.
"이번에 사신 일행께서는 무슨 일로 오시게 되었습니까?"
 순언이 사실을 말하자 시랑은 다시 말하기를,
"대인께서는 걱정하지 마시옵소서."
하더니 사관(舍舘)에 머무른 지 한 달 만에 과연 시랑의 힘으로 매듭지어 특명으로 새로 고친 회전(會典)에 녹시(錄示)하게 되었다.
 순언은 일을 무사히 마치고 돌아가게 되었는데, 시랑은 다시 그를 자기 집으로 청해다가 성의껏 대접했다. 또 그 부인은 자개 상자 열 개에 각각 오색 비단 열 필을 담아 주면서 이렇게 말하는 것이었다.
"이것은 제가 손수 짜가지고 대인을 기다리던 터이온데, 이제 이미 대인을 뵈었으니 원컨대 이것을 대인께 바치고자 합니다."
 순언은 이를 굳이 사양하여 받지 않고 회로(回路)에 올라 압록강에 이르렀는데, 강변에서 보니 짐을 실은 군사가 따라와서 비단 상자를 놓고 가는 것이 아닌가.
 서울에 돌아와서 비단을 펴보니 필마다 모두 '보은(報恩)'이란 두 글자가 수놓아져 있었다.

이 소식을 듣자 그 비단을 사려는 사람이 앞을 다투어 몰려들어, 그가 사는 마을 이름을 보은동(報恩洞)이라고 했다 한다.
　임진년에 왜적이 침입했을 때, 중국에 구원병을 요청해서 오게 한 것도 역시 모두 석성이 힘을 다해 주선한 덕이라고 한다.

7. 부 성 애(父性愛)

　어느 재상의 딸이 출가한 지 1년도 못되어 남편이 죽자 친정으로 돌아와 부모 곁에서 살고 있었다.
　어느 날 재상이 안으로 들어가 딸을 만나려 했더니 그녀는 아랫방에서 열심히 화장을 하느라고 아버지가 들어오는 것도 모르고 있었다. 재상은 그 딸이 하는 일을 잠자코 지켜보고 있었는데, 그녀는 진한 화장이 끝나자 자기의 얼굴을 거울에 비춰 보다가 거울을 집어던지고 나서 얼굴을 손으로 감싸쥔 채 소리내어 우는 것이었다.
　이 모양을 보고 있던 재상은 측은한 마음이 들어 그대로 사랑으로 나와서 망연히 혼자 앉아 있었는데, 마침 자기가 친히 아는 어느 무관 집에 출입하는 젊은 청년이 와서 문안을 드린다.
　그는 집도 없고 장가도 들지 못한 처지이나 몸은 몹시 건장했다. 이때 재상은 문득 생각나는 것이 있어 사람들을 내보내고 은근한 말로 그 청년의 의사를 물어보았다.
　"네 신세가 몹시 곤궁한데, 내 사위가 되어 주지 않겠느냐."
　청년이 놀라고 황공하여 되물었다.
　"그게 무슨 말씀이십니까?"
　그러나 재상은 위엄 있는 태도로 말했다.
　"내 어찌 너에게 농담을 하겠느냐?"
　말을 끊고 재상은 궤 속에서 은돈 한 봉을 꺼내 청년에게 주면서 이렇게 일렀다.

"이것을 가지고 가서 힘센 말 한 필과 교자 한 채를 사고, 교꾼 두 명만 얻어 가지고 오늘 밤 파루(罷漏)하기를 기다려 후문 밖에 대령하도록 하라. 절대로 시간을 어겨서는 안 되느니라."

청년은 영문을 알지 못하여 어리둥절했으나 그 명령을 시행하지 않을 수 없어서 재상이 시키는 대로 말과 교자를 마련해 가지고 뒷문 밖에서 기다리고 있었다. 그러자 재상이 한 여인의 손을 붙들고 어두운 곳으로부터 나오더니 여인을 교자에 태우고 나서 조용한 목소리로 훈계하기를,

"이 길로 바로 북관(北關)으로 가서 살되, 아예 소식을 전하지 말도록 하라."

하고 재촉하여 교자를 떠나게 하는 것이었다. 청년은 역시 아무런 곡절도 모른 채 그저 교자를 따라 성문을 나와서 북쪽을 향해 갔다.

한편 재상은 그 길로 자기 집 안방으로 들어가더니 큰 소리를 내어 울면서 말했다.

"내 딸이 자결해 죽었다."

이 말에 집안 사람들이 모두 놀라고 당황하여 어찌할 바를 모른다. 이때 재상은 좌우 사람들에게 이렇게 말하는 것이었다.

"내 딸이 평생 남을 대하기를 꺼려하였기에 내 스스로 염습을 할 터이니 제 형이나 오라비도 들어올 필요가 없다."

재상은 말을 마치고 나서 혼자 그 방으로 들어가더니 이불을 둘둘 말아 마치 시체 모양으로 묶은 다음에 다시 이불을 덮어 관에 넣어 가지고 그 시댁 선산 밑에 묻어 주었다.

이런 일이 있은 지 여러 해가 지나 그 재상의 아들 하나가 암행어사가 되어 북관에 가게 되었다.

그가 북관 땅에 들어가 어느 민가에 갔더니 주인이 나와서 영접

하고, 두 아들이 방에서 글을 읽고 있는데 얼굴 모습이 청수(淸
秀)한 것이 자못 자기 집의 면모가 있어 보였다.
 어사는 마음속으로 괴상히 여기면서도 마침 날이 저물었으므로
부득이 그 집에서 하룻밤 쉬어 가게 되었다.
 그런데 한밤중에 안으로 난 문이 열리면서 한 여인이 방으로 들
어오더니 어사의 손을 잡고 우는 것이었다. 어사가 놀라 그 여인
을 자세히 보니 벌써 죽은 지 오래인 자기의 누이가 아닌가.
 놀라고 의아함을 이기지 못하여 까닭을 묻자, 그 여인의 대답
은 대략 이러했다.
 아버님의 말씀에 따라 여기에 와서 살게 되었고, 이제 두 아들
을 낳았는데, 저 글 읽는 아이들이 바로 그애들이라는 것이다.
 어사는 말문이 막혀 한참 동안 말을 못하다가 이윽고 그 동안
막혔던 회포를 모두 이야기하고 새벽이 되기를 기다려 작별하
였다. 그는 나라에 복명(復命)한 뒤에 자기 집으로 돌아가 그 아
버지와 마주앉게 되었다.
 이때 마침 그는 좌우에 아무도 없는 틈을 타서,
 "이번에 북관에 갔다가 괴이한 일을 당했습니다."
하고 조용히 입을 열었다. 그러나 재상은 눈을 한번 흘기고 나서
외면하고 아무 말도 하지 않으니, 그 아들도 감히 입을 열지 못하
고 물러나왔다.
 이 재상의 성명은 일부러 밝히지 않는다.

8. 승　　화(昇華)

　　합천수(陜川守) 아무개는 나이 60에 겨우 아들 하나를 두었는데, 사랑이 지나쳐서 아이의 나이 13세인데도 입학을 시키지 않아 낫놓고 기역자도 몰랐다.
　　그때 해인사(海印寺)에 대사승(大師僧) 한 사람이 있어 전부터 아중(衙中)에 익히 왕래하는 터였다. 그가 어느 날 수령(守令)에게 와서 말했다.
　　"아이가 이미 자랐는데도 아직까지 입학을 하지 않았으니 장차 어찌 하시렵니까?"
　　이 말에 수령이 걱정하며 대답했다.
　　"비록 글을 가르치려 해도 게으름을 부리고 말을 듣지 않는데 차마 매를 때릴 수도 없어서 이에 이르렀으니 몹시 걱정이 되오."
　　이에 대사가 말하기를,
　　"사대부집 자제가 젊었을 때 학문을 잃으면 장차 세상에서 버려지는 사람이 될 것인데, 오로지 사랑하는 데만 일삼고 공부에는 힘쓰지 않아서 되겠습니까? 그 인물이 모든 일을 할 만한데 이렇게 내버려두다니 몹시 애석한 일입니다. 청컨대 소승이 학문을 가르쳐볼까 하는데 관가(官家)에서 이를 허락하시겠습니까?"
　　한다. 이 말을 듣고 수령은 말하기를,
　　"거 참 진실로 원하던 바이나 감히 청할 수는 없는 일이오."

한다. 이에 대사가 다시 말했다.
 "그렇다면 한 가지 약속하실 것이 있습니다. 죽이고 살리는 것을 소승에게 맡기시고, 엄격히 과정을 세워 가르쳐도 된다는 문서를 만들고 도장을 찍어서 소승에게 주십시오. 또 한번 절로 보낸 뒤에는 어느 기한 안에는 관청의 아랫사람은 절대로 왕래하지 못하며, 은혜와 사랑을 끊은 뒤라야 결단코 일을 이룰 수 있을 것입니다. 의식의 이바지는 소승이 스스로 마련할 것이오니, 만일 보내고 싶은 물건이 있으면 중들이 왕래하는 편에 소승에게로 보내십시오. 이런 일을 관가에서 장차 행하실 수 있겠습니까?"
 "명령에 따르겠습니다."
 이리하여 수령은 그 아들을 절로 보내고 서로 왕래를 끊었다.
 한편 그 아이는 산에 올라온 뒤로도 맘대로 뛰놀면서 늙은 중을 업신여겨 욕을 하고 뺨을 때리는 등 못하는 짓이 없었다. 이것을 본 대사는 보고도 못 본 체하고 제 맘대로 내버려두었다.
 이윽고 4, 5일이 지난 뒤에 날이 밝자 대사는 의관을 정제하고 책상 앞에 무릎을 꿇고 앉으니 3, 40명의 제자들이 좌우로 모시고 앉았는데 예의가 정숙하다. 이에 대사는 한 사리승에게 명하여 그 아이를 잡아오게 하자 그 아이는 울면서 욕하고 꾸짖는 것이었다.
 "네가 중놈으로서 어찌 감히 양반을 이렇게 업신여기느냐, 내가 집에 돌아가면 아버지께 고해서 장차 너를 때려 죽일 것이다. 이 만번 죽이고 백번 죽일 중놈아!"
 그러면서 죽기로 기를 쓸 뿐 오지 않는다. 그러자 대사는 큰 소리로 꾸짖고 묶어 오도록 하니, 여러 중들이 일제히 달려가서 그를 묶어 왔다. 이에 대사는 수령이 써준 수기(手記)를 내보이면서

말하기를,
 "너의 아버지가 이것을 써서 내게 주었으니 이제부터는 네가 죽고 사는 일은 내 손에 달렸느니라. 양반의 집 자제가 낫놓고 기역자도 모르면서 오로지 고약한 일만 하니 살아서 무얼 한단 말이냐. 이 습관을 없애지 않으면 장차 네 문호를 망칠 것이니 나에게 벌을 받을 것이니라."
하고 송곳을 불에 벌겋게 달궈 다리를 지지니, 그 아이는 한참 동안 기절했다가 얼마 후에 깨어났다.
 대사가 또 송곳으로 지지려 하자 그 아이는 이제부터는 명령대로 하겠으니 다시 지지지 말라고 애원하였다. 이것을 보고 대사도 아이의 손을 잡고 한편 달래고 한편 타이르다가 얼마 후에 풀어 준 다음 천자문부터 가르쳤다.
 시간을 쪼개어 배우게 하고 조금도 게으르지 않으니, 이 아이는 나이도 이미 들었고 생각하는 것도 역시 장성해서, 한 가지를 들으면 열 가지를 알고 열 가지를 들으면 백 가지를 알았다. 더욱이 4, 5개월 안에 천자문과 통감을 모두 깨닫고 주야로 쉬지 않고 부지런히 하여 1년이 넘자 문리(文理)가 크게 틔었다. 이리하여 절에 머무른 지 3년 만에 공부가 많이 이루어졌다.
 이에 그는 매양 글 읽을 때 홀로 이르기를,
 "내가 공부 때문에 중에게서 욕을 당한 것은 모두 배우지 않은 까닭이다. 그러니 내가 장차 공부를 부지런히 하여 과거에 급제한 후에는 반드시 이 중을 때려 죽여 오늘의 부끄러움을 씻으리라."
하고 조금도 게을리하지 않고 더욱 공부에 힘을 썼다. 한편 대사도 그에게 과거 공부를 익히도록 했다.
 그러던 어느 날 대사는 그를 앞으로 오게 하여,

"네 공부가 넉넉히 과거에 급제할 수가 있으니 내일은 나와 함께 산에서 내려가도록 하자."
하고 이른 후 이튿날 아중(衙中)으로 그 아이를 데리고 와서 말하기를,
"이제는 이 아이의 문사(文辭)가 장차 이루어질 것이오니 과거에 급제한 후의 문임(文任)도 역시 남에게 양보하지 않을 것입니다. 하오니 소승은 이제 물러가겠습니다."
하고 작별하고 가버리는 것이었다.
그 아이는 이로부터 성혼(成婚)한 뒤에 서울로 올라와서 과장(科場)에 출입하여 과거에 오른 후 수십 년 만에 영백(嶺伯; 慶尙道巡察使)이 되자 비로소 크게 기뻐하여 마음속으로 생각하기를,
'내가 이후로는 이제 해인사 중을 죽여 나의 옛날 분을 씻을 수가 있겠다.'
하고, 부임한 후에 출순(出巡)하는 날 형리(刑吏)에게 신칙하여 매 잘 때리는 집장(執杖) 3, 4명을 데리고 절문에 이르는 즉시로 그 중을 때려 죽일 작정을 했다.
그러나 일행이 홍류동(紅流洞)에 이르자 이 대사는 여러 중을 데리고 길가에 나와서 순사를 맞는 것이었다. 이것을 보고 순사도 교자에서 내려 대사의 손을 잡고 반가이 인사하니 대사도 기뻐 웃으면서 말했다.
"노승이 죽지 않고 살아서 오늘날 순찰사를 뵙게 되니 다행함이 이보다 더할 수가 없습니다."
그리고 그들은 함께 절에 들어가게 되었는데 대사가 순찰사에게 청을 했다.
"이곳이 바로 소승이 거처하던 방이온데, 이는 곧 사또(使道)께서 전에 공부하시던 곳입니다. 오늘밤에 이 방에서 소승과 함께

베개를 나란히 하고 주무시겠습니까?"
 이에 순찰사는 이를 쾌히 승낙했고, 이리하여 대사는 순찰사와 한방에서 자게 되었다. 밤이 깊은 후에 이윽고 대사가 다시 말하였다.
 "사또께서 어렸을 때 공부를 하다가 반드시 소승을 죽일 마음이 있으셨지요."
 "그렇소."
 "과거에 오르신 후에 순찰사로 나오실 때까지 계속 그런 마음이 있으셨지요?"
 "그렇소."
 "이번 행차에 소승을 죽이기 위하여 매 잘 때리는 집장 몇 사람을 뽑아서 데리고 오셨지요?"
 "그렇소."
 "그렇다면 어찌해서 소승을 때려 죽이지 않고 교자에서 내려 반가이 인사를 하셨습니까?"
 "전에 가지고 있던 분한 마음은 잠시도 잊지 않았으나 대사의 얼굴을 대하자 그 마음이 얼음 녹듯이 없어지고 나도 모르게 기쁜 마음이 났기 때문이오."
 "소승도 역시 사또의 그러한 마음을 알고 있었습니다. 사또께서는 벼슬이 높은 자리에 오르시어 모년 모월 모일에는 평양감사로 나가실 것입니다. 그때 소승이 상좌 한 사람을 보낼 터이오니, 사또께서는 반드시 그 사람을 예로 대접하고 마치 소승을 대하는 것처럼 하시어 그와 한방에서 주무셔야 합니다. 절대 잊지 마시고 그대로 하십시오."
 순찰사는 그러겠다고 이를 승낙했다.
 한방에서 대사와 같이 자고난 순찰사는 이튿날 쌀과 포목과 돈을 대사에게 많이 주어 사례의 뜻을 표하고 길을 떠났다.
 그 후 세월이 흘렀고, 대사가 말한 바로 그해 그날에 순찰사는 과연 평양감사로 나가게 되었다.
 그런데 그때 갑자기 문지기가 와서 아뢰었다.
 "합천 해인사 중이 와서 뵙겠다고 합니다."
 이 말을 들은 감사는 옛날 대사에게서 들은 말을 기억해 냈다. 즉시 그 중을 들어오게 하여 무릎을 맞대고 앉아서 대사의 안부를 물은 다음, 같이 저녁밥을 먹고 자기 침실에서 같이 자도록 했다.
 그런데 공교롭게도 그날따라 방이 몹시 뜨거워서 감사는 아랫목을 중에게 내주고 웃목에서 누워 잤다. 밤중이 되어 한숨 자고 난 감사는 이상하게도 비린내가 코를 찌르는 것을 느꼈다. 감사가 급히 손으로 비린내나는 곳을 더듬어보니 이게 웬일인가, 감사의 손에 피가 흠뻑 묻지 않는가?
 감사는 급히 사람을 불러 촛불을 가져오게 하여 보니 예리한 칼로 중의 배가 찔려 피가 방 안에 가득히 차 있었다. 즉시 사람을 시켜 시체를 옆방으로 옮기고 나서 까닭을 조사해 보니 그 내용은 이러했다.
 감사의 수종을 들어온 한 관기(官妓)를 사랑했던 관노가 있었는데, 그 기생을 뺏기기가 싫어서 감사가 부임해 오는 날 죽이려고 했던 것이 감사가 중과 자리를 바꿔 잔 까닭에 애매한 상좌 중이 죽게 된 것이었다.
 대개 대사는 수십 년 전에 이렇게 될 것을 미리 알고 상좌 하나를 대신 보내어 감사의 목숨을 살린 것이니 대사의 추수(推數)는 참으로 경이스러운 것이었다.
 감사의 수한(壽限)과 공명은 모두 대사의 말대로 맞았다.

9. 선　　견(先見)

　우 병사(禹兵使) 하형(夏亨)은 평산(平山) 사람이다. 집이 가난하여 과거에 급제하자마자 관서 강변 고을로 수자리를 갔는데, 한 물긷는 계집종을 보니 모양이 자못 추한 것을 면했으므로 이를 가까이하여 한곳에서 살게 되었다.
　어느 날 그 여자가 하형에게 말했다
　"손님께서 이미 저를 첩으로 삼으셨으니 장차 무엇으로 음식과 의복의 자료를 마련하시렵니까?"
　"나는 본래 집이 가난한데다가 더구나 이 천리 객중에 손에 가진 것이 없으니 어찌하랴. 내가 이미 너와 같이 살게 되었으니 바라는 바는 때묻은 옷이나 빨아주고 떨어진 버선이나 꿰매주는 일뿐이지, 내가 무슨 물건을 너에게 줄 수 있겠느냐?"
　이에 그녀는 말하였다.
　"저도 이미 그렇게 안 지 오래입니다. 내 이미 몸을 허락해서 첩이 된만큼 낭군의 의식을 제 스스로 감당할 것이니 조금도 걱정마십시오."
　이리하여 그녀는 그 후로 바느질과 베짜기를 부지런히 하여 의복과 음식을 한 번도 거르는 일이 없었다.
　하형이 수자리 기한이 차서 장차 돌아가게 되자 그녀가 물었다.
　"낭군께서 이제 돌아가시면 서울에 머물면서 벼슬을 구하시겠습니까?"

"나는 적수(赤手)의 몸으로 서울에 친하게 아는 사람도 없으니 무슨 재주로 서울에 머물겠는가? 이제 고향으로 돌아가 선산 밑에서 늙어 죽을 계획이다."
그러나 그녀는 이렇게 말하는 것이었다.
"내가 그대의 의용(儀容)과 기상을 보건대 초초한 사람이 아니고, 앞길에 벼슬이 병사(兵使)에 이를 것입니다. 남자가 이미 할 수 있는 기회가 있는 터에 어찌 재물이 없다 하여 초야에 묻히겠습니까? 내가 여러 해 모은 돈이 은화 6백 냥은 될 것인데, 이것을 드릴 테니 말과 옷을 마련해서 바로 서울로 가서 벼슬을 구하십시오. 10년으로 기한을 정하면 이루어질 것입니다. 나는 천인(賤人)이니 낭군을 위하여 어찌 수절하겠습니까? 모처에 몸을 의탁했다가 낭군께서 이 도에 부임하신 뒤에 찾아뵙겠사오니, 이것으로 기약하옵니다. 바라건대 낭군께서는 보중하시옵소서."
하형은 뜻밖에 큰 재물을 얻어 마음속으로 몹시 기뻐하며, 드디어 그녀와 눈물을 흘리며 작별하고 떠났다.
그녀는 하형을 보낸 뒤로 그 고을에 사는 홀아비 한 군교의 집에 몸을 의탁했더니, 군교는 그 인물이 영리한 것을 보고 배필을 삼아 살게 되었다.
그 집은 가난하지가 않았다. 그녀는 남자에게 말했다.
"먼저 부인이 쓰다 남긴 재물이 얼마나 됩니까? 매사는 분명히 하지 않으면 안 되는 것이니 곡식의 수가 얼마이며, 돈과 비단과 포목의 수가 얼마이며, 그릇과 잡물의 수가 얼마나 되는지 모두 명목과 숫자를 적어서 문서를 만들어 주시오."
이에 남자가 대꾸했다.
"부부 사이에, 있으면 쓰고 없으면 장만하면 되는 것이지 무엇을 의심해서 그러는가?"
 "그렇지가 않습니다."
하고 간청해 마지않으므로 마침내 그 말대로 남자는 문서를 만들어 주자, 그녀는 이것을 받아 옷상자 속에 깊이 간직하고 재산을 부지런히 모아 날로 형편이 늘어갔다.
 어느 날 여인은 또 남편을 보고 말했다.
 "나도 문자를 조금 알아서 조정의 조보(朝報)를 보기 좋아하는데, 날마다 이것을 관청에서 얻어다 주지 않겠습니까?"
 남편은 그 말에 따라 조보를 빌려다가 주기 시작하여 수년이 지나갔다.
 한편 우하형은 경력(經歷) 벼슬을 거쳐 부정(副正)으로 승진했다가 관서의 읍재(邑宰)로 나가게 되었다.
 그녀는 그 후로 매일같이 조보를 보는데 하루는 우하형이 관서에 부임하기 위하여 조정을 떠났다는 기사가 나 있는 것을 보았다.
 그날로 그녀는 남편에게 말했다.
 "내가 여기 온 것은 오래 있을 계획이 아니었소. 이제 나는 가야겠으니 이로써 영결(永訣)이오."
 군교가 깜짝 놀라 그 까닭을 묻자 여인은 대답했다.
 "일의 시종(始終)은 묻지 마시오. 내가 갈 곳이 있어서 그러는 것이오."
 말을 마치고 여인은 전일에 남편이 적어준 돈과 재산의 장기를 내보이면서 말하기를,
 "내가 7년 동안 그대의 아내가 되어 재산을 맡아 처리했는데, 만일 조금이라도 준 것이 있다면 떠나는 사람의 마음이 어찌 편안하겠소. 이제 다행히 재산이 2, 3배로 늘었으니 내 마음이 개

운할 뿐이오.”
하고 그 남자와 작별하더니, 종 하나를 시켜 짐을 지게 하고 자기는 남장에 평량자(平涼子)를 쓰고 걸어서 하형이 있는 곳을 찾아간다.
 하형이 부임한 지 겨우 하루가 지났는데 어떤 사람이 송사할 일이 있다고 동헌 마당으로 들어서더니,
 “사또게 친히 여쭐 말씀이 있으니 원컨대 뜰로 올라가서 아뢰겠습니다.”
한다. 태수가 의아히 여겨 처음에는 허락지 않았으나 하도 간청을 하므로 더욱 괴이히 여겨 이를 허락하고 태수가 가까이 가자 여인이 말했다.
 “태수께서는 저를 아시겠습니까?”
 “내가 새로 부임한 터에 이 고을 사람을 어떻게 안단 말인가?”
 “어느 해 어느 땅에서 수자리 살 때 같이 지내던 사람을 기억하지 못하십니까?”
 태수가 이 말을 듣자 그 사람을 익히 보고는 급히 일어나 그의 손을 잡고 방 안으로 들어가더니,
 “네가 어찌 이런 모양을 하고 왔느냐? 내가 이제 부임했는데 오늘 네가 이렇게 왔으니 진실로 기이한 만남이로다.”
하고 피차에 기쁨을 이기지 못하여 함께 그 동안에 막혔던 회포를 풀었다.
 이때 하형은 상배(喪配)를 한 터여서 그 여인을 아내(衙內)의 정당(正堂)에 거처하게 하고 모든 집안 살림을 맡겼다. 여인은 그 적자(嫡子)를 양육하고, 노비를 부리는 데도 법도가 있어 은혜와 위엄이 함께 행해지니 모두 그를 칭송했다.
 하형은 여러 고을을 다니는 동안 가계도 차츰 넉넉해지고 벼슬

도 승진하여 절도사가 된 뒤에 나이 80이 가까워서 세상을 떠나자, 그녀는 치상(治喪)을 예에 따라 치렀다.

　장례가 끝난 후에 그녀는 자기가 쓰던 안채를 적자부(嫡子婦)에게 내주고 자기는 건너편 조그만 방을 썼다. 그런데 한번 방에 들어가더니 문을 닫고 수일 동안 나오지 않다가 그대로 세상을 떠났다.

　이에 그 적자들은 애통해하면서 모두 말하기를,

"우리 서모(庶母)는 비상한 사람이니, 어찌 서모로 대접할 수가 있겠는가?"

하고 정중히 초상을 치른 다음 그 아버지의 무덤 옆에 장사지냈다.

10. 신　　표(信標)

　옛날에 어느 선비가 외읍(外邑)에 나가 살다가 이웃 마을 사람과 아들의 혼인을 치르게 되었다.
　아들이 혼행을 떠나 신부의 집에서 막 초례를 지내고 났는데 본집에서 자기 아버지가 급한 광우으로 죽었다는 기별이 왔다. 신랑은 이 소식을 듣고 급히 집으로 돌아가 장사를 지내려는데 산지(山地)를 정해 놓은 데가 없어서 지사(地師)를 데리고 산을 구하러 돌아다녀야 했다. 지사가 한 곳에 이르러 탄식하기를,
　"이 자리가 좋기는 좋은데 이 밑에 양반의 집이 있으니 쓸 수가 없겠소이다."
한다. 이 말을 듣고 신랑이 좌우를 둘러보니 그곳은 바로 그의 처가였다.
　그의 처가란 다만 혼자 사는 장모뿐이요, 그 딸은 무남독녀였다. 이에 상제는 곧 처가로 내려가서 장모를 만났더니 그 장모는 한편 기뻐하고 한편 슬퍼하면서 그가 온 까닭을 묻자, 사위는 산지를 구하러 여기까지 왔다는 말과 지사가 하던 말을 자세히 들려주었다. 이에 장모는 말하기를,
　"딴 사람이 쓰겠다면 허락할 수가 없지만 사위가 친산(親山)을 쓰겠다는 데 어찌 반대할 수가 있겠는가?"
하고 허락해 주는 것이 아닌가. 사위는 크게 기뻐하여 인사하고 돌아서려고 하는데 장모는,
　"이미 여기까지 왔으니 잠시 건너방에 가서 자네 댁을 만나보

고 가게."
한다. 사위는 처음에는 그대로 길을 떠나려 했으나 장모는 기어이 그 손을 이끌고 딸이 있는 방으로 들어가 내외가 서로 만나게 해준다.
 이들은 겨우 초례만 치르고 신방도 차리지 않은 처지였다. 더구나 신랑은 상주(喪主)의 몸이라 부끄러운 생각이 들었다. 그러나 어여쁜 신부의 모습을 보니 갑자기 춘심(春心)이 동하는 것을 어찌할 수 없어 아내를 껴안고 운우(雲雨)의 정을 나누었다.
 본가로 돌아온 신랑은 운구(運柩)해 가지고 그 산지로 가서 하관(下棺)을 하려 했다. 그때 처가의 계집종이 올라와서 고하기를,
 "저의 집안 상전께서 이제 분곡(奔哭)하고 오시니 역군(役軍)들은 잠시 일을 멈추고 피해주시오."
하는데, 저만큼에서 그의 아내가 소복차림으로 걸어서 올라오더니 영구 앞에서 슬프게 곡을 하고 나서 남편을 향해서 말한다.
 "저번에 군자께서 오셨을 적에 저와 동침하고 가셨는데 아무런 표적이 없사오니 모름지기 표적을 하나 써서 저에게 주십시오."
한다. 상주는 이 말을 듣자 얼굴이 붉어져서 책망하였다.
 "부녀자가 어찌 이런 어지러운 말을 하오. 빨리 내려가시오."
 그러나 그 여인은 끝내 내려가지 않고,
 "표적을 써주기 전에는 죽어도 내려가지 않을 것입니다."
한다. 이때 상주의 숙부와 여러 종인(宗人) 등 산에 모인 사람들이 몹시 많았는데, 모두 놀라고 해괴히 여기며 그 숙부가 준절히 책망하였다.
 "세상에 어찌 이런 일이 있단 말이냐. 이제 우리 집은 망했구나. 어서 표적을 써주어 보내도록 해라. 그러나 해는 이미 저물

고 역군들은 모두 흩어져 가버렸으니 일이 낭패가 아니냐.”
 그 숙부는 하는 수 없이 조카를 시켜 표적을 써주게 했더니 그 여인은 그제서야 비로소 산에서 내려가는 것이었다. 이것을 보고 여러 사람들은 모두 침을 뱉고 욕을 하지 않는 자가 없었다.
 그런데 봉분을 만들고 집으로 돌아와 우제(虞祭)를 지내고 난 뒤에 상주는 우연히 병을 얻어 이내 일어나지 못하고 말았다.
 두어 달이 지나서 그 홀로 된 신부의 배가 불러오더니 열 달이 차자 남자아이를 낳았다. 종당(宗黨)과 향리 사람들이 모두 놀라고 의아해서 저마다 수근거렸다.
 “초례만 지내고 분상해 간 신랑에게서 어찌 아이를 낳는단 말인가?”
 이때 그 여자는 비로소 남편이 써준 표적을 내보이자 모든 사람의 의심이 풀리고 아무도 의심하는 자가 없었다. 그리고 여러 사람들이 악한 마음으로 그 표적을 받아 두었느냐고 묻자, 여인이 대답하였다.
 “겨우 초례를 마치고 분곡(奔哭)해 간 상주가 장례도 지내기 전에 그 아내를 와서 본다는 것이 이미 정당한 일이 아니오, 와서 아내를 보았을 때 억지로 가까이한다는 것은 또 상정(常情) 밖의 일입니다. 사람이 상정이 없고서 어찌 오래 갈 수 있겠습니까? 나도 예의로 거절하는 법도 알고 있지만 혹 그 집에 후손이 끊어질까 두려워서 억지로 남자의 청을 따랐던 것이오. 그러나 생각해 보니 이때 우리 부부가 만난 것은 아무리 집안 식구라도 아는 자가 없었습니다. 만일 남편이 죽은 후에 아들을 낳으면 반드시 추한 누명을 쓰게 되어도 변명할 길이 없겠기에 하는 수 없이 죽음을 무릅쓰고 부끄러움을 참고서 여러 사람이 모인 가운데에서 이 표적을 받아냈던 것이오.”

그 말을 들은 자들은 모두 탄복했다.
이 아이, 곧 유복자(遺腹子)는 자라서 과거에 급제하여 높은 벼슬에 올랐다고 한다. 앞일을 내다보는 그 여인은 과연 범상한 사람이 아니었다.

11. 현　　처(賢妻)

　양 승지(楊承旨)는 유람의 벽(癖)이 있어서 말 한 필, 동자 하나만으로 멀리 북쪽에 갔다가 백두산까지 올라가 보고 돌아오는 길에 안변(安邊)에 들렀다. 그는 안변에서 말에 꼴을 먹이려 했으나 집집마다 문이 잠겨 있으므로 한참 동안 방황하다가 10여 보 앞을 바라다보니 시내와 바위가 아담하고 그 속에 집 하나가 있는데 몹시 정결해 보였다.
　그 집 앞에 이르러 보니 16세쯤 된 처녀가 나와서 상냥하게 인사를 한다.
　"어디서 오시는 손님이십니까?"
　"먼 길을 가는 사람인데, 저기 점포 문이 모두 잠겨 있어 말에게 꼴을 먹일 곳이 없어서 찾은 것이오. 이 집 주인은 어디 가셨소?"
　"점포 주인들은 모두 뒷동네 계(契)에 갔습니다."
　그리고는 곧바로 부엌 앞에서 말먹이 한 통을 내려 말에게 주는 것이다.
　양 승지는 날씨도 덥고 해서 시내 옆 나무 밑에서 쉬려 하자 처녀는 대자리를 내다가 나무 밑에 깔아 주고 들어가더니, 이윽고 밥상을 차려가지고 왔는데 산나물과 들의 채소가 몹시 정갈하다.
　양 승지는 그 처녀의 응대가 자상하고 행동이 정숙한 것을 보고 마음속으로 몹시 이상히 여기고, 또 음식을 장만하여 손님을 대접하는 모든 일이 조리가 있는 것을 보고 처녀에게 물었다.

"내가 말먹이를 청했을 뿐인데 사람에게까지 밥을 대접하는 것은 무슨 까닭이오?"

"말도 이미 지쳤는데, 사람인들 시장하지 않겠습니까? 어찌 사람을 천하게 여기고 짐승만 소중히 여긴단 말입니까?"

양 승지는 고개를 끄덕여 그 말에 이치가 있다는 것을 표시하고 처녀의 나이를 물으니 16세라 하고, 부모는 모두 시골 사람들이라고 대답하는 것이었다.

떠날 무렵 그 아버지께 주라고 담뱃값을 주었으나 처녀는 고사하고 받지 않으면서 말하기를,

"손님을 대접하는 일은 집에서 응당 해야 할 일이오나, 만일 값을 받는다면 이는 풍속에 아름답지 못할 뿐만 아니라 장차 부모의 엄한 책망을 면치 못할 것입니다."

한다. 양 승지는 하는 수 없이 부채에 달린 향 한 봉을 떼어 주었더니 처녀는 꿇어앉아서,

"이것은 어른께서 주시는 것이니 어찌 감히 사양하겠습니까?"

하며 받는 것이었다. 양공은 더욱 감탄하기를,

"먼 시골 촌집에서 어떤 늙은 부인이 이러한 똑똑한 딸을 두었단 말인가?"

하고는 그 길로 집으로 돌아왔다. 그런 지 몇 해가 지났는데, 어느 날 어떤 사람이 와서 뜰 아래에서 절을 한 후 다음과 같이 말하였다.

"소인은 안변 어느 마을에 사는 사람입니다. 모년 모월 모일에 영감께서 우연히 제 집을 지나시다가 조그만 계집애에게 향 한 봉을 주신 일이 있습니까?"

양공은 한참 생각하다가 말하기를,

"과연 그런 일이 있었소."

하고 대답했다. 그러자 그 사람은 다시 이렇게 말하는 것이었다.
 "그런 일이 있은 후로 딴 곳으로는 시집을 가지 않겠다고 하므로 천리를 멀다하지 않고 찾아왔습니다."
 "나는 늙어서 머리가 희었는데, 어찌 처녀에게 딴 뜻이 있어서 그랬겠는가. 특별히 똑똑하고 곧은 것이 사랑스러웠고, 또 담뱃값을 받지 않겠다고 하기 때문에 달리 줄 것이 없어서 향 한 봉지를 풀어서 주었을 뿐이네. 가령 내 집에 온다고 해도 내가 만일 하루아침에 죽는 날이면 낭자의 꽃다운 나이가 어찌 아깝지 않겠는가. 그대는 돌아가서 내 뜻을 전해서 타일러 사위를 골라서 시집을 보내도록 하고, 다시는 나에게 망령된 생각을 갖지 말도록 하라."
하고 양공은 웃으면서 말했다. 그런데 그 사람은 돌아간 지 수일 후에 다시 와서 아뢰었다.
 "여러 번 타일렀으나 죽기로 맹세하므로 부득이해서 데리고 왔사오니 영감께서는 알아서 처리하옵소서."
 양공은 고사해도 되지 않아 뿌리칠 수가 없어서 웃으면서 받아들였다.
 양공은 본래 군자였다. 홀아비가 된 지 수십 년이 지났어도 여색을 가까이하지 않고 스스로 금서(琴書)를 즐기면서 산수 사이에 놀 뿐이었다. 더욱이 소실이 들어온 뒤에도 한번 보고, 그 멀리 온 뜻을 위로해 주었을 뿐 조금도 깊이 사랑하는 빛이 없었다.
 그런데 어느 날 새벽에 가묘에 참배하고 나오다가 내실의 호정(戶庭)과 주방(廚房)을 보니 모든 것이 전보다 정결하고 음식과 기명(器皿)이 뚜렷이 조리가 있어 보인다. 이상히 여겨 자부(子婦)에게 물어보았다.
 "전일에는 우리 집이 조석도 여러 번 거르고 모든 범절이 거칠고 보잘것없더니, 요새는 전날의 모습이 고쳐졌을 뿐 아니라 나에게 주는 맛있는 음식도 떨어지는 일이 없으니 어찌해서 이렇게 변했느냐?"

"안변 소실이 들어온 후로는 침선(針繕)의 일은 오히려 가외의 일이옵고, 집안일을 처리하는 것이 결코 범인(凡人)과 같지 않아서 닭이 울면 일어나서 종일 부지런히 처리하고 있사오니, 요새 집 형편이 차츰 여유가 있는 것이 진실로 까닭이 있나이다. 또 그 성행(性行)이 순박하여 여사(女士)의 풍도가 있습니다." 하면서 며느리는 칭찬의 말이 입에서 끊어지지 않는다.

이에 공은 그 뜻에 감동하여 그날 밤에 소실을 불러 수작해 보니 유한(幽閒)하고 정정(貞靜)한 태도가 보통에서 더 뛰어날 뿐만 아니라, 현숙하고 명민한 학식이 옛사람에 부끄러울 것이 없었다.

이로부터 몹시 사랑하여 계속해서 두 아들을 낳아 나이가 8, 9세가 되자, 소실은 방을 꾸며 각각 거처하기를 정하였다. 또 자하동(紫霞洞) 시내와 산의 경치가 좋은 곳 길가에 집을 짓기를 원하고 대문을 높고 크게 내고 살았다.

그런데 어느 날 성종(成宗)이 자하동에 거둥하여 꽃구경을 하고 돌아가다가 길에서 갑자기 동이로 들어붓는 것 같은 소나기를 만나, 비를 피해서 한 집으로 들어가니 정원이 깨끗하고 화초의 향기가 그윽하다. 임금이 누구의 집이냐고 묻자 따르던 관원이 사실대로 고한다.

잠시 후 의복이 선명하고 용모가 단정한 두 아이가 앞으로 나와서 절하고 뵙자, 임금이 누구냐고 물으니 양모(楊某)의 소실의 아들이라고 한다. 임금이 보니 바로 선풍도골(仙風道骨)이다. 그 학업을 물었더니 옛 신동에게 부끄러울 것이 없고, 필한(筆翰)은 물

흐르는 것 같으면서 모두 격조가 있고, 운(韻)을 부르면 시를 짓는데 막힘없이 대답하는 것이었다. 이것을 보고 임금은 몹시 기뻐했다.

이윽고 종관(從官)들이 모두 비를 피해서 처마 밑으로 들어갔는데, 저희끼리 쳐다보면서 무슨 말을 하려다가 못하고 머뭇거린다. 이에 임금이 무엇 때문에 그러느냐고 묻자, 그들이 말하기를 주인집에서 음식을 내오고 싶으나 감히 그러지를 못한다는 것이다.

이에 임금의 허락을 얻어 음식이 나왔는데 모든 것이 정갈하고 아름다운 것이 극치를 이루었고, 종관들까지도 일제히 대접하였다. 임금은 졸지에 극진한 대접을 받은 것을 가상히 여겨 후한 상을 내렸다. 그리고 두 아이를 데리고 환궁해서 기쁜 낯으로 동궁(東宮)에게 이르기를,

"내가 이번 길에 두 신동을 얻어 왔으니 곧 너를 보필(輔弼)할 신하이다."

하고, 이내 춘방(春坊)의 가함(假啣)을 제수하고 길이 대궐 안에 있게 했다. 이는 동궁과 그 아이들이 나이가 같기 때문이었으니, 이로부터 사랑이 비할 데가 없었다. 소실은 나중에 그 집을 헐어 버리고 큰 집으로 들어가 생을 마쳤다.

그 큰아들은 곧 양사언(楊士彦)이니 호(號)가 봉래(蓬萊)로서 벼슬이 안변부사(安邊府使)에 이르렀고, 그 다음은 양사준(楊士俊)이다.

내가 남호곡(南壺谷)이 지은 기아시집(箕雅詩集)을 보니, 양봉래(楊蓬萊) 형제와 첩까지도 모두 그 속에 뽑혀 있으므로 마음속으로 몹시 이상히 여겨 인재가 어찌해서 한집에 모였는가 했더니, 안변에서 기이하게 만난 것을 듣고서야 양공의 순덕(純德)과

11. 현　　처　65

　소실의 정숙한 행실이 여기에 함께 합쳐진 것이라는 점을 알게
되었다.

12. 화　　복(禍福)

　영남 어느 고을에 선비 한 사람이 있었는데, 나이 40여 세에 이르러 외아들 하나 있던 것이 그보다 먼저 죽자 마음을 잡지 못한 채 미친듯이 지내고 있었다.
　어느 날 마루 위에 앉아 있노라니 웬 과객 하나가 올라와서 주인의 기색이 참혹한 것을 보고 까닭을 묻자, 주인이 사실대로 말하니 그 손님이 물었다.
　"그렇다면 주인의 선산을 어디에 모셨습니까?"
　"집 뒤에 썼습니다."
　"원컨대 한번 보았으면 좋겠습니다."
　이리하여 주인은 그 손님과 함께 집 뒤에 있는 선산을 보았는데, 그러고 나서 손은 이렇게 말하는 것이었다.
　"이 산지가 좋지 않아서 이러한 변상(變喪)을 당한 것입니다."
　"어떻게 해야 길지(吉地)를 얻을 수 있으며, 또 우리 내외가 모두 단산할 지경이 되었는데 복지(福地)가 있다면 자식을 둘 수가 있겠습니까?"
　"이 마을을 들어올 때 가합(可合)한 곳을 보았으니 주인장은 만사를 제하고 속히 면례를 하십시오."
하고 재삼 힘써 권하므로 주인은 면례를 했더니, 그 후 두어 달이 못되어 이번에는 아내가 죽고 말았다.
　부인을 잃고 더더욱 마음을 잡지 못했으나 다행히 가세는 넉넉하여 쉽게 재취를 얻어 새부인과 살게 되었다.

그런데 저번에 왔던 과객이 또 와서 묻는 것이었다.
"그 동안 부인을 사별하고 다시 장가를 드셨습니까?"
"그대의 말을 들었다가 상배까지 했는데 무슨 면목으로 와서 묻는 거요?"
그러나 손은 웃으면서 말하였다.
"오늘의 경사가 있으려고 지난날의 재앙이 있었던 것입니다."
그리고 2, 3일 동안 묵고는 다시 주인에게 은근히 속삭였다.
"아무 날 범방하면 반드시 생남할 것입니다."
그러더니 그 손님은 떠나면서 또 이렇게 장담하는 것이었다.
"아무 달에 생남할 것이니, 그때 제가 다시 와서 뵙겠습니다."
그 후에 과연 생남했는데, 그 사람은 또 와서 크게 기뻐하면서 방으로 올라와 말했다.
"주인께서는 생남하셨습니까?"
하므로 주인은 그렇다고 대답했다. 자리를 정하자 손은 먼저 그 아이의 사주를 보고 나서 말하기를,
"이 아이는 반드시 장수할 것이니 아무쪼록 잘 기르도록 하시오. 그리고 혼처는 내가 스스로 중매할 것입니다."
그 아이가 차츰 자라서 나이 14세가 되자 그 손은 여러 해 동안 오지 않다가 갑자기 나타나서 말하였다.
"자제가 잘 자랍니까? 주인께서는 이 아이가 새로 났을 때 제가 중매를 하겠다고 한 말을 기억하십니까?"
"오래 된 일이어서 기억이 희미합니다."
그러나 손은 떠나는 자리에서 아이의 사주를 청하는데, 주인이 생각하기에 그 손의 말은 처음부터 조금도 틀림이 없으므로 그 말대로 사주를 써주었다.
그 후 오래지 않아 손은 또 연길(涓吉)을 가지고 와서 전하자,

주인은 그 집 문벌이 어떠한지 규양(閨養)이 어떠한지도 물어보지 않고 조금의 의심도 없이 혼행을 차려 그 손과 같이 떠났다.

이들은 중간에 하루를 자고 또 길을 떠나 점점 깊은 골짜기 속으로 들어가게 되었다. 주인은 아무래도 의심이 나서 손을 돌아다보고 말하였다.

"그대는 어찌 이렇게 사람을 속이는 것이오."

"내가 주인장과 무슨 혐의가 있어서 속인단 말이오?"

마침내 한 곳에 이르렀는데, 산이 돌고 길이 꺾이더니 높은 봉우리 위에 두어 칸 띠집이 있을 뿐이었다.

그런데 그 날은 바로 혼인날이었다. 마당 가운데 간략히 자리 하나를 깔고 한 노인이 나와서 영접하는데, 그가 곧 사돈이었다.

이내 납폐를 하고 초례를 지낸 뒤에 신부의 모양을 보니 꼴이 말이 아니다. 선비는 근심을 숨길 수가 없었다. 그런데 사돈과 손은 선비에게 말하기를,

"대사가 다행히 순조롭게 이루어져 딸이 이미 쪽을 졌으니 오래 친가에 있을 필요가 없소이다."

하므로 선비는 부득이 손이 타고 간 말에 신부를 태워가지고 집으로 돌아왔다. 하지만 온 집안 식구들이 이를 보고 해괴히 여겨 탄식하지 않는 자가 없었다. 그러나 신부는 조금도 얼굴빛이 변하지 않고 방에 거처할 뿐 집안일을 돌보지 않았다. 그러나 자기 친가의 소식은 앉아서 다 알고 있었다. 시부모들은 이것을 괴상히 여겼다.

중매를 든 손이 혼인 후에 한 번도 오지 않자, 시부모는 어느 날 장래 일을 상의하였다.

"우리도 이제는 늙었으니 한 말 한 되의 곡식의 출입이나 전답을 경작하는 일을 모두 자식 내외에게 맡기고, 앉아서 얻어 먹

으면서 남은 해를 마치는 것이 옳겠소."
 그런 다음 치가(治家)의 범절을 아들 내외에게 맡기자 신부는 조금도 사양하지 않고 이를 맡았다. 그런데 마루 아래에 내려가는 일도 없이 종을 시켜 농사짓고 계집종을 시켜 길쌈시키는 일이 하나도 법도에 어긋남이 없이 처리하는 것이 아닌가.
 신부가 아무 날은 비가 온다고 하면 반드시 비가 오고, 아무 날은 개인다고 하면 반드시 개어서 농사에 한 번도 때를 놓치는 일이 없으니 수삼 년 사이에 가산이 크게 불어났다. 이에 비로소 온 집안과 이웃 마을에서까지 그가 현부인 줄을 알게 되었다.
 어느 날 신부는 시아버지께 이렇게 말하는 것이었다.
 "이제 아버님께서 춘추(春秋)가 이미 칠순이 되셨으니, 무료하게 지내실 것이 아니라 날마다 동리 친구들과 잔치하고 즐기시면 술안주와 음식은 제가 감당하겠사오니 그렇게 좋게 세월을 보내시는 것이 어떠하시겠습니까?"
 "나도 그런 소원을 품은 지가 오래다."
 시아버지는 이렇게 대답하고, 이때부터 날마다 손들을 불러 마시고 노니 4년이 지나는 동안에 집에 전답 한 마지기가 없이 가산이 다 없어졌다.
 이에 신부가 그 시부모에게 말하였다.
 "이제는 가산이 다 없어져서 촌토(寸土)도 남지 않아 이곳에서는 살 길이 없사오니 저의 친정이 사는 마을로 옮겨 가면 스스로 편안히 살아갈 방법이 있겠습니다."
 이에 그 시아버지는 며느리가 하는 일이 하나도 틀림이 없었으므로,
 "만일 좋은 도리가 있거든 네가 알아서 하라."
 했다. 그러자 신부는 가산과 남은 박토의 전답을 다 팔아가지고

권속(眷屬)과 노비를 데리고 자기 친정으로 오니, 저번에 중매한 손은 이미 와서 기다리고 있는 것이었다.

이로부터 그 시아버지는 오랫동안 산 속에 있어 답답한 빛을 감추지 못하자, 청컨대 저 산에 올라가 보라고 했다. 그가 산에 오르자 산 밖에서 북치고 함성지르는 소리가 들리므로 시아비는 놀라서 며느리에게 물어보았다.

"저것이 무슨 소리냐?"

"왜적이 지금 아무 고을에서 싸우기 때문에 소리가 나는 것입니다."

"그럼 우리 마을은 어찌 되었느냐?"

"우리가 살던 집은 이미 불타 없어졌고, 온 동리와 가까운 마을은 모두 어육(魚肉)이 되었습니다."

"그렇다면 너는 미리 난리의 기미를 알고 산에 들어온 것이냐?"

"비록 미물이라도 모두 천기를 알아서 바람을 피하고 비를 피하고 하는 것이온데, 사람으로서 어찌 그것을 모르겠습니까?"

그 후 신부는 여기에서 8, 9년이 지난 후에 다시 식구를 데리고 산에서 나와 농사를 짓고 산업에 힘써서 집을 크게 일으켰다.

13. 설   분(雪憤)

 영천(榮川)에 사는 유생(儒生) 민모(閔某)에게 한 아들이 있었는데, 혼인을 치른 지 얼마 안 되어 죽어서 그 아내 박씨는 청상(靑孀) 과부가 되었다.
 그는 박씨 집 딸로서 반벌(班閥)이 있는 집이어서 집상(執喪)을 예절에 맞게 하고 시부모를 효성껏 모시니, 이웃 마을 사람들까지 그를 칭찬했다.
 그가 시집 올 때 데리고 온 아이종이 있는데, 그 이름은 만석(萬石)이다. 민씨 집은 몹시 가난하였지만 박씨는 손수 길쌈을 하고 종으로 하여금 나무를 하고 물도 긷게 하여 조석 공양을 한 번도 거르는 일이 없이 지냈다.
 그 이웃에 김조술(金祖述)이란 자가 살고 있었는데, 역시 반명(班名)하는 집인데다가 갑부였다. 그는 울타리 사이로 가끔 박씨의 아름다움을 엿보고 마음속으로 욕심을 내고 있었다.
 어느 날 민생은 출타하는 길에 김조술을 만났다. 조술은 이로써 민씨가 집에 없다는 것을 알고 사람을 시켜, 박씨의 침방(寢房)을 탐지한 후 달빛 아래 그 집으로 들어갔다.
 이때 박씨는 혼자 자기 방에 있었는데, 그 방은 그 시어머니 방과 마루를 사이에 두고 있었고 거기에는 창문 하나가 있었다.
 박씨가 잠에서 깨자 창 밖에서 무슨 소리가 나고 달빛 아래 사람의 그림자가 보였다.
 박씨가 의심이 나서 몸을 일으켜 시어머니의 방으로 들어가자,

시어머니는 괴상히 여겨 그 까닭을 묻는다. 박씨는 밖에 사람의 기척이 있다고 말하고 시어머니와 마주앉아 있었다.

이때 만석은 조술의 종의 남편이 되어 그 집에 와서 자고 있었다. 그 집은 조용하고 아무 소리도 없는데 갑자기 창 밖에서 큰 소리로 외치기를,

"박 과부는 나와 지낸 지가 이미 오래이니 빨리 내보내라."

한다. 이에 시어머니가 큰소리로,

"도둑이야!"

하고 외치자 마을 사람들이 불을 들고 오므로 조술은 제집으로 돌아가 버렸다. 이리하여 그가 조술이라는 것을 알았다. 민생이 집에 돌아와 그 말을 듣고 분한 마음을 스스로 이기지 못하여 관청에 고소할까 생각했으나, 그렇게 하면 소문이 좋지 않을 것 같아서 참고 있었다.

그러나 그 후로 조술은 마을에 터무니없는 말을 퍼뜨리기 시작했다.

"박씨는 나와 사통해서 태기가 있은 지 이미 4, 5개월이 되었다."

결국 이 소문은 자자하게 퍼져나갔다. 박씨는 이 말을 듣고 말하기를,

"이제는 관청에 고해서 부끄러움을 씻어야겠다."

하고 치마로 얼굴을 가리고 관청 뜰로 들어가 조술의 죄상과 그가 거짓말을 한 실상을 분명히 말했다. 그러나 그때 조술은 관속에게 돈을 썼고, 또 관속들이 거의 모두가 조술의 노속들이었다. 이렇게 되고 보니 형리의 무리들도 모두 말하기를,

"이 여자가 저절로 왔으니 그 음행이 소문이 난 지가 오래 된 것이 분명하다."

했다. 그 고을 수령 윤이현(尹彝鉉)도 관속들의 말만 믿고 박씨를 꾸짖는 것이었다.
"네가 만일 정절이 있다면 아무리 모함을 당했어도 오래 되면 저절로 없어질 것인데, 어찌하여 스스로 와서 변명을 하느냐?"
"관청에서 일을 바로잡아서 김가의 죄를 엄하게 다스려 준다면 저는 이 뜰 아래에서 스스로 목숨을 끊겠습니다."
박씨는 그렇게 말하며 차고 있던 조그만 칼을 빼는 태도가 몹시 강개해 보였다.
그러나 수령은 노해서 박씨를 꾸짖으며 말했다.
"네가 나를 위협하는 것이냐? 네가 만일 죽고자 한다면 큰 칼로 네 집에서 자결할 것이지 왜 작은 칼로 여기에서 죽으려 하느냐?"
그리고 즉시 데리고 나가라고 하자 관비가 그의 등을 밀어 관문 밖으로 내보냈다.
박씨는 하는 수 없이 문을 나서자 목을 놓아 크게 울다가 그 조그만 칼로 자결하니, 보는 자들이 모두 놀라지 않는 이가 없었다.
수령도 놀라서 시체를 운반해 가게 했는데, 민생은 그 분함을 이기지 못해서 관청 뜰로 들어가 수령에게 불공한 말을 많이 했기 때문에 잡아서 안동부(安東府)로 보내게 되었다.
이에 그 종 만석이 서울로 가서 임금이 행차하는 길에서 징을 쳐 억울함을 호소하자 본도(本道)에 사람을 보내서 조사하게 했다.
그러나 이때는 이미 김조술이 마을 사람과 영읍(營邑)의 하속(下屬)에게까지도 뇌물을 써서, 박씨의 죽음은 자살한 것이 아니고 잉태했다는 소문이 부끄러워서 약을 먹고 죽었다고 말을 만들고, 약을 사다준 할미와 약을 판 장사꾼까지도 모두 증인으로 만들어 놓았다.

이리하여 옥사가 오래도록 판결이 나지 않았는데, 민가에서는 박씨의 시체를 염하지 않은 채 관에 넣어서 뚜껑도 덮지 않고 말하기를,

"이 원수를 갚아야만 염을 하고 장사를 지낼 것이다."

하고 건넌방에 넣어 두었다. 그런데 4년이 지나도록 몸이 조금도 상하지 않고 산 사람과 같았으며, 그 문에 들어서도 전혀 악취가 나지 않고 파리 한 마리 가까이 오지 않았으니 이상한 일이었다.

봉화 군수 박시원(朴始源)은 그의 재종(再從)으로서 친히 가보았더니 과연 생시와 같더라고 나에게 말했다.

한편 만석은 김가의 계집종과 살면서 1남 1녀를 낳았는데, 이때에 이르러 그 처를 내쫓아 영결(永訣)하며 말했다.

"네 주인이 우리 주인을 죽였으니 곧 원수의 집이다. 부부의 의리가 비록 중하지만 노주(奴主)의 분수도 가볍지 않으니 너는 네 주인에게 돌아가도록 하라. 나는 우리 주인을 위해서 죽으리라. 내 경향(京鄕)으로 돌아다니다가 기어이 원수를 갚고야 말 것이다."

김 판서 상휴(相休)가 관찰사로 나가게 되었을 때 마침 만석이 서울에서 와서 징을 치자 본도에 명령을 내려 그 사건을 다시 조사하게 했다.

이에 민가(閔家)로 하여금 박씨의 관을 관청 마당으로 가져오게 하여 관 뚜껑을 열고 조사했더니, 얼굴빛이 산 사람과 같고 목에 칼이 꽂힌 자국이 있었다. 또 약을 팔았다는 장사꾼과 약을 지어다 주었다는 할미를 데려다가 국문하니 그들은 그제서야 사실대로 진술하기를, 조술이 각각 2백 냥씩을 주면서 그렇게 말하라

고 했다는 것이었다.

　영문(營門)으로부터 이와 같이 장계를 올리자 조술은 이내 벌을 받고, 박씨에게는 정문(旌門)을 내렸으며, 만석은 양민으로 회복시켰다.

　관찰사 김상휴(金相休)의 계사(啓辭)에 자세히 실려 있으니 여기에서는 더 이상 긴 이야기는 생략한다.

14. 면   천(免賤)

 연산조(燕山朝) 때 사화가 크게 일어나자 이씨 성을 가진 교리 하나가 망명해서 달아나다가 보성(寶城) 땅에 이르렀는데, 몹시 목이 마르던 차에 보니 한 동녀(童女)가 냇가에서 물을 긷고 있었다.
 이에 그녀에게로 다가가서 마실 물을 청하자 그녀는 표주박에 물을 가득 떠가지고 그 위에 버들잎을 띄워 주는 것이었다.
 교리는 마음속으로 괴상히 여겨 물어보았다.
 "지나는 나그네가 목이 몹시 말라서 급히 마실 물을 구했는데, 어찌해서 버들잎을 물에 띄워 주는가?"
 "손님을 보니 몹시 목이 마른 것 같아서 천천히 마시게 하기 위해서입니다."
 이 말을 듣고 나그네는 크게 놀라고 기특하게 여겨 다시 물었다.
 "그대는 어느 집 딸인가?"
 "저 건너 버들그릇 만드는 집 딸입니다."
 이에 그는 그 뒤를 따라가서 버들그릇 만드는 집에 사위가 되기를 청하여 몸을 의탁했다.
 그러나 서울의 귀한 집 아들이 어찌 버들그릇 짜는 일을 알겠는가. 날마다 할 일이 없이 낮잠으로 세월을 보내니 버들장이 내외는 크게 노해서 욕하였다.
 "내가 사위를 본 것은 버들그릇을 만들기 위한 것인데, 이제 새로 혼인해 가지고 밥만 먹고 아침저녁으로 잠만 자니 이는 곧 하나의 밥주머니일 뿐이다.”

그리고는 그날부터 끼니를 감해서 주기로 했다. 그러나 그의 아내는 불쌍히 여기고 민망해서 매양 누룽지를 더 갖다 주곤 했다.

이렇게 부부 사이의 은정(恩情)이 몹시 두텁게 여러 해를 지난 후에 중종(中宗)이 반정(反正)하여 혼조(昏朝)가 폐해지자, 그 동안 쫓겨난 사람들이 모두 용서를 받아 직책을 얻고 벼슬을 더하게 되었다. 이생에게도 또한 전직이 주어지고 팔도로 사람을 놓아 찾는다는 말이 자자하였다. 그도 역시 그 풍문을 들었다.

이때 마침 초하룻날이 되어 버들그릇을 관청에 바치게 되었는데 이생이 주인 늙은이에게 이르기를,

“이번에는 그 일을 제가 하겠습니다.”

했다. 그러나 주인은 책망하기를,

“자네같이 잠만 자는 사람이 동서가 어딘지도 모르면서 어떻게 이 그릇들을 관가에 바친단 말인가? 내가 친히 갖다 바쳐도 번번이 퇴짜를 맞았는데 자네 같은 사람이 어떻게 무사히 바칠 수가 있단 말인가?”

하고 즐겨 허락하지 않는다. 이때 그 아내가 말하였다.

“시험삼아 한번 바치게 할 것이지 어찌 반대만 하시오?”

이렇게 하여 이생은 비로소 버들그릇을 지고 관청에 가게 되었다.

이생은 관문에 이르자 바로 뜰 가운데로 들어가 앞으로 가까이 나가면서 큰 소리로 외쳤다.

“아무 곳에서 버들그릇 바치러 와서 기다립니다.”

본관(本官)은 곧 평상시 절친한 무변(武弁)이었는데, 그 사람의

음성을 듣고 모양을 살피다가 크게 놀라 일어나서 뜰로 내려 왔다. 그러더니 그의 손을 잡고 반가이 맞아서 상좌에 앉히고 말하기를,

"여보게! 어디에 가서 자취를 숨겼다가 이제 이 모양으로 여기에 왔는가? 조정에서 찾은 지가 이미 오래이니 빨리 올라가도록 하게."

하고 명하여 술을 내다가 대접하는 한편 의관을 내다가 갈아 입으라 한다.

동시에 본관은 이 교리(李校理)가 이 고을에 있다고 순영(巡營)에 보고하고 말을 준비하여 즉시 떠나라고 재촉한다. 그러나 이생은 말하기를,

"주객의 의를 돌아다보지 않을 수 없고, 또 조강(糟糠)의 정리가 있으니 내 마땅히 주인 늙은이에게 작별할 것이다. 그런즉 자네는 내가 있는 곳으로 찾아와주게."

하니 본관도 좋다고 한다.

이에 이생은 도로 올 때 입었던 옷을 입고 문을 나서서 자기가 있던 집으로 돌아와서 말하였다.

"이번의 버들그릇은 무사히 상납했습니다."

그러자 장인은 이렇게 대답했다.

"이상도 하다. 옛 말에 올빼미가 천년을 묵으면 토끼를 잡는다고 하더니 이것이 헛말이 아니로다. 기이한 일이다. 오늘 저녁엔 밥 두어 숟갈을 더 주도록 하라."

이튿날 날이 밝자 이생은 일찍 일어나더니 문정(門庭)을 소제한다. 이것을 보고 주인이 말하기를,

"내 사위가 버들그릇도 잘 바치고, 이제 또 마당을 쓰니 오늘은 해가 서쪽에서 뜨려나보다."

했다. 이때 이생이 또 자리를 마당에 깔자 주인이 물어보았다.
 "자리는 깔아서 무엇하나?"
 "본부(本府) 관사(官司)가 올 것이기 때문에 그러는 것입니다."
그러나 주인은 냉소하면서 나무랐다.
 "자네는 지금 꿈을 꾸는가? 본관이 무슨 일로 내 집에 온단 말인가? 이는 천부당만부당한 말일세. 이제 보니 어제 버들그릇을 잘 바쳤다는 것도 길거리에 버리고 와서 과장해 말하는 헛소리였네그려."
 그러나 그 말을 마치기도 전에 본관의 공방(工房) 아전이 채색자리를 가지고 숨이 차서 오더니 방 안과 마당에 깔면서 말하였다.
 "관사주(官司主) 행차가 이제 당도하신다."
 이 말을 듣고 버들장이 내외는 깜짝 놀라 머리를 싸매고 울타리 사이에 숨는 것이었다.
 조금 있자 본관이 말을 타고 오더니 말에서 내려 방으로 들어갔다. 이생과 인사가 끝난 후에 본관이 물었다.
 "수씨(嫂氏)는 어디 계신가? 나오시도록 하게."
 이에 이생은 그 아내를 불러 인사를 하게 했다.
 그러자 그 여인이 앞으로 나와 절을 하는데 옷은 비록 남루해도 용의는 단아해서 비천한 여자가 아니었다.
 본관이 치사하기를,
 "이 학사(李學士)가 몸이 궁한 길에 있는 것을 다행히 수씨의 힘을 입어 오늘에 이르렀으니, 비록 의기 남아라도 여기에 지날 수 없을 것이니 어찌 부럽고 탄식할 일이 아니겠습니까?"
하자 그녀는 옷깃을 여미고 말하였다.
 "돌이켜보면 지극히 미천한 촌부로서 군자를 모시면서 이 같은 귀인이신 줄을 전혀 몰랐사오니, 주선과 접대의 범절에 무례하기가 끝이 없어 죄진 것이 또한 크온데 어찌 감히 존객(尊客)의 치사를 감당할 수 있겠습니까? 관가에서 누추한 집에 왕림하시어 영광스럽기 그지없사오나 생각하옵건데 천녀(賤女)의 집을 위해서는 복력(福力)이 손상될까 두렵습니다."

이때 본관이 사람을 시켜 버들장이 내외를 불러들여 주식(酒食)을 대접하는데, 이윽고 이웃 고을의 수재(守宰)들이 계속하여 와서 보니 버들장이 집 문 밖에 인마(人馬)가 시끄럽고 구경꾼이 구름과 같았다.

얼마가 지난 후 이생이 본관에게 일렀다.

"저 여인이 비록 천민이나 내가 이미 몸을 의탁했으니 반드시 배필을 삼아야겠네. 내 비록 귀하다고 해서 바꿀 수는 없으니 원컨대 교자(轎子) 하나를 빌려 함께 가고자 하네."

그러자 본관은 즉시 교자 하나를 준비하여 떠나게 했다.

이리하여 이생이 서울로 올라와 입궐하고 사은(謝恩)하니, 중종이 명하여 입시(入待)하라 하고 그 동안 유리(流離)한 사정을 묻자, 이생이 자세히 아뢰었다. 임금이 재삼 감탄하며 이렇게 말하는 것이었다.

"이 여자는 천첩(賤妾)으로 대할 수 없으니 특별히 후부인(后夫人)으로 승격시키는 것이 옳다."

이리하여 이생과 이 여자는 많은 자녀를 낳았는데, 이가 곧 이장곤(李長坤)이라고 한다.

15. 대　　조(對照)

평양에 어느 한 기생이 있는데, 매우 예쁘고 노래와 춤에 능하여 젊어서 한때 이름을 드날렸다.
기생이 말하기를,
"내가 사귄 사람은 수없이 많지만 그 중에 꼭 두 사람을 잊을 수가 없는데, 하나는 몹시 아름답게 생겨서 잊을 수가 없다."
한다. 이 말을 듣고 한 사람이 그 사연을 묻자, 그의 대답은 이러했다.
어느 날 순사도(巡使道)를 모시고 연광정(練光亭) 잔치에서 놀 때의 일이란다. 석양이 되어 난간을 의지하여 앉아서 저만치 떨어져 있는 숲을 바라보고 있었다. 그런데 아름다운 소년 하나가 나귀를 타고 강변에 오더니 배를 타고 건너서 대동문(大東門)으로 들어가는 것이었다.
그녀는 소년의 동탕한 풍채를 바라보니 마치 신선과도 같이 생겨서 심신이 황홀하여 술에 취한 듯했다. 이에 그는 변소에 간다고 핑계를 대고 정자에서 내려와 그가 간 곳을 알아보니, 바로 대동문 안에 있는 객사에 있다는 사실을 알았다.
그는 다시 술자리로 돌아와 잔치가 파하기를 기다려 화장을 고쳐 촌부의 복색으로 차렸다. 그러고 나서 어둡기를 기다려 그 집을 찾아서 창문 틈으로 엿보니 옥같이 아름다운 소년이 촛불 앞에서 책을 보고 있는 것이었다. 그녀는 혼자 생각하였다.
'저렇게 아름다운 낭군에게 만일 천침(薦枕)을 하지 못한다면

죽어도 눈을 감지 못하겠다.'
 기침을 하고 창문을 두드리자, 소년이 거기 누구냐고 묻는 것이었다.
 주인집 며느리라고 대답하자, 소년은 무엇하러 밤에 왔느냐고 했다. 이에 그녀는 말하기를,
 "우리 집에 장사꾼들이 몰려와서 방을 모두 내주었기 때문에 잘 자리가 없어서 손님 방 윗목에서 잤으면 해서 왔습니다."
하니 소년은 그러면 좋다고 한다. 이리하여 그녀는 마침내 그 방 안으로 들어가서 촛불 아래 앉았으나 소년은 거들떠보지도 않고 단정히 앉아 책만 보고 있었다.
 밤이 깊은 뒤에 그녀는 촛불을 끄고 윗목에 누웠으나 잠이 올 리가 없다. 한동안 시간이 흐른 뒤에 조그맣게 신음하는 소리를 내니 소년은 어디가 아파서 그러느냐고 묻는다. 이에 그녀는,
 "전부터 가슴앓이를 앓는데 이제 찬방에 누워 있어서 전의 병이 도져서 그러합니다."
한다. 소년이 이 말을 듣고 말했다.
 "그러면 내 등뒤 가까이 따뜻한 곳으로 옮겨 와서 자도록 하라."
 이리하여 그녀는 소년의 등뒤로 바싹 다가가서 몸을 대고 누웠으나 여전히 소년은 아무런 말도 없이 돌아다보지 않는 것이었다.
 참다못하여 그녀는 마침내 입을 열었다.
 "손님께서는 누구이신지 모르지만 혹시 환시(宦侍;고자)가 아니십니까?"
 소년은 이 말을 듣고 불쾌한 듯 물었다.
 "그게 무슨 소리인가?"

그러나 그녀는 이렇게 대답했다.
"저는 주인집 며느리가 아니고 바로 이 고을의 관기(官妓)이옵니다. 오늘 연광정 위에서 손님의 풍채를 뵙고 마음속으로 몹시 흠모하여 이 모양으로 모습을 바꾸고 한번 뵙고자 하여 온 것입니다. 저의 얼굴도 그다지 추악하지 않사옵고, 손님께서도 연세가 많지 않으신 터에 이 깊은 밤 아무도 없는 곳에서 남녀가 한방에 있으면서 한번 쳐다보지도 않으시니 환시가 아니고 무엇입니까?"
"그대가 관기란 말인가? 그렇다면 왜 일찍 말하지 않았던가? 나는 주인집 며느리로 알고 그랬던 것인데, 그렇다면 나와 함께 자는 것이 좋지 않겠느냐?"
하고 그녀를 이불 속으로 끌어들였는데, 남자의 솜씨는 바로 화류장에서 놀아난 탕아 그것이었다.
밤새 마음껏 즐기다가 소년은 새벽이 되자 일어나서 행장을 차리고 말하였다.
"뜻하지 않게 만나서 하룻밤 인연을 맺고 갑자기 작별하게 되었으나 다음 만날 것을 기약하기 어려우니 헤어지는 심회를 무엇이라 말하겠는가? 졸지에 달리 정표할 물건이 없으니 시나 한 수 써주리라."
말을 마치자 그녀를 시켜 치마폭을 들게 하고 시 한 수를 써내려 갔다.

물은 먼 나그네와 같아 흘러서 멈추지 않고,
산은 아름다운 사람과 같아 보내는 것이 정이 있네.
은촛불 오경 밤에 서로가 정이 흡족하니
숲에 가득한 바람과 비가 가을소리를 내네.

水如遠客流無住 山似佳人送有情
銀燭五更罷幌洽 滿林風雨作秋聲

소년은 쓰기를 마치자 붓을 던지고 일어나서 떠나려 했다. 이에 그녀는 소년의 소매를 잡고 울면서 소년의 주소와 성명을 물었으나 소년은 웃으면서,
"나는 산수와 누대(樓臺) 사이에서 방랑하는 사람이니 물을 필요가 없다."
하고는 표연히 가버리는 것이었다. 이에 그녀는 집으로 돌아와서 그를 잊으려 해도 잊혀지지 않아서 치마폭에 쓴 시를 안고 한없이 울었으니, 이것이 아름다움을 사모하여 잊지 못하는 사람이라는 것이다.

일찍이 그녀가 순사도의 수청기생으로 있던 어느 날 문졸(門卒)이 와서 고하기를, 아무 곳에 사는 사음(舍音) 한 사람이 뵙겠다고 와서 문 밖에 있다고 한다.

순사가 들어오라고 해서 살펴보니, 배가 불룩한 촌사람이 무명옷에 짚신을 신었는데 미목(眉目)이 못생기고도 사납고 용모가 추악해서 차마 가까이서는 볼 수가 없을 지경이었다.

이윽고 순사가 그에게 물어보았다.
"네가 무슨 일로 먼 길에 왔느냐?"
"소인이 먹고 입는 것은 순사도께 청할 것이 없사옵니다. 그러나 평생의 소원이 아름다운 기생과 한번 정을 통하고 싶어서 이렇게 천리 길을 멀다하지 않고 왔습니다."
순사는 빙그레 웃으면서 그 촌사람에게 말하였다.
"그게 소원이라면 저 방에 가서 네 마음에 드는 기생을 고르도록 하라."

그 사람은 순사도의 명령이 떨어지자 기쁨을 이기지 못하여 바로 수청방(守廳房)으로 들어갔으나 기생들은 그 사람의 추악한 꼴을 피하여 모두 달아나는 것이 아닌가.

그 남자는 그들의 뒤를 따라가 하나를 잡고는, 얼굴이 아름답지 못하다 하여 놓아 보내고, 또 하나를 잡고는 몸이 너무 뚱뚱하다 하여 외면해 버렸다.

마침내 그녀를 잡고 말하기를, 쓸 만하다 하고 번쩍 안고 담모퉁이로 가서 억지로 정을 통하는데, 이때 그녀는 죽기로 거절했으나 힘을 당할 수 없어서 나중에는 하는 대로 내버려 두었다가 집으로 돌아와서 더운물에 목욕을 했다. 그러나 비위가 가라앉지 않아서 수일 동안 식사를 하지 못했다는 것이다.

이것은 너무 추악해서 잊을 수 없는 남자였다고 그 기생이 말했다.

16. 열   부(烈婦)

  호남의 어느 선비가 5, 60리 밖에 있는 고을 신부와 혼례를 치렀다. 초례를 지내고 신랑이 신방으로 들어가서 신부와 마주 앉았는데 밤이 장차 깊어간다.
  이때 갑자기 벽력 같은 소리가 나면서 뒷문이 부서지더니 집채만한 큰 범 한 마리가 방으로 들어와 신랑을 물고 나가려 했다.
  신부는 깜짝 놀라며 급히 일어나 범의 뒷다리를 껴안고 놓지 않자 범은 바로 집 뒷산으로 올라가는데, 그 빠르기가 날으는 듯했다.
  그러나 신부는 죽을 힘을 다해서 범에게 매달려 높고 낮은 바위나 험한 가시덤불을 가리지 않으니 옷은 모두 찢어지고 머리털은 헝클어졌으며, 온몸에는 피가 흘러 그치지 않는 것이었다.
  이렇게 몇 리를 가다가 마침내 범도 기운이 빠져서 풀밭 위에 신랑을 버리고 가버렸다.
  한참 후에 신부가 비로소 정신을 차려 손으로 신랑의 몸을 만져보니 명문(命門) 밑에 조그맣게 더운 기운이 있다.
  이에 사방을 둘러보니 언덕 밑에 인가가 있고 그 집 뒤창으로 조그만 불빛이 내비친다. 그녀는 범이 이미 멀리 갔을 것을 알고 길을 찾아 내려가서 그 집 뒷문으로 들어가 보았다. 그 곳에는 마침 5, 6명이 모여 앉아서 술을 마시는데, 술잔과 안주 그릇이 어지러이 흩어져 있었다.
  이들은 갑자기 신부가 들어오는 것을 보니 머리는 산발이 되고 옷은 찢어졌고 온몸에는 피가 흐르고 있어 사람인지 도깨비인지 알 수가 없는 것이었다.
 그 꼴을 보고 모든 사람들은 놀라서 나자빠질 지경이었다.
 이때 신부는 말하기를,
 "나는 사람이니 여러분은 놀라지 마십시오. 저 언덕 위에 목숨이 위태로운 사람이 있으니 여러분은 그 인명을 구원해 주옵소서."
하고 간곡히 청을 한다. 이 말을 듣자 여러 사람들은 그제서야 정신을 수습하여 일제히 횃불을 들고 올라가 보았다. 그랬더니 한 소년이 쓰러져 있는데 곧 숨이 끊어지려 하는 것이 아닌가. 이에 여러 사람들이 자세히 살펴보니 바로 그 집 주인의 아들이었다.
 주인이 크게 놀라서 아들을 엎어다가 방에 눕히고 약과 물을 먹였더니 두어 식경이 지난 뒤에 깨어났다.
 온 집안 사람들이 처음에는 놀라고 당황해하다가 뒤에는 경사롭고 다행한 일로 알았다.
 신랑의 아버지는 혼행을 떠나보내고 마침 이웃 친구들을 모아서 술을 마시던 중이었던 것이다. 그제서야 그 여인이 신부라는 것을 알고 방으로 데려다가 미음을 먹인 다음, 이튿날 신부의 집에 기별하였다. 두 집 부모는 크게 놀라고 기뻐하며 그 지극한 정성과 절개에 감탄해 마지않았다.
 이에 그 시골의 많은 선비들이 그 일을 관청에 보고하여 정문(旌門)이 내려졌다.

17. 동   정(同情)

　죽천(竹泉)은 매양 주시(主試)를 했는데 그 시감(試鑑)이 신(神)과 같았다.
　마침 호중(湖中)에 성묘를 갔다가 돌아오는데, 이때는 감시(鑑試)의 회기(會期)를 당한 때였다. 한 선비가 말을 타고 앞에 가면서 말 위에서 손에 책 하나를 들고 읽고 있었다. 그런데 그는 점심때나 잠잘 때도 반드시 그와 한 점사(店舍)에서 같이하는 것이었다.
　죽천은 마음속으로 몹시 괴이히 여겨서 점사에 이르자 사람을 시켜 그 사람을 불러오게 하여 물어보니, 곧 회시(會試)에 과거보러 가는 사람이었다. 그는 스스로 말하기를,
　"늙은 부모의 시하(侍下)에 6, 7차 과거에 매양 떨어지고 보니 정리(情理)에 몹시 절박합니다."
한다. 이에 보고 있던 책이 무슨 책이냐고 묻고, 또 어찌해서 그렇게 잠시도 손에서 책을 놓지 않는 것이냐고 묻자 대답하기를,
　"연전에 지은 글인데 지금은 정신이 혼미해서 책만 덮으면 문득 잊어버리기 때문에 이렇게 읽고 있습니다."
한다. 죽천이 그 책을 달라고 해서 읽어보니 편마다 글이 아름다웠으므로 그는 탄식하면서 말했다.
　"공부가 매우 착실하고 글귀가 이렇게 청신(淸新)한데 어찌해서 여러 번 떨어졌단 말인가? 이는 유사(有司)의 책임이로다."
　그러자 그 사람은 이렇게 말하는 것이었다.

"이제는 나이도 늙고 겁이 많아서 내가 짓고 내가 쓰는 글씨도 매양 가로로 쓰는 수가 많으니 이러고도 어떻게 떨어지지 않겠습니까? 이번 길도 또 마땅히 이와 같을 것이어서 처음에는 나가지 않으려 했으나 늙은 부모가 권해서 부득이 이 긴치 않은 길을 가는 것입니다."
 죽천은 그를 불쌍하고 민망히 여겨 위로하기를,
 "이번에는 모름지기 노력해서 잘 보도록 하오."
하고 서울로 들어갔다. 이때 회시를 당하여 주시로서 시지(試紙)를 고사(考査)하다가 한 시지를 보니 글씨를 혹 가로로 쓴 것이 있다. 죽천은 이것을 보고 웃으면서 말하였다.
 "이는 반드시 그 늙은 선비의 글이다."
 그리고 여러 시관을 둘러보며 말하였다.
 "이것이 내가 만난 늙은 선비 실재(實才)의 글이니 이번에 우리들이 적선(積善)을 합시다."
 그는 여러 시관에게 이렇게 말하고 그 글을 그대로 뽑았다.
 그러나 방(榜)이 나간 후에 그 봉한 내용을 보니 나이가 그다지 늙지 않았다. 괴이히 여겨 몹시 의심하는데 신은(新恩)하러 오는 사람 중에 그 사람도 역시 와서 보므로 죽천이 하례하였다.
 "여러 번 낙방한 나머지 급제했으니 다행한 일이오."
 이 말을 듣고 그 사람은 대답하기를,
 "초시(初試)는 이번이 처음입니다."
한다. 이에 죽천은,
 "노친을 모신 처지에 즐겁게 해드려서 다행이오."
하자 그는 또 대답하기를,
 "저는 영감하(永感下 ; 부모가 모두 돌아가셔 슬퍼함)입니다."
한다. 죽천이 기가 막혀 다시 물어보았다.

"그러면 저번에 도중(途中)에서 어찌해서 나를 속였는가?"

그러자 그 사람은 자리를 피하고 부복하여 이렇게 말하는 것이었다.

"소생이 대감께서 주시가 되시는 사실을 알았기 때문에 그렇게 속인 것입니다. 만일 그렇게 하지 않으면 대감께서 어찌 소생을 뽑으시겠습니까? 죽을 죄를 졌습니다."

죽천은 이 말을 듣고 한참 보다가 웃을 뿐 아무 말이 없었다.

18. 효 감(孝感)

　성종 때 호남 흥덕현(興德縣) 화룡리(化龍里)에 오준(吳俊)이란 사람이 있었는데, 그는 사족(士族)이었다. 부모 섬기기를 효성껏 하고 부모가 죽자 취산(鷲山)에 장사지내고 묘 밑에 집을 지어 날마다 흰죽 한 그릇을 먹으면서 슬프게 우니 듣는 자들이 모두 눈물을 흘렸다.
　상식(上食)을 올리는 데는 항상 현주(玄酒)를 쓰는데, 우물이 산골짜기 속에 있어서 그 맛이 몹시 맑고 달았다. 우물까지는 거리가 5리나 되지만 오군(吳君)은 반드시 친히 병을 들고 가서 떠오는 것이었다. 물론 바람이 불고 비가 내리거나, 날씨가 춥든지 덥든지간에 조금도 게을리하지 않았다.
　어느 날 저녁에 산 속에서 마치 천둥소리와 같이 큰 소리가 온 산을 울려서 모두 움직인다. 아침에 일어나 보니 우물물이 여막(廬幕) 옆에서 솟아나오는데 맑고 깨끗하고 달고 맵기가 한결같이 골짜기에 있던 우물물과 같았다. 이에 그 골짜기로 가보니 그 우물은 이미 마르고 물이 나지 않았다. 그리하여 멀리 가서 물을 떠오는 수고를 면할 수 있게 되었으며, 사람들은 이 우물을 효감천(孝感泉)이라고 이름지었다.
　여막은 깊은 산 속에 있어서 범과 표범이 살고 있고, 도둑이 모여드는 곳이었다. 이에 집사람이 몹시 걱정하더니 이미 소상(小祥)이 지난 어느 날 갑자기 큰 범 한 마리가 여막 앞에 쭈그리고 앉아 있지 않은가.

이에 오군이 경계하여 말하기를,
"네가 나를 해치려 하느냐? 내 너를 피하지 않고 네가 하는 대로 맡기겠다. 그러나 나는 아무 죄도 없느니라."
하자 범은 문득 꼬리를 치고 머리를 수그리며 부복하고 무릎을 꿇어 공경하는 뜻을 표하는 것처럼 보였다. 이를 보고 오군이 말하기를,
"나를 해치지 않겠다면 어찌해서 가지 않느냐?"
했더니 범은 문 밖으로 나가서 엎드린 채 떠나가지 않았을 뿐 아니라, 날마다 그와 같이 하여 마치 어리광을 부리는 것처럼 했다. 또 매양 삭망(朔望)을 당하면 이 범은 반드시 큰 사슴 한 마리나 산돼지 한 마리를 문 앞에 갖다 놓아서 제수(祭需)에 쓰도록 하여 1년이 지나도록 한 번도 거르지 않으니, 사나운 짐승이나 도둑이 이로 인해서 자취를 감추었다.

오군이 상복을 벗고 집으로 돌아가자 범은 비로소 딴 곳으로 갔다. 그 밖에도 효성에 감동한 이상한 일이 몹시 많았지만, 샘물과 범의 일은 가장 특이한 것이다.

한편 도신(道臣)이 조정에 이 일을 보고하자, 성종은 특별히 명하여 정려(旌閭)를 내리고 쌀과 비단을 하사했다. 오(吳)는 나이 65세에 죽으니 사복정(司僕正)을 증직(贈職)하고, 고을 사람들은 그를 향현사(鄕賢詞)에 향사(享祀)했다.

금상(今上)이 즉위하자 근래 서원의 폐단을 걱정하여 갑오(甲午) 이후의 사우(祠宇)를 철거했다. 그러나 흥덕(興德)의 유생들이 그의 효행을 열거하여 보고하자 임금이 명하여 그 사당만 헐지 않았으니, 역시 흔치 않은 은전이었다.

그 사당이 근래에 허물어질 폐단이 있어, 오군의 자손 태운(泰運)이 그 일을 갖추어 태학(太學)에 고하였다. 그러자 본읍(本邑)

의 향교에 통문을 보내서 그 장보(章甫)들로 하여금 힘을 합하여 수리하게 했다.

　내가 들으니 동한(東漢) 때 촉(蜀) 땅 사람 강시(姜時)가 어머니를 지극한 효성으로 섬겼는데, 그 어머니는 강물을 마시기를 좋아하고 또 생선회를 즐겼다.

　이때 시(時)의 아내 방씨(龐氏)는 집에서 6, 7리가 떨어진 곳에 가서 물을 길어다가 드리고, 시는 힘써 회를 만들어다가 바쳤다.

　그러던 어느 날 집 옆에서 우물이 솟아나와 물이 강물과 같았고 아침마다 잉어 두 마리가 뛰어나와서 맛있는 회를 올릴 수가 있었다. 이때 적미(赤眉;西漢 말년에 왕망이 漢나라를 찬탈하자 郎揶의 樊崇이 군사를 일으켰는데, 눈썹에 붉은 칠을 하여 왕망의 군사와 구별하였음)가 군사를 몰아 지나가다가 말하기를,

"큰 효성이 반드시 귀신을 감동시켰다."

했고, 광무제(光武帝)는 시를 낭중(郎中) 벼슬에 임명했다 한다.

　또 조해습유(稠海拾遺)에 말하기를,

"조증(曺曾)은 노나라 사람이니 부모 섬기는 데 효성을 다했다. 날이 몹시 가물어 우물물이 모두 말랐지만 어머니는 맑고 단물을 마시기를 원했다. 이에 증이 끓어앉아 병을 들자 단우물이 저절로 솟아났다."

고 했으니 오군의 일은 이것과 똑같다고 하겠다.

　대개 지성이면 귀신도 감동시킨다고 했고, 전(傳)에는 말하기를, 정성에는 움직이지 않는 자가 없다고 했으니 옳은 말이다.

　효감천은 지금에 이르기까지 그대로 있어서 물이 솟아올라 고을 사람들이 이를 소중히 여겨 그 주변에 돌을 쌓았다고 한다.

　이는 진실로 우리나라에 일찍이 없었던 일이니, 정말 이상한 일이로다.

19. 내　　조(內助)

　　창의사(唱義使) 김천일(金千鎰)의 아내는 뉘집 딸인지 알 수가 없지만 시집 온 뒤로 한 가지도 하는 일 없이 날마다 낮잠만 자는 것이었다.
　　그 시아버지가 보다못해 경계하기를,
　　"너는 참으로 아름다운 며느리이지만 다만 부도(婦道)를 모르니 그것이 흠이더구나. 대체로 그 나름대로 부인의 책임이 있는 것이니 이미 출가하면 집을 다스리고 산업(産業)을 경영해야 하는 것이다. 이것을 하지 않고 날마다 낮잠으로 일을 삼느냐?"
했다. 이에 그 며느리는 대답하기를,
　　"비록 치산(治産)을 하려고 해도 맨주먹으로 어떻게 산업을 경영하겠습니까?"
한다. 시아버지는 이 말을 듣고 옳다고 생각하여 즉시 벼 수십 섬과 노비 4, 5명, 소 두어 마리를 주면서 며느리에게 물었다.
　　"이만하면 족히 산업을 경영할 자본이 되겠느냐?"
　　그러자 며느리는 충분하다고 말하고 이내 노비들을 불러 이르기를,
　　"이제 너희들은 나에게 소속되었으니 마땅히 내 지시를 따라야 한다. 너희들은 이 곡식들을 소에 싣고 무주(茂朱) 아무 곳 깊은 골짜기에 들어가서 나무를 베어 집을 짓고, 이 곡식으로 농량(農糧)을 해서 부지런히 농사를 지어서 매년 추수한 것을 나에게 와서 보고하라. 그리고 그 곡식은 쌀로 만들어서 매년 저

장해 두도록 하라."
했다. 노비들이 명령을 받고 떠났는데, 그 후 수일이 되어 김공을 보고 말하였다.

"남자가 수중에 돈이 없으면 백 가지 일이 이루어지지 못하는데, 어찌 이 일을 생각하지 않습니까?"

공은 말하기를,

"나는 지금 시하(侍下)의 인사(人事)에서 의식을 모두 부모에게 의뢰하고 있는 터에 돈이나 곡식을 어떻게 마련한단 말이오."

한다. 그러자 부인이 이렇게 말하는 것이었다.

"내가 들으니 이 마을 이생(李生)의 집에 많은 재산이 있는데, 그 성질이 내기 장기를 좋아한다고 하니 낭군께서는 한번 가서 천 석짜리 노적(露積) 한 무더기를 걸고 장기를 두어 보지 않으시렵니까?"

"그 사람은 전부터 장기 잘 두기로 유명하고 내 솜씨는 몹시 서투른데, 이러한 일을 어찌 마음에 내본단 말이오."

공이 그렇게 대답하자 부인은,

"그건 아주 쉬운 일이니, 일단 장기판을 가지고 오시오."

하더니, 남편과 대좌하여 여러 가지 묘수로 장기를 두어 가면서 지휘하였다. 김공도 또한 뛰어난 사람인지라 반나절을 앉아서 대국하니 진법을 분명히 터득하게 되었다.

이때 부인이 김공에게 이렇게 당부하는 것이었다.

"이제는 넉넉히 결승을 할 만하니 군자께서는 삼판 양승으로 약속을 하십시오. 첫 판에는 거짓으로 져주고, 두번째와 세번째 판은 간신히 이겨서 이미 노적 한 무더기를 얻은 후에 저 사람이 만일 다시 자웅(雌雄)을 결정하고자 하면, 그때는 신묘한 수를 써서 그 사람으로 하여금 다시 둘 생각을 하지 못하게 하십시오."
 김공은 그 말을 옳게 여겨 이튿날 곧 그 집에 가서 내기 장기를 두자고 청하자 그 사람은 웃으면서 말하였다.
 "그대와 같은 마을에 살아도 아직 그대가 내기 장기를 둔다는 말을 듣지 못했는데, 갑자기 이제와서 장기를 두자고 하니 그 까닭을 알지 못하겠소. 또 그대는 나의 적수가 아니니 대국할 필요가 없소."
 그러나 김공은 말하기를,
 "대국해서 행마를 해 본 뒤에 그 높고 낮은 것을 정할 일이지, 어찌 미리 먼저 물리친단 말이오?"
 하고 재삼 강청한다. 이에 그 사람은 말하기를,
 "만일 그렇다면 나는 내기가 아니면 두지 않는데 이제 무엇으로 내기를 걸겠소."
 "그대의 집에 천 석의 노적이 서너 개나 되니 그것으로 내기를 하는 것이 좋겠소."
 이 말을 듣고 그 사람이 다시 김공에게 말하기를,
 "나는 그렇다 하지만 그대는 무슨 물건을 걸겠소?"
 "나도 천 석의 벼를 걸겠소."
 "그대는 시하 처지인데 적지않은 곡식을 어떻게 마련해 내겠소."
 그러나 김공은 말하기를,
 "그야 승부가 판결난 뒤에 말할 일이 아니오? 내가 만일 이기지 못하면 천 석을 어찌 내주지 않겠소."
 이렇게 하여 그 사람은 억지로 판을 차리고, 세 번 두어서 두 번 이긴 사람이 이기는 것으로 하고 두었는데, 첫 판에서는 김공이 거짓으로 져주자 그 사람은 웃으면서 말하였다.

"그렇지……. 그대는 나의 적수가 아니라고 내가 말하지 않던가?"
그러나 김공은 말하기를,
"아직 두 판이 남았으니 또 두어봅시다."
한다. 이 말을 듣고 이생은 마음속으로 이상히 여겨 다시 두었는데 두 판을 다 지고 말았다.
이생은 놀라고 이상히 여겨서 그에게 탄식하며 말했다.
"참으로 이상하다. 어찌 이럴 수가 있단 말인가. 그러나 이미 천 석으로 내기를 했으므로 주지 않을 수가 없으니 즉시 보내주겠지만, 다시 한 판만 더 둡시다."
김공이 이를 허락하고 다시 대국했는데, 이때 비로소 묘수를 내니 이생은 형세가 다하고 힘이 군색하여 감히 손을 대지 못하고 말았다.
김공이 웃고 자리를 파한 후에 집으로 돌아와 그 아내에게 사실을 말하니 아내는 말하기를,
"내 이미 알고 있었습니다."
한다. 이에 김공이 아내의 의견을 물어보았다.
"이미 이것을 얻었으니 장차 어디에 써야 하겠소?"
"군자께서 친히 아는 사람 중에 궁한 사람의 혼인이나 초상 및 가난해서 살 수 없는 사람에게 양에 맞도록 나누어주시오. 그리고 원근과 귀천을 가릴 것 없이 만일 기걸(奇傑)한 사람이 있으면 그와 허교(許交)해서 매일 오도록 하시면 주식(酒食)을 대접하는 것은 내가 스스로 마련하겠습니다."
김공은 아내의 말대로 행했다.
어느 날 그 부인은 또 시아버지에게 청하였다.
"제가 농사를 지으려 하오니 울타리 밖에 있는 닷새 갈이 밭을

허락하시겠습니까?"
 그 시아버지가 이를 허락하자 부인은 여기에 밭을 갈고 모두 박을 심었다. 그 박이 무르익자 모두 따서 옻칠을 하여 해마다 곳간에 넣어 두니 곧 창고가 가득 차게 되었다.
 또 풀무장이에게 시켜 박 모양으로 된 쇳덩이 두 개를 만들어 창고 속에 보관하니 사람들은 그 까닭을 알지 못했다.
 임진년에 왜병이 침입해 오자 부인이 김공에게 말하였다.
 "내가 평일에 당신께 권하여 궁한 사람을 도와주고 어려운 사람을 구제하여 영특하고 용맹이 있는 자를 사귀게 한 것은, 이런 때에 그들의 힘을 빌리자는 것이었습니다. 이제 당신께서 의병을 일으키시면 시부모의 피난하실 곳은 내가 이미 무주 땅에 정해 놓았사온바 거기에는 곡식이 있고 집이 있어 걱정할 일이 없을 것입니다. 나는 여기에서 군량을 마련하여 떨어지지 않게 하겠습니다."
 김공은 기꺼이 부인의 말에 따랐다.
 그리하여 김공이 드디어 의병을 일으키니 평소에 은혜를 입은 자가 원근 각지에서 몰려와 열흘 사이에 정병(精兵) 4, 5천을 얻게 되었다. 이때 그는 군졸들로 하여금 각각 옻칠한 박을 차고 싸우다가 진으로 돌아올 때는 철로 만든 박을 중로(中路)에 버리고 오게 하였다. 이를 본 왜병들이 크게 놀라 말하기를,
 "이 군사들이 사람마다 이러한 박을 차고서도 그 걸음이 날으는 것과 같으니 그 용맹이 한량없는 것을 알 수가 있다."
하고 드디어 서로 경계하여 감히 그 예봉(銳鋒)을 꺾지 말라고 했다. 이 까닭에 왜병들은 김공의 군사를 보면 싸우지 않고서 저절로 달아났으니, 김공이 기이한 공을 많이 세운 것은 모두 부인이 도와준 덕택이었다.

20. 의 분(義憤)

 정동계(鄭桐溪) 온(蘊)이 젊었을 때 한 마을의 선비들과 회시(會試) 과거를 보려고 길을 떠났다.
 이들은 중도에서 흰 가마 한 채를 만났는데 그 가마는 일행보다 혹 앞서기도 하고 뒤서기도 하였다. 그 뒤에는 예쁜 계집종 하나가 머리를 땋아 내리고 따라간다. 그 계집종은 얼굴이 몹시 아름답고 행동이 단아해서 여러 사람들이 말 위에서 바라보고 입을 모아 참으로 예쁘다고 하였다.
 그러나 그 계집종은 홀로 동계에게 눈을 주는 것이다. 이렇게 얼마를 가다가 여러 사람들은 서로 희롱의 말을 하기를,
 "문장과 학식은 진실로 휘언(輝彦;정동계의 字)에게 머리를 양보하지만, 외모에 있어서야 어찌 우리가 그만 못하단 말인가. 그런데 어찌해서 저 여인은 홀로 휘언에게만 정을 주는 것인가? 세상 일은 정말 알 수가 없다."
하고 서로 한바탕 웃었다.
 얼마 안 가서 가마는 한 마을을 향해서 들어가게 되었다. 동계는 말을 세우고 말하기를,
 "여기에서 10여 리를 가면 점사(店舍) 하나가 있으니, 그대들은 거기에서 자고 나를 기다리라. 나는 북쪽 마을 인가에서 자고 내일 새벽에 따라가리라."
한다. 이에 여러 사람들이 이렇게 말하였다.
 "우리들이 휘언에게 바라는 것이 어떠하기에 이젠 천 리 과거

길을 떠나서 말고삐를 나란히 하고 가는 터에 중로에서 서로 떠날 수가 없게 되었다. 그런데 졸지에 길에서 한 요망한 여자를 만나자 공연히 정에 끌려 쓸데없는 생각을 품고, 심지어 동행을 버리고 이러한 망령된 행동을 하려고 하니 사람은 진실로 쉽게 알 수가 없고 알기도 또한 어렵도다."

그러나 동계는 웃으면서 대답도 하지 않고 채찍을 재촉하여 가마를 따라갔다.

어느덧 그 집 문에 이르러 보니 큰 가사(家舍)인데, 바깥채는 폐해진 지 이미 오래 된 것 같았다.

동계가 말에서 내려 바깥채 마루에 앉아 있으려니, 그 계집종이 안으로 들어갔다가 조금 후에 나오는데 그 웃는 얼굴이 참으로 아름답다.

계집종은 말하기를,

"손님께서는 이 찬 마루에 앉으실 것이 아니라 잠시 소녀의 방으로 들어오십시오."

한다. 동계가 그 방으로 따라 들어가 보니 몹시 정결하다. 이윽고 저녁상이 나오는데 또한 소박하고도 담박하고 맛이 있다.

그 계집종은 말하기를,

"저는 안에 들어가서 부엌을 청소하고 오겠습니다."

하고 나가서는 밤이 초경이나 되어서 나오더니 그 친속(親屬)들을 쫓고나서 촛불 아래에 무릎을 맞대고 앉았다.

이에 동계가 그 계집종에게 말하였다.

"너는 어찌 내가 여기에 올 줄 알고 미리 준비를 했느냐?"

"소인의 얼굴이 추한 것을 면했고, 나이 17세가 되도록 일찍이 눈을 들어 사람을 보지 않았사온데 오늘 낮에 노상에서 손님과 눈이 마주친 것이 한두 번이 아니었사옵니다. 손님께서 아무리

강한 남자라 하더라도 어찌 범연할 수가 있겠습니까? 하오나 소인이 이러는 것은 저에게 슬프고 원통한 사정이 있어서 손님의 손을 빌려 그것을 갚으려 하는 것이온데, 손님께서는 즐겨 저의 말을 들어주시겠습니까?"
눈물을 뿌리면서 말하는 그녀의 얼굴빛이 자못 처량하다.
동계가 괴이히 여겨 그 까닭을 묻자 이렇게 대답했다.
"저의 상전께서는 여러 대 독자로 내려오다가 하나의 음부(淫婦)를 얻어 가지고 간부(奸夫)의 손에 죽었는데, 이미 가까운 친척이 없어서 다시 원수를 갚지 못하고, 오직 소비(小婢) 하나만이 있어서 그 일을 알 뿐이오니, 원통하고 분한 마음이 가슴에 맺혔습니다. 하오나 돌이켜보건대 여자의 몸으로 어떻게 할 수가 없어서 다만 천하의 영웅에게 몸을 허락하여 그의 손을 빌려 원수를 갚으려 했던 것입니다. 그런데 오늘 마침 상전의 음처(淫妻)가 본가로부터 돌아오는 날이기 때문에 제가 부득이 뒤따라갔다 오는 길에 여러 사람의 행차를 보니 그 행차 중에 손님께서 유독 용모도 뛰어나고 담력도 남보다 배나 있어 보이니 참으로 내가 바라던 분이었습니다. 그런 까닭에 눈으로 정을 보내서 유인하여 여기에 이른 것입니다. 간부는 이제 또 음부를 만났으니 음란한 짓을 낭자하게 할 것이오니, 이는 실로 하늘이 내린 좋은 기회이옵니다. 모름지기 틈을 타서 일을 도모하시옵소서."
"너의 기개는 참으로 기이하고 장하다만, 나는 한 사람의 서생인데 적수 공권(赤手空拳)으로 어찌 이런 큰일을 해낸단 말이냐?"
"제가 뜻이 있어서 활과 화살을 준비해 둔 지가 오래이오니, 손님께서 비록 활쏘는 법에 익숙지 못하다 하더라도 어찌 활을 당겨 쏘는 것이야 알지 못하겠습니까? 만일 활을 쏘아서 맞기만 하면, 제가 아무리 흉악하고 사나운 놈이라도 어찌 죽지 않을 도리가 있겠습니까?"

계집종은 그 말을 마치자 이내 활과 화살을 내밀었다.

이들은 함께 내사(內舍)로 들어가 창 틈으로 엿보니, 촛불을 밝게 비추고 살지고 몸이 큰 놈이 옷을 벗고 아랫도리를 내놓고서 음부와 서로 껴안고 희롱하여 하지 못하는 짓이 없다.

이에 동계는 화살을 잡고 힘을 다하여 활을 당겨 창 틈으로 쏘니 화살이 똑바로 그놈의 등에 꽂혀 가슴을 뚫어서 그 자리에 쓰러지고 만다.

동계는 또 화살 하나를 집어 그 음부를 쏘려 하자 계집종은 손을 흔들어 말리면서 말하기를,

"저 여자는 비록 죽여야 하겠지만 제가 섬긴 지가 오래이고, 노주(奴主)의 분수가 이미 엄한 터에 내 어찌 차마 내 손으로 죽인단 말입니까? 차라리 버려 두고 가는 것만 같지 못합니다."

라고 하며 급히 제 방으로 가더니 행장을 수습하여 동계를 따라 나섰다. 이때 동계는 마침 짐을 실은 말이 있어서 그녀를 그 말에 태워 가지고 같이 몇 리를 가다가 동행하던 과거꾼이 머무는 곳을 찾으니 날이 아직 새지 않았다.

객점(客店)의 문에 들어서자 동행들이 일제히 놀라 일어나 보니 동계가 한 여자와 같이 오는 것이 아닌가.

이때 일행 중의 한 사람이 정색하고 그를 꾸짖는 것이었다.

"내가 평일에 휘언을 학문하는 사람으로 여겼는데, 이제 갑자기 도중에 여자를 데리고 오다니 그대의 이 행동은 우리들이 생각하던 바가 아닐세. 사군자(士君子)의 행실이 진실로 이같을 수가 있는가?"

그러나 동계는 웃으면서 말하였다.
"내가 어찌 여색을 탐하는 무리여서 사대부의 행동을 알지 못하겠는가? 무슨 곡절이 있는 것이니 장차 알게 될 것이네."

이에 같이 서울에 올라가서 그녀를 점사에 두어 두고, 동계는 과연 회시에 합격하여 방이 발표된 후에 고향으로 돌아가는 날에 그녀를 데리고 가서 부실(副室)을 삼았다. 그 사람은 온공하고 아름다워서 백 가지 일이 뜻과 같지 않은 것이 없으니, 집안과 온 고향에서 그 현숙함을 칭찬했다.

21. 의　　리(義理)

　　매화(梅花)는 곡산(谷山) 기생으로서 얼굴이 매우 아름다웠다. 한 늙은 재상이 황해도의 관찰사가 되어 이 고을을 순행하다가 이 기생을 마음에 두어 데려다가 감영에 두고 더할 수 없이 귀여워했다.
　　마침 이때 명사(名士)가 곡산부사(谷山府使)에 임명되어 왔다가 잠시 그 예쁜 얼굴을 보고, 한번 만나보고 싶어서 그 어미를 불러 후하게 물건을 주고 무시로 출입하게 하였다. 그런데 올 때마다 쌀과 돈, 또 고기나 비단을 주어 이렇게 하기를 몇 달을 계속했다.
　　이에 그 어미는 마음속으로 몹시 괴상히 여겨 묻기를,
　　"소인같이 미천한 것을 이렇게 사랑해 주시니 황송하기 짝이 없습니다. 알지 못하거니와 사또께서는 무슨 생각으로 이렇게 하십니까?"
하니 부사가 말하였다.
　　"네 아무리 늙었으나 본래 명기이기에 함께 파적(破寂)하자는 뜻으로 이렇게 친숙하게 할 뿐이지 딴 생각이 있어서 그러는 것이 아니다."
　　그러나 늙은 기생은 아무래도 이상해서 또 묻기를,
　　"사또께서 반드시 소인을 쓸 곳이 있어서 이렇게 친절하게 하시는 것인데, 어찌해서 분명히 말씀을 하시지 않으십니까? 소인이 이러한 망극한 은혜를 받았으니 물불을 헤아리지 않을 것입니다."

한다. 이에 부사는 비로소 입을 열었다.

"내가 처음 부임해 오던 날 네 딸을 한번 보고 한시도 잊지 못하여 거의 병이 나게 되었다. 그러니 네가 만일 데리고 와서 한번 만나게 해준다면 죽어도 한이 없겠다."

이에 노기(老妓)는 웃으면서 말하기를,

"그것은 아주 쉬운 일이온데 어찌 일찍 말씀을 하시지 않았습니까? 바로 데려오겠습니다."

하고 집에 돌아가서 다음과 같이 편지를 써서, 그 딸에게 사람을 시켜 급히 보냈다.

"내가 이름 모를 병에 걸려서 바야흐로 거의 죽을 지경에 이르렀는데, 너를 보지 못하고는 눈을 감을 수 없으니 속히 말미를 얻어가지고 집에 와서 작별이나 하자."

매화는 이 편지를 보고 울면서 순사(巡使)에게 어미를 가서 보겠다고 청하니 쾌히 허락하고 갔다올 노자를 후하게 내준다.

이에 매화가 집에 돌아와 그 어미를 보자 어미는 그 까닭을 말하고, 매화를 데리고 관가로 들어가 부사에게 뵈었다.

그 부사의 나이는 그때 겨우 30세가 넘었는데 풍의(風儀)가 동탕하고, 순사는 모양이 늙어 쭈그러져서 마치 신선과 범인의 차이처럼 현저하게 달랐다.

매화도 한번 부사를 보자 역시 사모하는 마음이 생겨 이날로부터 천침(薦枕)하여 두 사람의 정이 흡족하여 한 달이 지나니, 관청에서 얻은 말미가 이미 기한이 찼다.

이에 매화가 장차 영문(營門)으로 돌아가려 하자 부사는 차마 그녀를 놓지 못하고 말하였다.

"이제 작별하면 만날 기약이 막연하니 어찌한단 말이냐?"

매화도 역시 눈물을 흘리면서 말하는 것이었다.
"제가 이미 사또께 마음을 허락했사온즉 이제 가면 반드시 빠져서 돌아올 것이오니 오래지 않아서 뵈올 수 있을 것입니다."
매화는 그 길로 바로 해주(海州)로 가서 순사를 뵙자 순사가 물었다.
"네 어미의 병이 어떠하더냐?"
"다행히 좋은 의원을 만나서 좀 나은 것을 보고 돌아왔습니다."
매화는 이같이 대답하고 전과 같이 동방(洞房)에 머물렀다.
그러나 그녀는 순사에게 돌아온 지 10여 일이 지나자 갑자기 병이 나서 음식을 전혀 먹지 못함은 물론, 신음하면서 자리에서 일어나지도 못하는 것이 아닌가.
당황한 순사가 의원들을 불러 무수히 약을 썼지만 매화의 병은 차도가 없었다.
이렇게 또 10여 일이 흘러갔다. 그런데 매화는 머리를 산발하고 신발을 벗고 입은 옷을 찢는 것이었다. 게다가 얼굴을 씻지 않아 더러운 모습으로 손뼉을 치고 발을 구르면서 웃기도 하고 울기도 하니 완연히 미친 사람이었다. 누워 있다가 갑자기 징청헌(澄淸軒) 위로 뛰어나와 순사의 이름을 큰 소리로 부르자 사람들이 달려와 그 입을 막았으나 매화는 가까이 오는 사람들을 마구 물어서 아무도 얼씬하지 못하게 했다.
순사는 어찌할 수가 없어 그녀를 불러서 교자에 태워 제 집으로 보냈다.
매화의 이 미친 짓은 일부러 한 연극이었으니 집에 돌아온 뒤에야 어찌 낫지 않을 까닭이 있으랴. 집에 돌아온 이튿날 바로 관아로 들어가 부사를 만나 그가 한 일을 자세히 보고하고, 협실에 머물러 사랑이 더욱 두터웠다.

그러나 이러한 소문을 순사가 듣지 못할 리가 없다.
 그런 지 얼마 후에 곡산부사가 영문에 가자 순사가 매화의 소식을 묻는 것이었다.
 "매화라는 관기가 병으로 제 집으로 돌아갔는데 요즈음은 병세가 어떠한지, 가끔 불러들여 만나보는가?"
 "병은 좀 나았다 합니다만 하관(下官)이 어떻게 불러보겠습니까?"
 부사가 그렇게 대답하니 순사는 냉소할 뿐이었다.
 곡산부사는 그 뒤에 매화를 데리고 서울로 왔다가 병신(丙申)의 옥사에 연루되어 갇혀 죽음을 당하게 되었다.
 이에 부사의 부인이 매화에게 이렇게 말하였다.
 "주인어른이 이제 이 지경이 되었으니 나는 이미 마음을 결정한 바가 있지만, 너는 나이 젊은 터에 어찌 여기서 머무른단 말이냐. 이제 집으로 돌아가도록 하라."
 그러자 매화는 울면서 말하였다.
 "제가 사또어른의 사랑과 은혜를 입은 지 이미 오래이온데, 번화한 때는 함께 편안히 지내다가 이제 이와 같은 때를 당하여 어찌 차마 혼자서 돌아간단 말입니까. 오직 죽음이 있을 뿐입니다."
 수일 후에 부사가 죽음을 당하자 그 부인도 스스로 목을 매어 죽었다.
 매화는 손수 이들 내외의 시체를 거두어 염습해서 관에 넣어 선영 아래에 장사를 지냈다. 그리고 나서 그 묘 옆에 있는 나무에 자기도 목을 매어 죽었으니, 그 절개가 가위 열렬하다 하겠다.
 매화는 처음에는 계교를 써서 순사에게서 떠났지만 뒤에는 부사를 위하여 절개를 세워 의리에 죽었으니 또한 여자 중의 예양

(豫讓;전국시대 晉나라 사람. 智伯을 섬겨 사랑을 받던 중 超襄子가 지백을 쳐서 멸하자 讓은 원수를 갚고자 몸에 옻칠을 하여 문둥이가 되고 숯을 삼켜 벙어리가 되어 襄子를 刺殺코자 했으나 뜻을 이루지 못하여 자살했다)이라 할 것이다.

22. 기   연(奇緣)

　동악(東岳) 이공(李公; 선조 때의 이안눌. 특히 시문에 능했음)이 새로 장가든 뒤에 상원(上元) 밤에 운종가(雲從街; 지금의 鍾路)에서 종소리를 듣고 술이 취해서 이동(履洞) 앞길을 지나다가 문에 의지해서 누웠더니 비복들이 와서 시끄럽게 말하기를,
　"신랑이 취해서 여기에 쓰러졌구나."
하고 부축해 가지고 그 집으로 들어가 신방에 뉘었으나 공은 전혀 인사를 차리지 못했다.
　이리하여 동방화촉에 신부와 동침하고 나서 이튿날 새벽에 깨어서 보니 전연 알지 못하는 딴 사람의 집이 아닌가.
　이에 공은 신부를 보고,
　"이것이 뉘 집이오?"
하고 묻자, 신부는 오히려 괴이히 여겨 신랑에게 까닭을 물어보고 나서 서로 일이 잘못된 것을 깨닫고 놀랄 뿐이었다.
　그 집은 혼인을 지낸 지 사흘이 된 집이었는데, 신랑이 역시 밤놀이를 나갔다가 그대로 돌아오지 않은 것을 동악이 잘못해서 이 방에 들어갔던 것이다.
　이에 공은 신부에게 의논하였다.
　"이 일을 어떻게 처리하면 좋겠소?"
　그러자 그 신부는 말하였다.
　"내가 꾼 꿈과 꼭 맞으니 이것도 하나의 연분입니다. 부녀자의 도리로 말한다면 내가 한번 죽으면 그만이지만, 우리 가문은 여

러 대 내려오는 역관(譯官) 집으로 나는 이 집의 무남독녀입니다. 내가 죽는다면 우리 부모가 늙어도 의탁할 곳이 없으니 차마 그럴 수도 없습니다. 그런즉 부득이 권도(權道)로 처리할 수밖에 없으니 원컨대 내가 소실이 되어 늙은 부모를 모시고 여생을 보내시게 하는 것이 어떻겠습니까?"
"나도 일부러 법을 어긴 것도 아니고 내가 난동을 부린 것도 아니니 권도를 써서 그렇게 해도 해로울 것이 없겠소. 그러나 집에 늙은 부모가 계시고 집안의 교훈이 몹시 엄한데다가 내 나이 약관도 되지 않았고 또 아직 과거에 급제도 하지 않은 서생으로서 소실을 둔다는 것은 어찌 어려운 일이 아니겠소."
"그것은 어려울 것이 없지요. 낭군의 이모나 고모 집에 혹 나를 두어 둘 곳이 없습니까?"
"그럴 만한 곳은 있소."
이때 신부가 결심한 듯한 안색으로 말하였다.
"그렇다면 급히 일어나서 나와 함께 그 집에 가서, 나를 그 집에 둔 다음에 두 집에서는 전혀 이 일을 모르게 하시오. 낭군께서는 머지않아 과거에 급제할 것이니 급제하기 전에는 맹세코 서로 만나지 말고 급제한 뒤에 이 사실을 두 집 부모에게 고한 다음, 한집에서 같이 지내는 것이 어떻겠습니까?"
공은 그 말을 좇아 신부를 홀로 사는 이모 집에 데려다 주고 그 집에서 바느질을 도우면서 친어머니처럼 의지하고 살도록 했다.
한편 신부 집에서는 아침에 일어나 보니 신랑 신부가 간 곳이 없자 크게 놀라고 괴이히 여겨, 신랑 집으로 가서 찾아보고 나서야 비로소 엉뚱한 신랑과 같이 도망한 것을 알게 되었다.
일이 이렇게 되고 보니 신부 집에서는 그 일을 숨기고, 신부가 갑자기 괴질로 죽었다고 소문을 내서 가짜로 염을 하고 헛장사를 지냈다.

 동악은 그 후에 다시 소실을 찾아보지 않고 밤낮으로 부지런히 공부하여 문장이 크게 통달하여 몇 해를 지나지 않아 과거에 급제했다.

 이에 공은 비로소 늙은 부모에게 알리고 소실을 데려온 다음 소실의 집에도 가려고 한다.

 이때 소실이 시집갈 때 해준 이불깃에 달았던 붉은 비단을 싸서 주면서 말하였다.

 "말만으로는 우리 부모가 반드시 믿지 않으실 것이니 이것을 가지고 가시오. 이것을 가지고 가시면 신물(信物)이 될 것이오. 이 비단은 옛날 우리 조상 한 분이 역관으로 연(燕)나라에 들어갔을 때 황제가 준 것인데, 이것은 천하에 없는 특이한 비단입니다. 이 비단은 오직 우리 집에만 전해 오는 물건이니 이것을 보시면 믿으실 것입니다."
한다.

 이공이 그 말대로 소실의 집에 가서 전후 사실을 모두 이야기하자, 소실의 아버지 늙은 역관은 이공에게 이렇게 말하였다.

 "하늘이 시켜서 한 일이로다. 이제 우리 늙은 내외가 의탁할 곳이 생겼도다."

 그 역관이 이공의 풍채를 보니 미구에 재상이 될 자격이다. 그 집에는 달리 자녀가 없는 터라 재산과 노비, 논밭과 집을 모두 이공에게 주니 그는 졸지에 장안의 갑부가 되었다.

 그 소실은 어질고도 지혜가 있어 가산을 잘 다스리고 남편 받드는 것이 모두 규범이 있었다. 이공의 집이 지금까지 부자라고 일컬어지는 것은 모두 그 덕이었다. 그리고 소실의 자식들도 모두 번성했다고 한다.

23. 신   이(神異)

곽사한(郭思漢)은 현풍(玄風) 사람으로서 망우당(忘憂堂)의 후손이다. 젊었을 때 과거공부를 하다가 일찍이 이인(異人)을 만나서 비술을 전해받아 천문, 지리, 음양 등 여러 가지 글에 능통했다.

그의 친산(親山)이 고을 안에 있는데 나무꾼과 목동이 날로 침입해도 이를 금할 수가 없었다. 이에 그는 산 밑으로 가서 나무를 깎아 꽂고 거기에 쓰기를,

"혹 이 표목 안에 들어가는 자가 있으면 반드시 헤아릴 수 없는 화가 있을 것이다."

했다. 이렇게 쓰고 나서 그는 마을 사람들에게 일러서 한 발자국도 이 표목 안으로 들어가지 말라고 하니 사람들은 모두 웃었다.

이때 젊고 미련하고 사나운 사람 하나가 일부러 그곳에 가서 나무를 하려고 거침없이 그 표목 안으로 들어갔다. 그러자 이게 어찌된 일인가. 갑자기 하늘이 돌고 땅이 흔들리면서 바람과 천둥이 세차게 치고 칼과 창이 숲처럼 서 있어서 나갈 길이 없었다. 이리하여 그 사람은 혼이 빠지고 정신이 나가 그 자리에 쓰러지고 말았다.

그 사람의 어머니가 이 소식을 듣고 급히 와서 곽생(郭生)에게 하소연하자, 곽생은 노해서 말하였다.

"내가 그렇게 주의를 주었는데도 그 말을 듣지 않더니 이제와서 나를 괴롭게 하는가? 나는 모른다."

그래도 그 어머니는 울면서 애걸하기에 곽생은 손수 가서 그를 끌고 나오니 그 후로는 아무도 거기에 가지 못했다.
　그의 중부(仲父)가 병이 중한데, 의원의 말에 만일 산삼을 약으로 쓰면 낫겠다고 한다. 이에 그의 종제(從弟)가 와서 간절히 청하였다.
　"아버님의 병이 몹시 중한데 산삼을 구할 길이 없습니다. 바라건대 형님의 재주를 제가 아는 바이오니 어떻게 두어 뿌리만 얻어서 병을 고칠 수 없겠습니까?"
　곽생은 눈썹을 찡그리며 말하기를,
　"이것은 몹시 어려운 일이지만 병환이 그러하시니 주력해서 구하지 않을 수가 없도다."
하고 종제와 함께 뒷산 기슭으로 올라가 한 곳에 이르니 소나무 그늘 밑에 한 넓은 들판이 있는데, 곧 인삼밭이다. 그 밭에서 제일 큰 것으로 골라서 세 뿌리를 캐주어 약을 지어 치료하라고 하고 경계하기를,
　"이 일은 아무에게도 누설하지 말고 또 다시 캘 생각도 말라."
했다. 그의 종제는 급히 집으로 돌아가 그 약을 써서 과연 효험을 얻었다. 그는 인삼밭에 가던 길과 인삼이 있는 곳을 기억하여 그 종형이 집에 없는 틈을 타서 몰래 그곳에 가보았으나 이틀 전에 가보았던 곳이 아니었다. 그는 마음속으로 놀라고 의아히 여겨 탄식하고 돌아와서 종형에게 그 이야기를 했더니, 곽생은 웃으면서 말하였다.
　"전날에 너와 함께 간 곳은 곧 두류산(頭流山)인데, 네가 어떻게 다시 가 볼 수 있겠느냐? 다시는 그런 짓을 하지 말라."
　어느 날 그는 집에서 건넌방을 정결히 청소하고 나더니 그 아내에게 부탁하며 말하였다.

"내가 이 방에서 3, 4일 동안 볼 일이 있으니 절대로 문을 열지 말고, 또 엿보지도 마시오. 기한이 되면 내가 스스로 밖으로 나갈 것이오."

그러더니 문을 닫고 방 안에 앉아 있는 것이 아닌가. 그의 말대로 집안 사람들은 그냥 내버려 두었다.

이렇게 며칠이 지나자 그 아내는 남편의 하는 일이 궁금해서 창문 틈으로 엿보았다. 그랬더니 방 안이 큰 강으로 변했는데 강 위에 단청한 누각 하나가 서 있었다. 남편은 그 위에 앉아 거문고를 타고 5, 6명의 학창의(鶴氅衣;학의 털로 만든 옷)를 입은 사람들이 대좌해 있었으며, 선녀들이 혹은 피리를 불고 혹은 춤을 추고 있는 것이다.

이것을 보고 그 아내는 놀라고 이상히 여겨 감히 소리도 내지 못하고 있었다. 그런데 기일이 되자 남편은 문을 열고 나오더니 아내의 엿본 것을 책망하여 말하였다.

"이후에도 그렇게 하면 내가 이 집에 오래 있을 수가 없다."

어느 날은 그와 절친한 사람이 만고 명장들의 신(神)을 한번 보기를 원하자 곽생이 웃으면서 대답하였다.

"이는 어렵지 않지만 다만 그대의 기백이 능히 감당을 하지 못하여 해가 될까 두렵다."

"만일 한번만 본다면 죽어도 한이 없겠다."

"그대가 정녕 원한다면 내가 시키는 대로 하라."

그러자 그 사람은 좋다고 하였다.

이에 곽생은 그 사람으로 하여금 자기의 허리를 껴안게 한 다음 눈을 감고 있다가 소리가 나면 눈을 떠야 한다고 했다.

그 사람은 곽생의 말대로 그의 허리를 껴안고 있자니 두 귀에 바람과 천둥소리만 들려왔다. 이윽고 곽생이 눈을 뜨라고 해서 보니 자기 몸이 높은 산봉우리의 절정에 앉아 있는 것이다.
 그 사람은 정신이 어지러워 여기가 어디냐고 묻자 가야산(伽倻山)이라는 것이다.
 조금 있다가 곽생이 의관을 정제하고 향을 피우고 앉아서 무엇인가 손으로 가리켜 지휘하고 부르는 것 같더니, 오래지 않아 광풍이 크게 일면서 무수한 신장(神將)들이 하늘로부터 내려오기 시작했다. 그들은 모두 열국(列國) 때와 진·한(秦漢) 당·송(唐宋)의 명장들로서 위풍이 늠름하고 상모가 당당하며, 혹은 갑옷을 입고 혹은 칼을 짚고서 좌우에 벌려 서는 것이 아닌가.
 이때 그 사람은 정신이 없어 곽생의 곁에 엎드려 있는데 이윽고 곽생이 신장들을 물러가게 하니 그 사람은 넋이 나가서 쓰러지고 만다. 곽생은 그가 깨어나기를 기다려 말하였다.
"내가 처음에 말하지 않았는가. 그대의 기백이 이와 같으면서 망령되이 나에게 간청을 하더니 필경 병을 얻었으니 참으로 탄식할 일이로다."
 그리고는 다시 자기의 허리를 껴안게 하여 올 때의 방법과 같이 집으로 돌아왔으나 그 사람은 이 때문에 놀란 증세를 얻어 오래지 않아 죽었다.
 곽생은 이처럼 신이한 방술이 많아서 나이 80세가 지나도록 강건하기가 소년과 같더니 어느 날 병도 없이 앉아서 죽었다고 한다. 영남 사람에 그를 친히 아는 자가 많은데 그가 죽은 지는 수십 년에 지나지 않는다고 한다.

24. 인　　정(人情)

　　유 통제사(柳統制使) 진항(鎭恒)이 젊었을 때 선전관(宣傳官)으로서 입직(入直)했었는데, 임오년(壬午年)에 금주령이 몹시 엄했었다. 어느 날 달밤에 임금이 갑자기 입직한 선전관을 입시하라는 명령을 내렸다.
　이에 진항이 명령을 받고 입시하자 임금은 장검(長劍) 하나를 내어주면서 하교하였다.
　"들으니 민가에서 아직도 술을 빚는 집이 많다고 한다. 너는 이 칼을 가지고 나가서 3일 기한을 하고 술 빚는 자를 잡아오도록 하라. 그렇지 못하면 네 머리를 치리라."
　진항이 명령을 받고 집으로 돌아와서 옷소매로 얼굴을 가리고 누워 있자 그 첩이 물어보았다.
　"어찌해서 이처럼 갑자기 즐거운 빛이 없으십니까?"
　진항이 대답하였다.
　"내가 술을 좋아하는 것은 네가 아는 바가 아니냐. 그런데 술을 못 마신 지가 이미 오래고 보니 목이 말라서 죽을 지경이구나."
　이 말을 듣자 그 첩은 잠시 무엇인가 생각하더니,
　"해가 저물면 내가 주선해 볼 터이니 잠시 기다려 주시오."
한다. 그날 날이 저문 후에 첩은 이렇게 말하였다.
　"술 있는 집을 아는데 내가 친히 가지 않으면 사올 수가 없을 것입니다."
　그리고 나서 술병을 들고 치마로 얼굴을 가리고 나가는 것이었다.

 이에 진항이 몰래 그 뒤를 따라가 보니 동촌(東村)의 한 초가로 들어가서 술을 사가지고 온다. 그는 이것을 달게 마시고 나서 다시 한 병만 더 사오라고 하자 첩은 또 그 집에 가서 사가지고 오는 것이다.

 이때 진항이 그 술병을 들고 일어나자 그 첩이 괴이히 여겨 물었다. 이에 진항이,

 "이 마을에 사는 아무개는 내 술친구가 아닌가. 이제 이런 귀한 물건을 얻었는데 어찌 혼자서만 취할 수가 있는가? 이것을 가지고 가서 함께 마시려 한다."

라고 대답하고 문을 나섰다. 그는 그 길로 그 술집을 찾아 문 안으로 들어서서 보니 두어 칸 두옥(斗屋)이 풍우를 가리지 못하는데, 유생 하나가 등불을 돋우고 앉아 글을 읽고 있다.

 주인은 손님을 보자 일어나서 맞으면서 괴상히 생각하여 물어보았다.

 "어디에서 오신 손님이기에 깊은 밤에 여기까지 오셨습니까?"

 "나는 임금의 명령을 받고 온 사람이오."

하고 허리춤에서 술병을 꺼내 보이면서 덧붙였다.

 "이것은 곧 댁에서 사간 것이오. 일전에 상감의 전교가 이러이러했으니 그대가 이미 잡힌 바에는 불가불 나와 같이 가야만 하겠소."

 유생(儒生)은 그 말을 듣고 나자 한동안 잠자코 있다가 말하였다.

 "이미 법을 어겼으니 어찌 죄를 면 할 수 있겠습니까. 다만 집에 노모가 계시니 말씀이나 드리고 가면 어떻겠습니까?"

 "좋소이다."

그가 안으로 들어가더니 낮은 목소리로 어머니를 부르자, 그 어머니는 놀라 일어나 묻는 것이었다.
"밤이 늦었는데 어찌 자지 않고 왔느냐?"
그러자 그 유생이 원망하며 대답했다.
"어머니, 전에 제가 말씀하지 않았습니까. 선비가 비록 굶어죽더라도 법을 범하지 말아야 한다고 했지요. 그런데 어머님께서 듣지 않으시더니 이제 소자는 잡혀서 죽으러 가는 몸이 되었습니다."
이에 그 어머니는 목을 놓아 큰 목소리로 통곡하며 탄식했다.
"하느님도 무심하십니다. 이게 웬일입니까? 내가 술을 빚은 것은 재물을 탐해서 그러한 것이 아니옵고 하나밖에 없는 자식의 국거리라도 마련하려고 했던 것입니다. 이는 모두 나의 죄이온데 이 일을 장차 어찌한단 말입니까?"
이렇게 집안이 요란하자 그의 아내는 자다가 놀라 일어나더니 가슴을 치면서 역시 통곡한다.
이때 그 유생은 조용히 아내에게 신신당부를 하는 것이었다.
"일이 이에 이르렀으니 울어서 무엇하겠소. 다만 내가 자식이 없으니 내가 죽은 뒤에 그대는 노모를 봉양하기를 내가 있을 때와 같이 하시오. 저 너머 마을에 사는 아무 형님이 아들이 여럿 있으니 하나를 데려다가 키우고 편안히 지내도록 하시오."
진항은 밖에서 그 말을 대강 들으니 슬픈 마음을 금할 수가 없다. 주인이 나오기를 기다려 몇 가지 사실을 물어보았다.
"자당께서 춘추가 어떻게 되셨소?"
"칠십이 넘으셨습니다."
"아들은 있소?"
"없습니다."

"이러한 경상(景象)을 사람이 어찌 차마 볼 수가 있겠소? 나는 두 아들이 있고, 또 시하가 아니니 내가 그대를 대신해서 죽을 터인즉 그대는 걱정할 것이 없소."

말을 마치자 그는 술병을 내오게 하여 그집 주인과 함께 마셨다. 그러고 나서 술병을 깨뜨려 마당 가에 묻고 떠나면서 말하였다.

"노친 시하에 가계가 말이 아니니 어떻게 지내겠소? 내가 이 칼로 한때의 정을 표하는 바이니 이것을 팔아서 어머님을 봉양하도록 하오."

말을 마치고 나서 칼을 풀어서 그에게 주자 그는 굳이 사양했으나 뒤도 돌아보지 않고 떠나갔다.

이에 주인이 그의 성명을 묻자,

"나는 선전관이오. 성명은 말해 무엇하겠소."

하고 대답하고는 표연히 가버린다.

그런데 임금이 명령한 기한이 바로 그 이튿날인지라, 입궐해서 대죄(待罪)하자 임금이 물었다.

"과연 술 빚은 죄인을 잡아왔느냐?"

"잡아 오지 못했습니다."

"그러면 네 머리는 어디 있느냐?"

임금이 노해서 이같이 호령하니 진항은 부복한 채 한참 동안 말이 없다.

이리하여 진항은 제주에 귀양갔다가 몇 해 후에 비로소 귀양에서 풀렸다. 그는 10여 년 동안 불우하게 지내다가 느지막이 복직하여 초계군수(草溪郡守)를 제수받았다. 그러나 궁하게 살던 나머지 재임한 지 3년 동안 백성들의 재물로 자기 몸을 살찌우자 백성들의 원성이 자자하게 되었다.

그러던 어느 날 암행어사가 출도하여 봉고파직시킨 후에 바로 정당(政堂)으로 들어와 향리들을 잡아다가 바야흐로 형장을 시작하려 한다.
이때 진항이 문 틈으로 엿보니 어사는 전에 본 동촌 술집의 유생이었다. 그래서 그는 어사를 뵙기를 청했으나 어사는 해괴히 여겨 대답하지 않고 혼잣말로,
"본관을 만나고자 하다니 가이 염치없는 사람이로군!"
한다. 그러나 진항이 바로 들어가 절을 했건만 어사는 돌아다보지도 않고 정색하고 단정히 앉아 있다. 이에 진항이 말하였다.
"어사또는 본관을 아십니까?"
그래도 어사는 잠자코 대답하지 않고 있다가 혼잣말로 대꾸했다.
"본관을 어떻게 내가 안단 말이오?"
"귀댁이 전일에 동촌 아무 동리에 있지 않았습니까?"
그제야 어사는 조금 놀라면서 말하였다.
"그건 어찌해서 묻는 건가?"
"모년 모월 모일 밤에 금주(禁酒)의 일로 해서 임금의 명령을 받고 갔던 선전관을 혹 기억하십니까?"
"기억하지요."
"본관이 바로 그 사람입니다."
이 말을 들은 어사는 급히 일어나 그의 손을 잡고 눈물을 비오듯 흘리면서 말하였다.
"이분은 나의 은인이다. 지금 서로 만나게 된 것은 어찌 하늘의 뜻이 아니겠는가?"
그리고 이내 명하여 형구를 물리게 한 다음 모든 죄인을 석방시켰다. 또 밤새 풍악을 울리고 술을 마시면서 회포를 풀고 다시 수

24. 인　정　121

일을 묵다가 돌아가서 즉시 그의 치적을 보고하자, 임금은 이를 아름답게 여겨 그를 특별히 삭주부사(朔州府使)에 임명했다.

그 뒤에 이 어사는 벼슬이 대신(大臣)에 이르렀는데, 이때에 이르러 그 일을 말하니 온 세상이 앞을 다투어 그를 의롭게 여겼다. 한편 진항은 벼슬이 통제사(統制使)에까지 이르렀다.

25. 신   용(神勇)

　이 병사(李兵使) 일제(逸濟)는 판서 기익(箕翊)의 손자이다. 용맹과 힘이 남달리 뛰어나고 몸이 빠르기가 나는 새와 같았다. 어려서부터 호방하고 무슨 일에 얽매이지 않아 글공부를 하지 않으니 판서공(判書公)이 이를 근심했다.
14, 5세에 비로소 관례를 하고, 아직 장가들기 전에 어느 날 밤에 비밀히 창가(娼家)에 갔는데, 거기에는 하인들과 포교 무리들이 방 가득히 앉아서 술상을 어지럽게 벌이고 있었다.
　그때 나이 어린 한 소년이 자리에 들어와 곧장 기녀와 희롱을 하자 좌중의 젊은이들은 모두가,
　"이런 무례한 젖내나는 아이는 때려 죽여야 마땅하다."
하며 모두들 우르르 일어나더니 발길로 차기 시작했다.
　이때 일제는 손으로 한 사람의 발을 잡고 이것을 지팡이로 삼아 한번 내두르자 여러 사람들이 모두 땅에 나가 자빠진다.
　그는 이들을 내버려 두고 문을 나서서 몸을 날려 지붕으로 올라가더니 지붕을 타고 달아나는데, 5, 6칸씩을 뛰어넘어 도망한다.
　때마침 포교 한 사람이 마침 문 밖에 나가서 소변을 보느라고 그 자리를 잠시 떴는데 마음속으로 이상히 여겨 그도 또한 지붕으로 뛰어올라 그 뒤를 따라가 보았다. 그랬더니 그는 이 판서의 집으로 들어가는데, 곧 그와는 친히 아는 사이였다.
　이에 이튿날 아침에 가서 그 일을 전하자 판서공은 아들을 매질하여 다시는 문 밖에 나가지 못하게 했다.

그후 어느 날 친구를 따라 꽃을 찾아 남산 잠두(蠶頭)에 올라 갔다. 이때 한량들 수십인이 활을 쏘느라고 소나무 그늘에 모여 있다가 일제가 오는 것을 보자, 장차 동상례(東床禮; 혼례 뒤에 신랑이 신부집에서 벗들에게 음식을 대접하는 일)를 받아 먹을 것이라 하고 한꺼번에 일어나더니 그 손을 잡아서 거꾸로 매달려고 한다.

그러나 일제는 몸을 솟구쳐 한번 뛰어올라 소나무가지를 꺾어 좌우로 휘두르니 모두 바람 소리와 함께 쓰러진다. 그는 그대로 산에서 내려왔는데, 이런 일이 있은 후로 말이 전파되어 무관(武官)에 별천(別薦; 예외적인 천거)되어 벼슬이 아경(亞卿)에까지 이르렀다.

조 판서 엄(曮)이 일본에 통신사로 갈 때 일제를 막빈(幕賓; 비장)으로 데리고 가게 되었다. 장차 바다를 건너려고 배에 올랐는데 상선(上船)에서 불이 나 불길이 하늘에까지 뻗친다.

이에 여러 사람들은 각자 살기 위해 급히 왜인의 구조선으로 내려갔으나 그 배에도 불이 옮겨붙을 것 같아 그대로 노를 저어 피하니 상선과의 거리가 수십 칸이나 벌어지게 되었다.

이때 비로소 정신을 수습해서 일행을 살펴보니 홀로 일제 한 사람이 없는 것이다. 여러 사람들은 놀라고 당황하여, 그가 불에 타서 죽은 것이라고 생각했다. 그런데 바로 그때 멀리서 사람의 소리가 들려온다. 사람들이 뱃머리에 서서 바라보니 일제가 불길 속에 서서 손을 들고 큰 소리로 외쳤다.

"잠깐 배를 여기에 대라."

여러 사람들은 비로소 그가 일제임을 알고 배를 거기에 대고 기다리니, 일제는 불 속에서 배 위로 날아 내린다. 사람들은 모두 놀라고 이상히 여겼다. 그때 일제는 술에 취한 채 선창 밑에서 자고 있어서 불이 난 것도 알지 못했고, 여러 사람들도 창황중에 미처 살피지 못했던 것이다. 그런데 잠에서 깨어서야 불길을 보고 옆에 있는 배로 뛰어내린 것이니 그 신용함이 이와 같았다.

이상(李相) 성원(性源)이 일찍이 원주감영에 순찰사로 나왔을 때 오는 길에 풍악에 들러 구룡연(九龍淵)에 이르렀다. 여기에 이름을 써서 새기려고 하는데 새기는 중들이 모두 밖에 나가고 절에 있는 자가 하나도 없다.

이에 고성수(高城倅)가 말하였다.

"이 아래 마을에 한 사람 와서 묵고 있는 자가 있는데, 손재주가 있어 새길만 할 것입니다."

이리하여 그 사람을 불러오게 해서 이름을 새겼는데, 그 사람이 쓰고 있는 안경이 아주 뛰어난 물건처럼 보였다.

이상은 본래 이런 것을 좋아하는 벽이 있어서 그 안경을 가져오게 하여 애완하기를 마지않다가 그만 실수로 바위 위에 떨어뜨려 안경이 부서지고 말았다.

이상이 놀라 안경값을 주려 했으나 그 사람은 굳이 사양하면서 말하였다.

"물건의 성패는 역시 운수가 있는 것이오니 괘념치 마시옵소서."

"너는 산골의 가난한 백성인데 이 안경을 어떻게 사겠느냐? 그러니 이 값을 사양할 것이 없다."

하고 억지로 돈을 주었더니 그 사람은 안경집을 끌러 보이면서 말하였다.

"이것을 보시면 아실 것입니다."

이상이 그것을 받아서 보니 거기에는,

"모년 모월 모일에 순찰사를 만나 구룡연에서 깨질 것이다."
라고 씌어 있었다. 이상이 크게 놀라 다시 물어보았다.
"이것을 네가 쓴 것이냐?"
그러나 그는 당초에 살 때에 그 글이 있었다고 할 뿐 끝내 그것을 누가 썼다고 말하지 않았으니, 이 또한 이상한 일이 아닐 수 없다.

26. 인과응보(因果應報)

　조 판서(趙判書) 운규(雲逵)가 전라관찰사가 되었을 때의 일이다.
　어느 날 밤에 한방에서 자던 수청 기생이 마침 일이 있어 밖에 나가서 돌아오지 않아 홀로 선화당(宣化堂)에서 자고 있었다. 그런데 한밤중에 협실에서 인기척이 있으므로 마음속으로 몹시 의아히 여기는데 갑자기 어떤 사람이 묻기를,
　"상방에 누가 있는가?"
한다. 관찰사가 놀라면서 대꾸했다.
　"네가 누구냐?"
　"소인은 살인한 죄수입니다."
　관찰사는 그 말을 듣고 더욱 의심이 나서,
　"네가 살인한 죄수라면 어찌해서 여기에 왔느냐?"
하니 그 사람은 대답한다.
　"내일 아침에 죽을 올리거든 잡수시지 마시고 급창(及唱; 군아에서 부리는 사내종)을 시켜 먹게 하십시오. 소인이 이미 사또를 살려드렸사오니 사또께서도 소인을 살려주십시오."
　이 말을 마치자 그는 가버리는 것이었다.
　관찰사는 몹시 의아하고 놀라서 한잠도 자지 못하고 새벽을 기다려 일어나서 조용히 앉아 있노라니 얼마 되지 않아서 보찬고(補饌庫)에서 아침 죽을 올린다.
　그러나 관찰사는 몸이 불편하다는 핑계로 그 죽을 먹지 않고 물

리면서 급창을 불러서 먹으라고 하자 급창은 죽그릇을 들고 떨고
만 있다.
 이에 관찰사는 큰 소리로 꾸짖어 빨리 먹으라 하니 급창은 죽그
릇을 입에서 떼자마자 그 자리에 쓰러져 죽고 말았다.
 시체를 끌고 나가게 한 뒤에 죄수들을 신문하는데, 독살 음모
를 미리 알려준 죄수를 불러내어 그 일을 깨우쳐준 까닭을 묻자
그는 이렇게 대답했다.
 "감옥 담 뒤가 곧 식모의 집입니다. 그런데 어느 날 우연히 담
밑에서 소변을 보는데 사람의 목소리가 들리기에 담 틈으로 엿
보았더니, 급창 아무개가 식모를 불러가지고 담 밑으로 와서
돈 20냥을 주고 또 약 한 봉지를 주면서 사또의 아침 죽에 타
서 올리라고 했습니다. 그러면서 만일 일이 성사되면 다시 후한
상을 주겠다고 했습니다. 식모가 왜 이런 일을 시키느냐고 묻자
급창은 말하기를 '추월이라는 기생을 내가 잊지 못하는 것을 너
도 또한 알 것이다. 그런데 그녀가 한번 사또를 모시기 시작한
뒤로부터는 다시 얼굴도 보지 못하고 있다. 그러니 그녀를 사모
하는 마음이 하루가 삼추와 같으므로 할 수 없이 이 계교를 쓰
는 것이다'라고 하니, 식모는 알았다면서 돌아갔습니다."
 일이 이렇게 되어 죄수는 몰래 나와서 이 사실을 관찰사에게 보
고했다는 것이다.

 홍참의(洪參議) 원섭(元燮)이 젊었을 때 장동(壯洞)에 집을 빌
려서 살았는데, 안산(安山) 이생(李生)과 함께 과거 공부를 하고
있었다.
 어느 날 홍공은 마침 출타하고 이생이 홀로 앉아 있는데, 앞의
담구멍으로 종이 한 장이 움직이고 있었다. 이생은 괴이히 여겨

가서 꺼내 보니 언문으로 썼는데 거기에는 이렇게 씌어 있는 것이었다.
"저는 환시의 아내인데 나이 30이 가깝도록 음양의 이치를 몰라서 이것을 몸이 마치기까지 한으로 여기고 있습니다. 오늘밤은 마침 집이 조용하오니 원컨대 담을 넘어오시기 바랍니다."
이생은 이것을 보고 크게 노해서 말하였다.
"어찌 이런 여인이 있단 말이냐."
그리고 이튿날 그 집에 가서 주인 내시를 보고 정색하고 책망했다. 그러나 그날 밤 그 집에서 곡소리가 나더니 그 여인이 목매달아 죽었다고 한다.
홍공은 그 뒤에 이 얘기를 듣고 이생을 책망하며 말했다.
"그대가 가지 않으면 그만이지 어찌해서 그 남편을 책망하여 이 지경에 이르게 했는가? 그대는 반드시 좋은 일이 없을 것이다."
그 해 가을에 이생이 집으로 돌아갔는데, 늦장마가 들어 집이 무너져 이생이 치어 죽었으니 이 어찌 우연한 일이겠는가.

27. 기   담(奇談)

 김응립(金應立)이란 자는 영남의 상천(常賤)이다. 낫놓고 기역자도 모르는데 신의(神醫)로 나라 안에 이름이 났다. 그는 진맥을 하지 않고, 또 환자가 증세를 말하지 않아도 다만 얼굴 모양을 보고 얼굴빛을 살피면 그 병의 원인을 알았다.
 이명(李銘)이 금산군수(金山郡守)가 되었는데, 그 자부(子婦)가 시집온 뒤로 해소를 몹시 심하게 하는 것이었다. 이(李)도 또한 의원의 이치를 좀 아는 터여서 여러 가지로 약을 써보았으나 조금도 차도가 없어 자리에 누워 탈진할 지경에 이르렀다. 이에 응립을 청해다가 물었더니, 응립은 이렇게 말하는 것이었다.
 "한번 안색을 본 뒤에 약을 의논할 것이지만 이는 감히 청할 수 없는 일입니다."
 "지금 사경에 이르렀는데 한번 보는 것이 무엇이 해롭겠소."
 이명은 이렇게 말하면서 자부를 대청에 앉아 있게 한 다음에 응립으로 하여금 보게 했다.
 응립이 문으로 들어와 자세히 살펴보더니 말하였다.
 "이것은 지극히 쉬운 병이니 위 속에 생물(生物) 체한 것이 있어서 그런 것입니다."
 그리고 엿 몇 개를 사오게 하여 물에 타서 먹이게 한 다음 한 마디 덧붙였다.
 "반드시 토하는 물건이 있을 것입니다."
 그런데 엿을 먹은 지 얼마 안 되어 과연 그의 말대로 담(痰) 한

덩어리를 토했다. 그것을 쪼개 보니 조그만 가지 하나가 들었는데 조금도 상하거나 일그러진 곳이 없었다.
　이것을 보고 병인(病人)에게 물어보니,
　"10여 세 때에 가지 하나를 따서 먹었다가 잘못하여 그대로 삼킨 일이 있는데, 이는 반드시 그 물건일 것입니다."
한다. 이로부터 병근(病根)이 없어져 완쾌하게 되었다.

　원주(原州) 인삼 장사 중에 최가라는 사람이 있는데 매우 거부였다. 원주 사람의 말을 들으면 최의 어머니가 겨우 20세가 지나서 아들을 낳고 나서 남편을 잃고 어린 아들을 데리고 수절하며 지내고 있었다고 한다.
　그런데 어느 날 갑자기 한 건강한 장부가 의복이 화려한 모습으로 허리에 돈주머니를 차고 와서 대청에 앉는 것이었다. 최의 어머니가 놀라고 의아히 여겨 말하였다.
　"과부가 수절하는 집에 웬 남자가 당돌하게 안에 들어왔는가?"
　"내가 이 집 가장인데 어찌 그리 놀라고 괴이히 여기는가?"
하고 웃으며 말하고 나서 그대로 방으로 들어가 억지로 상관하니 최의 어머니는 어찌할 수가 없어서 하는 대로 내버려 두었으나, 다만 교합할 때에 냉기가 뼈에 스며들고 아픔을 이길 수가 없었다.
　이런 일이 있은 후로 그 남자는 밤이면 반드시 오는데 은전이나 무명이나 비단을 가지고 와서 창고 안을 채워 놓는 것이었다.
　최의 어머니는 그가 귀신인 줄 알면서도 자연스럽게 깊이 정이 들었다.
　그러던 어느 날 짐짓 물어보았다.

"그대는 두려워하고 겁내는 것이 있소?"
"나는 세상에 별로 두려워하는 것이 없지만 누른빛만은 가장 싫어하는 터여서 그것만 보면 내가 감히 가까이하지 못한다."
이튿날 최의 어머니는 누런 물감을 많이 구해다가 집 안팎에 두껍게 칠하고 자기의 얼굴과 옷에도 모두 누런빛을 칠하고 있었다.
그날 밤에도 그 사람은 전과 같이 오더니 놀라 물러가면서 말하였다.
"이게 무슨 짓이냐?"
그러더니 다시 탄식해 마지않다가 계속해서 말하였다.
"이는 연분이 다해서 그런 것이로다. 나는 이로부터 딴 곳으로 갈 테니 너는 잘 있도록 하라. 그리고 내가 준 물건은 가져가지 않을 것이니 이것으로 살아가도록 해라."
그 말을 마치고 갑자기 없어지더니 그뒤부터는 다시 나타나지 않았다고 한다.
최의 집은 이리하여 한 도(道)의 갑부가 되었다. 최의 어머니는 나이 여든이 가까운데도 가산이 전과 같이 부유하다고 한다.

28. 모 성 애(母性愛)

　양봉래(楊蓬萊) 사언(士彦)의 아버지가 음관(蔭官)으로 영암군수(靈巖郡守)가 되었을 때의 일이다.
휴가를 얻어 서울에 올라왔다가 관아로 돌아가는 길에 본군(本郡)까지 하루 길이 남았는데, 새벽에 일어나 길을 떠나서 아직 점사(店舍)에 도착하기 전에 사람과 말이 모두 지쳤다. 그래서 길가의 여사(閭舍)를 찾아 점심을 먹을 계획을 했다.
　이때는 농사철이라 사람들이 모두 들에 나가서 마을 안이 텅 비었고 한 마을에 오직 한 여아(女兒)만이 있는데, 나이는 겨우 12, 3세쯤 되어 보였다.
　이 여아는 종을 보고 말하였다.
　"제가 밥을 지을 것이니 잠시 우리 집에서 기다리십시오."
　이에 종은 말하기를,
　"너처럼 어린 아이가 어떻게 밥을 지어 행차를 대접한단 말이냐."
하니 여아는, 그것은 걱정 말고 행차나 모시도록 하라고 한다. 그런 다음 그 여아는 방을 깨끗이 치우고 자리를 깔아 영접하면서 종에게 이렇게 말하는 것이었다.
　"행차의 진지쌀은 우리 집의 것을 쓸 것이니 다만 여러 하인들 식량만 내놓으시면 됩니다."
　양 군수가 그 아이를 자세히 살펴보니, 용모가 단정하고 곧으며 말소리가 맑고 명랑하여 조금도 촌여자의 태도가 없다. 양 군수는 마음속으로 몹시 이상히 여겼다.
  이윽고 그 아이가 점심밥을 내오는데 그 정결하고 소담한 품이 보통 솜씨가 아니므로 상하가 모두 기이하게 여기며 칭찬하는 것이었다.
  이에 양 군수가 그 아이를 가까이 불러 네 나이 몇이냐고 물으니 열두 살이라고 대답한다. 또 네 아버지는 무얼 하느냐고 묻자, 여아는 이 읍의 장교(將校;지방 관아의 軍務에 종사하는 屬役의 총칭)인데 아침에 어머니와 함께 밭을 매려고 들에 나갔다고 대답했다.
  양 군수는 기이히 여기고 사랑하여 상자 속에서 청홍선(靑紅扇) 각각 하나씩을 꺼내 주면서 장난삼아 말하였다.
  "이것은 내가 네게 주는 선물이니 삼가 받으라."
  그녀는 그 말을 듣더니 곧 방으로 들어가서 붉은색 보를 가져다가 앞에 깔면서 부채를 거기에 놓으라고 한다. 양 군수는 그 까닭을 물어보았다.
  "이것은 예물로 주시는 폐백인데, 어떻게 소중한 예물을 함부로 손으로 받겠습니까?"
하니 일행 상하가 모두 기특하다고 칭찬하지 않는 자가 없었다.
  양 군수는 드디어 작별하고 떠나서 군(郡)으로 돌아간 뒤에 그 일을 잊어버리고 말았다.
  그런데 몇 년이 지난 후 어느 날, 문졸(門卒)이 들어와 이웃 고을의 어느 장교(將校)가 군수를 뵙겠다고 찾아왔다고 아뢰는 것이었다.
  그를 들어오라고 하여 보았으나 전혀 모르는 사람이다.
  양 군수가 너의 성명은 무엇이며 무슨 일로 왔느냐고 하자, 그 사람은 엎드려 절하고 나서 말하였다.

"소인은 이웃 마을의 장교입니다. 하온데 관사(官司)께서 재작년에 서울 가셨다가 돌아오시는 길에 소인의 집에서 점심을 잡수셨는데, 그때 한 여자아이가 밥을 지어 접대한 일이 있었습니까?"

양 군수가 그런 일이 있다고 하자 그는 또 묻는 것이었다.

"그때 혹시 신물(信物;선물)을 주신 일이 있으십니까?"

"그것은 신물이 아니고 내가 그 여아를 기특히 여겨 사랑하여 색선(色扇)을 상으로 주었던 것이다."

"그 아이는 바로 소인의 딸입니다. 금년에 나이가 15세여서 바야흐로 혼인을 의논하려 하면 제 딸은, 우리 군수 영암관사(靈巖官司)께서 예폐(禮幣)를 주셨으니 절대로 딴 곳으로는 시집을 가지 않겠다고 합니다. 소인은 한때의 농담을 가지고 어찌 믿느냐고 억지로 시집을 보내려 했사오나 죽기로 작정하고 그 마음을 돌이키지 않으므로 부득이 와서 고하는 것입니다."

이에 양 군수는 웃으면서 말하였다.

"네 딸의 호의를 내 어찌 차마 저버릴 수 있겠는가. 너는 모름지기 택일을 해가지고 오면 내가 마땅히 이를 맞으리라."

그리하여 길일을 택하여 예(禮)로써 맞아서 소실을 삼았다.

이때 양 군수는 마침 홀아비로 있는 터여서 그녀를 안의 정당(正堂)에 거처하게 하고 음식과 의복을 마련하게 했는데, 어느 것이나 마음에 맞지 않는 것이 없었다.

그러던 중에 벼슬이 바뀌어 본집으로 돌아오니 그 적자녀(嫡子女)를 돌보고 사랑하는 것이 독실하고, 비복을 거느리는 데 각각 그 도리를 다했으며, 일문의 종당(宗黨)에 이르기까지 환심을 얻지 않는 곳이 없으니 칭찬하는 소리가 자자했다.

이들 사이에 한 아들이 태어났는데 이가 곧 봉래(蓬萊)이다. 재주가 뛰어나고 미목(眉目)이 청수(淸秀)하여 참으로 선풍도골이었다.

몇 년 후에 양 군수가 작고하자 그녀 또한 매우 슬퍼하였다. 성복(成服)하는 날에 종족이 모두 모였는데, 봉래의 어머니가 울면서 이렇게 말하는 것이었다.

"오늘 여러분이 모두 모이고 상인(喪人)들도 자리에 있는데, 첩이 부탁할 말이 있으니 기꺼이 허락하시겠습니까?"

그러자 상인(喪人)들이 말하기를,

"서모(庶母)께서 현숙하신데 부탁하시는 바를 우리들이 어찌 좋지 않겠습니까?"

하고 말하니 여러 종족들도 그 의견에 동의하자, 그녀가 이야기를 하기 시작했다.

"첩에게 아들이 하나 있는데 우미(愚迷)하지 않습니다. 그러나 우리나라 풍속에 옛날부터 적서(嫡庶)를 따지니 장차 어디에 쓰겠습니까? 또 여러분 공자(公子)께서도 비록 은혜와 사랑함이 차이가 없지만 첩이 죽은 후에는 첩모(妾母)의 복을 입을 것이 아닙니까. 그렇게 되면 적서가 현저히 다를 것이니 이 아이가 장차 어떻게 행세를 하겠습니까. 첩이 마땅히 오늘 자결을 해서 큰 상사중에 미봉(彌縫)을 한다면 거의 적서의 구별이 없을 것이니, 바라건대 여러분께서는 죽는 사람을 불쌍히 여기시어 천하(泉下)에서라도 한을 품지 않게 하시옵소서."

그 말을 듣고 여러 사람들은 모두 말하였다.

"이 일은 우리들이 좋은 도리를 생각하여 흔적이 없게 할 것인데 어찌 죽기로써 기약을 하십니까?"

"여러분의 뜻은 감동할 만하지만 죽는 것만 못합니다."

하고 말을 마치자 품속에서 조그만 칼을 꺼내서 양 군수의 널 앞에서 자결하고 말았다. 여러 사람들은 슬퍼하고 애석히 여겨 말하는 것이었다.
"이 사람의 현숙한 성질이 죽기로써 스스로 결단했으니 어찌 죽은 자의 부탁을 저버릴 수가 있겠는가."
그리하여 적형제(嫡兄弟)의 무리들이 그를 친형제처럼 보아 조금도 적서의 구별이 없었다.
봉래는 장성하여 벼슬이 사대부의 직책을 거치고 이름이 한 나라에 가득하였으나 그가 서류(庶流)라는 사실은 알지 못했던 것이다.

29. 모　　함(謀陷)

　이관원(李觀源)은 판서 정보(鼎輔)의 계자(繼子)이다. 문학에 소질이 있어서 일찍 사마(司馬)에 올랐는데 성질이 몹시 간결하고 항직(伉直)했다. 홍국영(洪國榮)은 곧 그의 척 5촌(戚五寸) 조카이다. 그런데 그는 사람됨이 경박하고 행검(行檢)이 없어서 관원(觀源)이 일찍이 만나서 이야기한 일이 없었고, 혹 와서 절을 해도 그저 머리만 끄덕일 뿐이었다.
　이에 국영은 어릴 때부터 서운한 마음을 품어 몹시 미워했다. 병신년(丙申年) 후에 옥사가 크게 일어나자 관원의 장인(丈人) 계능(啓能)이 잡혀서 벌을 받게 되었는데, 국영은 관원도 이 모의에 참여했다고 하여 그를 체포하기를 청했다.
　관원이 체포되자 임금이 장인에게 학문을 배웠느냐고 그에게 물었다. 그러자 관원이 대답하기를,
　"이몸이 좀 문자를 해득하여 평일에도 장인에게 불복했는데 수학(受學)했다고 말하는 것은 천만부당하옵니다."
한다. 임금이 다시 물었다.
　"네가 네 장인과 어찌해서 서전(書傳)의 태갑편(太甲篇)에 대해서 의논했느냐?"
　"일찍이 장인의 얼굴도 보지 못했사온대 어느 겨를에 서전을 의논했겠습니까?"
　이에 임금이 명하여 추문(推問)하여 사실을 밝히라고 하자 관원은 울면서 말하였다.

"이몸의 죄가 비록 죽일 죄라 하더라도 저의 아비는 왕가의 신하입니다. 제발 제 목숨을 살려 주시어 이몸의 아비가 자손이 끊어지는 일이 없게 해 주시옵소서."

임금이 이 말을 듣고 불쌍히 여겨 이내 형벌을 중지하게 하고, 하교하였다.

"이 관원은 그 말을 듣고 용모를 보아 이번만은 용서하여 특별히 섬으로 귀양보낸다."

이리하여 관원이 바로 남문 밖으로 나가서 행장을 차려 적소(謫所)로 떠나려는데, 그 아내 홍씨(洪氏)가 먼저 와서 점사(店舍)에서 기다리고 있는 것이 아닌가.

관원이 그를 보고 울면서 말하기를,

"그대는 죽으려 하는가?"

하자 홍씨는 정색하고 옷깃을 여미면서 말하였다.

"첩의 집안일이 시댁에까지 연루되어 당신이 이 지경에 이르게 했사오니 비록 뼈가 가루가 되고 몸이 부서진대도 스스로 죄를 갚지 못할 것입니다. 하늘의 해는 어두운 곳이라도 비추지 않는 곳이 없는 것처럼 지극히 원통한 일이라도 반드시 신설(伸雪;원통함을 풀고 부끄러운 일을 씻어버림)하는 날이 있을 것이므로 첩은 마땅히 살기를 도모하여 그 날을 보려 하는데 어찌 경솔히 죽는단 말입니까. 또 매우 애석해하는 것은 당신께서도 옛사람의 글을 읽어 말과 행동이 서로 맞아서 첩은 항상 공경하고 심복해 왔는데, 오늘 일을 보니 얼이 빠진 느낌이 듭니다. 당당한 대장부로서 어찌 아녀자처럼 우는 모습을 하십니까?"

관원이 이 말을 듣자 눈물을 거두었다. 홍씨는 계속하여 길에서 조심하라고 당부하고 딴 일은 일체 말하지 않았다. 이윽고 그녀는 이렇게 작별인사를 하는 것이었다.

"오래 앉아 있으면 마음만 괴로울 뿐이니 이제 작별을 해야 하겠습니다."

그 말을 마치자 그대로 문을 나서 딴 방으로 가고 다시 만나지 않았다.

한편 홍 부인은 이내 교전비(轎前婢)를 불러 관원의 유배지에 따라가라고 부탁하였다. 그러나 교전비는,

"소인은 남편이 있는데 어떻게 떠날 수 있겠나이까?"

한다. 이 말을 듣고 홍씨는 교전비를 책망하였다.

"나도 진사님과 헤어지는데 네가 어찌 감히 네 남편과 떠나기 어렵다는 말을 하느냐? 속히 따라가도록 하라."

그리고 한 통의 편지를 써서 종에게 주면서 덧붙여 말하였다.

"적소(謫所)에 도착하거든 이 글을 올리도록 하여라."

이리하여 계집종은 할 수 없이 행장을 차려 떠나게 되었던 것이다. 그 종은 적소에 도착하자 관원에게 편지를 바쳤다. 편지를 뜯어보니 거기에는 다음과 같은 내용이 씌어 있는 것이었다.

"이 종의 성품과 행동이 양순하고, 또 바느질솜씨와 음식솜씨도 나무랄 데가 없으니 소실로 삼으십시오."

관원은 그 편지를 읽고 나서 감격하여 울었다. 그는 그 종을 소실로 삼아 두 아들을 낳았으나 일찍 죽고 말았다.

신해년(辛亥年)에 임금이 갑자기 전망(前望; 전에 천거했던 후보) 이건원(李健源)에게 주서(注書)를 제수하니, 이는 곧 관원의 형이다.

그러나 건원이 문 밖에 멍석을 깔고 명령에 응하지 않자 임금이 하교를 엄하고 간절하게 하여 입시하여 숙명(肅命)하자 또 사양하는 것이었다.

임금이 하교하기를,

"임금 앞에서 사면하는 것은 대신(大臣) 이외에는 감히 하지 못하는 법이다. 이건원 네가 가관(假官)으로서 어찌 감히 그럴 수가 있느냐?"
하고 명하여 명월만호(明月萬戶)를 제수하여 당일로 조정을 떠나라 했다.

건원이 대궐을 떠날 때 임금이 '가서 네 아우를 보라'고 했으니, 이는 그의 부임지가 관원이 있는 섬과 가까운 곳인 까닭이었다. 이에 건원이 부임하자 그 아우를 가서 보고 서로 붙들고 통곡하면서 성은(聖恩)에 감사했다.

그후에 관원이 시질(時疾)에 걸려 앓자 건원이 가서 간병하다가 그도 또한 그 병에 걸려 형제가 모두 죽었으니, 운명이란 참으로 알 수 없는 것이다.

이 판서의 첩은 전주(全州) 기생이었는데, 그녀는 국영(國榮)이 어렸을 때부터 세수를 시키고 빗질을 해주며 보살폈다. 이 기생이 늙어서 관원의 집에 있었는데, 이 광경을 보고 밤에 국영의 집에 가서 그를 보전하게 해주기를 빌려고 했으나 문을 막아서 들어가지 못하고 말았다. 이리하여 새벽에 국영이 대궐에 들어가는 길에 갑자기 뛰어나와 수레를 향하여 외쳤다.

"영감께서 어찌 우리 대감의 집을 망하게 하십니까?"

그러나 국영은 못들은 체하고 그를 쫓으라 하니 좌우의 여러 종들이 일시에 달려들어 쫓아버린다.

이에 그 늙은 기생은 하늘을 우러러 통곡하며 부르짖었다.

"하늘이 아시거든 국영으로 하여금 저주를 받게 하소서."

한편 국영은 대궐에 들어가 관원의 아내 홍씨가 노상에서 욕을 했다고 아뢰었다. 홍씨는 이 일 때문에 풍천(豊川)으로 귀양가서 그곳에서 죽었다.

30. 면   화(免禍)

안동(安東) 강 녹사(姜錄事)에게는 두 딸이 있었다. 이들 자매는 아주 잘 자라주었다. 강 녹사는 가세가 좀 넉넉하여 귀하게 두 딸을 키웠는데, 그 딸들은 어렸을 때부터 출가할 때까지 매사를 서로 이기려 하고 또 지는 일이 없었다. 심지어 아들을 낳고 딸을 낳는 일까지도 서로 다투었다.

장성하자 큰딸은 김씨에게로 출가하고 둘째딸은 안씨에게로 출가했다. 김씨는 문벌이 좀 좋아서 사마(司馬)를 거쳐 침랑(寢郞)에 이르렀고, 안씨는 지체와 문벌이 김씨보다는 좀 낮아서 비록 사마는 얻었어도 침랑에는 이르지 못할 형편이었다.

이에 안씨에게로 시집간 딸은 한 가지 일이 그 형에게 미치지 못한다고 해서 끝내 식음을 전폐하고 살 의사가 없다면서 한탄하였다.

"내가 어렸을 때부터 출가할 때까지 일찍이 한 가지 일도 우리 형에게 진 일이 없었다. 그런데 가장의 문벌이 저 집만 못하여 형에게 뒤지게 되었으니 내 이제 무슨 면목으로 이 세상에 살겠는가?"

이 말을 듣고 그 아들이 말하기를,

"이러실 필요가 없습니다. 만일 저에게 수천금을 준다면 스스로 아버지가 벼슬길에 나아갈 방법을 찾아보겠습니다."

한다. 그 어머니가 이를 허락하자 그 아들은 이튿날 행장을 재촉하여 집을 나갔다.

이때 백휴암(白休菴)이 호남 관찰사로서 이조참판이 되어 부름을 받고 서울로 올라오다가 마침 점사에 들르게 되었다. 안생(安生)이 먼저 점사에 들어가고 휴암은 뒤따라들어갔는데, 안생은 같은 방에 앉아 있으면서 피하지를 않는 것이었다.

그런데 날이 저물자 문 밖에서부터 애통하고 호곡하는 소리가 들려왔다.

안생이 이상스럽게 여겨 종에게 물어보았다.

"이것이 무슨 곡하는 소리냐?"

그러자 종이 이렇게 대답하는 것이었다.

"어느 고을의 유리(由吏;지방 관청의 아전)가 여기에서 서울 소식을 기다렸는데, 아까 들으니 서울 소식이 낭패라 하므로 저렇게 슬피 우는 것입니다."

한다. 안생이 그 유리를 불러서 묻자 유리가 말하기를,

"소인은 여러 해에 걸쳐 만여 금을 포흠을 했사옵니다. 이제 거의 다 수납하였는데 아직도 3천 냥이 부족하여 이 돈을 서울의 긴절(緊切)한 곳에서 허락을 받았기에 소인이 자식을 보내서 이 점사에서 기다리게 했습니다. 그런데 아까 서울 소식의 낭패됨을 들었사오니, 이제 만일 그대로 돌아가면 온 집안이 장차 죽을 지경에 이르겠으므로 애통함을 이기지 못하여 우는 것입니다."

한다. 안생은 이 말을 듣자 한참 동안 잠자코 있다가 이윽고 한마디 했다.

"3천 냥의 돈은 적지않은 것이다. 이제 2천 금을 준다면 그 나머지는 네가 채울 수 있겠느냐?"

그러자 유리는,

"만일 2천 금을 얻는다면 그 나머지는 제가 마련할 방법이 있습

니다.”
한다. 이에 안생은 다시 한 마디 말로 천연스럽게 종을 불러 돈 2천 냥을 모두 그 아전에게 주라고 말한다.
　이때 휴암이 옆에서 그 딱한 처지를 보니 마음이 움직이지 않을 수가 없다. 그리하여 그 출신지와 가문에 대해서 물었더니 아무 고을의 아무 성을 가진 사람이라고 대답하는 것이었다.
　그는 또 가지고 온 돈의 출처에 대해서 묻자, 안생은 가계가 넉넉지 못하여 도망한 종을 찾아서 온 길이라고 대답했다. 덧붙여 그 선대의 벼슬길에 대해서 묻자, 안생이 그 아버지가 사마라고 대답한다.
　이에 휴암은 그 성명을 자세히 물어가지고 그 소년의 처사를 사랑하여 서울에 온 뒤에 결원이 있으므로 마침내 침랑을 시켰다. 그러나 그 아내가 벼슬에 나가지 못하게 했으니, 그렇다면 김 참봉보다 한 등급이 높은 셈이다.
　어느 날 안생은 그 어머니에게 말하기를,
　“들으니 휴암 백 선생(白先生)이 바야흐로 귀양가 있다고 합니다. 평일에 은혜를 받은 것을 돌이켜보면 구원하지 않을 수 없으니 만일 천여 금만 쓰면 휴암을 도울 수가 있겠습니다.”
하자 그 어머니는 쾌히 승낙하였다.
　이에 안생은 서울에 올라와서 돈을 써서 일찍이 양사(兩司)를 지낸 한 관원과 절친한 사이를 맺어 그 곤궁한 것을 구제해 주었더니, 대관(臺官)이 양생에게 물었다.
　“나와 그대는 본래 절친한 사이가 아닌데, 내가 그대에게 급한 때에 도움을 받았으니 그대는 나에게 부탁하고 싶은 일이 있는가?”
　“그런 일은 없소. 다만 백모(白某)가 나와 묵은 혐의가 있어서 바야흐로 사화에 얽어 죽이려 하오. 그런데 마땅히 도움을 청할 만한 사람이 없더니 다행히 그대를 만나니 정이 내 마음에 들어서 천금을 아끼지 않고 사귐을 맺은 것이오."
"백모는 사림의 중망(重望)이 있어서 내가 본래부터 사모하는 터인데, 그대의 말이 잘못된 것이 아니오?"
"백모의 음흉한 것을 그대는 아직 알지 못하고 있소? 바야흐로 왜로(倭虜)를 유인하여 우리나라를 침입하게 해서 해마다 바다 위로 미곡을 실어내니 이 한 가지 일만으로 가위 큰 죄를 알 수 있는데 그대는 어찌 그를 이렇게 아끼시나요?"
대관은 반신반의하던 사이에 안생의 말을 듣고 보니 탄핵하지 않을 수가 없어서 마침내 백모의 정적을 탄핵하였다. 그러나 그것은 모함임이 드러났다.
이에 임금은 교서를 내렸다.
'백모의 충의와 절행은 온 세상이 다 아는 바이다. 그가 왜로와 결탁해 미곡을 부정 유출시켰다는 것은 모두 거짓말이다. 그러니 우선 그 언관(言官)을 문책하라. 또 이로써 미루어 보면 백모가 조모와 부동(符同)했다는 것도 역시 모호하고 분명치 않은 일이니 다시 거론하지 말라.'
기묘사화(己卯士禍)가 크게 일어나자 한때의 청류(淸流)가 모두 피해를 입었지만 후암은 안생의 도움으로 화를 면할 수가 있었다.

31. 도   리(道理)

  김공(金公) 여물(汝物)은 승평부원군(昇平府院君) 유(瑬)의 대인(大人)이다. 집에 있는 종 하나가 식량이 하도 커서 딴 종들은 모두 칠홉의 요미(料米)를 주는데 이 종만은 특별히 한 되를 주니, 딴 종들이 모두 불평을 하였다.
  김공이 의주(義州)의 임소(任所)에서 의금부에 관련된 일이 있어, 임진왜란 때에 나라에서 명하여 공로를 세움으로써 죄를 용서받으라 하여 백의종군하게 되었다.
  이리하여 순변사(巡邊使) 신립(申砬)의 종사관(從事官)으로 행장을 차려 길을 떠나는데 여러 종들을 불러 뜰 아래에 세우고 말하기를,
  "누가 나를 따라 나가서 싸우겠느냐?"
한다. 한 되 밥을 먹는 종이 나와서 따라가기를 자청하며 말하였다.
  "소인이 평소에 한 되 쌀을 먹고 지내왔사온데 어지러운 일을 당하여 어찌 남에게 뒤질 수 있겠습니까?"
  그러자 나머지 종들도 모두 주인의 피난하는 행차를 따르기를 원한다.
  이때 승평(昇平)이 좀 성장했으므로 집에 남겨두고 드디어 말에 올라 앞장 서며, 마치 즐거운 곳에 가는 것처럼 행동했다. 탄금대에 이르러 배수의 진을 쳤는데, 왜병이 마치 개미떼처럼 모여 있었다. 그런데 이상하게도 조그만 지팡이 같은 것에서 독한 연기

가 잠깐 일어나면 사람들이 선 채로 죽어가는 것이었다. 나중에야 그것이 조총이라는 것을 알았다.

순변사는 옛날 북관에 있을 때, 이탕개(尼湯介)가 철기(鐵騎)로 밟고 차서 마치 마른 나무를 꺾고 썩은 나무를 해치우듯이 하더니 이제 갑자기 조총이 나온 것을 보니 영웅이 무력하게 되고 말았다.

이때 김공은 군복 차림에 왼쪽 어깨에는 각궁(角弓)을 메고 칼을 차고 화살을 졌으며, 오른 손으로는 초(草)도 잡지 않고 선 채로 장계(狀啓)를 써내려갔다. 붓에서는 바람이 나고 글이 모두 아름다웠다.

이를 즉시 봉해서 올려보내고 또 큰아들 승평에게 보내는 글을 쓰는데 그 내용은 이러했다.

"삼도(三道)의 군사를 불렀는데 한 사람도 온 자가 없으니 우리에게는 오직 죽음이 있을 뿐이다. 남아가 나라를 위해서 죽는 것은 진실로 원하는 바이지만, 다만 나라의 은혜를 갚지 못하고 웅장한 마음이 재가 되어 버리니 하늘을 우러러 탄식할 뿐이다. 네가 있으니 집안일은 굳이 내가 말하지 않는다."

쓰기를 마치자 말을 달려 칼을 휘두르다가 어지러운 진중에서 전사하였다.

한편 그 종은 공이 어디 있는지 알지 못하고 달천(達川) 냇가로 물러나 달아나다가 돌아다보니 탄금대 아래에 날으는 탄환이 억수같이 쏟아진다. 이 광경을 보고 그는 이렇게 탄식하였다.

"내가 목숨을 아껴서 공의 은혜를 저버리면 대장부가 아니다."

이리하여 그는 짧은 창을 들고 진중을 헤치고 들어가다가 왜병에 쫓겨서 세 번 물러서고 세 번 앞으로 나가다가 몸에 수십 개의 창을 맞으면서 마침내 공의 시체를 탄금대 밑에서 찾아서 지고 나왔다. 그리고는 산의 궁벽한 곳에서 염을 한 후에 선영에 묻었다. 노주(奴主) 사이의 의리가 어찌 하나둘이리오마는 이 종의 충성스럽고 용맹스러움에 비할 수 있겠는가.

  선비는 나를 알아주는는 자를 위하여 죽고 여자는 나를 사랑하는 자를 위하여 모양을 내는 것이지만, 종이 죽을 땅을 보기를 돌아가는 것과 같이 한 것은 어찌 한 되의 쌀을 위해서 한 것이라 하겠는가. 이는 의리 때문에 그랬던 것이다.

32. 예   정(豫定)

   김 참판(金參判) 응순(應淳)이 젊었을 때 한 꿈을 꾸었다. 꿈 속에 남천문(南天門)이 열리면서 큰 목소리로 이름을 부르기를,
   "김은 이 김태(金台)를 받으라."
한다.
   이에 당(堂)에서 내려가 뜰에 서 있노라니 하늘로부터 옻칠한 상자 하나가 내려오므로 받아서 보니 그 위에 금글씨로 크게 '네 할아비를 더럽히지 말라(無忝爾祖)'라고 씌어 있고 그 속에는 비단보로 싼 책이 들어 있었다.
   펴보니 이는 곧 자기의 평생 추수(推數)로서 일생 동안의 좋은 일과 나쁜 일을 모두 일시(日時)까지 써놓았다. 그리고 끝에 '모년월일시(某年月日時)에 죽고 벼슬은 예조판서에 이른다'고 적혀 있었다.
   김 참판은 꿈에서 깨자 이상히 여겨 불을 밝히고 찾아서 책을 얻었는데, 모든 일이 그것과 부합되지 않는 것이 없었다.
   그가 죽게 될쯤에 의관을 정제하고 가묘에 참배하고 자질(子侄)과 친구들을 모아 놓고 말하기를,
   "오늘 모시(某時)에 내가 세상을 버릴 것인데 예조판서를 아직 얻지 못했으니 이상한 일이로다."
했다. 결국 김 참판은 자리에 누워 숨을 거두었는데, 부음이 전해지자 영묘(英廟)는 슬퍼하고 탄식하여 말하였다.
   "내가 예조판서를 제수하려다 하지 못했으니 명정(銘旌)에는 예

조판서로 쓰도록 하라."
그때 승지가 입시하고 있었는데 영묘는 어필로 '仙源之孫無忝爾祖'라는 글자를 써서 하사했으니 역시 꿈속의 일과 부합된다.

홍 판서 상한(象漢)이 나이가 팔십에 가까운데 그 손자 의모(義謨)가 계미년(癸未年) 겨울에 증광시(增廣試)에 급제를 했다. 그는 홍 판서를 위하여 매일 풍류를 벌이고 뜰 가득히 구경하는 자들에게 일일이 국과 떡, 그리고 한 꼬치 고기구이를 주어 대접했다. 거의 한 달 동안 매일 이와 같이 하였다.
그의 큰아들 상공(相公) 낙성(樂性)이 이때 아경(亞卿)으로 집에 있었다. 그는 사람됨이 졸(拙)해서 매양 성만(盛滿)하고 질탕한 것을 조심했으나 그것을 중지시킬 방법이 없었다.
드디어 그는 친척 중에 인망이 있는 사람을 구하여 이를 간하게 하려 했다. 한편 김 도정(金都正) 이신(履信)이 재주가 있고 말을 잘하는데 이성(異姓)의 육촌 사이였다.
이에 홍상이 그를 오라고 청하여 자초지종을 설명하고, 그 일을 중지시킬 것을 간청해 달라고 요구했다. 김공이 홍 판서를 보고 먼저 그 복력(福力)을 찬양하고 나서 끝에 그 일을 가지고 경계하자, 홍 판서는 이 말을 듣고 미소를 지으며 말하였다.
"네가 올 때 집의 아이를 보았는가? 내가 재주도 없고 복도 없는 사람으로서 성세(聖世)를 만나 지위가 숭품(崇品)에 이르고 나이가 팔십을 넘었다. 또 손자가 과거에 급제한 것을 보고 이렇게 즐기는데, 세상 사람들이 모두 그 마을 아무개가 벼슬이 일품이요, 나이가 팔순에 손자아이의 과거 경사를 보고 발광했다고 하면 그것이 무엇이 해로우냐? 너는 앞으로 보라. 내가 죽은 뒤에 청풍당(淸風堂) 위에 티끌이 쌓여 있고 참판은 한곳에 쭈그리고 앉아 있으면 모양이 어떻겠느냐? 너의 말을 듣고 싶지 않다."

이렇게 말하고 노래를 잘하는 기생을 불러 나오게 하니 김공은 무료하게 앉아 있다.

홍 판서가 또 말하였다.

"요새 나이 젊은 무리들은 신래(新來;과거에 급제한 후 새로 임관되어 처음 관아에 종사하는 사람)를 불러보면 한 사람도 풍도(風度)가 없으니 가위 쇠세(衰世)이니 어찌 슬프고 애석한 일이 아니겠느냐!"

김공이 작별하고 돌아오는 길에 김 판서 응순을 만났다. 그는 이때 옥당(玉堂)으로서 군문 종사관(軍門從事官)을 겸하고 있었는데, 종들을 많이 데리고가다가 김공을 보자 말에서 내렸다.

이에 김공이 묻기를,

"어디로 가는가?"

하니 김태(金台)가 대답하기를,

"나는 홍 진사를 보러 가고자 하노라."

한다. 김공이 다시 말하였다.

"홍숙(洪叔)이 이러이러하니 그대는 모름지기 말을 여기에 세워놓고 신래를 부르고, 또 기악(妓樂)을 나오게 하여 앞에서 인도하게 하라."

그러자 김태는 좋다고 하고 그대로 광통교(廣通橋) 위에 말을 세우고 종을 시켜서 신래를 부르자 홍 판서가 '누구냐'고 묻길래,

"장동(壯洞) 김응교입니다."

한다. 또다시 어디에 있느냐고 묻자 광통교 위에 있다고 대답하는 것이었다. 그 말에 홍판서는,

"이 아이는 참으로 기특하구나."

하면서 무릎을 치며 칭찬해 마지않았다.

 잠시 후 한 종이 또 와서 기악을 보내온다고 전하자, 홍 판서는 일어나서 말하기를,

 "이 아이는 또 더욱 기특하구나."

하고 계속해서 지팡이를 짚고 거리 위에 서 있었다. 이때 김태가 신은(新恩;과거에 새로 급제한 사람)과 말에 같이 타고 얼굴에 먹칠을 하고서 앞에서 인도하고 가다가 홍 판서가 길 위에 서 있는 것을 보고 말에서 내려 인사를 드렸다. 그러자 홍 판서는 손을 잡고 등을 어루만지면서 말하기를,

 "이 세상 사람들이 모두 죽었는데 너만이 홀로 살아 있구나."

하니 듣는 자들이 모두 허리를 쥐고 웃었다.

33. 의   기(意氣)

  정묘(正廟)가 영릉(永陵)에 거둥했다가 돌아오는 길에 양철평(陽鐵坪)에 수레를 세우고 친히 열병(閱兵)을 하기 위해 군복을 입으려 했다. 이때 김 문정공(金文貞公) 욱(煜)이 원임대신(原任大臣)으로서 반열에 참여했다가 앞으로 나와서 말하기를,
 "전하께서 어찌해서 군복을 입으시나이까?"
하자 임금은 말하기를,
 "오늘 날씨가 맑고 아름다운데다 또 해도 아직 저물지 않았기에 친히 열병을 하려 하노라."
했다. 그러나 공은 그것을 마땅치 않다고 아뢰는 것이었다.
 "능(陵)에 참배하고 돌아오시니 사모하시는 마음이 깊고 간절하신 터에 이 일을 행하시는 것은 마땅치 않습니다. 또 군복은 왕자(王者)가 입을 복식(服飾)이 아니오니 환궁하시어 하교하심이 좋을 것 같습니다."
  이 말을 듣고 임금은 아무 말없이 그 일을 중지했다.
  그 후에 서 판서(徐判書) 유린(有隣)이 입시했는데 임금이 말하기를 김 판부(金判府)가 면전에서 나를 공격하여 내가 부끄러워서 얼굴을 들지 못했다고 했다.
  그 후에 재임(齋任)의 모피(謀避)로 해서 엄한 교서를 내렸다. 이때 김공의 둘째아들 재련(載璉)이 그 백씨(伯氏) 김상(金相) 재찬(載瓚)의 성천 임소(成川任所)에 있다가 재임을 맡았다. 이 까닭으로 인하여 김공을 성천 부사(成川府使)로 파출(罷黜)하라는

명령을 내렸다가 얼마 안 되어 모두 서용(叙用)하였다.
   그 후에 황기옥(黃基玉)의 일로 그 아버지 창성위(昌城尉)의 직명(職名)을 파직시키라고 명하자 김공이 이때 당시 정승으로서 아뢰기를,
   "경서에 말하기를, 그 아비의 죄로서 그 자식에게까지 미치게 해서는 안 된다고 했사온데 하물며 그 자식의 죄로써 그 아비에게 벌을 준단 말입니까?"
하고 하교를 환수(還收)하기를 청하자, 임금은 그렇게 하라고 윤허하였다.
   이때 김 상공(金相公)의 아들 영상공(領相公)이 각신(閣臣)으로 입직(入直)했는데 임금은 그를 입시하게 하여 하교하기를,
   "그대의 집 대신(大臣)이 또 망발을 했다."
하므로 김상이 물러나와 이 하교를 그 대인에게 전하기를,
   "우리 집에 대한 처분을 대인께서 어찌 혐의하여 피하지 않고 이런 말씀을 아뢰었습니까?"
하자 김공은 슬피 탄식하며 말하였다.
   "일이 눈앞에 있으나 성주(聖主)께서 지나치게 사리에 맞게 하시기 때문에 이런 말씀을 아뢰었는데, 지금 생각하니 이는 과연 망발이었구나."
   그후 김공이 죽자 김상이 행장초(行狀草)를 지었는데, 이 일을 쓰지 않았더니 임금이 이 글을 가져오게 하여 보고 나서 하교하기를,
   "이 속에 빠진 일이 있는데 어찌해서 그것은 쓰지 않았느냐."
하자 좌우 사람들이 감히 쓰지 못한 것 같다고 하였다. 그러자 임금이 말하기를,
   "이는 대신들이 구원해야 할 일인데 빼놓아서는 안 될 것이다."

하고 명하여 써넣게 했으니, 대성인(大聖人)의 처사가 광명한 것이 이와 같이 평범한 일에서도 나오는 것이다.

 김공의 병이 위중하자 임금이 소식을 듣고 근심하여 산삼 다섯 냥을 내려보내어 그 큰아들 김공으로 하여금 갖다가 약으로 쓰게 하였다. 김상이 명령을 받고 와서 전하니 김공은 정신이 어두운 중에도 일어나 앉아 의관을 정제하고 그 큰아들을 뜰 아래에 잡아다가 책망하였다.

 "내가 비록 못났으나 지위가 삼공(三公)에 이르렀다. 주상께서 약물(藥物)을 내리려 하시면 어의(御醫)을 보내서 간병하는 예는 옳지만 인신(人臣)이 사사로이 받는 법이 없다는 사실은 모르느냐. 가져온 물건을 도로 갖다 바치도록 하라. 그렇지 않으면 내 너를 보지 않으리라."

 이에 김상은 이러지도 못하고 저러지도 못해서 약을 받아 가지고 문 밖에 엎드려 여러 날 동안 울기만 했다. 그러자 임금이 이 소식을 듣고 산삼을 도로 바치게 한 다음 어의를 보내왔다. 김공의 바른 것을 지키는 마음과 굳은 절개가 이와 같았으니, 이는 명석(名碩)이라 아니할 수 없을 것이다.

34. 도　　참(圖讖)

　임 장군(林將軍) 경업(慶業)이 한미했을 때 달천(達川)에 살았는데, 때때로 말달리기와 사냥으로 일을 삼았다. 어느 날 사슴을 쫓아 월악산(月岳山)까지 갔는데 말도 타지 않고 손에 칼 하나만 쥐고 걸어서 사슴을 쫓아 태백산(太白山) 속까지 들어갔다. 마침내 해는 저물고 또 길도 막혔다. 숲은 무성하고 바위 구렁이 깊은데 마침 한 나무꾼을 만나 인가를 묻자 그는 한 언덕을 하나만 넘으면 그 밑에 인가가 있다고 가르쳐 주는 것이었다.
　임공(林公)은 그 말을 좇아 언덕을 넘어 보니 과연 큰 기와집이 한 채 있었다. 임공은 바로 그 집으로 들어갔으나 날이 이미 어두워서 동서를 분별할 수 없는데, 전혀 사람의 자취가 없는 것으로 보아 빈 집 같았다.
　임공은 종일 산으로 달려서 몸이 몹시 피로한 터에 비로소 한 칸 방을 얻었으므로, 그곳에서 자려 생각하고 옷을 벗고 홀로 누웠노라니 갑자기 창 밖에서 큰 빛이 비쳐온다. 그는 도깨비불일 것이라 생각하고 있는데 밖에서 문을 열고 누군가가 물었다.
　"그대가 이 방에서 자는가?"
　그런데 그 사람은 바로 산 속에서 만났던 나무꾼이 아닌가.
　그 사람이 다시 요기는 했느냐고 묻길래 아직 먹지 못했다고 대답했다.
　나무꾼은 방으로 들어오더니 벽장을 열고 술과 고기를 주면서 먹으라고 권하였다.

이때 임공은 배가 몹시 고픈 터여서 그것을 다 먹고 나무꾼과 몇 마디 말을 나누었는데, 나무꾼은 다시 벽장을 열더니 장검(長劍) 하나를 꺼내온다.

임공이 말하기를,

"이것이 무슨 물건이오? 나에게 시험하려는 것이오?"

하니 나무꾼은 웃으면서 말하기를,

"아니오. 오늘밤에 볼 만한 일이 있을 터인데, 그대는 능히 보겠는가?"

하므로 임공은 하라는 대로 하겠다고 대답했다.

이 날 밤중이 되기 전에 나무꾼은 칼을 들고 임공과 함께 어떤 곳에 이르렀다. 그 집은 문호(門戶)가 겹겹이요, 누각이 우뚝하며 꾸불꾸불 돌아가니 등불이 연못 속에 비쳐 있다. 또 그 가운데의 높은 누각 위에서 웃음소리가 시끄럽게 들려오는데 영창에 비치는 그림자로 보아 두 사람이 마주앉아 있는 것이 틀림없다.

이때 나무꾼이 연못가 정자의 나무를 가리키면서 말하였다.

"그대는 반드시 이 나무에 올라가서 허리띠를 풀어 나뭇가지에 몸을 묶고 아예 아무 소리도 내지 말라."

이리하여 임공은 약속대로 하였다. 나무꾼은 뛰어서 누각 속으로 들어가더니 세 사람이 같이 앉아서 술을 마시며 이야기를 주고 받았다. 나무꾼은 그 사람들에게 말하기를,

"오늘 약속이 있으니 결단을 내는 것이 어떠한가?"

하자 그 남자는 그렇게 하자고 한다.

이들은 함께 일어나 문을 열고 나가서 못을 뛰어넘어갔는데, 공중에서 칼이 부딪치는 소리만 한동안 계속 들리는 것이었다.

이때 임공은 나무 위에서 찬기운이 뼈에 스며들어 몸이 불편했는데, 그 찬기운은 곧 칼기운이었다.

그런데 갑자기 무엇이 땅에 떨어지는 소리가 들렸는데, 그 소리는 바로 나무꾼의 소리였다. 그제서야 추운 기운이 조금 풀리고 정신이 차차 돌아오기 시작했다. 임공이 나무 위에서 내려오자 나무꾼은 그를 옆에 끼고 같이 누각 속으로 들어가니 그곳에 아리따운 미인이 한 명 기다리고 있지 않은가.
나무꾼이 말하기를,
"너는 어떠한 계집이기에 이 세상에 크게 쓸 인재를 해치려 했느냐? 네 죄를 네가 알 것이다."
하고 나무꾼이 그 여자에게 말한 다음, 다시 임공에게 물어보았다.
"그대는 여간 큰 간담(肝膽)과 용기가 아니니 반드시 세상에 나타날 필요가 없소. 내 이제 그대에게 저와 같이 아름다운 여인과 이와 같은 큰 집을 줄 것이니, 한가하고 고요한 곳에서 여생을 보내는 것이 어떠하시겠소?"
"주인의 오늘 일은 도무지 알 수가 없으니 원컨대 자세히 내막을 들은 후에 그대의 명령에 따르겠소."
하고 임공이 대답하였다. 그러자 나무꾼이 다시 말하였다.
"나는 보통 사람이 아니라 곧 녹림(綠林)의 호객(豪客)이오. 여러 번 이와 같은 집을 마련해 놓고 반드시 하나의 미녀를 두었었소. 그런데 그들은 틈이 있는 대로 아까 죽은 남자와 간통하여 도리어 나를 해치려 한 것이 한두 번이 아니었기 때문에 내가 부득이 아까와 같은 광경을 벌였던 것이오. 이제 비록 저 사람은 죽었지만 이 여자야 어찌 죽일 수가 있겠소? 그래서 이 구학(邱壑)과 저 여자를 그대에게 주는 것이오."
"그 남자의 성은 무엇이며 어디에 사는 사람이오?"
"그도 역시 대장의 재목이오. 남대문 안에서 풀을 베는 장인으로서 어둠을 타고 왔다가 새벽이면 간다는 것을 내가 알고 있지만, 남자가 꽃을 탐하고 여자가 향을 탐하는 일을 어찌 책망할 수 있겠소. 내가 조심하고 피하면 되는 것인데, 저 사람이 요망하고 예쁜 계집의 꾐에 넘어가 반드시 나를 죽이고야 말겠으므로 부득이 그렇게 한 것이오. 그러니 이번 일이 어찌 나의 본심이겠소이까?"
하고 한바탕 크게 웃고 나서 탄식하였다.
"내 손으로 대남자(大男子)를 죽였구나."
그러더니 또 말하기를,
"그대는 다시 생각하여 한결같이 내 말을 좇아서 세상의 반쯤 올라갔다가 아래로 떨어지는 일은 하지 마오. 스스로 천운이 관계되는 바인데 반드시 그 뜻을 알지 못하면 한갓 수고만 할 뿐인 것이오."
임공은 한결같이 머리를 흔드니 나무꾼은 말하기를,
"할 수 없도다. 할 수 없도다."
하더니 즉시 장검을 들어 그 미녀의 머리를 베는 것이었다.
이튿날 나무꾼은 이렇게 말하였다.
"그대는 참으로 쓸 만한 재목이오. 그러나 남자가 세상에 나서 검술을 배우지 않으면 안 되는 것이오."
이에 임공은 검술을 배우기를 5, 6일, 비록 그 신묘(神妙)하고 변환(變幻)하는 방법은 다 터득하지 못했지만, 그 대강은 배워가지고 왔다. 그 나무꾼은 병자년(丙子年)의 일을 예측했기 때문에 그렇게 했던 것이다.

35. 만   복(晩福)

 안동(安東) 권모(權某)는 경술(經術)로 이름이 나서 높이 천거되어 휘릉참봉(徽陵參奉)에 임명되었는데, 그때 나이 60이요, 가계는 매우 넉넉하였다. 그러나 새로 상배(喪配)해서 집안에 아무도 심부름할 아이가 없고 밖으로는 가까운 친척이 하나도 없었다.
 이때 김상(金相) 우항(宇杭)은 본릉(本陵)의 별검(別檢)이었는데, 마침 능의 공사가 있어서 그와 같이 재실(齋室)에서 묵게 되었다.
 어느 날 능군(陵軍)이 함부로 나무를 벤 사람을 잡아다가 바치니 권공은 이치로 따져서 책망하고 장차 매를 때리려 하였다. 그러나 노총각인 나무꾼은 눈물을 줄줄 흘리며 아무 대답이 없는 것이었다.
 권공이 그의 기색을 살펴보니 결코 상놈이 아니다. 그리하여,
 "너는 어떤 사람이냐?"
고 총각에게 물었더니 이렇게 대답하는 것이었다.
 "말하기 부끄럽습니다. 소생은 벼슬하던 집 자손으로서 일찍 아버님을 여의고 노모가 금년에 나이 71세입니다. 누이 하나가 있어 35세가 되도록 아직 시집을 가지 못했고, 소생도 나이 30세에 아직 장가들지 못하였습니다. 우리 남매가 나무를 하고 물을 길어 어머니를 봉양하고 있사온데, 날씨가 추워 멀리 가서 나무를 하지 못하고 그만 그런 죄를 졌사오니 죄송할 따름입

니다."
그러더니 계속해서 또 눈물을 흘린다.
권공은 그 우는 것을 보고 갑자기 측은한 마음이 나서 김공을 돌아다보면서 이르기를,
"그 정성이 불쌍하니 용서해 주는 것이 어떻겠소?"
하니 김공은 웃으면서 좋다고 한다.
이에 권공이 말하기를, 불쌍히 여겨 석방하는 것이니 다시는 죄를 짓지 말라고 하면서 쌀 한 말과 닭 한 마리를 주며 늙은 부모를 봉양하라고 일렀다.
총각은 감사히 여기고 돌아갔다.
그러나 그 사람은 수일 후에 또 나무를 하다가 붙잡혀 왔다.
이에 권공이 크게 책망하니, 총각은 목을 놓아 울다가 말하였다.
"고마운 뜻을 저버렸사오니 진실로 두 가지 죄를 졌습니다. 노모의 춥다는 소리를 차마 그냥 듣고 있을 수가 없어 눈 속에서 달리 나무를 할 길이 없어서 죄를 범했사오니 이제는 얼굴을 들 수가 없습니다."
권공은 또 측은한 생각이 나서 눈썹을 찡그리고 한참 동안 있다가 차마 매를 때리지 못하니, 김공이 옆에 있다가 빙그레 웃으면서 묻는 것이었다.
"한 마리 닭, 한 말의 쌀로 감화시키지 못했는데, 좋은 방법이 하나 있으니 내 말대로 하겠소?"
"원컨대 그 말을 들려 주시오."
"노인이 부인을 잃고 아들이 없으니 총각의 누이를 계실(繼室)로 삼는 것이 어떻겠소?"
이때 권공은 흰 수염을 쓰다듬으면서,

"내 비록 늙었지만 기운은 감당할 만하오."
하였다. 김공은 그 뜻을 짐작하고 총각을 불러 가까이 오게 하여 은근히 말하기를,

"저 권 참봉은 충후(忠厚)한 군자인데다가 가계도 넉넉한데 아내를 잃고 아들이 없다. 그런데 네 누이가 혼기가 지나도록 시집을 가지 못했으니, 범절이 어떠한지는 알 수 없으나 함께 짝이 되게 한다면 너의 짐을 덜 수 있을 것이니 어찌 좋은 일이 아니겠는가?"

"집에 노모가 계시니 감히 제 마음대로 할 수가 없사오니 가서 의논하겠습니다."
하고 가더니 다시 돌아와서 말하였다.

"가서 노모에게 고했더니 노모가 말하기를, 우리 집은 대대로 벼슬하던 집인데 이제 쇠체(衰替)의 지경에 이르렀는데, 이것은 전대에는 하지 않던 일이지만 폐륜(廢倫)하는 것보다야 낫지 않겠느냐 하시며 울면서 허락하셨습니다."

이에 김공은 기뻐하여 드디어 택일을 하고 두 집 혼수를 조력해서 급히 성례(成禮)했더니 과연 명가(名家)의 후예요, 여인 중의 현부(賢婦)였다.

어느 날 권공이 김공에게 와서 말하였다.
"그대의 힘써 권함을 입어 이러한 좋은 배필을 얻었는데, 내 나이 이미 70세이니 무엇을 구하겠소. 아주 고향으로 돌아가려 하여 작별 인사를 하러 왔소."

"그러면 부인은 어떻게 하시려오?"
"데리고 가려 하오."
"참 잘 생각하셨소."
하고 술을 내다가 마시면서 서로 작별했다.

그후 25년이 지나서 김공은 안동부사(安東府使)가 되었다. 그런데 부임하던 이튿날 한 백성이 명함을 바치고 뵙기를 청하는데, 곧 전날의 권 참봉이었다.

김공은 한참만에야 비로소 휘릉(徽陵)에 같이 있었던 일을 기억하고, 그의 나이를 따져 보니 85세이다. 급히 맞아들여 보니 머리칼은 희지만 앳된 얼굴에 부축도 받지 않고 지팡이도 짚지 않고서 가볍게 들어와 자리에 앉는데 마치 신선과도 같았다.

김공은 손을 마주잡고 묵은 회포를 풀고 나서 술을 내다가 푸짐하게 대접하니, 먹고 마시는 것도 예전과 다를 바가 없다.

이윽고 권공이 말하였다.

"내가 오늘 성주(城主)를 만나게 된 것은 실로 하느님의 덕입니다. 내가 성주가 혼인을 권하는 바람에 늦게 좋은 배필을 얻어 계속해서 두 아들을 낳았는데, 시문(詩文)을 조금 배워 서울에 가서 재주를 겨루어 진사시(進士試)에 합격하였소. 내일이 곧 그애가 집에 돌아오는 날인데, 성주께서 마침 이 고을에 오셨으니 어찌 모시지 않을 수 있습니까? 그래서 내가 이렇게 급히 와서 뵙는 것입니다."

김공은 이 말을 듣고 놀라 하례하기를 마지않고, 쾌히 갈 것을 승낙하는 것이었다.

이리하여 권공은 작별하고 돌아갔다. 그리고 이튿날 김공이 기생과 악사들을 데리고 술과 안주를 준비해 가지고 일찍 집에 가서 보니, 시내와 산은 수려하고 꽃과 대나무가 둘려 있는 가운데에 정결한 집이 아주 보기 좋았다.

주인이 뜰에 내려와 맞는데, 멀고 가까운 사람들이 바람처럼 움직이고 손님들은 구름처럼 모여든다.

이윽고 신은(新恩; 새로 과거에 급제한 사람)이 도착했는데, 복두

(幞頭) 앵삼(鶯衫) 차림으로 풍채가 사람을 움직이고 말 앞에는 두 사람의 백패(白牌)에 피리 부는 사람이 나란히 서서 소리가 요란하다. 이 모습을 보는 자가 숲을 이루어 모두 권공의 복력(福力)을 칭송한다.

김공이 계속하여 신은을 불러서 그 나이를 물었더니 형은 24세요, 아우는 23세라고 하니 권공이 장가들던 다음해, 또 그 다음해에 계속해서 두 아들을 본 것이다. 그들과 수작해 보니 용모는 난새나 고니와 같고 문장은 서로 비슷하여 가위 난형난제이다. 김공이 흠모하고 감탄해 마지않으니 노주인의 기뻐하는 빛은 짐작할 만하다.

그 자리에서 권공이 옆에 앉아 있는 한 노인을 가리키면서 물었다.

"성주께서 이 사람을 아시겠습니까? 옛날 휘릉에서 나무를 잘못 베었던 사람입니다."

가만히 그 나이를 따져보니 55세이다.

드디어 풍류를 울리고 즐기다가 주인이 유숙하고 가기를 청하면서 말하였다.

"나의 오늘 경사는 모두 성주께서 주신 것이오. 또 성주께서 누추한 이 집에 오신 것은 하늘이 주신 복이요, 사람의 힘으로 된 것이 아닙니다."

간곡한 청을 뿌리칠 수 없어 김공은 드디어 그 집에서 유숙하였다. 이튿날 아침에 권공은 술과 안주를 내다가 모시고 앉아서 무슨 말을 할 듯 할 듯하다가 감히 입을 열지 못하고 있다.

이에 김공이 무슨 하실 말씀이 있느냐고 묻자 그제야 권공이 말하기를,

"노처(老妻)가 평일에 성주에게 결초의 은혜가 있다고 했사온

데, 다행히 벽지에 오셨으니 존안을 한번 뵈오면 지극한 소원을 다하겠다고 합니다. 여자가 체면을 생각지 않고 다만 감격한 은혜만을 느끼고 있는 일은 이상할 것이 없사오니, 원컨대 성주께서 잠시 내실에 들어가시어 절을 받으시는 것이 어떠할지 모르겠습니다. 또 성주께서 노처에게 대해서는 덕은 천지와 같고 은혜는 부모와 같사오니 무슨 어색함이 있겠습니까?"

이리하여 김공이 부득이 내실로 들어가니 맞아서 상석에 앉히고, 노부인이 나와서 절을 하면서 감격이 지나쳐 눈물을 줄줄 흘린다.

또 보니 두 젊은 부인이 단장을 하고 부인의 뒤를 따라 나와서 절을 하는데, 이들은 곧 그 자부(子婦)들이었다. 이들 세 부인이 모시고 앉아 있는 가운데 상에 가득히 보배로운 안주를 내다가 권한다.

이때 권공이 또 김공에게 청하여 협방(夾房) 앞으로 가서 보니 머리를 검게 물들이고 나이가 6, 7세로 보이는 어린아이가 손으로 문지방을 짚고 서서 눈동자가 희미하게 사람을 보는 것이 정신이 있는 것도 같고 없는 것도 같다.

권공은 이 사람을 가리키면서 말하기를,

"성주께서도 이 사람을 아십니까? 이는 나무를 잘못 벤 사람의 자친(慈親)으로서, 이제 나이 95세입니다. 그가 입 속에서 하는 말이 있으니 시험삼아 자세히 들어보시옵소서. 그것은 딴소리가 아니고 '김우항 배정승, 김우항 배정승(金宇杭拜政丞 金宇杭拜政丞)'으로서 25년 동안을 하루같이 하여 지금도 입에서 소리가 끊어지지 않사오니, 지극한 정성이 어찌 하늘을 감동시키지 않겠습니까?"

김공은 몹시 감동하는 바가 있어 드디어 여러 사람을 작별하고 관아로 돌아왔다.

　그 뒤에 김공은 과연 정승이 되었고, 숙묘조(肅廟朝) 때 약방 도제조(藥房都提調)로서 연잉군(延仍君)의 환후(患候)를 가보았으니 이는 영묘(英廟)의 잠저(潛邸) 때의 봉호(封號)이다.

　이때 그 평생의 관적(官蹟)을 말하고 말이 권 참봉에 이르자 그 전말(顚末)을 다 말하니 영묘가 듣고 이를 몹시 기이하게 여겼다. 훗날 등극한 뒤에 식년 과거의 방을 보니 거기에 '安東進士權某'라고 있는데 이는 곧 권공의 손자였다.

　이에 임금이 특별히 하교하기를,

"고 상신(故相臣) 김우항(金宇杭)이 권모의 일을 말했는데 몹시 드문 일이었다. 그 손자가 또 사마시에 급제했으니, 이는 우연한 것이 아니다."

하고 특별히 재랑(齋郎)을 제수하여 그 조부의 뒤를 잇게 하니, 영남 사람들이 영화롭게 여겼다.

36. 명   혈(明穴)

　한안동(韓安東) 광근(光近)은 대대로 서교(西郊)에 살았는데, 그 조부대에는 가산이 넉넉하고 비복이 많기가 고을의 으뜸이었다.
　그런데 한 사나운 종이 한안동의 조부를 침욕(侵辱)하니 그 상전이 된 자가 어찌 마음에 분하지 않았겠는가. 때려 죽이려 하자 그놈이 달아났으므로 그 분함을 그놈의 아내에게 옮겨 내고(內庫) 속에 가두어 두었다. 그러나 이때는 마침 그 자부의 빙례(聘禮)날이었으므로 길일에 형벌을 할 수 없어서 빙례가 지나기를 기다려 그 종을 때려 죽이려고 마음먹었다.
　신부가 처음 온 뒤에 밤이 깊었는데 밖으로부터 흐느끼는 소리가 여러 날 밤 동안 끊임없이 들려오는 것이다. 시집 온 지 3일밖에 되지 않은 신부이지만 마음속으로 몹시 의아스러워서 찾아가 보았더니, 우는 소리가 창고 속에서 나는데 자물쇠가 굳게 채워져서 들어갈 수가 없었다.
　신부는 자물쇠를 빼내고 문을 열고 들어가자 그 계집종은 매우 두려워하여 움츠리고 말하기를,
　"소인이 죽을 줄을 모르고 잠시 울었사오니 그 죄를 알고도 남습니다."
한다. 그러자 신부가 물어보았다.
　"너는 어떤 사람이기에 밤마다 이렇게 슬프게 창고 속에서 우는 것이냐?"

"소인의 남편은 일전에 노 생원(老生員)님을 크게 욕하고서 즉시 도망했기 때문에 노 생원께서 남편의 죄 때문에 소인을 창고 속에 가두고 아가씨의 빙례가 지나는 것을 기다려 즉시 때려 죽인다고 말씀하셨습니다. 그래서 이렇게 죽을 때만 기다리고 있는데, 제가 죽는 것은 정해진 일이니 원통할 것이 없습니다. 다만 슬픈 것은 제가 안고 있는 어린애는 태어난 지 이제 겨우 27일인데 만일 소인이 죽으면 가련한 이 인생도 역시 따라서 죽을 것이 아니겠습니까. 이러한 정경을 생각하니 자연 울음이 나는 것입니다. 이 밖에는 아무런 한도 없습니다."
신부가 이 말을 듣자 불쌍한 마음이 생겨 그 종에게 말하였다.
"나는 새로 온 신부이다. 내 이제 너를 놓아 보낼 것이니 너는 모름지기 멀리 도망가서 생명을 보존하도록 하라."
"제가 살아나가는 것은 좋지만 아가씨가 큰 원망을 들을 것을 생각하니 감히 가지 못하겠습니다."
그러나 신부는 말하기를,
"나는 스스로 막아낼 방법이 있으니 너는 많은 말을 하지 말고 어서 가도록 하라."
하자 그녀는 창고에서 나와 어디론가 가버렸다.
그런 지 수일이 되어 빙례가 끝나자 노 생원은 전날 분했던 것이 아직도 마음속에 있어서 높은 마루에 나와 앉아서 가둬둔 종을 잡아 오라고 했다. 그러나 그 종은 이미 행적이 없고 창고에는 빈 자물쇠만 채워져 있었다.
노 생원은 크게 노하여 집안이 발칵 뒤집혀 온 식구들이 생사를 예측할 수 없었다. 이때 신부가 자진해서 앞으로 나오더니 종을 내보낸 사유를 자세히 아뢰는 것이다. 노 생원은 그 말을 듣고 화가 치밀었지만 이미 저지른 일이니 이 역시 어찌할 수 없는 노릇이었다.
 이런 일이 있은 지 몇 해가 지난 후에 가계는 점점 줄어들고, 노 생원도 세상을 떠나게 되었다.
 한편 신부는 두 아들을 두었는데 모두 재주가 뛰어났으나 집이 몹시 가난하였다. 세월이 흘러 옛날의 신부가 늙어서 병으로 죽자 발상(發喪)을 하게 되었다.
 이때 갑자기 한 중이 울면서 들어오더니 바로 마당 안에 엎드려 매우 슬피 우는 것이었다. 이에 온 집안이 어리둥절하여 그 중이 울음을 그치기를 기다려 물어보았다.
 "너는 어디에 있는 중이기에 감히 사대부의 집 초상에 들어와서 우느냐?"
 "소인은 종 아무개와 계집종 아무개 사이에서 난 자식입니다. 다행히 대부인(大夫人)의 넓으신 덕택을 입어 지금까지 살아있사오니 어찌 대부인의 상례에 달려와서 곡하지 않겠습니까?"
 두 아들이 듣고 보니 어렸을 때 듣기에 어느 종이 욕을 하고 도망했다고 했는데, 그때 창고 속에 있던 아이가 바로 이 중이라는 것을 알게 되었다.
 두 아들은 이 중을 잠잠히 돌아다볼 뿐이었는데, 그후 수일 동안 그 중은 행랑방에 머물고 있다가 갑자기 입을 열어 말하는 것이었다.
 "상주께서 이 큰일을 당하여 성복(成服)이 이미 지났사오니 장례는 어떻게 치르실 것입니까? 소인이 여쭐 말씀이 있어서 하는 말입니다."
 "집 구산(舊山)에는 다시 남은 자리가 없고 가계가 또 가난하여 새 자리를 잡을 수가 없어서 우리 형제는 밤낮으로 걱정하는 중이다."

"그 창고 속에서 나온 후로 소인의 어미가 매양 안고 젖을 먹이고 기르면서 소인이 말을 할 때부터 은혜를 꼭 갚아야 한다고 했습니다. 이제 어미가 죽은 지도 이미 오래 되었사오나 소인이 제 어미가 한 유언을 들은 이후로 머리를 깎고 중이 되었는데, 다행히 신사(神師)를 만나서 묘지를 살피다가 여기에서 30리쯤 되는 곳에 좋은 자리를 구했습니다. 다른 지사(地師)의 말을 듣지 마시고 이 자리를 쓰시면 댁의 복력(福力)이 반드시 뜻과 같을 것이요, 그리되면 소인도 은혜를 좀 갚을 수가 있을 것입니다."
"그렇다면 그 자리가 어디인가?"
"여기에서 강 하나를 건너면 인천(仁川) 땅이니 원컨대 저와 함께 친히 가보시면 아실 수 있을 것입니다."
이리하여 그 이튿날 두 상제가 그 중과 가보았는데, 중이 하나의 쑥웅덩이를 가리키면서 바로 거기가 자기가 말하는 곳이라 했다. 그러자 두 상제는,
"그것은 고총(古塚)인데 어찌 이것을 쓸 수가 있는가?"
하고 되물었다. 그러나 중은,
"이것은 옛 사람의 치표(置標)요, 무덤이 아니오니 절대 의심하지 마사옵소서."
한다. 상제들이 돌이켜 생각하건대 가세가 빈한하여 달리 산지를 구한다는 것은 어려운 일이므로 그의 말대로 장사지내고 보니 과연 여조(麗朝) 때의 매표(埋標)였다.
드디어 장사가 끝나자 그 중은 작별을 고하며 말하기를,
"소인이 이제 은혜를 갚았습니다. 주인께서 복지에 묻히셨사오니 다행입니다. 이제 3년이 지나면 작은 상주께서 문덕(文德)이 차츰 나아지실 것이요, 10년이 지난 후에는 문과(文科)에 오르

실 것이며, 그 후로도 점점 창성할 것입니다."
했는데, 작은 상주는 바로 한광조(韓光朝)이다. 과연 그는 계사년(癸巳年)에 문과에 급제하여 여러 번 청요(淸要)의 자리를 거치고 자손이 창성하고 크게 이름을 떨쳤다.

　임진(壬辰) 연간에 안동부사로서 영외(嶺外)의 지사(地師) 한 사람을 만났다. 그런데 그 친산(親山)을 보이자 면례(緬禮; 무덤을 옮기고 다시 장사를 지냄)를 하라고 하므로 날을 잡아서 파광(破壙)하려는데 산 위에서 보니 손에 흰 승복을 든 늙은 중이 헐지 말고 잠깐 기다리라고 사뭇 큰 소리로 외치면서 오고 있었다. 한안동은 역사를 중지시키고 그 중이 오기를 기다렸는데, 그는 곧 전일에 산지를 잡아준 사람이 아닌가.

　그는 먼저 문안을 아뢴 후에 말하기를,

　"이 산소를 어찌해서 면례하십니까?"

하니 한안동은 이렇게 대답했다.

　"재해가 있다고 해서 그러는 것이다."

　"지중(地中)이 안온(安穩)하면 영감께서 마음을 놓으시겠습니까?"

　한안동이 그렇다고 대답하자 중은 좌편에 구멍을 뚫고 한안동으로 하여금 손을 넣어보라 하고 어떠냐고 그에게 물으니 안동은 말하기를,

　"과연 길기(吉氣)가 있으니 재해는 없을 것 같다."

한다. 이때 그 중이 거듭 당부하였다.

　"반드시 속히 봉분을 손질하고 아예 면례는 하지 마시옵소서. 올 봄과 여름 사이에 영감께서 반드시 안환(眼患)이 있어 다시 보이지 않을 것인데 이 산소를 만일 헐거나 파지 않고 편안히 일기(一紀; 12년)만 지났으면 그 발복(發服)이 한량이 없었을 것

36. 명 혈

인데, 이것이 모두 댁의 문운(門運) 아닌 것이 없습니다.”
그리고는 곧 작별인사를 하고 떠났다.
그후로 그 중의 말이 과연 모두 맞아서 안동이 임자년(壬子年) 가을에 마침내 안질로 눈이 멀더니 오래지 않아서 죽었다.

김 상서(金尙書) 모(某)는 사람을 알아보는 감식(鑑識)이 있었다. 어느 날 길가에 총각 하나가 있어 살펴보니 의복이 남루하고 형용이 초췌하다. 그는 그 총각을 데리고 집으로 돌아와 몇 가지를 물어보았다.
“너는 어떤 사람이냐?”
“일찍 부모를 잃고 사방을 돌아봐도 친척이라곤 없어서 저자 속에서 걸식하고 지내는 터라 성명도 모릅니다. 나이는 15세입니다.”
“네가 내 집에 머물러 있으면 입고 먹는 것은 궁색하지 않으리라.”
하고 이름을 김동(金童)이라고 지어 주니 총각은 감사히 여겨 마지않았다.
그는 글을 배우기를 원하여 가르쳤더니 일취월장하여 눈을 거친 것은 그대로 외우고, 또 운필(運筆)하는 것도 신과 같으니 참으로 기이한 재주였다.
이리하여 상서가 그를 사랑하고 소중히 여겨 잠시도 옆을 떠나지 못하게 한다. 상서는 본래 잠이 없어서 아무리 깊은 밤이라도 한번 부르면 김동은 즉시 대답하니 다른 종들은 이에 따르지 못했다.
이때 김동은 상서의 집에 있으면서 날마다 서고(書庫)에 들어가서 책을 보는데, 그 중에서도 성력(星曆)에 관한 서적을 탐독

했다. 혹 상서가 물으면 대략 그 깊은 뜻을 말하고, 함께 고금의 일을 이야기하면 마치 익히 보던 글을 외우듯이 하지만 딴 사람과 이야기할 때는 숨기고 대답하지 않았다.

상서가 사랑하기를 자식과 같이하여 매양 큰일이 있으면 서로 의논했다. 그런데 그에게 장가들기를 권하면 굳이 사양하는 것이었다.

이렇게 10년이 지난 어느 날 밤, 상서가 그를 불렀으나 김동은 대답이 없었다. 이에 불을 밝히고 찾아보았으나 종적을 발견할 수 없었다. 상서는 마치 좌우의 손을 잃은 것 같아서 침식이 예전 같지 않았다. 드디어 4일째 되던 날 김동이 갑자기 나타나니 상서의 얼굴에 기쁜 빛이 가득하다.

상서는 놀라고 기뻐하여 묻기를,

"네가 아무 말도 없이 어디를 갔다왔느냐? 내가 너를 대접하는 마음이 부족해서 그랬던 것이냐? 또 네 얼굴에 기쁜 빛이 있으니 그것은 무슨 까닭이냐?"

하자 김동은 웃으면서 말하기를,

"그런 것이 아닙니다. 조용히 말씀드리겠습니다."

한다. 밤이 되어 조용히 묻자 김동이 이렇게 말하는 것이었다.

"저는 조선 사람이 아니고 중국 각로(閣老)의 아들입니다. 부친이 간사한 신하로 인해 참소를 당해서 멀리 사문도(沙門島)로 귀양가고 원근의 친척들도 모두 사방으로 흩어졌습니다. 부친께서는 깊이 성력(星曆)의 수를 알았는데 떠날 때 소자에게 말하기를, 내가 10년이면 마땅히 용서받아 돌아올 것이나 네가 중국에 있다가는 간신들의 손에 죽을 것이니 조선으로 가면 뒤에 반드시 살아 돌아올 수 있을 것이라고 했습니다. 그리하여 걸식하면서 여기까지 왔던 것인데 다행히 대감의 하해 같은 혜

택을 입어서 양육을 받고 가르침을 받았사오니, 이 은혜를 갚을
길이 없습니다. 일전에 고하지 않고 집을 나갔을 때 과천(果川)
오봉산(五鳳山)에 올라가서 우러러 성상(星象)을 보니 부친께서
는 이미 용서받아 돌아오셨습니다. 이에 소자가 마땅히 돌아가
야 할 것이오나 은혜를 갚고 싶은 마음이 간절하여 두루 산지를
구하다가 오봉산 아래에서 한 명혈(明穴)을 얻었사옵니다. 청컨
대 내일 저와 함께 가보시지요."

상서는 놀라고 또 이상히 여겨 이튿날 함께 오봉산 아래로
갔다. 그러자 그는 한 언덕을 가리키면서 말하기를,

"여기가 곧 길지이니 급히 대감의 친산의 면례를 행하십시오.
그러면 자손이 창성하고 다섯 정승이 날 것이니 기억해 두십시
오."

하더니 집에 돌아오자 즉시 작별하고 길을 떠나는 것이었다.

상서는 그 말과 같이 장차 면례를 행하려고 광중(壙中)을 파는
데 7척쯤 파자 반석이 나오고 돌 위 4면에 틈이 있는데 손으로 누
르자 조금 흔들리는 빛이 있다. 상서는 이미 반석이 있다는 말을
김동에게서 들은 터여서 장차 때를 기다려 하관(下官)하려고 묘각
(墓閣)에 등불을 달아 놓고 앉아 있었다.

이때 상서의 사랑하는 종 하나가 혼자서 광중에 가서 그 돌이
흔들리는 것을 이상히 여겨 그 속에 무슨 물건이 있는지 궁금하여
가만히 손으로 돌을 들어보았다. 그랬더니 그 돌바닥 4면 모퉁이
에 옥동자가 돌을 받치고 서 있고, 그 가운데에 한 옥동이 또 돌
을 받치고 있는데, 네 모퉁이의 옥동보다 좀 크니 이것이 곧 석요
(石搖)였다.

이에 종은 놀라고 의아히 여겨 급히 반석을 내려놓다가 그만 땡
그렁하면서 옥이 깨지자 크게 놀라서 마음속으로 생각하였다.

'내가 대감댁에서 은혜를 받고 있으면서 이 길지를 그르쳤으니 뒤에 반드시 재앙이 있을 것이다. 내가 비록 무심코 한 일이지만 사는 것이 죽는 것만 못하다.'

결국 그 종은 차마 사실대로 고할 수가 없었다. 드디어 하관할 때가 되었으므로 동분을 만들고 왔다. 이후로 그 종은 상서의 집에 혹 사소한 우환만 있어도 마음이 타는 듯하여 불안해했다.

한편 김동은 중국으로 들어가보니 각로는 과연 용서받아 다시 등용되어 있었고, 간신들은 모두 없앴기 때문에 부자(父子)가 죽을 고생을 한 끝에 만나게 되니 기쁘기 이를 데가 없었다.

김동은 과거에 올라서 한림학사(翰林學士)가 되었는데 어느 날 각로가 물었다.

"네가 은혜를 받았다는 조선 김모에게는 은혜를 어떻게 갚았느냐?"

"길지 하나를 잡아 주고 왔습니다."

"어떻게 된 길지이냐?"

하자 한림은 그 경과를 대략 말하였다. 그러자 각로는 크게 놀라면서 말하였다.

"은인에게 참혹한 화를 주었구나. 땅 속의 다섯 개 옥동은 산 밖의 오봉(五峰)을 응한 것이요, 가운데의 한 옥동은 흉살(凶煞)이니 졸지에 귀하게 되었다가 망하는 것이다. 네가 어찌해서 자세히 살피지 않았느냐?"

한림이 깨닫고 어찌할 바를 모르자 각로가 다시 말하기를,

"흉한 무리들을 이미 모두 베고 천하에 대사(大赦)를 내렸으니 너는 대사령(大赦令)을 반포하는 사신으로 조선에 가서 급히 개장(改葬)하도록 하고 길지를 다시 잡아 주도록 하라."

한다. 한림이 그 가르침과 같이 부사로서 조선에 나와서 김 상서

와 함께 명설루(明雪樓)에서 만나 옛 회포를 이야기하고 나서 드디어 그 부친의 뜻을 말하자, 김 상서는 이 말을 듣고 어찌할 바를 모른다.

이때 마침 김 상서가 사랑하는 종이 따라왔다가 이 말을 엿듣고 나와서 그 당시에 큰 옥동을 부러뜨린 사실을 말하자, 상서는 무릎을 치면서 이렇게 말하였다.

"이는 곧 화가 변하여 길한 것이 되었으니 우연한 일이로다. 개관할 때 흔들리던 반석이 하관할 때는 편안하여 움직이지 않기에 이를 이상히 여겼는데, 하관한 뒤에 갑자기 어둡고 잠깐 동안 천둥과 벼락을 쳐서 산 밖의 가운데 봉우리에 있는 큰 바윗돌을 깨친 것이니 그 징험일 것이오."

이에 한림이 크게 기뻐하여 말하기를,

"상서의 집 자손은 크게 창성할 것입니다."

하고 사신 길에서 돌아와 그 말을 각로에게 보고했다.

어우야담
於于野譚

하루는 김행(金行)이란 사람이 어느 잔치 집에 초대되어 갔다. 그런데 차려 나온 음식을 보니 과일은 시들어 찌그러진데다가 술은 물을 탔는지 싱겁기 짝이 없었다. 그는 이것을 보고 '금년은 과연 풍년이로구나. 대추는 크기가 감만 하고, 냉수에서조차 술맛이 나는구나' 하며 우스갯소리를 하고 돌아갔다.

1. 효　열(孝烈)

황수신(黃守身)은 영상 황희(黃喜)의 아들이다. 수신에게는 사랑하는 기생 하나가 있어 정이 깊이 들어 있었다. 아버지 황 정승이 일찍부터 책망하여 이를 끊으라 하였지만 수신은 그때마다 그저 대답만 하고 물러갈 뿐 여전히 끊지 못했다.

어느 날 수신이 밖에서 돌아오는 것을 보고, 황 정승은 의관을 정제하고 대문 밖에 나아가 마치 큰 손님을 영접하듯이 아들을 맞았다. 놀란 수신이 급히 땅에 엎드려 그 까닭을 물으니, 황희는 이렇게 대답했다.

"내 너를 아들로서 대하였는데도 너는 듣지 않으니 이렇게 되면 나는 아비 구실을 못 하는 것이다. 그래서 손님을 맞는 예로써 너를 맞이하는 것이다."

수신은 이 말을 듣고 곧 머리를 땅에 부딪치면서 죽기로 사죄했다.

이런 일이 있은 뒤로는 다시 그 기생을 찾는 일이 없었다.

그러던 어느 날, 술김에 기생의 집을 지나치다가 자기도 모르게 그 집에 묵게 되었다. 밤중에 술이 얼마쯤 깨자 눈을 떠 보니 촛불이 환히 타고 있는데, 옆에는 웬 여인 하나가 누워 있지 않은가? 자세히 살펴보니 전날 정을 쏟던 그 기생이었다. 수신은 깜짝 놀라서 물었다.

"네 어찌하여 여기에 왔느냐?"

기생은 대답했다.

"아니옵니다. 여기는 이몸의 집이옵니다."
알고 보니 기생의 집이 틀림없었다.
수신은 크게 노하여 하인을 불렀다.
"이놈! 네 죽기를 각오하렷다."
하인이 대답한다.
"그런 것이 아니오라, 오실 때 말머리가 이 집을 향하고 있어서 말고삐를 그렇게 돌리신 줄 알았습니다. 전날에 이 집에 자주 내왕하여 길이 익숙했던 탓으로 말이 이쪽으로 머리를 돌린 듯하옵니다. 말은 사람이 아니옵니다."
이 말을 듣고 수신은 깨달은 바가 있어, 칼을 들어 그 자리에서 말의 목을 쳤다.
이로부터 수신은 부모의 교훈에 힘입어 벼슬이 재상에까지 이르렀다.

논개(論介)는 진주 관기(官妓)였다. 계사년(癸巳年)에 김천일(金千鎰)이 의병을 일으켜 진주를 근거지로 왜병과 싸우다가, 마침내 성이 함락되어 군사는 패하고 백성은 모두 죽었다. 이때 논개는 분단장을 곱게 하고 촉석루 아래 가파른 바위 꼭대기에 서 있었으니 아래는 만길 낭떠러지였다. 사람의 혼이라도 삼킬 듯 파도가 넘실거렸다.
왜병들은 멀리서 그 모습을 바라보며 침을 삼켰지만 감히 접근하지 못하였다. 그런데 왜장 하나가 당당한 풍채를 자랑하며 곧장 앞으로 나아갔다. 논개는 요염한 웃음을 흘리면서 왜장을 맞았다. 왜장의 손이 그녀의 몸을 잡자, 논개는 힘껏 왜장을 끌어안는가 싶더니 마침내 몸을 만길 낭떠러지 아래로 던졌다. 이리하여 그 둘은 모두 죽고 말았다.

임진왜란을 당하여 관기의 경우, 왜놈에게 욕을 당하지 않고 죽은 이가 어찌 논개 한 사람에 그치겠는가? 이름도 없이 죽어 간 여인들을 일일이 다 기록할 수 없는 것이 한이다. 관기라 하여 왜적에게 욕을 당하지 않고 목숨을 끊었다고 할지라도 정렬(貞烈)이라 칭할 수 없으니 어찌하랴. 그러나 그런 도랑물 같은 신세로서도 또한 성화(聖化)할 수 있는 정신이 있었으니, 나라를 등지고 왜적에게 몸을 바치는 것을 차마 하지 못하였다면, 그것을 충(忠)이라 하지 않을 수 없는 것이다. 참으로 아까운 일이다.

차식(車軾)은 송도(松都)사람이다. 학문이 넓고 문장에 능하여 당대에 따르는 자가 드물었다.

그 어머니가 송도에 살고 있었는데, 여러 해 동안 대하증(帶下症)을 앓아 백약이 무효였다. 그때 차식은 성균관의 직강(直講) 벼슬에 있어서 이를 계기로 공정대왕(恭靖大王)의 능침(陵寢)에 전사관(典祀官)으로 송도에 가게 되어, 그 행로에 어머님을 뵈올까 생각하고 있었다.

공정대왕은 곧 강헌대왕(康獻大王)의 태자로서 재위한 지 겨우 수년에 자리를 아우에게 물려준 처지에다가, 당시로서는 시대가 이미 멀어졌으므로 다만 한식(寒食)에나 제사를 지냈다. 그런데 그것도 변변치 않은 음식에다가 정결하지도 못하였고, 전사관이란 사람들도 그저 전에 하던 대로 따를 뿐 특별히 정성을 들이지 않았었다.

그러나 차식이 전사관으로 제사를 받들게 되자, 특별히 정성을 들여 목욕재계하고 제사를 거드는 하인들도 모두 정성들여 목욕하게 한 다음, 음식을 고루 풍부하게 갖추어 제사를 지냈다.

제사를 끝내고 나서도 날이 아직 밝지 않아서, 차식은 재방(齋

房)에 들어와 잠시 눈을 붙였는데, 문득 한 관인(官人)이 전갈하여 부르는 소리가 난다.
"전하께서 그대를 인견하려 하시니 어서 의관을 정제하고 나오라!"
차식이 바라보니 왕이 곤룡포를 입고 저만큼 앉아 있는데, 여러 관인들이 자기를 둘러싸고 가기를 재촉한다.
차식이 그들에게 인도되어 어탑 아래에 부복하자 왕이 말한다.
"기왕에 제사를 받든 자들은 모두 정성이 부족한데다가 정결지도 못하여 나는 제사를 받아 먹지 않았다. 그런데 오늘 너는 여러 가지 음식을 차려 정성을 다하니, 모든 것이 과인을 기쁘게 하였도다. 내 듣건대, 네 집에 친환이 있다 하기로 내 좋은 약을 내려줄 것이니 한번 시험해 보라."
차식은 절을 하고 물러나왔는데, 문득 깨어 보니 꿈이었다.
'참으로 이상한 꿈이로다…….'
차식은 괴이히 여기면서 송도에 있는 집으로 길을 떠났다.
도중에서 큰 수리 한 마리가 공중에서 맴을 돌고 있는 것을 보았다. 수리는 발에 큰 고기를 달고 있었다. 또 한 마리의 수리가 나타나더니, 먼저 맴돌고 있는 놈의 발톱에서 고기를 채어 가지고는 날아가다가 차식 일행이 가는 말 앞에다 떨어뜨린다.
차식은 마졸에게 명하여 줍게 하였다. 그것은 큰 가물치인데 길이가 한 자도 넘게 큰 놈이었다. 날씨는 아직 추워 생선을 얻기란 도저히 어려운데, 게다가 가물치는 대하증에 제일가는 약이 아닌가? 차식은 크게 기뻐하여 그것을 가져다가 어머니에게 올렸더니 이로부터 어머니의 병은 씻은 듯이 나았다.
차식은 글을 배우는 선비로서 나라의 큰일 중에 제사지내는 일이 제일 크고, 선조를 공경하여 모시는 것이 제일 중요한 일임을 알고 있었던 것이다. 그가 죽자 선조의 영혼이 굽어살펴 충성을 옮겨 효도를 받게 하였다.

「서경」에 말하기를 '지성이면 감신(至誠感神)'이라 했고, 「시경」에 '그 모두가 너의 큰 복이로다(介爾景福)' 하였으니, 모두 이를 일러 한 말이다. 그에게는 아들이 둘이 있어 각각 천로(天輅)와 운로(雲輅)라 하는데, 다같이 뛰어난 문장으로 이름을 날렸다.

강남덕(江南德)의 어머니는 서울 서강(西江)의 뱃사공인 황봉(黃鳳)의 처이다. 황봉의 집은 잠두(蠶頭)에 있었고 해산물 장사를 하여 먹고 살았다.

만력(萬曆) 초년에 황봉은 바다로 나갔다가 구풍(颶風;여름에서 가을로 접어들면서 남양에서 불어오는 강한 계절풍)을 만나 돌아오지 못했다. 그 처는 남편이 죽은 것으로 단정하고 헛장사를 지내고 3년간 상복을 입었다.

그후 과부로서 몇 년을 지냈다. 하루는 중국에서 왔다는 사람 하나가 편지를 전하는데, 보니 바로 남편 황봉의 편지가 아닌가? 그 사연인즉, 바람을 만나 바다 위를 표류하다가 어느 땅, 어느 성(城)에 표박하여 어느 민가에서 고용살이를 하고 있다는 것이었다. 그 처는 편지를 품에 안고 눈물을 참지 못하고 소리내어 울었다.

"처음에 낭군께서는 고기 뱃속에 장사지낸 몸이 되신 줄 알았더니, 이제 그 목숨을 보존하여 상국에 살고 있구료. 내 쪽박을 차고 빌어먹다가 길가에서 굶어죽더라도 반드시 낭군을 찾아가겠소."

동리 사람들은 이 말을 듣고 서로 만류하였다.

"작은 나라와 큰 나라 사이에는 서로 왕래를 금하는 경계가 있고 딴 관문도 설치되어 있어, 말하는 것이나 옷 입는 것도 모두가 다르오. 그래서 누구든지 감히 국경을 넘어 자기 나라 땅으로 들어오는 사람이 있으면 범법자로 형벌을 가하는 것이 보통이오. 이제 부인의 몸으로 혼자 만리 길을 떠나겠다니, 길가에서 죽어 해골이 될 것이 틀림없소."

그러나 그는 듣지 않고 소매를 걷어붙이고 나섰다. 압록강을 몰래 건너고 곧장 중국으로 들어가니, 달이 지나고 해가 바뀌는 동안 옷은 해지고 머리는 봉두난발이요, 맨발에 걸식을 하면서 거리를 헤매니 그 꼴은 거지 중에도 상거지였다.

그럭저럭 1년 남짓 헤매다가 마침내 남편의 편지에 적힌 고장을 찾아내어 과연 어느 바닷가 외딴 곳에서 상봉하기에 이르렀다. 두 사람의 기쁨이 오죽하였으랴. 부부는 손에 손을 잡고 드디어 고국으로 돌아왔다. 돌아오는 길에 그 처는 아이를 배어 집에 돌아와서 계집애를 낳으니 이름을 강남덕(江南德)이라고 지었다. 이웃에서는 강남덕의 어머니라고 부르지 않는데, 이것은 황봉의 권속이 아니라는 의미가 있기 때문이다.

내가 보건대, 중국과 조선은 전란이 극성하기 이전에는 내외적으로 서로 단절되어 피차 나라의 경계와 내왕이 엄중하였다. 그런데 한 사람의 부녀자로서 감히 혼자 중국 땅에 들어가 동가숙 서가식하면서 마침내 낭군을 만나서 망망하고 아득한 고향을 다시 찾아왔다는 것은 천하에 없는 일이며, 그 용기와 정절은 고금을 통하여 거듭 훑어보아도 드문 일이다.

근자에 임진란이 일어나, 우리나라 사람으로 천병(天兵)을 따라 병적에 있는 이름을 죽이거나 하여 중국의 관문으로 들어가 소식이 끊긴 이는 무려 만여 명에 이르지만, 아직 사사로이 중국으로 들어갔다거나 도망쳐왔다는 사람이 있다는 말은 듣지 못했다. 그들이 어찌 부모가 없고 처자가 없겠는가? 사람마다 그 몸을 아끼는 것은 마찬가지이니, 만사일생(萬死一生)의 모험을 하는 사람이 세상에 없는 까닭이다. 강남덕의 어미와 같은 이는 역시 기특하고 기특한 사람이다. 금년 봄에 죽으니 나이는 80세이다.

　남원(南原)땅에 정생(鄭生)이란 자가 있었는데, 그 이름은 알 수가 없다.
　젊었을 때 퉁소를 잘 불고 노래도 잘 불렀다. 그리고 성질이 호방하여 조그만 일에 구애를 받지 않았다. 그러나 학문에만은 몹시 게을렀다.
　같은 고을에 사는 어느 양가(良家)에 혼인을 청했다. 그 집 딸의 이름은 홍도(紅桃)인데, 두 집에서는 합의를 보아 혼인날이 다가왔다. 그런데 홍도의 아버지는 사윗감 정생이 학문이 없다 해서 난색을 보인다. 몹시 마음에 들지 않아서 지금이라도 혼인을 파의하자는 것이다.
　그러나 홍도는 그 부모께 말한다.
　"혼인이란 하늘이 정해 주는 것입니다. 이제 이미 허락을 해 놓았으니 그 사람에게로 가야 합니다. 어떻게 학문이 없다고 해서 약속을 저버릴 수가 있겠습니까?"
　이 말에 그 아버지도 감동해서 정생과의 혼인을 무사히 치렀다.
　그후 2년 만에 이들은 아들을 낳았는데, 이름을 몽석(夢錫)이라고 했다. 임진년에 왜란이 나자 정생은 군인이 되어 왜병을 막았다. 이때 그는 양총병(楊摠兵)을 따라서 남원성(南原城)을 지키게 되었다. 군인들은 성안에서 왜적을 막고, 가족들은 모두 성 밖

으로 피신시켰다. 그러나 홍도만은 남복을 하고 남편을 따라 성
안에 머물렀건만 아무도 이를 아는 자가 없었다. 그리고 아들 몽
석은 그 조부를 따라 지리산 속으로 가서 난을 피했다.
 남원성이 함락되자 정생은 양총병과 함께 도망쳐 나왔다. 하지
만 홍도는 따라나오지 못하고 서로 헤어지고 말았다. 정생은, 홍
도는 필경 중국 군사를 따라갔을 거라고 생각했다. 그래서 정생
은 홍도를 찾기 위하여 중국으로 들어가 걸식을 하면서 절강(浙
江) 지방을 두루 찾아다녔다.
 어느 날, 마침 천궁 도주(天宮道主)와 절강에서 배를 타고 딴
곳으로 가는 길인데, 달밤에 그리 멀지 않은 곳에서 퉁소 소리가
들려왔다. 옆에 있던 사람 하나가 말한다.
 "이 소리는 전일에 조선에 갔을 때 듣던 퉁소 소리와 같다."
 그 사람은 무심코 한 말이지만 정생은 마음속에 의심이 생
겼다.
 "이것은 분명히 홍도의 퉁소 소리다. 홍도가 아니고서야 이 곡
조를 알 사람이 없다."
 이렇게 말하고 전에 자기 아내와 화답하던 노래를 한 곡조 크게
불렀다. 이 노랫소리를 듣고 저쪽 배에서 큰 목소리로 소리를 지
른다.
 "이건 내 남편이다!"
 정생은 깜짝 놀라 급히 작은 배를 타고 그 배로 쫓아가려 했다.
그러나 도주(道主)는 말린다.
 "저 배는 남만(南蠻) 지방의 상선인데 거기에는 왜인들도 많이
섞여 있소. 만일 당신 부인이 사실이라면 그녀는 이미 그들에게
팔린 몸이 되었을 테니 지금 맹목적으로 거기에 갔다가는 도리
에 해를 입게 될 것이오. 그러니 잠자코 날이 새기를 기다리시

오. 내가 알아서 처리해 줄 것이니……."
 정생은 하는 수 없이 뜬눈으로 그 밤을 새웠다. 도주는 날이 밝기를 기다려 돈을 여러 십 냥 마련하여 심부름꾼 몇 명에게 주어, 그 배로 가서 그 여인을 데려오도록 했다. 이리하여 이들 내외는 만나 서로 얼싸안고 통곡을 하니 배 안에서 보는 사람들도 모두 이상한 일이라고 탄식했다.
 당시 홍도는 남원이 함락되자 왜병에게 포로로 잡혀 일본으로 끌려갔다. 왜병은 그가 남복을 한 것을 보고 여자인 줄 모르고 남만의 상선에 인부로 팔아넘겼다. 그러나 홍도는 남자가 하는 일을 제대로 해내지 못했다. 남만의 상선 주인은 마침 중국에 오는 길에 홍도를 데려다가 조선 땅 가까운 곳에 내려 주고자 했던 것인데 우연히 여기서 그 남편과 만나게 되었던 것이다.
 정생은 홍도와 같이 만나 절강에서 살게 되었다. 이 사정을 본 절강 사람들은 모두 그들을 불쌍히 여겨 돈과 곡식을 저마다 보내 주어서 생계를 이을 수가 있었다. 여기에서 아들 몽진(夢眞)을 낳았다. 몽진의 나이 17세가 되어 혼처를 구했지만 조선 사람이라는 이유로 중국 처녀는 혼인을 허락지 않았다.
 이때 어느 처녀 하나가 유독 몽진에게 청혼해 왔다.
 "우리 아버지는 조선 전쟁에 나갔다가 돌아오지 못했으니 나는 이 사람에게로 시집을 가렵니다. 이 사람을 따라서 조선 땅에 가서 아버지 시체를 찾아 제사라도 지내야겠소. 만일 아버지가 살아 계신다면 부녀가 서로 만나게 될 것이 아닙니까?"
 이리하여 그녀는 몽진에게로 시집을 와서 함께 살게 되었다.
 그뒤 무오년(戊午年) 북정(北征) 때 정생은 유정(劉綎)의 군대에 편입되어 출정했다. 그러나 오랑캐에게 패하여 유정은 전사하고 중국 군사는 거의 다 잡혀 죽게 되었다. 이때 정생은 큰 소리로 외쳤다.
"나는 중국 사람이 아니고 조선 사람이오!"
이렇게 해서 사지를 벗어나 도망하여 조선으로 건너온 그는 즉시 남원으로 내려갔다. 그러나 먼 길을 오느라 시달려 다리에 종기가 나서 의원을 구하러 나섰다. 여기에서 만난 의원이 바로 중국 사람인데, 그는 임진란 뒤에 중국으로 돌아가다가 대오에서 떨어져 조선에 머물러 있던 사람이었다. 그런데 기상천외로 이 중국 사람은 바로 정생의 아들 몽진의 장인이었다.

이들은 그 동안의 경과를 서로 이야기하면서 붙들고 한바탕 통곡을 했다. 그 두 사람은 남원에 있던 정생의 옛집을 찾아갔다. 거기에는 몽석이 아내를 얻어 아들을 낳고 옛집에서 살고 있었다. 정생은 아들을 다시 만나고 또 아들의 장인도 새로 만났으니 외로운 회포가 조금은 위로가 되었지만, 다만 아내 홍도와 오랫만에 만났다가 헤어진 생각을 하니 자꾸만 가슴이 메어지는 것 같았다.

그럭저럭 1년이 지났다. 이때 홍도는 가산을 정리해서 조그만 배 한 척을 마련해 가지고 아들 몽진과 며느리를 데리고 중국을 떠났다. 그는 중국 복색, 조선 복색 그리고 일본 복색을 각각 준비했다. 중도에서 중국 사람을 만나면 중국 사람이라고 속이고, 일본 사람을 만나면 일본 사람이라고 속였다. 한 달 25일 만에 제주도 추자도(楸子島) 앞 가가도(佳可島)에 닿았다. 이때 남은 양식은 겨우 7홉뿐이었다.

홍도가 몽진을 보고 말했다.
"우리가 배 안에서 굶어죽으면 결국은 물고기 밥이 되고 말 것이니 차라리 섬으로 올라가 목을 매어 죽는 것이 낫겠다."
그러나 그 며느리가 반대했다.

"우리가 한 홉 쌀로 죽을 쑤어 먹으면 하루는 살 수가 있습니다. 그러므로 이 쌀을 가지면 7일 동안은 지탱할 수 있습니다. 그리고 저 동쪽으로 어렴풋이 육지가 뵈는 듯하오니 좀 참고서 목숨을 보전하는 것이 옳습니다. 또 그 동안에 다행히 지나가는 배를 만나서 육지로 건너갈 수가 있다면 십중팔구는 살 가망이 있는 게 아닙니까?"

홍도는 이 말을 좇았다. 그리고 5, 6일을 지냈다. 이제는 하루 먹을 양식이 남았을 뿐이다. 이때 통제사(統制使)의 사수선(斜水船)이 그 부근에 와 닿았다. 홍도는 자기 남편과 남원에서 헤어진 내력과 그 뒤 절강에서 서로 만난 경과, 또 남편이 오랑캐에게 패해 죽었으리라는 이야기를 낱낱이 해 주었다. 뱃사람은 이 말을 듣고 모두 불쌍히 여겨 조그만 배에 세 사람을 실어 사수선 뒤에 달아 가지고 와서 순천(順天)에 데려다 주었다.

홍도는 아들과 며느리의 손을 잡고 남원 옛집을 찾아왔다. 거기에는 뜻밖에도 그 남편과 아들 몽석과 몽진의 장인까지 한데 모여서 살고 있는 것이 아닌가? 이렇게 하여 서로 다시 만난 이들의 즐거움이란 이루 형언할 수가 없었다.

여기에서 나는 말한다.

정생은 조선 사람이다. 난리에 아내를 잃고 멀리 중국까지 가서 찾았으며, 홍도는 전쟁에 그 남편을 잃고 세 나라 복색으로 본색을 숨기면서 자기 몸을 온전히 보존했다. 또 몽진의 아내는 자기 스스로 딴 나라 남자에게 혼인을 구하여 죽었을지도 모르는 자기 아버지를 찾아서, 필경은 모두 한 곳에서 만나게 되어 한집에서 사람이 기약 없이 만났으니 이는 비록 요행으로 이루어진 일이라 하겠으나, 그들의 지성이 감천케 한 것이 아니면 이루어질 일이 아니다. 어찌 신기하고 이상한 일이 아닐 수 있으랴.

2. 충의(忠義)

김시습(金時習)은 다섯 살 때부터 글에 능하였다. 장헌대왕(莊憲大王)이 그를 대궐 안으로 불러들여 인견하였는데, 평소에 보고 들은 것이 모두 놀라운지라, 삼각산(三角山)이란 제명을 주어 글을 짓게 하였다.

김시습은 한 절구(絶句)를 지었는데, 다음과 같은 것이었다.

> 삼각산 높은 봉우리
> 태청궁까지 뻗어올라가
> 오르면 북두칠성도 딸 수 있네.
> 이 봉우리는
> 구름을 일으키고 비를 내리게 할 뿐만 아니라,
> 왕가로 하여금
> 만세 동안 편안하게 하리.
> 三角山峰貫太淸 登臨可摘斗牛星
> 非徒嶽峀興雲雨 能使王家萬世寧.

임금께서 기특하게 여겼지만 조금도 기뻐하는 기색이 없었다. 절구에 담긴 뜻이 신하 노릇을 할 마음이 없음을 나타내고 있었기 때문이다. 그래서 명주 백 필을 상으로 주며 집으로 가지고 가라고 하였다. 어찌 하는가 그 태도를 보자는 것이다.

김시습은 명주 백 필을 풀어 끝과 끝을 매어 한쪽을 띠처럼 허리에 매고는 절을 올린 다음 하직하고 나가는데, 백 필 명주가 몸을 따라 나갔다. 임금님은 더욱 기특하게 여겼다.

혜장대왕(惠莊大王)이 즉위하니, 그 뜻에 항거하여 벼슬을 하지 않을 생각으로 머리를 깎고 수염은 남겨 둔 채 시를 지어 말했다.
"삭발하고 진세(塵世)를 떠나니 수염을 남긴 것은 장부임을 나타냄이라. 대개 옛날부터 그런 고승(高僧)이 있어 또한 삭발하고 수염을 남긴 자가 한둘이 아니로다."

또 다섯 살 때에 글에 능숙하다 하여 스스로 일컫기를 오세(五歲)라 하였는데, 그 음은 오세(傲世)와 같아서 세상을 내려본다는 뜻이다.

김시습은 성정이 가볍고 예리할 뿐 사람을 용납하는 아량이 없었다. 그래서 그 당세에서는 난을 면하기가 어려웠다. 때문에 승려의 길을 밟아 세상을 우습게 아니, 많은 중들이 그를 존경하여 문전성시를 이루었다. 그러나 시습은 이를 몹시 싫어하였다.

시습이 춘천의 사탄초암(史吞草庵)에 있을 때의 일이다. 중 한 사람이 시습을 사모하여 백 리 밖에서 찾아왔다. 시습은 대접을 특별히 정성스럽게 하여 밥을 지어 주고, 창 밖 섬돌 위에 앉아 먹게 하였다. 그리고 자기는 창틀 위에 두 다리를 뻗고 걸터앉아서는 발로 먼지를 일으켜 중이 먹는 밥그릇에 날아가게 하였다.
"우리 스승께서 어찌 이런 장난을 하십니까?"

중은 이렇게 말하면서 먼지를 털어내고 여전히 밥을 먹었다. 그러나 시습의 장난은 그치지 않고 두번 세번 거듭하니 중은 마침내 화가 나서 씨근덕거리면서 가 버렸다.

또 한번은 밤중에 시습이 삼각산 승가사(僧伽寺) 북쪽 바위로 올라가서는 큰 소리로 절간의 중을 불렀다. 중은, '이는 오세(傲世)의 목소리다.' 하고 신발을 거꾸로 신은 채 급히 달려나왔다.

정말 김시습이 온지라, 서로 인사를 나눈 후에 이윽고 시습은 소매 속에서 죽은 생선 한 마리를 꺼내서 중에게 권하였다. 중이 받지를 아니하자, 시습은 억지로 고기를 먹이려 하여 마침내 중이 화가 나서 가 버렸다.

또 이런 이야기도 있다. 서울 원각사(圓覺寺)에서 무차대회(無遮大會)를 열어 팔도의 중이 모두 모인다는 소문을 들은 시습은 가사를 입고 참석하여 도량에 들어갔다.

그리고는 손에 삶은 닭다리를 들고 변소 속에 들어가 우둑우둑 뜯어먹었다. 이를 본 모든 중들이 크게 놀라 쫓아내 버렸다.

그 처사가 이렇게 비뚤어지고 괴상했다. 그의 뜻은 세상 사람들이 자기 몸을 이롭게 하고 해를 멀리하는 것을 미워하는 것이요, 중의 도리를 모욕하여 짓밟음으로써 자기의 뜻을 밝히려는 것이었다.

시습이 비록 홀로 세상을 버리고 인간사에는 마음이 없었다고 하겠으나, 「매월당집(梅月堂集)」은 다 그의 손으로 썼고 기 상국(奇相國) 대승(大升)에게 바친 글은 대단히 고절(高絶)하여 소재(蘇齋) 노수신(盧守愼)이 못내 사모한 점 등으로 보면 또한 죽은 뒤에 이름이 없어지는 것을 바라지 않았던 듯하다.

곽재우(郭再祐)는 영남(嶺南;경상도) 현풍(玄風) 사람으로 경상감사 곽월(郭越)의 아들이다. 어렸을 적에는 문(文)으로 이름이 났으나, 점점 자라면서는 문을 버리고 무(武)를 취하여 병서를 읽으며 활쏘기, 말타기를 익혔다. 아버지가 돌아가시자, 이번에는 문무를 다 버리고 신선이 되기 위해서 산 속으로 들어가 곡식을 멀리하고 소나무 껍질을 양식으로 해서 살았다고 한다.

임진년에 왜병이 쳐들어오자 재우는 의병을 일으켜 낙동강에 진을 쳤다. 왜적들은 감히 강을 건너 서쪽으로 올라오지 못하였다.

이때 소문에, 김수(金晬)가 방백(方伯)이 되어 군사를 일으키긴 하였으나 죽치고 들어앉아 제 한몸을 보존하기에 급급하다는 말을 듣고, 재우는 크게 노하여 임금님께 글을 올려 김수의 목을 베라고 청했다. 김수는 두려워서 군사를 퇴각시키고 피신하였다.

영남의 왼쪽 지대는 곽재우가 지켜 아주 튼튼하였다. 이로 인하여 전라도까지도 왜적이 침범하지 못했는데, 이는 모두 곽재우의 힘이라 할 수 있겠다.

조정에서는 그를 특별히 대우하여 경상도 병사로 임명하였으나, 그는 취임할 뜻을 갖지 않았다. 조정에서는 의론이 분분하여 다시 상의한 끝에 병사의 벼슬을 주지 않고 감사로서 불렀다. 모두들 이번에는 오리라 하고 기다렸으나 그래도 그는 여전히 가려는 기색이 없이 곡식을 멀리하고 솔잎, 송진 등을 씹어먹을 뿐이었다. 비린 것도 일체 입에 대지 않고 송진, 솔잎만을 먹고 사니 여러 달이 지났어도 먹은 곡식이라고는 몇 되도 되지 않았다.

게다가 그는 천성이 술을 좋아해서 한번 마시면 서너 말을 거뜬히 마셨다. 마신 술은 오장육부에 가득히 차서 다시 먹은 것을 토해 내면 몸의 일곱구멍에서 술이 물처럼 흘러나왔는데, 그래도 괴로워하는 빛이 없었다. 마신 술이 서너 말이면 토해 쏟아 낸 술도 서너 말이 되었다.

그는 산 속에서 정자를 짓고 강언덕을 마주보며 살았는데, 종일토록 사람과 만나는 일이 없고, 더구나 부녀자와 가까이하는 일이 없었다. 그의 운명은 숨이 끊어진 사람같이 보였다.

사람이 일을 다스림에 있어서 양식을 멀리할 수는 없는 법이라, 이렇게 무리한 식사를 계속하기 며칠째 되는 날 드디어 비바람이 쏟아지고 번개가 치더니 붉은 기운이 하늘로 뻗친 것과 때를 맞추어 갑자기 그는 서거하였다. 그때 그의 나이 66세였다.

당시 사람들은 이렇게 말했다.

"신선의 도(道)는 배울 수 없구나. 곽공(郭公)같은 사람도 죽음을 면할 수 없었느니……."

어떤 사람은 이렇게도 말하였다.

"곽공이 죽으면서 시신(屍身)을 풀어 하늘로 올라갔다."

"그분이 돌아가시면서 순양(純陽)의 진기(眞氣)를 스스로 흩으시니, 그래서 붉은 기운이 하늘로 뻗은 것이다."

유정(惟政)은 조선의 호방한 중이다. 호를 송운(松雲)이라 하고 휴정(休靜) 서산 대사(西山大師)의 제자이다. 항상 오대산(五臺山) 월정사(月精寺)에서 기거했다.

임진년에는 금강산 유점사(楡岾寺)에 있었는데, 왜병이 대대적으로 침범하므로 같은 절의 스님들과 함께 깊은 산꼴짜기로 피신하였다. 장소를 아는 중만이 찾아가 뵐 뿐이었다.

왜적은 유점사에 침범하여 미처 피하지 못한 스님 수십 명을 묶어 놓고 금은보화를 찾는데, 그러고도 보화가 나오지 않으면 닥치는 대로 중들을 죽였다.

유정이 이 소식을 듣고 구하러 갈 생각을 하고 있었으나, 주위의 여러 스님들은 한사코 만류하였다.

"우리 스승께서 같은 절의 스님들을 구하려는 그 자비심은 실로 헤아릴 수 없이 크오나, 그러나 호랑이굴을 찾아가서 호랑이 수염을 건드린다는 것은 아무 이익도 없는 일이며, 스스로 화를 자초할 뿐입니다."

그러나 유정은 듣지 않고 어지럽게 흩어진 왜병들의 진중으로 들어갔다. 그 거동이 하도 의젓하고 방약무인하였으므로 왜적들이 도리어 괴이쩍게 여겨 멍하니 바라보았다. 그러는 동안 유정은 산문 앞까지 이르렀다.

많은 왜병들이 혹은 앉아 있거나, 칼이나 창을 베개삼아 누워 뒹굴고 있었지만, 유정은 그들을 거들떠보지도 않고 여전히 걸음을 멈추지 않은 채 선장을 짚고 안으로 들어갔다. 수많은 왜병들이 익히 보고는 있었지만 막지 못하였다.

유정이 산영루(山映樓)를 지나 법당 아래에 이르니 여러 중들이 양쪽 행랑 아래에 꽁꽁 묶여 있었다. 유정을 보자 모두 눈물을 떨구었지만 유정은 여전히 돌아보지 않았다.

왜적들은 절간 깊숙한 곳에 진을 치고 들어앉아서 많은 중들을 쇠사슬로 묶어 기둥에 못을 박고는 주위를 감시하고 있었다. 때는 여름철이라, 뜰이나 행랑이나 할 것 없이 어지럽게 왜병들이 누워 자고 있어서 발디딜 틈도 없었다.

지(芷)라는 중이 밤중에 기둥에 박힌 못을 철걱거리며 흔들어 마침내 그것을 뽑았다. 지키던 왜병이 쇠사슬이 흔들리는 소리를 듣고 횃불을 들고 가까이 와서 살펴보았다. 그러나 못은 여전히 처음 박혔던 그대로 있으므로 다시 몸을 뒹굴어 잠에 떨어졌다.

지는 다시 묶였던 사슬을 가만히 소리나지 않게 품에 안고 달아날 차비를 차렸으나 차마 옆에 있는 어린 제자 사미승을 그대로 두고 갈 수가 없어서 조용히 등에 업고는 은밀히 울지 말라고 타이른 다음, 맨발로 누워 자는 왜병의 허리를 넘어 골라 가며 땅을 밟고 뜰로 나왔다. 앞에는 네댓 자쯤 되는 낡은 담이 있고 그 밖에는 모두 한 길이 넘는 담이었다. 아이를 업고 뛰어넘으면 소리가 크게 날 것 같아서 먼저 아이를 담 밖으로 내려보내고,

"울지 마라, 울면 죽는다!"

하고 타일렀다.
 그러나 아이가 땅에 떨어지자 그만 두려움과 아픔에 울음보를 터뜨리고 말았다. 지는 기겁을 하고 담을 넘자마자 아이를 들쳐 업고는 달아났다. 왜병은 눈을 비비고 깨어났으나 아무것도 보지 못한 모양으로 정신을 차리지 못하였다. 이 모두가 유정의 법술로 인한 것이 아닌가.
 지는 뒤에 과거에 급제하여 이름을 입(岦)이라 고쳤고, 전라도 수사(水使)의 벼슬을 하다가 죽었다.

3. 덕   의(德義)

 율곡(栗谷) 이이(李珥)가 병조판서로 있을 때의 일이다. 변경에서 이탕개(尼湯介)라는 오랑캐가 난을 일으켜 왔다. 선생은 서울에서 군사를 뽑아 이를 막도록 했다.
 난이 수습되니 뒤에 선생은 조정 경연(經筵)에 나가서 여러 대신(大臣)들 앞에서 말했다.
 "자고로 나라에서 가장 중요한 것은 병사를 쓰는 것입니다. 병사가 편안하게 쉬는 일이 없다면 국가는 백 년이라도 태평을 누릴 수가 있습니다. 그러나 백성들이 병(兵)을 알지 못하니 이제 비로소 병사를 쓸까 합니다. 이후라도 병사는 또한 쉴 수가 없는 일이오니, 팔도에서 미리 정병 십만을 뽑아서 불의의 사태에 대비해야 합니다."
 그러나 당시 그의 좌우에는 조언을 하는 자가 없었다. 어떤 사람은 선생을 겁쟁이라고도 하며 십만양병설을 소심하고 비루하게 평가하였다. 그 후 임진년 대란이 일어나니, 병사를 해체하지 말자고 한 지 7, 8년 뒤의 일이다.
 의정(議政) 유서애(柳西厓) 성룡(成龍)은 말하였다.
 "후세에 나는 소인이란 이름을 면치 못할 것이다. 평소에 숙헌(叔獻)이 십만의 병력을 준비하고자 청했지만 나의 뜻은 그와 달랐다. 이제와서 크게 후회한들 무슨 소용이 있으리오. 숙헌은 실로 높은 식견이 있었으니 우리 무리들은 죽어도 부끄러움을 씻지 못하리라. 애석하다. 당시 나는 경연에서 그의 말에 찬

동하지 않았으니……."

상 상국(尙相國) 진(震)은 사람됨이 관후(寬厚)하고 도량이 넓고 컸다. 평생 사람들과 대화를 하면서 실수하는 일이 없었다. 다리가 한쪽이 짧은 사람이 있어, 식객이 다리가 한쪽이 짧다고 허물하자 상진(尙震)은 말하기를,
"그대는 어찌 짧은 것을 말하는가? 이왕이면 한쪽 발이 길다고 할 것이지."
하였다. 이것은 당대의 명언으로 일컫는다.

좌의정 오상(吳祥)이 젊었을 때 다음과 같은 시를 지었다.

희황의 즐거운 풍속 이젠 없어졌건만,
오직 봄바람이 술잔을 오락가락하네.
義皇樂俗今如掃 只在春風盃酒間

희황(羲皇)이란 옛날 복희씨(伏羲氏) 시대의 태고적 사람이라는 뜻으로, 세속을 떠나 유유자적하는 사람을 일컫는다. 상진은 이 시를 보고 나서 탄식하며 말하기를,
"내 일찍이 오상이 재주가 많아 마침내 대성하리라고 여겼는데, 그 말이 어찌 그렇게 경박한가?"
하고 오상의 시 아래 부분을 고쳐 이렇게 지었다.

희황의 즐거운 풍속 오늘도 아직 있으니,
봄바람이 술잔 사이를 오락가락하는 것을 보겠도다.
義皇樂俗今猶在 看取春風盃酒間

이렇게 글자 넉 자를 고치니 그 사이의 기상이 현저히 달라져 돋보였다. 그러므로 의당 오상의 이름이 상진보다 한 계급 낮은 벼슬 자리에 있는 것이다.

어느 날 상진이 의정부에 갔다가 복상(卜相), 즉 재상의 후보로 점찍히고 돌아왔다. 그 손자사위 이제신(李濟臣)이,

"오늘 전하로부터 누가 재상으로 임명되었습니까?"

하고 묻자, 상진은 묵묵히 아무 말도 하지 않았다. 이제신이 다시 말하였다.

"제가 듣기로는 심통원(沈通源)이 가장 유망하다고 하옵니다."

상진은 지나가는 말로 이야기했다.

"그럴 것 같기도 하다. 그 사람 수염이 좋지."

상진은 나이 17세에도 글에 능하지 못하였다. 일찍부터 승가사(僧伽寺)에 가서 독서를 하였는데, 손가락에 침칠을 해 가며 책장을 넘기니 책이 중이 쓰는 침상처럼 반질반질해졌다. 그것을 보고 한 선비가 정색을 하고 꾸짖었다.

"어린 놈이 더럽구나. 어찌 입 속의 침으로 책을 더럽히느냐 말이다. 차라리 밟아서 뭉개어 버리지."

상진은 매우 부끄러웠으나, 한편으로 생각하면 분하기도 하고 원통하기도 했다.

'남아로 태어나서 글을 모르고 어찌 세상에 나가 행세할 수 있단 말이냐!'

모두 버리고 집으로 걸어 돌아오는데, 발바닥이 벗겨져서 신발에 피가 흥건하게 고였다. 드디어 분발하여 공부에 힘쓴 결과, 십이과(十二科)에 응시한 끝에 문과에서 단연 급제하였다.

상진의 성격이 비록 관유하였으나 일단 용단을 내리면 이와 같이 진취성이 분명하여 권세 있는 간신을 배격하고 남에게 허리를

굽혀 아첨하는 일이 없었다. 남의 진정한 의론을 들으면 그것을 심각하게 생각하고 반영하니, 드디어 그 벼슬이 재상의 자리에까지 오르게 된 것이다.
 그러면서 그는 '수염이 좋다'는 말로써 이제신의 곧은 성품을 또한 두려워하기도 하였다.

 이지번(李之蕃)은 이름 높은 선비이다. 공헌대왕(恭憲大王) 때 벼슬하여 사평(司評)이 되었는데, 이때 윤원형(尹元衡)이 권력을 손에 쥐고 송사를 함부로 전단하므로 벼슬을 버리고 돌아가 단양(丹陽) 땅 강변에 집을 짓고 정신을 수양하니, 살고 있는 집이 크게 빛을 발하였다.
 근처 여러 고을에서 먹을 양식을 보내왔으나 지번은 모두 사양하고 받지 않았다. 그의 집에는 푸른 빛깔이 도는 소 한 마리가 있었는데, 두 뿔 사이가 아홉 치 가량이나 되었다. 그는 늘 그 소를 타고 강가를 따라 노닐었다.
 하루는 눈이 와서 온 산에 수북히 쌓였는데, 지번은 그 푸른 소를 타고 산에 올라가 눈 경치를 구경하였다. 따르는 제자들은 없고, 단지 어린 동자 하나가 소를 몰고 왔을 뿐이다. 지번은 흥취를 이기지 못하고 뒤를 돌아보며 아이에게 말했다.
 "너도 이 즐거움을 아느냐?"
 동자가 대답한다.
 "소인은 추워서 즐거운 줄 모르겠습니다."
 이지번의 아들 상국(相國) 산해(山海)는 한때의 명류(名流)로서 당시 선비들의 사랑을 받았다. 친구의 권고를 받은 끝에 지번이 단양 유수(丹陽留守)가 되어 부임하였다.
 강언덕에 서서 바라보니 두 언덕에 산봉우리가 서로 마주 대치하고 있기에 비선(飛仙)의 놀음을 해 볼 마음이 생겼다. 그래서 백성들이 송사를 청해 오자 재판에 진 사람에게 칡으로 꼰 동아줄을 바치게 하여, 그것을 두 산봉우리 사이에 매어 걸어놓게 하였다. 그리고 날으는 학 같은 모양을 만들어 그것을 동아줄에 매달고는 그 위에 사람을 앉혔다. 그리하여 봉우리 양쪽으로 왔다 갔다하게 하니, 백성들이 멀리서 바라보고는 신선같이 여겼다.

뒤에 그 후임으로 최공(崔公)이 왔는데, 그 아들 남수(男秀)가 관아의 창고에 들어가서 보니 다른 것은 하나도 없고 그 속에는 칡덩굴 동아줄만이 가득 차 있었다고 한다.

나의 돌아가신 아버님과 이지번은 서로 교분이 두터워서, 산해는 늘 나더러 우리는 세속적인 교우라고 말했다.

김정(金淨) 충암(冲菴)은 벼슬길에 오르기에 앞서 시로써 이름이 났었다. 또한 지조와 절개가 특별히 빼어나기도 하여서 선비의 무리들은 모두 그를 우러러보았다. 당시 남곤(南袞)의 문장과 절개 있는 행실이 동시대의 다른 사람에 못지않았지만, 선비들은 그를 천하게 여겨 소인으로 취급하였다.

남곤이 직제학이 되었을 때 김정은 아직 유생의 신분이었는데, 하루는 친구의 집에서 우연히 그와 만나게 되었다. 김정은 몹시 취하여 입에 거품까지 물고 자리에 누웠는데, 남곤이 와도 여전히 누운 채 인사할 생각을 아니한다. 보다못한 집 주인이 책망하며 얼른 일어나라 하였으나 김정은 여전히 봉두난발인 채로 앉아 눈을 부릅뜨고 꾸짖는다.

"어떤 애송이 녀석이 와서 내 꿈을 깨운단 말이냐?"

남곤은 공경하는 낯빛을 다하여 말하였다.

"큰 이름을 듣사와, 마치 책 속의 사람처럼 존경해 오면서 언제나 한번 모시기를 원하였습니다. 하오나 인연이 없었던 차에 다행히 뵙게 되오니 기쁘기 한량없습니다. 오늘 소생이 망천도(輞川圖;王維의 그림)의 병풍을 얻었는바, 원컨대 그 머리에 좋은 시편을 얻어 넣고자 합니다."
그러고는 하인을 시켜 그것을 가져오게 하였다.
김정은 취중에 붓을 들고 사양하는 빛도 없이 심사숙고도 하지 않고 휘갈겼다.

강남에 즐거운 곳이 있어
밤중에 꿈속에서 노닐도다.
스스로 시골의 꽃술을 사 가지고
분명히 이 다리를 건넜네.
江南有樂地 夜裡夢逍遙
自買花村酒 分明過此橋

이것은 대개 어떤 사람이 술병을 들고 다리를 건넜다는 것을 가리킨 말이었다. 그러나 남곤은 이 글을 재삼 읊어 보고는 잘 지었다고 칭찬하고 돌아왔다.
이 당시에 기묘년(己卯年)의 어진 선비들이 모두 정암(靜菴) 조광조(趙光祖)를 받들어 당시의 어진 이들이 그에게 귀속되어 있었다.
남곤은 비록 명예를 드러내기를 좋아하였지만 모든 선비들이 그의 행사를 좋지 않게 보아서 알게모르게 욕지거리를 하는지라, 속으로는 적이 못마땅하였으나 겉으로는 예절로써 대할 수밖에 없었다. 즉, 속으로는 항상 못마땅하여 울분을 쌓고 있었던 것이다.

그러다가 마침내 허무맹랑한 사실을 꾸며 가지고 심정(沈貞)과 함께 신무문(神武門)으로 들어가 변이 났다고 임금에게 아뢰었다.

이리하여 모든 선비들을 묶어서 모조리 쓸어버렸으니, 이것은 남곤이 평소에 원망하던 마음을 참지 못해서 차마 못할 짓을 하고 만 것이다. 평생 그는 허물이 드러나지 않았으나 이 일만은 귀신도 알지 못할 음모였다.

그러나 마침내는 남곤도 나이 들어 늙게 되니 항상 자신의 젊었을 적 허물을 뉘우치며 홀로 난간을 두드리며 탄식하니 그 강개한 모습이 현저히 밖으로 드러나게 되었다. 그래서 평생 동안 지은 글을 모두 불더미 속에 집어넣으며 한탄하였다고 한다.

남곤은 문장이 매우 높아서 우리나라의 여러 선비의 문집들도 그에 견줄 만한 것이 그리 흔하지 않다. 그런데도 자기 스스로 그 좋은 문장들을 모두 없애 버렸으니, 후세에라도 그의 이름이 나타나는 것을 원하지 않았던 것이 분명하다.

오늘에 이르러, 「지정집(止亭集)」이 있는데, 그것은 그의 외손인 여성위(礪城尉) 송인(宋寅)이 남곤의 저술로서 세상에 흩어져 전하지 않은 것까지 모은 것으로, 비단 그 가문의 원고 가운데서 나온 것만은 아니다.

남명(南溟) 조식(曺植)은 선비로서 온 세상 사람들이 존경하는 터였다. 영남에 은둔하고 있으면서, 높은 벼슬 자리 보기를 길가의 흙덩이 보듯 했다. 일찍이 서울에 와서 탕춘대(蕩春臺) 무계동(武溪洞) 등 노닐지 않은 곳이 없었다.

여성위는 신분이 비록 부마(駙馬)로 있었지만 선비들을 끔찍하게 여겨 항상 남명 조식의 풍도를 사모해 왔다. 그래서 어느 때고 산수가 갖추어진 산간에서 꼭 한 번 그에게 술잔을 올리겠다고 생각하였다. 이리하여 장의문(藏義門) 송림 속에 장막을 치고 길게 읍을 하고 서서 남명이 지나가기를 고대하며, 아랫사람을 시켜 남명의 행차를 기다리라고 일렀다.

그러나 남명은 그 사람이 귀인의 심부름꾼인 것을 알아보고는 말에서 내리기가 싫어 일부러 취한 척하고 중얼거리며 그대로 지나쳤다.

"장자(長者)를 네가 맞을 수가 없지."

여성위가 남명이 지나치는 길에서 일어나는 먼지를 바라보니, 남명의 모습은 천길 멀리 날아가는 봉황새처럼 자취가 아득할 뿐이었다.

4. 혼   인(婚姻)

 유진동(柳辰소)은 나이 20이 채 못 되어 양친을 여의고 공부도 하지 못한 채, 날마다 장안의 건달들과 어울려 노닐면서 남의 집 가축들을 훔치는 것이 일이었다. 한번은 남의 집 우리에서 돼지를 훔치는데, 혹시 야경에게 잡힐까 두려워 같은 또래의 한 사람을 시켜 이불로 돼지를 뚤뚤 말아서 짊어지게 한 다음, 다른 한 사람은 그 뒤를 머리를 풀고 울면서 따라가게 하였다. 남이 보면 꼭 초상이 나서 시체를 장사지내러 가는 형국이었다.
 또 그는 곧잘 한길에 나가서 씨름을 하며 놀았는데, 여러 사람이 있어도 유진동 한 사람을 당하는 자가 없었다. 때마침 재상 이자견(李自堅)이 지나가다가 사람들 사이로 그가 씨름하는 것을 구경하게 되었다. 수레를 세우고 한참 동안 바라보다가 그는 사람을 시켜 진동을 가까이 불러 물었다.
 "네 부모가 있는가?"
 진동이 대답했다.
 "조실 부모하고, 지금은 형님에게 의탁하고 있습니다."
 "글은 얼마나 읽었느냐?"
 "아직 배우지 못하였습니다."
 자견은 그를 눈여겨두고 지나쳤지만 속으로는 집에 있는 누님과 짝지어 주면 좋겠다고 여겼다. 그래서 집에 돌아오자마자 누님에게 물었다.
 "내 오늘 돌아오는 길에 호남아 한 사람을 보았소. 기골이 뛰어난데다 씨름을 몹시 잘하여 능히 사람을 굴복시킵디다. 누님은 여자로서 사람을 택한다면 이런 사람을 고르는 것이 좋을 것이오."

누님이 말했다.

"내가 그대의 말을 듣지 않고 누구의 말을 듣겠는가? 하지만 아직까지 씨름 잘해서 장가들었단 말은 듣지 못했는데……."

그러나 자견은 또 말한다.

"누님은 꼭 허락하시오. 훗날에 그는 반드시 귀하게 될 것이니."

이렇게 하여 그들은 혼인을 결정하고, 길일(吉日)을 택하여 혼례를 치렀다.

그러나 유진동은 나이 18, 9세가 되어도 여전히 시정의 무뢰배와 쏘다니더니 마침내는 활을 쏜다, 무술을 익힌다 하고 설쳐댔다. 심지어 처가의 노복들조차도 공손하게 굴지 않으면 쇠굴레로 무지막지하게 때리니 종복은 곧 자빠져 죽고 만다.

그 장모는 이런 일로 해서 괴로운 나머지 아들 자견을 붙들고 하소연했다.

"이런 사람을 그래도 딸의 신랑으로 생각하란 말이냐? 이제 나이가 차도 공부할 생각은 하지 않고 갈수록 행패만 심해지니, 나는 더욱 걱정스러울 뿐이다."

그러나 자견은 한 마디로,

"아무 걱정 마십시오. 아직 나이가 젊어서 그렇습니다."
하고 말할 뿐이었다.

진동은 여전히 활터에 나아가 말타기와 활쏘기를 익혔다. 그러다가 하루는 그만 말에서 떨어져 기절했다가 다시 소생했다. 화가 난 그는 활과 살을 꺾어 버리면서 중얼거렸다.

"무술을 하는 것은 위험한 일이야. 군자가 업으로 할 것이 아니다. 이제부터는 무(武)를 버리고 문(文)을 따르리라."

 진동은 그 길로 말을 달려 돌아왔다. 도중에 대관의 행차를 만났지만 말에서 내릴 생각도 하지 않고 곧장 자견의 집으로 뛰어들어와 공부하기를 청하였다.

 이로부터 경서를 독파하고 마침내 명경과(明經科)에 급제하여 벼슬이 판서에 이르렀다. 그리하여 자견과 그 아우 자화(自華) 등과 더불어 다같이 이름난 재상이 되어, 형제가 모두 여러 도의 안렴사(按廉使)가 되었다.

 자견은 길에서 한번 진동을 보고는 훗날 반드시 귀하게 될 것이라고 생각하고 드디어 혼인을 허락하였으니, 그의 사람을 식별하는 눈이 귀신과 같았다. 이 어찌 평범한 사람이라 하겠는가.

5. 처   첩(妻妾)

　자고로 부인(婦人)은 다루기 힘든 존재이다. 남자가 아무리 강심장을 가졌다고 해도 부인을 두려워하지 않는 자는 거의 없다.
　옛날 한 장군이 있었는데, 십만의 병력을 이끌고 광막한 교외에다가 진을 쳤다. 동서에 각각 큰 깃발을 꽂았는데 한쪽은 푸른 기요, 한쪽은 붉은 깃발이었다. 그리고는 재삼 간곡한 말로 타일렀다.
　"어려워 말고 따르라. 처를 두려워하는 자는 붉은 깃발 아래에 서고, 처를 두려워하지 않는 자는 푸른 깃발 아래에 서라!"
　이렇게 하여 십만의 병력이 모두 붉은 깃발 아래에 모이게 되었는데, 오직 장부 한 사람이 홀로 푸른 깃발 밑에 서 있는 것이 아닌가? 장군이 전령을 보내 까닭을 물으니 이렇게 대답했다.
　"저의 처는 늘 저에게 경계하여 말하기를, '남자 세 사람이 모이면 반드시 여색을 논하기 마련이니, 당신은 세 사람이 모이는 곳이면 반드시 발을 들이지 말라'고 하였습니다. 하물며 지금은 십만이나 되는 사나이가 한곳에 모였으니, 감히 저의 처의 명을 어길 수가 없어서 이렇게 혼자 푸른 깃발 밑에 서게 된 것입니다."

　나라가 기반이 잡혀 태평하게 되자 시골의 아전들은 제라립(濟羅笠)을 쓰고 다녔다. 이것은 백제, 신라 시대의 방갓과 같은 것이다.

유순(兪洵)에게는 사랑하는 계집종이 있었다. 이 계집은 본시 시골 아전의 처였다. 일찍이 유순이 이 계집의 방으로 잠입한 일이 있었다. 이때 유순의 처가 이를 눈치채고는 몽둥이를 들고 뒤따라 들어왔다. 급하게 된 유순은 황급한 김에 사방을 둘러보니 벽에 제라립이 걸려 있는지라, 즉시 그것을 벗겨 머리에 쓰고는 마당에 나가 꿇어엎드렸다. 유순의 처는 자기가 시골 아전을 잘못 보고 뒤따른 줄 알고는 급히 달아나 버렸다고 한다.

또 박충간(朴忠侃)에게는 사랑하는 기생이 있었는데, 이 기생은 자주 관아의 서기관 놈과 사통하였다. 당시에 서기는 평정관(平頂冠)을 쓰는 것이 상례인지라, 서기는 사통을 하러 가서 그것을 벗어서 벽에 걸어놓고 동침을 하였다. 그런데 공교롭게도 그날 충간이 야음을 타서 기생 집에서 묵게 되었다. 아침에 일찍 일어나 대궐에 참례해야 했는데, 아직 날이 밝기 전이라서 급히 서두르는 바람에 잘못하여 벽에 걸린 평정관을 쓰고는 급히 대궐로 말을 몰았다.

대궐 앞에 이르자 말을 끌던 종놈이 이상한 눈으로 올려다보는 것이 아닌가? 충간은 그제서야 자기의 실수를 깨닫고 얼른 말에서 내려 민가로 뛰어들어갔다.

당시 실없는 사람들이 시를 지어 풍자하니, '유순의 처는 제라립을 무서워하고, 박충간의 종놈은 평정관에 놀랐다(兪洵妻畏濟羅笠 忠侃奴驚平頂冠).'라고 하였다. 당시의 사람들이 절창(絶唱)이라고 칭찬했다 한다.

관홍장(冠紅粧)은 장안의 명기이다. 용모가 세상에 뛰어나 명락원(名樂院) 교방(敎坊; 기생 학교)에 속해 있었는데, 한주(韓澍)가 의정사인(議政舍人)이 되어 마침내 그녀를 첩으로 맞아들여 딸 하나를 두었다.
 기묘사화가 일어나 한주는 탄핵을 받고 멀리 귀양을 가게 되었다. 관홍장이 혼자 수절하며 살게 되니, 부자와 조정의 벼슬아치가 다투어 서로 차지하려고 야단들이었다. 그러나 그녀는 모두 물리치고 응하지 않았다.
 이렇게 여러 해를 보냈지만 조정의 여론은 갈수록 한주를 공격하여 더욱 미워하였다. 관홍장은 세태가 점점 불리해져 가니 집안의 늙은 어미마저 굶기게 될 형편이라 가난을 걱정하지 않을 수가 없었다. 이때 이천군(伊川君)이 슬그머니 중매쟁이를 보내 그녀를 유혹하였다. 이에 관홍장이 말하였다.
 "내 비록 창기(娼妓) 집에서 난 계집이지만 이미 한 사인(韓舍人)에게 몸을 허락하였으니 다른 데로 시집을 간다는 것은 옳지 못한 일이다. 그러나 집에 늙은 어머니가 있으니 끼니를 끊기가 어려워 잠시 그대의 말을 따르노라. 만일 한 사인이 돌아오면 내 비록 공자에게서 사내아이 아홉을 낳는다 할지라도 돌아보지 않겠다. 원컨대 이 약속을 맺은 후에 따르리라."
 이천군은 약속대로 하리라 대답하였다.
 이럭저럭 그녀는 이천군의 집에서 20여 년을 살았다. 그 동안 자녀도 여럿 두었다. 그러던 어느 날 한주가 용서를 받고 돌아오게 되었다.
 관홍장은 한주가 돌아온다는 소식을 듣고는 이천군과 결별하고, 그 집에서 난 아이들과 옷가지, 패물, 경대 따위를 다 버리고 나왔다. 그녀는 한주가 입을 옷과 버선 등을 마련하여 먼저 딸아이를 시켜서 마중나가게 하고 그 동안 자기가 이천군에게 가지 않으면 안 되었던 전후 사정을 소상히 아뢰도록 하였다.
 딸은 어머니의 분부대로 교외로 나아가 아버지를 맞이하였다.

한주는 눈물을 흘리고 서 있는 딸을 바라보며 말했다.
"오늘 네가 이처럼 크게 자란 모습을 볼 줄은 몰랐다."
그녀는 어머니가 시킨 대로 이천군을 따르게 된 까닭을 먼저 고하였다. 한주는 웃으며 말하였다.
"네 어미가 늙어 망령이 났나 보구나. 내가 어찌 감히 공자의 아내를 빼앗는단 말이냐. 더 말할 것 없다. 비록 내게로 온다고 할지라도 내가 쫓을 것이다. 옷가지는 도로 다 갖다 주어라."
"그러면 저는 어머니에게 돌아가 뭐라고 말해야 옳습니까? 제발, 그러지 마세요."
그러나 한주는 들은 척도 하지 않았다.
그녀가 돌아가서 어머니에게 한주가 한 말을 그대로 고하자 관홍장은 방성대곡을 한다. 이천군은 이러한 사실을 알고도 꾸짖을 수가 없었다.
한주의 딸은 부제학 홍인도(洪仁度)의 둘째부인으로 들어가게 되었으니, 이천군의 집에서는 혼수감을 마련하는 등 마치 자기 딸처럼 여겼다.
그리고 이천군에게서 난 자식들은 모두 벼슬하여 군(郡)의 수령이 되었다.

6. 기   상(氣相)

　외모가 그 마음과 다르다는 말은 공자께서 외모로 사람을 취했다가 실수한 데서 나온 말이다.
　안평중(晏平仲)은 키가 6척이 못 되는 것이 늘 불만이었다. 마음이 넓어서 만인을 가슴에 품고 있었지만 꼽추같이 못생긴 것을 슬퍼하며 천하 사람들이 놀리고 싫어할까 봐 사람들이 모이는 곳에는 가지 못했다. 맹상군(孟嘗君)은 키 작은 대부, 즉 묘소대부(眇少大夫)요, 한신(韓信)은 누런 얼굴에 기골이 장대하였고, 장자방(張子房)은 외모가 부인 같았다. 곽해(郭解)는 외양이 보통사람에 미치지 못하였고 밭두더지처럼 키가 작고 못생겼다.
　우리나라의 윤필상(尹弼商)은 풍채는 소문이 나지 않았다. 중국 관상쟁이도 그 몸을 보고서는 귀한 줄 느끼지 못하겠더니 그가 대소변하는 것을 보기에 이르러 비로소 극히 귀하게 된 것을 알았다.
　성현(成俔)도 또한 외모가 추하게 생겨서 당시의 사람들이 이르기를, 임금이 보는 앞에서 좌객(坐客) 노릇이나 하라고 하였다. 좌객이란 말은, 옛날 협객들이 술집에 찾아가면 반드시 추하게 생긴 자를 데려다가 술자리의 좌객(坐客)으로 한다는 데서 나온 말로서 추하게 생긴 사람의 대명사라 하겠다. 이는 모두 외양을 치장할 수는 없다는 말이다.
　외양이 그 마음과 같은 사람도 있다. 오원(伍員)은 키가 10척이요, 양미간이 한 자나 되니 급기야 천하에 비길 바 없는 장부가 되었고, 항우(項羽)는 호랑이 상(相)인데, 그가 한번 노하기만 하면 사람들이 그 앞에 엎드려 절절매며 감히 쳐다보지 못하였고, 적의 군사나 말들은 다같이 놀라 수십 리씩 달아났다고 한다.

제갈양(諸葛亮)은 또 미간과 눈썹 사이가 강과 산이 모인 듯 수려했다고 한다. 장비(張飛)는 또한 천하장사라 눈은 고리와 같았다. 허원(許遠)은 관후한 귀인이니 외양이 그 마음과 같았다. 노기남(盧杞藍)은 얼굴이 귀신의 모습이어서 보는 부인들마다 웃었다.

또 우리나라의 조광조(趙光祖)는 얼굴과 모습이 뛰어나게 아름다워서 늘 거울을 들여다보며 "이것이 어찌 남자의 길상(吉相)이란 말이냐?" 하고 탄식하였다 한다. 최영경(崔永慶)은 옥사에 잡혀 죽음을 당하게 되었는데, 옥졸들이 모두 존경하여 그가 죽을까봐 동분서주하였다. 이런 것은 모두 겉과 속이 한결같은 예이다.

옛날에 중국의 조사(詔使)가 우리 나라로 들어오게 되었는데, 소문에 듣기로 예의가 있는 나라이니 반드시 이인(異人)이 있을 것이라 믿었다. 그래서 평양까지 왔는데, 길가에서 우연히 키가 8, 9척이나 되고 수염이 자라서 허리께까지 늘어진 장부를 보았다. 조사의 생각에 반드시 이인이라 생각하고 한 번 말을 건넸으면 좋겠는데 말이 통하지 않아서 안타까울 뿐이었다. 생각한 끝에 손을 들어 큰 동그라미를 그려 보이고 손가락으로 가리켜 보였다. 장부는 이에 답하여 손을 들어 네모를 그려 이에 응답한다. 조사가 이번에는 손가락 셋을 꼽아 보였다. 장부는 또한 손가락 다섯을 굽혀 답했다. 조사는 또 옷을 들어 보였더니 장부는 즉시 손가락으로 자기 입을 가리켜 대답했다. 물론 의사가 완전히 통하지 못했음은 당연한 일이었다.

조사는 서울에 도착하여 접객관에게 말했다.
"내가 중원에서 듣기로 당신네 나라가 예의지국이라 하더니 과연 헛소문이 아니었구료."
"어떤 점을 보고 그러시는지요?"
접객관이 묻자 조사가 말했다.
"내가 평양에 이르러 길가에서 모습이 대단히 훌륭한 장부를 만나 반드시 이채로운 사람임을 알았소. 내가 손을 들어 동그라미를 그려 보였는데, 이것은 하늘이 둥글다는 뜻이오. 장부는 손으로 네모를 그려 대답하였으니 이는 땅이 네모났다는 것이지요. 내가 손가락 세 개를 꼽아 보인 것은 삼재(三才; 天・地・人)를 이름이요, 장부는 이에 대하여 손가락 다섯을 꼽아 대답하였으니 이것은 오상(五常; 仁・義・禮・智・信. 또는 五倫)을 이름이 아니겠소? 또 내가 옷을 들어 보인 것은 옛날에 의상을 드리워 천하가 다스려진 것을 말함인데 장부는 이에 답하여 손으로 입을 가리켜 보였으니, 이것은 말세에는 구설(口舌)로써 천하가 다스려진다는 말이 아니겠소이까? 길가에서 만난 장부가 이럴쯤에야 유식한 사대부들이야 더 말할 나위가 있으리오."
접객관은 이상하게 여겨 그날로 즉시 평양에 글을 보내 그 장부를 찾아 급거 상경하게 하였다.
드디어 장부가 서울에 도착하자 접객관은 큼직한 예물을 준 다음 은근한 소리로 물었다.
"천사(天使; 중국 사신을 높인 말)가 손으로 동그라미를 그려 보보였을 때 당신은 어째서 네모를 그려서 답하였소?"
장부가 대답했다.
"그는 떡을 먹고 싶었던 게지요. 그래서 떡은 둥글다는 뜻으로 동그라미를 그린 것이지요. 그러나 저는 인절미가 먹고 싶었습니다. 인절미는 네모가 졌으니 네모를 그렸습니다."
접객관이 다시 물었다.
"그러면 그가 손가락 셋을 꼽아 보였을 때 당신은 왜 손가락 다섯을 꼽아 답하였소?"
"그는 하루 세 끼를 먹기 때문에 손가락을 셋을 꼽았지만 나는 하루 다섯 끼니를 먹어야 하니, 그래서 다섯 손가락을 꼽은 것입니다."
"그러면 그가 옷을 들쳐 보였을 때 당신은 어째서 입을 가리켜 대답하였소?"
"그의 관심사는 옷이었지만 내 걱정거리는 먹는 것이니, 그래서 입을 가리킨 것입니다."
이 이야기를 전해 들은 대신들은 배꼽을 잡고 웃었다. 조사는 곧 그 외모를 보고 기인으로 보았을 따름이다.
아아! 긴 수염의 장부가 조사의 공경하는 바가 되었다면 이 어찌 외모 때문에 잃은 것이 아니겠는가? 또한 우리나라에 대하여 예의지국이란 인상이 미리 그렇게 생각하게 하였으니 두고두고 웃지 않을 수 없는 일인 것이다.

근래 정승 유전(柳琠)이 연경(燕京)에 갔을 때 관상 잘 보는 사람이 있어 자기의 상을 보도록 하였는데, 따르는 하인 가운데에 잘생긴 놈이 있었으므로 정승의 옷을 입혀 가지고 관상을 보게 하였다. 그랬더니 관상쟁이가 한참 동안 뜯어보고 나서 웃으며 말하기를,
"이건 늙어 죽도록 땔나무 장수나 할 상이거늘 네 어찌 나를 속이려드는가?"

하였다. 그래서 유 상국(柳相國)이 밖으로 나가 보니 관상쟁이가 먼 발치로 바라보고는 공경하는 태도로 말하였다.
"아, 정말 대신이 될 상이로고!"
관상쟁이의 보는 눈은 중국 조사가 사람을 가려 보는 눈과는 완전히 다른 것이었다.

## 7. 붕	우(朋友)

 이옥견(李玉堅)은 왕손(王孫)이다. 그 아버지 홍안군(興安君)과 조부 한남군(漢南君)은 모두 폐해졌다. 옥견은 위인이 순수하고 의연하여, 사람이 하는 일 없이 지내는 것이 재산이 될 수 없다고 하면서 순수 신발 만드는 기술을 배워 입에 풀칠을 하고 있었다. 마침내 그의 기술이 더할 수 없이 정교해지자, 장안의 자제로서 기생에게 예쁜 신발을 사 주려고 하는 자는 모두 그를 찾게 되었다. 기생들이 모두 옥견의 솜씨를 칭찬했음은 말할 것도 없다.
 그러자 얼마 후에 아버지와 조부의 봉작이 다시 회복되고 옥견은 옛날과 같이 종실의 품직(品職)을 받아, 가마 타고 담비 가죽으로 지은 귀인의 모자를 쓴 모습으로 날마다 조정에 드나들었다.
 그러면서도 옥견은 길에서 우연히 옛날의 동업자들을 만나면 반드시 말에서 내려 읍을 하였고, 또 선배 장자들을 만나게 되면 비록 진구덩이라도 반드시 절을 하였다. 신발 만드는 공인들은 이렇게 되자 황송하여 좌불안석, 마침내는 먼 발치에서 그가 보이면 얼른 몸을 피하곤 하였다. 옥견은 또 늘 관을 쓰고 띠를 두르고 다녔지만, 옛날의 동업자들을 만나면 손을 잡고 주막으로 들어가 술을 나누면서 조금도 얼굴빛이 달라지거나 하지 않았다. 그를 따르는 종자들은 길에서 많은 의리를 배우곤 했다.
 그 자손에 의성군(義城君)이 있었다. 그 사람됨이 배우기를 좋아하고 효행이 있어 사람들은 모두 그를 추앙하였다. 언젠가 한

번은 사람들과 내기 장기를 두는데 그 수가 어찌나 신통한지, 모여서 구경하던 사람들이 모두,
"참으로 좋은 솜씨다. 옛날 옥견이 신발 만들던 솜씨야!"
하고 손뼉을 치며 웃었다 한다.

    서울에 사는 무사(武士)의 별장이 밀성(密城)에 있었다. 성주(星州)와 상주(尙州) 사이를 왕래하며 훌륭한 유생들을 찾아다니면서 항상 함께 유숙하느라고 4, 5년 동안은 집안일도 돌아보지 않은 채였다.
    만력(萬曆) 10년에 다시 밀성으로 내려가면서 도중에 상주 사이에 사는 친구를 찾아보았는데, 친구는 이미 3년 전에 죽고 없었다. 마침 날이 저물어 그 집에서 잠시 여장을 풀고 쉬어 가고자 하였는데, 그 부인은 남편의 친구를 보자 비통하게 곡을 하고는 하인에게 명을 내려 객실을 깨끗이 치우게 하고 손님을 묵게 하였다.
    무사는 침상에 들었으나 옛 친구를 생각하느라고 밤이 깊도록 잠을 청하지 못하였다. 그 집의 객실의 북쪽 담장은 매우 높았고 섬돌 위에는 대나무가 빽빽하게 자라서 숲을 이루고 있었다.
    마침 달빛이 흐릿하게 비치는데 문득 대나무 사이에서 무슨 소리가 난다. 무사는 부쩍 의심이 들어 호랑이나 승냥이가 침입한 것이라고 생각하고 몸을 숨긴 채 오랫동안 소리나는 곳을 노려보았다.
    이때 중대가리 하나가 대나무 사이에서 나오더니 사방을 두리번거리는 게 아닌가? 그러더니 이내 몸을 빼어 곧장 규방 쪽으로 향하였다.
    잠시 후 무사는 발소리를 죽이며 중을 따라갔다. 가만히 보니

규방의 창문에 불이 환하게 켜져 있고 안에서 두런두런 말소리가 새어나왔다.

무사는 창 밑으로 바싹 다가서서 손에 침칠을 해 가지고 창구멍을 내어 안을 들여다보았다. 한 젊은 부인이 보이는데 엷은 화장에 요염한 모습으로 청동 화로에다가 고기를 굽고 있고, 그 옆에는 중이 앉아 구운 고기를 안주삼아 술잔을 들이켜고 있었다. 해괴망측한 꼴이 아닐 수 없었다. 술잔을 비운 중놈은 눈이 벌개 가지고 등불 밑에서 젊은 여인을 끼고 희롱할 차비를 했다.

무사는 끓어오르는 분노를 참지 못해 화살을 뽑아 활에 걸고는 시위를 잔뜩 잡아당겼다가 창구멍을 통해 화살을 놓았다. 중은 외마디 비명을 지르고는 죽고 말았다.

무사는 화살을 감추고 돌아와 침상에 들어가 자는 척하며 코를 골았다. 한참 있자니 안에서 부인이 크게 비명을 지르는 소리가 들리고, 온 집안의 하인들이 모두 일어나 허둥지둥 사방을 헤매는 발소리가 들렸다. 무사는 놀라 일어나 하인 한 사람을 붙잡고 물었다.

"무슨 일이 일어났느냐?"

"안주인께서 주인 어른을 잃고 과부로 살아 왔는데, 밤중에 미친 중놈이 안주인 방으로 뛰어들었으므로 안주인께서 칼을 빼어 중을 찔러 죽였습니다. 그리고 부인 자신은 칼로 손가락을 자르고 자살하려 하기에 집안 사람들이 급히 구하여 막았습니다."

하인의 말을 듣고 무사는 쓴웃음을 금치 못하며 한숨을 쉬고 길을 떠났다.

그 다음해에 다시 그곳을 지나게 되었는데, 그때에는 정절 부인에게 내리는 정문(旌門)이 그 집 앞에 세워져 있었다.

8. 노　　비(奴婢)

　　유인숙(柳仁淑)이 역적의 누명을 쓰고 억울하게 죽음을 당하자 그 문적에 있던 노비들은 임금의 명에 의해 공신(功臣)의 집에 하사품으로 내려졌다. 당시의 일등 공신은 정순붕(鄭順朋)이라 유인숙의 노비들은 많이 정순붕에게로 넘어가 귀속되었다.
　　처음 주인을 바꾼 노비들은 옛 주인을 생각하며 모두 처량하게 울었으나, 오직 한 계집종만이 빼어난 미모를 뽐내면서 조금도 슬픈 기색이 없이 희희낙락하였다. 그리고 다른 여러 계집종들을 돌아보며 꾸짖어 말하기를,
　　"우리들이 하나같이 옛 주인을 잃은 것은 하늘도 어찌할 수 없는 일이다. 어느 누구라고 해서 너희들 주인이 못 되라는 법이 없지 않느냐? 마땅히 새 주인을 섬겨 편안하게 해드릴 것이지 새것 헌것을 무엇 때문에 가리느냐?"
하면서, 혼자 새 주인을 정성껏 받들었다.
　　정순붕은 그 계집종을 신임하게 되었고 가까이 시중들게 하여 잠시도 옆에서 떠나지 못하게 하고는, 몇 년이 지나도 매질 한 번 하는 일이 없었다.
　　하루는 순붕이 꿈을 꾸었는데, 귀신이 와서 자기의 얼굴을 누르기에 놀라서 소리치며 깨어났다. 이로부터 이 같은 꿈은 여러 번 있었다. 그는 마침내 고질병이 들어 일어나지 못하고 죽었다.
　　그 부인은 수상하게 여긴 나머지 용한 무당을 불러 물어보았다. 무당은 말하기를 베개 속에 요귀가 들어갔다고 하였다. 즉

시 베개를 뜯어 보았더니, 과연 그 속에서 사람의 두개골이 나왔다.

'이건 필시 유가(柳家)에서 온 노비들의 짓일 것이다.'

부인은 그렇게 생각하고 문초를 할 차비를 하였다.

아직 매를 들어 문초하기 전인데 한 계집종이 자수하러 나서는데 보니 순붕이 그토록 신임하였고, 태형을 받을 과실이 한 번도 없이 오랫동안 순붕을 모시던 그 비녀가 아닌가? 그녀는 자진해서 앞으로 나와 입을 열었다.

"우리 옛 주인이 무슨 죄가 있다고 당신네 늙은이가 모함을 하여 죽였단 말이오? 내 비록 겉으로는 복종하고 있었으나 가슴에 맺힌 한을 풀고자 벼른 지 오래오. 간신의 심부름꾼으로 잠입하여 신임하지 않을까 두려워 억지로 아첨하였더니 마침내 믿게 되어 내 말이라면 따르지 않는 일이 없었소. 그래서 은밀히 사람을 시켜 해골을 얻어다가 베개 속에 넣은 것이오. 이제야 주인의 원수를 갚았으니 죽어도 한이 없소. 어서 죽이시오."

순붕의 자제들은 아비의 빈소 옆에서 그녀를 때려 죽이고 그 비밀은 일체 감추어 버려 당시의 사람으로는 이 일을 아는 이가 없었다.

정순붕의 작은아들 작(碏)은 70년 동안이나 살다가 죽었는데, 죽기에 임하여 사람들에게 말하였다.

"우리 집안에서 심히 꺼려하는 것은 사람의 도리를 못 하는 것인데, 내 죽게 되니 한 가지 뛰어난 충의가 있었던 것을 말하지 않을 수 없다."

아! 유가(柳家) 계집종의 뛰어난 충의는 그다지 흔한 것이 아니다.

정순붕에게는 정염(鄭磏), 정작(鄭碏) 두 아들이 있었으며, 그들은 모두 뛰어난 재주를 가졌지만, 당시에는 세상에 나가 벼슬할 뜻이 없이 모두 절간이나 찾으면서 자신의 재주를 감추고 지냈다. 그러나 이것으로 어찌 그 아비가 사림(士林)을 벌거숭이로 만든 죄악을 씻을 수 있단 말인가? 비록 효자의 마음이 무궁하다고 할지라도 그 죄악을 또한 씻을 수가 없었던 것이다. 따라서 평생 부끄러워하다가 마침내 어려운 지경에 이르러 분을 품고 죽으니, 이 또한 어찌 슬픈 일이 아닌가?

박인수(朴仁壽)는 지중추사(知中樞事) 신발(申撥)의 종이다. 국법에 따라 노복은 벼슬길에 오르지 못하고, 농사를 짓거나 공장(工匠)이 되거나, 또는 장사를 하거나 병졸 노릇을 하는 것이 업이다.

박인수는 천한 직업을 다 거친 뒤 배우기를 힘써 「대학」, 「소학」, 「가례(家禮)」, 「근사록(近思錄)」 등 많지 않은 책을 배웠으나, 그 절조와 행실이 뛰어나 예가 아니면 행하지 않았다. 그는 또 작은 주인 신응구(申應榘)와 더불어 처사(處士) 박지화(朴枝華)를 따라 개골산(皆骨山)에서 독서하니, 당시의 선비들은 그를 업신여기지 못하였다.

하루는 도둑이 들었는데, 마침 인수는 병이 들어 침상에 누워 일어나지 못하였다. 그래서 누운 채로 도둑에게 말하였다.

"나는 내 집 재산이라고 해도 아까운 것이 하나도 없으니 모조리 가져가거라. 그러나 내일 아침 끼니를 이을 일이 걱정이니 쌀 몇 되만 남겨 놓아라."

아침에 보니 과연 쌀이 몇 되 남아 있었다.

어떤 사람이 그에게 도둑이 들었는데도 왜 피하지 않았느냐고 물으니,

"내 재산이 아깝지 않고, 그를 해칠 마음이 없으니 그는 반드시 나를 해치지 않을 것인즉, 내 어찌 그를 두려워하겠는가?"
하였다. 이 말을 듣고 모두 감복하였다.

그는 집에 거처하면서 좌우에는 항상 거문고와 책을 놓고, 숙연히 은자처럼 지내는 것으로 취미를 삼았다. 그리고 수십 명의 제자들이 드나들면서 날이 밝기 전부터 몰려와 뜰 아래에서 절을 하고 죽을 끓여서는 받쳐올려 그것을 다 먹을 때까지 시립하여 기다리는 등, 저마다 일을 나누어 하였다. 이런 일이 매일 아침 계속 되니 마침내는 규칙처럼 되어 버렸다.

영산 서원(靈山書院) 아래 산수가 가장 아름다워 몸소 초당을 짓고, 이 초당에 앉아 맑은 시냇물 소리를 들으며 거문고를 타는 것을 오락으로 삼으니 머리는 희어도 얼굴은 홍안이라, 신선 중의 사람과 같았다.

임진년에 왜적이 크게 이르니 인수는 나라가 깨어지고 집안이 망하는데 노부가 편안히 거문고나 탈 수 있겠느냐면서, 마침내는 거문고 타기를 그만두었다. 그리하여 결국 왜적에게 죽으니 당시 사람들이 그를 동정해 마지않았다.

9. 배　　우(俳優)

　자고로 배우가 연기를 하는 것은 반드시 관객을 웃기려고 하는 것이 아니다. 말하자면 항간에서 일어나는 일을 풍자해서 세상에 이익이 되게 하는 것이다. 초나라의 유명한 배우 우맹(優孟) 등이 모두 그러했다.
　공헌대왕(恭獻大王)이 대비전(大妃殿)을 위하여 풍성한 잔치를 베풀고 궐내에 무대를 설치하게 하였다. 서울에 사는 배우 귀석(貴石)은 명배우로서 훌륭한 연기를 하였다. 사초〔茗〕 네 가닥을 묶었는데 두 가닥은 크고, 중간치가 하나, 작은 것이 하나였다. 그리고는 동헌에 앉아 자칭 수령이라 하고 색리(色吏)를 불러 앞으로 나오게 하자 한 사람이 색리로 자처하며 기어나와 부복했다. 귀석은 큰 사초 한 가닥을 뽑으면서 낮은 소리로,
　"이 계집은 이조판서에게 바쳐라."
하고, 또 큰 것을 하나 뽑아들고,
　"이 계집은 병조판서에게 바쳐라."
한다. 그리고 중간치를 뽑아 가지고는,
　"이것은 대사헌에게 바쳐라."
하고, 마지막으로 제일 작은 것을 들고는,
　"이건 상감께 올려라."
하였다. 여기에는 응당 풍자의 뜻이 담겨져 있었다.
　귀석은 종실의 종이었다. 그의 주인은 배우의 재주를 시험하는 자리에 참석하여 계급이 승진되었지만 실제적인 관직은 없었고

봉록도 많아지지 않은데다가 주위에 거느리는 종도 없이, 여러 능침의 제사 지내는 일에나 차출되어 1년 내내 여가도 거의 없이 박대를 당하고 있었던 것이다. 귀석은 그 주인의 이러한 처지를 변호하기 위하여 미리부터 다른 배우들과 약속을 하였던 것이다.

다음에는 이런 연극을 꾸몄다. 한 사람이 종실의 시예(試藝)로 분장하고 귀석은 그 종이 되어, 비쩍 마른 말에 그 주인을 태우고 고삐를 끌고 나갔다. 그 다음에는 한 사람이 재상으로 분장하여 나오는데, 살진 준마가 끄는 수레에 여러 졸개들이 둘러싸고 나가며 앞에 선 나졸들은 길을 비키라고 소리쳤다. 이것은 누가 보아도 종실을 모욕하는 행위가 아닐 수 없었다.

그러자 재상의 나졸들이 귀석을 붙잡아서는 땅바닥에 곤두박고 곤장을 치기 시작했다. 귀석은 큰 소리로 재상으로 꾸민 배우에게 하소연한다.

"우리 주인은 종실의 시예로서, 그 관직이 높기를 공경 아래에 있지 않은데 봉록은 더해지지도 않고, 거느리는 종도 없이 매번 능침의 제사관으로 뽑히면서 한가한 날이 없으니, 도리어 시예가 되기 전보다 못합니다. 소인이 무슨 죄가 있단 말입니까?"

이 말을 듣고 재상으로 꾸민 배우는 감탄하며 귀석을 풀어주었다.

이런 내용의 연극이 있은 후 얼마 지나지 않아서 상감의 특명이 있었다. 귀석의 주인에게 실제적인 관직이 더해졌다.

10. 창   기(娼妓)

가정(嘉靖) 초년에 송도에 명창(名唱) 황진이(黃眞伊)가 있었다. 그 성품은 여자 중의 영걸이요, 사내 못지않게 호협하였다. 화담(花潭) 서경덕(徐敬德)이 고매한 선비로서 벼슬도 하지 않는데다가 학문의 깊이가 정수하다는 소문을 듣고, 한번 시험해 보고 싶은 마음이 생겼다. 그녀는 좁은 띠로 허리를 묶고「대학」을 옆에 끼고 가서 절하며 말하였다.

"첩(妾)이 듣기에「예기」에 남자는 가죽띠를 두르고, 여자는 천으로 띠를 두른다 하옵니다. 첩은 역시 배움에 뜻이 있어 천으로 띠를 매고 왔습니다."

선생은 웃으면서 가르쳤다.

황진이는 밤마다 선생의 가까이에서 배우며 은근히 유혹을 하는데, 이건 신성한 불전에 잡귀가 들어 홀리는 듯, 여러 번 이런 일이 되풀이되었다. 그러나 서화담은 끝내 조금도 꺾이지 않았다.

진이는 또 금강산이 천하의 명산이라는 소문을 익히 들어 한번 노닐고 싶은 마음이 있었지만 짝이 되어 노닐 만한 상대가 없었다. 때마침 이 생원(李生員)이란 자가 있었다. 그는 재상의 자제로서 질탕하게 놀기를 좋아하고 세속을 싫어하는지라, 진이는 은근히 찾아서 속을 떠보았다.

"이몸이 듣기에 중국 사람들은 고려에 태어나서 금강산을 한번 보고 죽는 것이 소원이라는데, 우리는 항차 이 나라 사람으로 본국에 살면서 선산(仙山)을 지척에 두고도 그 진짜 모습을 보지 않을 수가 없지 않습니까? 오늘 이몸이 낭군을 만나 받들게 되었으니 마침 신선처럼 노닐기에 안성맞춤입니다. 산의(山衣)와 야복(野服) 차림으로 금강산의 절경을 관상하고 돌아온다면 어찌 즐거운 일이 아니겠습니까?”

이리하여 이 생원으로 하여금 한 사람의 종도 데려오지 않게 하고, 스스로 갈포 옷에 초립을 쓰고 식량 보따리를 둘러메게 하였다. 그리고 진이는 솔방울로 머리에 장식을 해 얹고 역시 갈포 옷에 띠를 두르고 베로 짠 치마에 미투리를 신고 죽장을 지팡이로 하여 길을 떠났다.

그런데 금강산 깊은 곳에 들어가기도 전에 양식이 벌써 떨어져서 두 사람은 절마다 찾아다니면서 걸식을 하고, 때로는 진이가 몸을 팔아 중에게서 양식을 얻기도 하였다. 이 생원은 이런 일을 개의치 않았다.

산 속으로 더욱 깊이 들어가자 두 사람은 기갈로 인해서 몰골이 초췌하게 변하여 옛날의 번듯하던 용모는 찾아볼 길이 없게 되었다. 한 곳에 이르니 시골 선비 10여 명이 물이 흐르는 송림 사이에 둘러앉아서 연회를 벌이고 있었다.

진이가 지나가면서 절을 하니 선비 하나가, 당신도 술을 마실 줄 아느냐고 물으면서 술을 권하였다. 진이는 권하는 대로 받아 마셔서 오래지 않아서 취하였다. 드디어 입에서 노래가 나오는데, 그 청아한 음조는 멀리 수풀을 울리면서 아름답게 퍼져 나갔다. 모든 선비들은 매우 이상하게 여기면서 술과 안주를 권한다. 진이가 말하기를, 첩에게 종이 한 사람 있는데, 몹시 배가 고프다 하니 청컨대 음식이 남는 게 있으면 좀 주지 않겠느냐고 하여, 음식을 얻어다 두 사람은 모두 배부르게 먹었다.

두 집안에서는 그 두 사람이 간 곳을 알지 못하여 이곳 저곳에 수소문하였으나 거의 반 년이 지나도록 소식이 없었다.
마침내 어느 날 저녁, 옷이 걸레같이 되고 얼굴은 까맣게 탄 거지 꼴로 두 사람이 나타나니, 이웃에서는 모두 놀라 마지않았다 한다.

선전관(宣傳官) 이사종(李士宗)은 노래를 잘 불렀다. 일찍이 송도에 벼슬을 하러 가는 길에 천수원(川壽院) 개울가에서 말안장을 풀고 관을 벗어 배 위에 덮고 누워서 큰 소리로 서너 곡조를 뽑았다.
이때 진이도 천수원 옆에 말을 세우고 노랫소리를 듣게 되었다.
"이 가곡은 매우 특이하구나. 분명히 시골 사람들이 부르는 노래는 아니다. 내 듣건대 서울에 풍류를 좋아하는 이사종이란 사람이 있다던데, 당대의 절창이다. 아마도 이 사람이 틀림없을 게다."
진이는 이렇게 중얼거리고는 사람을 시켜 알아보게 하였더니, 과연 이사종이 틀림없었다.
이리하여 그들은 서로 가깝게 지내면서 사랑하게 되어 진이의 집에서 며칠을 묵었는데, 정이 깊어져 이후로 6년 동안을 같이 살 약속을 하였다.
다음날로 진이는 가산을 모두 털어서 3년 동안 사종의 집을 먹여 살리게 되었고, 사종의 부모를 극진히 섬기고 그 처자를 정성껏 돌보면서, 한편으로는 친히 비용을 대어 사종의 첩이 되는 예를 올렸다. 이사종의 집에서는 크게 도움이 된 것도, 또 크게 손해를 볼 것도 없었다.

이렇게 3년을 지내자 이번에는 반대로 이사종이 전에 진이가 한 것처럼 진이의 일가를 먹여 살리게 되어 6년이 되니, 전날에 받은 빚은 다 갚은 셈이 되었다.
이때 진이가 말하였다.
"드디어 약속이 만기가 되었으니 이몸은 갑니다."
황진이는 이렇게 말하고 가 버렸다.
뒤에 황진이는 병이 들어 죽게 되었는데, 이때 집 사람들에게 말하기를,
"나는 생시에 성격이 자유분방하여 마음대로 놀았으니, 죽은 후에라도 산골짜기에 묻지 말고 한길에 장사지내다오."
하고 당부하였다.
지금도 송도의 큰길 가에 송도 명창 황진이의 묘가 있는데, 언젠가 임제(林悌)가 평안 도사(平安都事)가 되어 그 옆을 지나면서 그 묘에 글을 올려 제사를 지냈다. 마침내 조정에서도 그녀의 평판이 나게 되었다.

성산월(星山月)은 성주(星州) 기생이다. 장안으로 뽑혀 들어와서 제일가는 미인으로서 그 빼어난 자색과 재주는 여러 귀인들의 놀이와 토론장에서 감히 겨룰 상대가 없을 만큼 독무대를 이루었다. 장안의 젊은 호협 남아들은 서로 그녀를 한 번 차지해 보고자 애를 썼지만, 한 사람도 뜻을 이루지 못하였다.
하루는 조정의 벼슬아치로서 세도가 당당한 여러 선비들과 한강에서 뱃놀이를 하다가 술에 취하게 되어 도망쳐 나왔는데, 도중에서 큰비를 만났다. 푸른 옷소매가 반이나 젖어 가지고 저녁 때 숭례문에 도착하니 문은 이미 자물쇠가 채워진 뒤였다. 힐끗 연못 둑을 돌아보니 서쪽으로 조그마한 창문이 보이고 창 안에서

는 누군가 글을 읽는 소리가 새어나왔다. 성산월은 호기심에 끌려 발 소리를 죽여 살금살금 창밑에 다가가서는 창구멍 사이로 안을 들여다보니 한 서생이 앉아 글을 읽고 있었다. 성산월은 조용히 손으로 문을 두드렸다. 서생은 정연히 앉아 글을 읽다가 귀를 기울인다.

성산월은 낮은 소리로 말하였다.
"저는 성중의 기생이옵니다. 술자리를 피해 도망하다가 비를 만나 기숙할 곳이 없어 그러하오니, 청컨대 침상 밑이라도 빌려주신다면 저녁을 지낼까 하나이다."

서생이 일어나 문을 열어 보니, 입은 옷이나 용색이 천하에 다시 없는 미인이 서 있지 않은가? 크게 놀라 혼자서 생각에 잠겼다.

'이 같은 절색이 어찌 스스로 가난한 서생에게 와서 유숙하기를 청한단 말이냐? 필시 요귀가 틀림없다.'

서생은 의연한 자세로 딱 잘라 거절하였다.
"감히 어떤 물건이 나타나서 요사스럽게 사람을 홀리려 든단 말이냐?"

성산월이 대답하였다.
"저는 사람이옵니다. 귀신이 아니옵니다. 아직 젊은 분이라 풍류를 모르시는 탓인가 하나이다. 어찌 이렇게 박절하게 사람을 거절한단 말입니까?"

서생은 자칫 자기의 정신이 흐트러질까 두려워서인지 입으로 연신 28수(宿)를 주문처럼 외운다.

성산월은 어이가 없었지만 어찌할 도리가 없었다. 할 수 없이 문 귀퉁이에 앉아서 서생이 중얼거리는 주문을 들으면서 비를 피하였다.

이윽고 하늘이 개자 서생이 있는 창문을 등지고 욕을 퍼부었다.
 "슬프다, 서생이여. 네 장안의 명기 성산월의 이름도 들어 보지 못했단 말이냐? 궁이 낀 가난한 서생 같으니라고. 청천 백일하에 나를 만난다면 내가 네까짓것을 거들떠볼 줄이나 알았는가? 불행하게도 비를 만나 애걸복걸하였더니 도리어 나를 거절해? 참 복도 없는 남자야. 네 나를 자세히 봐라! 내가 정말 귀신인가?"
 서생은 그만 얼굴이 홍당무가 되고 말았다. 부끄러움과 후회로 감히 그녀를 쳐다보지도 못했다. 그가 곧 문과에 급제한 김예종(金禮宗)이다.

 민제인(閔齊仁)은 어려서부터 재주가 뛰어나고 용모가 깨끗하여 칭송이 자자했다. 스스로 '백마강부(白馬江賦)'를 지어 자부하며 선배를 찾아가서 평가하여 고쳐주기를 청하였으나, 시기를 미루므로 결연히 불쾌한 마음이 생겨서 그냥 나와 버렸다. 때는 봄이라 꽃이 온 성안을 덮고 있어 혼자서 산보하다가 숭례문 위로 올라갔다. 거기서 그는 자기가 지은 글을 낭랑한 음성으로 외우기 시작했다.
 때마침 장안의 명기 성산월이 계집종을 데리고 숭례문을 나가다가 글을 읊는 소리를 듣게 되었다. 그녀는 의정 사인을 모시고 있는 몸으로 한강에서 뱃놀이를 하게 되었던 것이다.
 성산월이 성루에 올라가 보니 한 나이어린 유생이 낭랑한 목소리로 글을 읊고 있었다. 그녀는 귀를 기울여서 다 듣고 나자 물었다.
 "그건 어떤 서생이 지은 것인데 그렇게 가사가 청랑한지요?"

민제인은 대답한다.
"이건 내가 지은 것이오. 마음으로 혼자 좋아하고 있었지만 선배에게 보였다가 도리어 욕을 먹었소. 그래서 내가 여기 와서 다시 읊어 보는 거요."
"선생은 정말 나와 더불어 말 상대가 될 만하군요. 원컨대 나와 같이 저의 보잘것없는 집으로 가시지 않겠습니까?"
"사인이 엄하게 호령하여 잡아 족치면 어찌하겠소?"
"그건 내가 책임질 테니 걱정 마세요."
이렇게 되어 두 사람은 나란히 성산월의 집으로 와서 사흘을 같이 지냈다.
사흘째 되던 날 성산월은 말했다.
"전날 성루에서 읊던 '백마강부'의 사본을 이몸에게 선물로 주신다면 내 마땅히 고관들에게 자랑하여 보이겠소."
이렇게 해서 그녀는 그 부의 사본을 사인에게 주어 경연에서 내보이게 하였다.
만당의 공경 등 여러 사람들은 부를 보고는 모두 입에 침이 마르도록 칭찬을 아끼지 않았다.
"너는 이 절창을 어디서 구하게 되었느냐?"
사인이 묻자 성산월은 대답했다.
"이것은 이몸의 마음의 애인이 지은 것이랍니다."
이로부터 '백마강부'는 동방에 크게 퍼졌지만, 끝에 노래가 없어서 한 선비가 그 뒷부분을 지었다.
그 선비는 중국에 가는 길에 그것을 가지고 갔는데, 중국의 학사들도 보고 모두 탄복하여 마지않았다.

남곤(南袞)이 방백(方伯;觀察使)이 되었을 때 한 기생을 사랑하게 되었다.
 하루는 달이 낮같이 밝은데 객사에서 시종하는 종자들은 다 물러가고 홀로 기생과 단둘이 뜰을 거닐게 되었다. 그러나 하룻밤 수청을 들라는 말이 얼른 나오지를 않아서 머뭇거리다가 비로소 너의 집이 어디냐고 물었다.
 기생이 손을 들어 가리키면서,
 "저 홍문(紅門) 밖 세갈랫길 옆에 집이 한 채 있는데, 그 집이 소녀의 집이옵니다. 소녀의 집에는 술도 있고 또한 밤이라 알아볼 사람도 없으니, 청컨대 여기서 저희 집까지 달을 벗삼아 걸어가시는 것이 어떠하올는지요? 가서 함께 취하여 돌아온다면 또한 즐겁지 않겠습니까?"
 남곤은 그렇게 하리라 허락하고, 살며시 손을 잡고 나갔다. 관의 다른 사람들은 알 리가 없었다.
 기생은 집에 도착하자마자 이 일을 가만히 어미에게 말하여 고을 수령에게 알리도록 하였다. 그러고는 두 사람이 다정하게 마주앉아 제 집처럼 밤이 늦도록 술을 마셨다.
 남곤이 취하여 잠들자 기생은 다시 집사람들에게 자리로 창문을 가리게 하여 관찰사가 날이 밝은 줄을 모르게 하였다.
 남곤의 코고는 소리가 사방을 진동시키는 가운데 날이 밝았다. 고을의 여러 아전들이 모두 사립문 밖에 모이게 되었다.
 남곤은 드디어 놀라 깨어 일어났다. 밖을 보니 해는 이미 장대 끝에 오르고, 고을 아전들이 진을 치고 나올 때를 기다리고 있는지라 그만 진퇴유곡에 빠지고 말았다.
 "내 몸에 병이 났으니 이만 돌아가노라."
 한 마디를 남기고 돌아왔지만, 집에 돌아와서도 그날 입은 수치심과 기생의 모습이 잊혀지지 않았다.

그 고을의 수령은 이러한 관찰사의 뜻을 짐작하고 보따리를 싸서 기생과 함께 서울로 올려보냈다. 기생은 마침내 남곤의 첩이 되었다.

평양 기생 무정개(武貞介)가 판서 유진동(柳辰仝)의 첩이 되어 여러 고을을 함께 돌아다니게 되자, 전에 그녀를 시중들고 있던 샛서방의 하인이 슬피 울었다. 이 꼴을 보고 그녀를 모시러 갔던 유진동의 종이 꾸짖었다.
"낭자의 정이 전적으로 저기 있는 것을 보면 우리 주인은 그대를 소중하게 보지 않을 것이다."
그러자 기생이 대답했다.
"너는 참 사리도 모르는 녀석이로구나. 내 너의 주인을 위해 수절을 하다가 불행히 다른 데로 시집이라도 가게 된다면, 너는 아마도 다음날 열 배는 더 서럽게 울 게다."
그녀의 말솜씨는 이처럼 어엿하고 민첩하였다.

남원(南原)에 양생(梁生)이란 자가 있었다. 마음이 호탕한데다가 가세도 풍족해서 자칭 풍류남아(風流男兒)로라 하고 지냈다.
일찍이 그는 평안도에 명기(名妓)가 많다는 소문을 듣고는 한번 가서 실컷 놀고 오리라 마음먹었다. 이때 마침 자기 일가 사람 하나가 정주 목사(定州牧使)로 있는 터라 그 마음이 더욱 간절했다.
쌀을 몇백 석 팔아서 말 두 필에 돈과 보물을 가득 싣고 정주로 갔다. 목사는 양생을 맞아 술자리를 베풀고 나서, 그 지방 명기 하나를 골라서 천침(薦枕)을 시켰다. 양생은 이 명기에게 첫날밤에 정을 쏟아 그 길로 3년 동안 묵으면서 가지고 간 재물을 모두 털어 버리니, 남은 것은 몸에 걸친 다 떨어진 옷과 나귀 한 마리 밖에 없다. 결국 처량한 모습으로 양생은 정주를 등지고 길을 떠났다.
 그 기생에게는 남자 동생이 하나 있었다. 그는 말고삐를 잡고 중로까지 전송을 나왔다가 차마 돌아서지 못하고 눈물을 흘린다.
 양생도 그를 그대로 작별할 수가 없었다. 하지만 남은 것이라곤 아무것도 없으니 주어 볼 것이 없었다. 그런데 가죽신 한 켤레를 신고 있는 것이 생각났다. 양생은 주저하지 않고 가죽신을 벗어서 던져주고 맨발로 나귀 위에 앉아 길을 떠났다.
 한 달 반쯤이나 고생을 했다. 하루는 시냇가 버드나무에 나귀를 매고, 나무에 기대어 앉아서 기생을 생각하니 눈물이 비오듯 한다. 이때 어떤 장사꾼이 역시 이 시냇가에서 점심을 먹고 나서 긴 한숨을 쉬더니 슬픔을 이기지 못하여 눈물을 흘린다.
 양생이 물었다.
 "당신은 무엇 때문에 나처럼 슬피 울고 있소? 서로 슬픈 심회를 얘기해 봅시다."
 그러나 장사꾼은 양생을 보고 무슨 사연인지 먼저 실토를 해 보라는 것이다. 부득이 양생이 먼저 지난 일을 말하기 시작했다.
 "나는 정주에 묵은 지 3년 동안 사랑하는 기생과 정이 깊어, 비단 내가 저를 사랑하였을 뿐만 아니라 저도 나를 몹시 사랑했었소. 그러던 것이 하루아침에 훌쩍 떠나게 되어 이렇게 우는 것이오."
 이번에는 장사꾼이 사정을 말할 차례였다.
 "소인도 정주에서 한 기생과 친해서 3년 동안을 있었지요. 그 기생은 그 고을 관리의 자제가 사랑하는 까닭에 밤낮으로 그 시중을 드느라고 겨를이 없었건만, 제 어미가 병이 있다고 핑계를 대고 하루에 꼭 세 번씩 내 침소로 와서 정을 나누었지요. 그러던 것이 하루아침에 작별하게 되었기로 이렇게 우는 것입니다."

둘이는 상대방의 사정을 듣고 보니 더욱 슬퍼서 서로 붙들고 통곡을 한다. 해가 지는 줄도 모르고 그 두 사람은 시냇가에서 울고 있었다. 얼마를 울다가 양생이 또 장사꾼에게 물었다.

"그런데 당신이 사랑하던 기생 이름이 무어지요?"

"바로 농선(弄仙)이라고 하는 20세 되는 예쁜 애였습니다."

"무엇이? 농선이라고?"

알고 보니 양생이 짝사랑하던 기생은 딴 곳에 장사꾼 샛서방을 두고 하루에 세 번씩 만나러 나갔던 것이었다. 내력을 알고 난 양생은 장사꾼을 뿌리치고 나귀에 올라 집으로 돌아왔다. 두번 다시 정주 기생을 생각했을 리는 만무였다.

11. 선   도(仙道)

  지리산 불일암(佛日庵)의 쌍계사(雙溪寺) 동쪽 10리 밖 고개 마루턱에 깎아지른 듯한 절벽이 있고, 그곳에 소나무를 찍어 사닥다리를 만들어 매어 놓은 것이 몇 군데 있다. 이것은 옛날 신라 때에 최치원(崔致遠)이 놀던 곳이라 한다. 서쪽에는 청학봉(靑鶴峰)이 있어 학이 깃들여 있고, 동쪽 봉우리에는 기다란 폭포가 걸렸는데 높이는 수천 길이나 되며, 그 장관은 마치 옥룡이 하늘에서 날아와 드러누운 듯, 은하가 물보라를 일으키는 듯, 곧장 대(臺) 앞으로 떨어진다. 옛 사람들이 이 바위에 커다랗게 완폭대(翫瀑臺)라 조각하여 놓았다. 불일암은 완폭대 북쪽으로 송림과 대나무로 싸여 막혀 있다.
  어느 때 한 도납(道納)이 곡식을 멀리한 불심으로 이 암자에 들어 혼자 살고 있었다. 바야흐로 봄이 돌아와서 온 산에 살구꽃이 만발하고 달빛은 대낮같이 밝았다. 밤이 이슥해지자 홀연히 암자 밖에서 사람의 말소리가 들렸다.
  도납은 생각하였다.
  '이 깊은 밤에 궁산절정(窮山絶頂)에 어디서 놀러온 손님이 있단 말이냐? 내가 암자의 주인이니 마땅히 나아가 예로써 맞이하는 것이 옳은 일이다.'
  중이 문 밖으로 나아가 합장하고 바라보니, 머리에 관을 쓰고 검은 도포를 입은 사람이 동자 둘을 거느리고 완폭대 위를 거닐고 있었다. 중이 가까이 다가서려고 하자, 그 사람은 손짓을 하며 중더러 다시 들어가라고 한다. 중은 할 수 없이 암자에 들어와서는 밖을 살펴보았다. 유객은 동자와 무슨 이야기를 주고받는 것이었지만, 그것이 무슨 말인지 알아낼 수가 없었다. 그 입고 있는 옷이 바람을 따라 표표히 날리고 길게 휘파람 부는 소리에 송죽(松竹)이 이에 대답하는 듯 오랫동안 바위가 울렸고, 그 소리는 다시 멀리 하늘가에 울려 구름에 닿는 듯하였다.

도납은 정신이 맑아지고 혼백이 상쾌해져서 다시 나아가 절을 하려 하였지만 간곡한 소망도 헛되이 유객은 벌써 떠나고, 그 뒤로 동자가 암벽을 돌아 따라가는데 그 발걸음이 나는 듯 순식간에 어디로 갔는지 알 수 없었다.

도납은 넋을 잃고 바라보다가 한숨처럼 헛바람만 토하였다. 비로소 그것이 신선이란 것을 깨달았다.

성현(成俔)이 아직 보잘것없는 한 선비에 불과했을 때의 일이다. 교외로 바람을 쐬러 나가다가 도중에 말에서 내려 말안장을 벗기고 시냇가 나무 그늘에 앉아서 쉬게 되었다.

그때 어디서 나타났는지 홀연 한 나그네가 나귀를 타고 따라와서는 역시 냇가에서 쉰다. 성현은 나그네의 형색이 매우 뛰어났으므로 공손히 인사를 하였다.

오래지 않아서 서로 조반을 꺼내 먹기 시작했는데, 나그네를 따르던 동자가 보자기를 풀더니 그 속에서 그릇 두 개를 꺼냈다. 한 그릇에는 붉은 핏기가 도는 올챙이가 하나 가득 담겨져 있고, 다른 한 그릇에는 어린애를 삶았는데 아주 잘 익은 것이었다.

성현이 깜짝 놀라 입을 딱 벌리고 있는데 나그네는 아랑곳하지 않고 성현에게 그 절반을 먹으라고 권하였다. 성현은 보기만 해도 구역질이 나서 사양했다.

"소인은 아직 그런 음식을 먹을 줄 모릅니다."

나그네는 아무 말도 없이 식사를 끝냈다.

성현은 아무래도 이상한 생각이 들어서 슬그머니 동자더러 물어보았다.

"나그네는 어떤 분이신가?"

"모릅니다."

"어른을 따라다니면서 어찌 그 성씨도 모른단 말인가?"

"서로 길에서 만난 사이입니다. 그러니 어찌 알겠습니까?"

"언제부터 같이 다니게 되었는가?"

"천보(天寶) 14년부터 같이 따라다녔는데, 오늘까지 세월이 얼마나 흘렀는지 모르겠습니다."

동자의 대답은 더욱 괴이쩍기만 하다. 성현은 다시 물었다.

"아까 두 그릇에 담긴 음식은 무슨 물건인가?"

"한 그릇은 자색 지초요, 다른 한 그릇은 인삼이지요."

성현은 크게 놀라며 한편으로는 후회를 했다. 다시 나그네를 보고 예를 하고는 아까 먹던 음식을 청하였다.

나그네가 아이를 부르더니, 아까 먹던 음식이 남았느냐고 묻자 아이가 대답하는 말이, 배가 고파서 모두 먹어 버렸다고 한다. 나그네와 동자는 다시 나귀를 타고 가 버렸다. 성현이 그 뒤를 따라가는데, 나그네는 동자에게 이런 말을 하였다.

"점심은 달계(達溪) 냇가에서 먹고 저녁에 조령(鳥嶺)을 넘자꾸나."

나그네는 말을 마치고 나서는 나귀 궁둥이를 때린다. 나귀의 걸음은 여전하였다. 그러나 성현이 말에 채찍을 가하면서 부지런히 따라갔지만 도무지 따라잡을 수가 없었다. 그러더니 어느 사이에 나그네고 동자고 모두 간곳이 없이 사라지고 말았다.

성현은 집에 돌아와 생각해 보니 무엇인가 잃어버린 듯 허전하였다. 곰곰 생각을 굴려 보니, 길가에서 만난 나그네는 여진인(呂眞人)이 분명하다. 천보 14년이라면 곧 여진인이 태어난 가을이었기 때문이다.

상국(相國) 이원익(李元翼)이 젊었을 때 한계산(寒溪山)에 놀이를 갔다가 난야봉(蘭若峰)에 들어가게 되었다. 거기서 한 늙은 중을 만났는데, 한눈에 괴이한 중이라는 것을 알아보았다.

중은 한참 동안 눈을 감고 조는 듯하더니 홀연 작은 종이 한장을 꺼내어 그 위에 두 글자를 써서 그것을 뜰 아래에 던졌다. 그러자 얼마 있지 않아서 공중에서 선학(仙鶴)이 내려오더니 뜰에 와서 푸드덕거리며 맴을 돌았다.

상국이 그 연유를 묻자 중은 도리어 깜짝 놀라면서 말하였다.
"서생은 가히 더불어 이야기할 만하다. 다른 사람은 모두 보지 못하는데 네가 혼자 볼 수 있다니 참으로 신통하구나. 그 까닭을 알고 싶거든 나를 따라오너라."

이리하여 중은 배낭을 짊어지고 걸어가고, 원익은 부지런히 그 뒤를 따랐다. 드디어 뒤에 보이는 봉우리로 올라가노라니 걸음마다 구슬과 자개가 땅에 깔렸고, 찬란한 구슬이 길을 따라 널려 있었다.

원익은 이상해서 물었다.
"웬 보옥이 이렇게도 많습니까?"
중은 돌아보지도 않고 말한다.
"주옥이 어찌 없겠느냐마는 오직 탐내지 않는 자에게만 보이는 법, 너는 가히 가르칠 만하구나!"

중이 말을 마치자, 곧 오색구름 속에서 피리와 퉁소 소리가 들려오고 구름 속에 설봉(雪峰)이 나타났다.
 중은 고개를 올라 설봉을 바라보며 앞으로 더 나아가려 하지 않는다. 원익이 더 나가서 구경하고자 하니 중은,
 "저기는 상선(上仙)이 노니는 곳이니 인간의 재상(宰相)이 볼 바가 아니다."
하고는 이내 돌아서서 내려왔다.
 뒤에 원익은 과거에 급제하여 승지가 되었다가 다시 벼슬을 내어놓고 한가하게 놀면서 한 번 더 한계산으로 놀러갔으나 중은 보지 못하였고, 또 전날 올라갔던 고개를 찾아보았으나 길을 잃어 도무지 찾을 수가 없었다.

 남사고(南師古)는 강릉에 살았다. 그 고을 사람들에게 이르기를, 금년에 반드시 대병(大兵)이 쳐들어올 것이라 하였다. 고을 사람들이 모두 그 말을 믿어 의심치 않았다. 그래서 모두 피난을 가는데, 몇 사람만이 남아 있어 이 말을 듣지 않으므로 서로서로 권하여 고을을 비우기에 이르렀다.
 그 해에 전염병이 크게 돌아 무수한 사망자가 생겨 한 고을을 모두 쓸어 버리니, 남사고는 탄식하며 말하였다.
 "나의 수업이 조잡하기 짝이 없구나. 전염병을 가지고 대병이라고 하였으니."
 한번은 고을 안에 사는 선비 최운부(崔雲溥)가 과거에 급제하여 집에서 축하 연회를 차리게 되었다. 이를 안 남사고는 고을 사람들에게 말하였다.
 "너희들 고을 사람들은 모두 가 보아라. 이 고을에는 앞으로 30년 동안 이런 경사가 없을 것이다."
 뒤에 이오(李璈)가 과거에 급제하였는데, 이로부터 꼭 31년째

였다.

참판 정기원(鄭期遠)이 일찍이 서울에서 어른을 따라갔다가 남사고를 뵈온 일이 있었다. 훗날 다시 사고를 찾아가니 안으로부터 큰 소리로 정(鄭) 수재가 왔는가 소리치면서 엎어질 듯 달려나와 맞이하였다. 정기원은 이상하게 여겨 어떻게 내가 오는 줄 알았느냐고 물으니, 사고는 대답하기를,

"내 자네가 올 줄 알고 있었네."

하면서 손가락으로 벽을 가리킨다. 거기에는 어느 달 어느 날에 정 아무개가 온다고 씌어 있었다.

가정(嘉靖) 정묘년에 사고는 남산에 올라가 멀리 바라보면서 오랫동안 탄식하기를,

"왕기(王氣)가 흩어져 사라지는구나. 사직동으로 옮겨질 것이다!"

그런 지 얼마 지나지 않아서 공헌대왕(恭憲大王)이 죽으니 뒤를 이을 아들이 없으므로 사직동에 있는 소경대왕(昭敬大王)을 맞아 즉위하였다.

월정(月汀) 윤근수(尹根壽)는 중국말을 알았다. 일찍이 연경(燕京)에 조회하러 갔다가 하늘의 운기(雲氣)를 보고 길흉을 점치는 사람을 만났는데, 근수가 망기(望氣)라는 점도 배우면 누구든지 할 수 있느냐고 물었다. 배우면 할 수 있다고 대답하기에, 그럼 어떻게 배우느냐고 묻자, 이렇게 대답했다.

"먼저 흙집을 지은 다음 동서와 북쪽을 막고 남쪽만 열고, 또 그 안에 집을 짓되 북쪽은 열고 남쪽은 막고, 또 그 안에 집을 짓되 동쪽은 열고 북쪽은 막으며, 또 흙집을 지어 서쪽만 열고, 또 그 안에 집을 지어 위를 열며 흙집마다 이렇게 한 군데씩만

열어 놓으면 그 속은 어둠침침하여 낮과 밤을 구별할 수 없게 될 것이다. 이렇게 밤낮을 자지 않고 50일을 지나게 되면 다섯 겹으로 지은 흙집 안에서도 사물을 낮과 같이 보게 되고 옷을 꿰맨 실밥까지 다 셀 수 있으며, 그런 후에 밖으로 나오면 천지가 오색의 빛깔로 눈앞에 나타날 것이다. 이렇게 되면 능히 수백 리 밖도 볼 수 있게 될 것이다. 이로써 길흉을 점치면 백발백중이다."

또 학관(學官) 이재영(李再榮)이 연경으로 부임하는 길에 동악묘(東嶽廟)에 이르게 되었는데, 사당 안에는 많은 도사가 있었다. 도사가 퉁소를 불고 있기에 안으로 들어가려고 하였으나 문이 없었다. 한 도사에게 들어가는 길을 물어보니 그 도사가 하는 말이, 흙집 안에 있으나 네 벽이 막혔고 다만 조그만 쥐구멍으로 음식을 날라 먹고 조그마한 들창 하나에 햇빛을 취한다 하였다. 3년 동안 그곳에 있다가 나오니 벼슬은 높아지고 봉록은 더욱 후하게 받게 되었다.

근래에 이르러 술사(術士) 박상의(朴尙義)가 또 이 법술을 배웠다. 사중(四重)으로 지은 흙집에 들어갔다가 50일 만에 나왔는데, 사람의 몸에서 풍기는 기운을 보고 점을 잘 쳤다.

하루는 한 나그네를 보고,

"당신은 상(喪)을 만났소. 머리 위에 흰 기운이 떠 있기 때문이오."

하고 말하였다. 나그네의 부모는 멀리 떨어진 곳에 있었으므로 그는 알 길이 없었는데, 며칠이 지나지 않아서 부음이 도착했다.

박상의는 담양 땅에 우거하면서 관아의 계집종 한 사람과 사통을 하였는데, 계집이 워낙 거들먹거리면서 고분고분 따르지 않고 곧잘 몸을 숨겨 도망쳐 버렸다. 그러나 상의는 앉아서도 벌써 계집이 간 곳을 환히 알고 있어서 백 번 숨으면 백 번 다 붙들어 왔다.
 하루는 나그네와 같이 자게 되었는데, 밖에 나가 망을 보더니 크게 놀라며 말하였다.
 "저기에 몹시 나쁜 기운이 떠돌고 있으니, 이 달 안에 반드시 시역의 대변이 일어날 것이다."
 그러나 나그네는 아무리 눈을 씻고 봐야 아무것도 눈에 띄지 않았다. 미친놈의 헛소리라 생각하고 웃어 넘겨 버렸다. 그후 20일이 지나자 정말 상의가 말한 지방에서 자식이 어미를 죽이는 옥사가 일어났다 한다.
 박상의는 나이 80이 되어도 이빨로 나무 껍질과 열매, 그리고 사발 등을 씹어 가루로 만들어 먹었다. 사람들은 놀라서 모두 귀신의 장난이라고 하였다.

12. 승　　려(僧侶)

　나옹(懶翁)은 고려 말의 신승(神僧)이다. 회암사(檜嚴寺) 주지로 부임하여 오는 도중, 절에서 10리쯤 못 미친 곳에서 한 중이 다 떨어진 승의에 대나무로 엮은 삿갓을 쓰고 길가에 엎드려 있는 것을 보았다.
　"너는 어떤 사람인가?"
　나옹이 묻자 그 중은 대답했다.
　"빈도는 절간에서 양식을 구걸하는 중이올시다. 듣자 하니 큰 절이 문을 닫게 된다기에 이렇게 걸어서 구걸하게 된 것이올시다."
　나옹은 괴이한 놈을 다 본다 생각하고는 그 중을 앞세우고 회암사로 향하였다. 도중에 물을 건너게 되었는데, 그 중은 옷을 걷어 올리지도 않고 마치 평지처럼 거침없이 걸어간다. 나옹은 이건 보통 일이 아니라고 생각했다. 그리고 산문 안으로 들어오니 그 중은 종적도 없이 사라졌다.
　나옹은 절에 들어서자 불전에 참배하지도 않고 곧장 행랑채로 걸어갔다. 절간의 중들이 이상하게 생각하고 있는데 나옹은 중들에게 길이가 수십 길이나 되는 동아줄을 만들라고 한다. 중들은 더욱 괴이하게 생각하여,
　"대사께서 불전에 예를 하지도 않고 다짜고짜 물건부터 징발하다니 어쩐 일인가?"
하고 저희끼리 중얼거렸지만, 감히 거역할 수가 없어 시키는 대

로 동아줄을 가져다가 바쳤다.
 나옹은 대불전으로 올라가더니 기운센 중 백 명을 뽑아 가지고 동아줄로 1장 6척의 불상에 걸어 잡아당겨 땅바닥에 쓰러뜨리게 하였다.
 절간의 늙은 중들은 일제히 합장하고 청했다.
 "전날부터 이 불상은 영험이 이상하여 기우제를 지내면 비가 내렸고, 병이 낫기를 빌면 병이 나았고, 자식을 얻고자 빌면 자식을 얻어, 기원하는 모든 일에 번번이 응해 왔습니다. 대사께서 처음 본사의 살림을 맡으셨으므로 모든 무리가 귀를 기울이고 눈치를 살피고 있사온데, 오시자마자 세존의 상을 쓰러뜨리시니 크게 괴이한 일이라 아니할 수 없습니다."
 나옹은 이 말에 화를 벌컥 내면서 눈을 부릅뜨고 꾸짖었다.
 "무슨 말이냐? 너희들은 내가 시키는 대로 따를 뿐이다."
 모든 중들은 감히 거역하지 못하고 일제히 힘을 모아 잡아당겼다. 목상(木像)은 무거운 물건이 아니다. 그러나 백 사람의 힘센 중이 일제히 잡아당겨도 끄덕도 하지 않았다.
 나옹은 눈썹을 치뜨고 중얼거렸다.
 "정말 사람들이 말하는 바와 같구나! 부처님을 욕되게 할 수야 없지. 그대로 둔다면 장차 큰 환난이 닥칠 것이다."
 나옹이 앞으로 나아가 한 손으로 동아줄을 잡아당기자 불상은 곧 땅바닥에 자빠졌다. 그것을 산문 밖으로 끌고 나가 장작을 쌓고 그 위에 불상을 얹어 불을 지르자 화염이 충천하는 가운데 비린내가 온 산을 뒤덮었다.
 그곳에 다른 불상을 만들어 세워 놓았으나 다시 전과 같이 요기가 있는지라, 이것을 다시 태워 없애 버렸다. 이렇게 세 번 거듭하자 마침내 재앙이 없었다. 그제서야 나옹은 모든 중들을 모아 놓고 불상에 분향을 하고 공양을 드렸다.

산도깨비가 나무도깨비에 의지하여 석가여래의 정신을 가지고 장난하는 일은 자주 있다. 소위 어떤 절에 신령스런 불상이 있다면 모두 이 따위들이다. 나옹이 우연히 길에서 여래의 화신을 만났기에망정이지 그렇지 않았더라면 온 절이 문을 닫고 모든 중들이 무고하게 죽을 뻔하였다. 두려운 일이 아닐 수 없다.

오늘날 사람들이 자기들 조상의 묘 앞에 돌사람을 만들어 세우는 것은 모두 공양하여 바치는 음식에 도깨비나 귀신이 달라붙지 못하게 하려는 것이다.

보우(普雨)는 요승(妖僧)이다. 여러 경서에 대하여 아는 것이 많고 시와 서 등에도 능했다. 춘천 청평산(淸平山)에 거처를 정하니 멀리 있거나 가까운 곳에 있는 불도들이 모두 존숭하여 마지않았다. 가정(嘉靖) 연간에 봉선(奉先), 봉은(奉恩) 두 절의 무차대회(無遮大會)를 봉선사에서 열었는데, 먹을 양식 수백 석을 내어 중들을 먹이고, 장식이며 규모가 어마어마해서 여기에 모인 중들이 수천을 헤아렸다. 보우는 비단으로 지은 화려한 가사를 입고 수만 명의 중들이 옹위하는 가운데 상좌에 올랐다.

이때 한 노승이 나타나 말석에 이르는데, 몸에는 백 번도 더 기운 남루한 가사를 걸치고 비쩍 마른 몰골에 겨우 선장(禪丈)에 몸을 의지하고 있었다. 상좌에서 거드름을 피우고 있던 보우가 이 중을 보는 순간 금방 안색이 변하면서 엉금엉금 기어내려가 절을 한다. 그러고는 머리를 땅에 붙이고 감히 우러러보지도 못한다. 좌우에 있는 중들은 이상해서 바라보니 보우의 눈에서는 닭똥 같은 눈물이 방울져 땅에 떨어졌다.

노승은 선장에 겨우 몸을 의지하고 입을 열었다.

"아아! 나는 네가 이 지경이 될 줄은 몰랐다."

이 한 마디를 남기고 노승은 돌아보지도 않고 가 버렸다.

그후 보우는 쓸쓸한 한숨만 쉬면서 며칠을 보냈다. 여러 중들은 이상하게 여겨서 떠나간 노승의 도호(道號)를 물으니 지행(智行)이라 하였다.

보우는 고승 일선(一善)에게서 도를 구하고자 하여 후한 예물을 받쳐들고 맞이하러 갔으나, 일선 또한 한 마디 말도 없이 크게 글을 써서 던져 줄 뿐이었다. 그 글은 이러했다.

구름이 고개를 가로질러 덮고 있으니 집은 어디에 있느뇨?
눈이 쏟아져 앞을 가리니 말은 나가지 못하는구나.
雲橫奏嶺家何在 雪橫籃關馬不前

일선은 끝내 듣지 않았다.

뒤에 일이 실패하여 백성의 원성이 들끓으니, 보우는 한계사(漢溪寺) 암굴에 몸을 숨겼다. 그러나 결국 발각되어 제주도로 귀양을 갔다.

제주 목사는 보우를 손님을 맞는 객사의 소제부로 일을 시켰는데, 날마다 힘께나 쓰는 무사 40명으로 하여금 돌아가며 한 대씩 주먹질을 하게 하니, 보우는 마침내 주먹에 맞아 죽고 말았다.

일선은 종신토록 묘향산에서 입정하여 불탑에서 내려오는 일이 없었다. 제아무리 권세가 당당한 고관이 와서 맞아 모시려고 하였지만 한 번도 마중하는 일이 없었다. 이양(李樑)이 권세가 높아 귀한 신분으로 묘향산에 놀이를 가서 스승으로 존경하는 뜻으로 명주 옷을 벗어 일선에게 입혀 주었다. 그러나 이양이 산을 내려가자 일선은 그것을 벗어 종자에게 주면서 말하였다.

"이런 것으로 안락함을 구한다면 이내 죽게 된다."

그의 시집이 세상에 전한다.

어느 중이 문경 새재를 넘고 있었다. 날은 저물고 인가는 보이지 않는데 갈 길은 멀어 걸음을 재촉하고 있었다.
 문득 뒤를 돌아보니 험상궂게 생긴 사내 하나가 중을 쫓아오는데, 보아하니 그가 지니고 있는 베 서너 필을 강탈할 모양이었다. 중은 부쩍 의심이 들어 길가에서 기다렸다. 그리고는 사내가 가까이 다가오자 길을 비켜서며 먼저 사내가 지나가기를 기다려 보았다. 사내는 가까이 오자 험상궂은 얼굴에 웃음을 흘리면서 말하였다.
 "고승께서는 어디로 행차하시오? 짐이 무거울 테니 앞에서 걸으시오."
 그러고는 중더러 앞서서 걸으라고 재촉한다.
 '잘못 걸렸구나.'
 중은 대번에 도둑놈의 심보를 꿰뚫어보았지만 이쪽에서 먼저 손을 쓸 수도 없는 처지라, 하는 수 없이 사내가 시키는 대로 앞장서서 걸었다.
 어느덧 해는 서산에 지고 산골에서는 안개가 내리기 시작했다. 중은 땀을 뻘뻘 흘리면서 여전히 걸음을 재촉했지만 온 신경이 뒤에서 쫓아오는 사나이에게 집중되었다. 금방이라도 사나이의 몽둥이가 뒤통수를 찍어 누를 것만 같았다.
 문득 앞을 보니 의외로 길이 끊어지고 큰 암벽이 앞을 막았다. 놀라서 걸음을 멈추고 뒤를 돌아보는데, 마침 바람 소리가 나면서 곧장 몽둥이가 정수리로 날아왔다. 중은 급히 몸을 옆으로 피하면서 허공을 휘두르는 몽둥이를 벼락같이 빼앗아 도리어 도둑의 머리를 내리갈겼다. 한 번 신음 소리에 도둑은 거꾸러지고 말았다.
 중은 비로소 이마에 흐르는 땀을 닦고 도둑놈의 몸을 옆에 보이는 구덩이에 처박고는 다시 길을 찾아 고개 밑으로 내려갔다.
 밤이 이슥하여 어느 산마을에 이르니 인가라고는 여남은 채밖에 없는데, 집집마다 아낙네들이 문 밖에 나와서 서 있었다. 보아하니 누구를 기다리는 모양이었다. 그러나 중은 그런 것은 아랑곳하지 않고 한 집을 찾아 묵고 가기를 청하였다. 아낙네는 중을 맞아 객실에 안내한 다음, 다시 밖으로 나가더니 밖에서 철커덕 문을 잠가 버렸다. 중은 그제서야 비로소 일이 잘못된 것을 깨달았다.
 그렇다고 해서 함부로 도망치기도 어려운 일이라 그대로 동정만 살피고 있는데, 하루의 피곤으로 인하여 자꾸 눈꺼풀이 무거워졌다. 깨면서 자면서 얼마쯤 지나노라니, 문득 밖에서 신음 소리 비슷한 것이 차차 가까워지더니 마침내 문 밖에 와서 멎었다. 이어서 문 밖에 지키고 서 있던 아낙네의 말소리가 들렸다.
 "어찌된 일이어요?"
 한 사나이가 대답했다.
 "중을 만나 털려고 하다가 그만 실수를 해서 도리어 내가 죽을 뻔했소."
 중은 놀라서 일어나 가만히 문틈으로 밖을 내다보았다. 아낙네는 마침 손으로 남자의 입을 가리며 떠들지 말라는 시늉을 하더니, 낮은 소리로 '그 중이 바로 우리 집에 묵고 있다'고 속삭였다. 자세히 살펴보니 신음하는 사내는 저물녘에 몽둥이를 가지고 덤벼들던 자임이 분명하였다. 자기는 산적의 마을에 들어와 있는 것이었다.
 '재수 옴 붙었구나! 찾아온다는 것이 바로 도둑놈의 소굴일

줄이야!'
 이제는 도망치는 것이 상책이라, 황급히 뒷문을 열어 보니 그 곳도 단단히 잠겨 있었다. 더 이상 참을 수 없게 된 중은 그만 벽을 차고 뒤뜰로 나서서는 지체없이 울타리를 뛰어넘었다.
 그런데 뛰어넘는다는 것이, 마침 먹이를 찾아 민가로 내려와 웅크리고 있는 범의 등일 줄이야. 필시 죽을 운수가 아니라면 이렇듯 재앙이 거듭될 리가 없다. 범은 한 마디 '어흥!' 하는 포효를 내지르더니 쏜살같이 달리기 시작했다. 들을 지나 덩굴과 웅덩이를 건너뛰면서 바람같이 내달았다. 도무지 몇백 리를 왔는지 알 수 없었다.
 이윽고 날이 밝으면서 범도 지쳤는지 한 곳에 이르더니 천천히 멈추기 시작했다. 중은 비록 도둑놈의 소굴에서 도망치기는 하였지만 정신은 오락가락, 이제는 꼼짝없이 범의 밥이 될 신세였다. 겨우 눈을 떠보니 눈앞에는 범의 새끼가 우글거리며 먹이를 기다리고 있었다. 땅에 떨어져서도 정신을 못 차리고 눈만 껌벅거렸다.
 범은 드디어 발톱으로 중의 가사를 찢고 살갗을 긁어 피를 묻혀서는 새끼들에게 발톱의 피를 맛보게 하였다. 바로 이때 큰 독수리 한 마리가 쏜살같이 내려꽂히더니 범 새끼 한 마리를 나꾸어채어 하늘로 날아올랐다. 어미범은 크게 한 번 울부짖더니 이내 독수리를 쫓기 시작했다. 그리하여 한참이 지나도 돌아오지 않았다.
 중은 비로소 정신을 차리고 몸을 일으켜 닥치는 대로 범의 새끼를 밟아 죽이고는 숲속을 빠져나와, 큰 소리로 사람 살리라고 소리치며 내려가다가 마침내 나무꾼 한 사람을 만나서 목숨을 구하였다. 나무꾼에게 산 이름을 물으니 지리산이라고 한다. 그곳은 문경으로부터 육백 리나 떨어진 거리였다.

영변 교생(校生) 곽태허(郭太虛)는 정로위(定虜衛) 김무량(金無良)의 생질이다. 일찍부터 부처님 섬기는 일을 좋아해서 승려들과 교제가 많았다.

하루는 태허가 출타한 사이에 그의 처가 중과 사통을 하였다. 때마침 외출에서 돌아오는 곽태허를 보자, 중은 갑자기 달려들어 태허를 깔아눕히고 가슴 위에 올라탔다. 태허는 몸부림을 쳤지만 워낙 기운이 달려서 무거운 중놈을 뒤집어엎을 수가 없다. 그러는 사이에 중놈은 재빨리 칼을 뽑아가지고는 태허를 내려찍으려 들었다. 태허는 간발의 차이로 칼끝을 피하고 다음 순간에는 재빨리 중놈의 팔을 쳐서 칼을 떨어뜨리게 하였다. 칼은 두어 길이나 떨어진 곳으로 날아갔다.

이때 태허의 처는 옷을 다 입고 방관만 하고 있었는데, 중이 그 처더러 떨어뜨린 칼을 빨리 집어오라고 소리친다.

그러자 그녀는 우물쭈물하더니 마지못해 칼이 있는 쪽으로 몸을 옮기기 시작했다. 이제는 중놈과 한패가 되어서 남편을 죽이려는 것이다.

그런데 날아간 칼 옆에는 마침 집에서 먹여 기르는 개 한 마리가 누워 있었다. 태허는 크게 탄식을 하며 개를 불렀다.

"개야, 개야, 네 만일 이 사정을 알고 있다면 어서 그 칼을 물어 밖에다 버려라!"

곽태허의 처가 막 칼을 집으려 하는데, 갑자기 개가 일어나더니 한 번 짖고는 이내 칼을 물고 밖으로 달려나갔다. 태허의 처는 겁에 질려 감히 따라나가지 못하였다.

밖으로 나갔던 개는 다시 집 안으로 뛰어들더니 갑자기 중놈의 뒷덜미로 다가가 물어뜯었다. 중은 그 자리에서 죽고 말았다.
 태허는 이 사실을 처가 사람들에게 알리고는 개를 이끌고 집을 나갔다. 물을 건너고 고개를 넘어 정처없이 걸어갔다. 그의 집에서 아무리 소리쳐 불러도 돌아보지도 않았다.
 처가의 무리들은 간통한 여자를 나무에 묶어 놓고 방망이로 때려 죽였다.

13. 서   교(西敎)

천축(天竺) 서쪽에 구라파가 있고, 그곳에는 하늘을 섬기는 도(道)가 하나 있다. 그 교는 유교도 아니요, 불교도 아니요, 도교도 아닌 별난 교이다. 모든 마음가짐이나 행동을 하늘을 어기지 말라 하고, 천존(天尊)의 상(像)을 만들어 놓고 받들어 모신다.

석가와 노자를 배척할 뿐만 아니라 우리의 유교를 원수처럼 여긴다. 우리의 도를 많이 인용하여 말하면서도 큰 근본에 있어서는 현격하게 다르다. 석가의 윤회설도 배척하며 천당과 지옥이 있다고 한다. 또 그 풍속은 결혼하는 것을 금하고 평생 여색을 가까이하지 않는 군자를 뽑아서 교황(敎皇)이라고 이름한다. 교황은 천주의 가르침을 퍼뜨리며 세습으로 물려받은 것이 아니라, 그 무리들 가운데에서 가장 현명한 자를 택하여 교황으로 세운다.

그는 사사로운 가정의 생활이 없이 오로지 그 몸을 공무에만 맡기는 것이다. 자식은 물론 없고 억조창생을 모두 자식이라고 한다. 그들의 글은 회회교의 그것과 매우 닮아서 왼쪽으로부터 나가고, 글자는 횡서로 쓰게 되어 있으며, 그것을 성현의 말이라고 한다.

그 무리들 가운데 천문성상(天文星象)에 정통한 마테오리치란 자가 있다. 그는 태어나기는 구라파에서 났으며, 서역 8만 리를 주유하며 10여 년간 천금의 재산을 모았다가 그것을 다 버리고 중국에 들어와서 여러 경서들을 모두 섭렵하고 성현의 글도 읽고 하여 계묘년에 이르러 책을 쓰니, 모두 상·하권으로 여덟 편(編)

이 되었다. 모두 천주교의 가르침을 썼는데, 그 끝 편에 다음과 같이 기록했다.

'한나라 애제(哀帝) 원수(元壽) 2년, 동지가 지난 사흘 뒤에 그 나라에 동정녀가 강림하여 남자와 교접이 없이 아이를 배어 낳으니 사내아이라, 이름은 예수라고 하였다. 그리고 예수는 세상을 구제하면서 몸소 서역의 신인(神人)이라는 소문이 떠돌았다. 사신을 파견했더니 사신은 반도 채 못 가서 인도로부터 불경을 얻어 가지고 와서 그것이 성교(聖敎)라고 잘못 전해진 일도 있다.'

그러나 어쨌든 마테오리치란 자는 이인(異人)이다. 세상을 두루 돌아다니며 천하의 지도를 그렸고, 여러 나라의 말을 알아 중국에 와서는 포교를 하였다. 그 포교의 행각은 동남의 여러 오랑캐 나라에도 미치어 존신(尊信)하는 바가 되었다. 전자에 왜장 코니시 유키나가(小西行長)도 이 도를 운위하였고, 허균(許筠)이 중국에 들어가서 그 지도와 교지(敎旨) 12장(章)을 갖고 돌아왔으나, 모두 혹세무민(惑世誣民)의 죄임을 면치 못했다.

14. 무　　격(巫覡)

　참판 이택(李澤)은 나의 망형(亡兄) 몽표(夢彪)의 장인이다. 그는 가정(嘉靖) 계해년에 평안도 절도사가 되어 가속이 모두 영빈의 감영에서 살게 되었다.
　그 고을에 한 백성이 있었는데, 일자무식의 어리석은 자로서 귀신이 들려서 무당이 되었다. 스스로 일컫기를 한나라 승상 황패(黃覇)의 귀신이 접하였다고 하면서, 길흉화복을 신통하게 알아 맞힌다고 하였다.
　이택의 집에서는 사람을 시켜 그 무당을 관청 안에 불러들여 점을 치게 하였다. 무당이 점을 치는데, 멀리서부터 파리 소리만하게 길을 비키라는 호령이 들리면서 그 소리는 점점 가까이 이르러 처마끝에 와서 멈춘다. 무당은 곧 뜰로 내려가 부복하여 우러러본다. 신이 한 나졸에게 죄를 물으며 태형을 가하는데, 그 소리가 마치 모기가 윙윙거리는 것처럼 여러 사람의 귀에도 역력히 들렸다.
　이때 형수는 임신중이었는데 태(胎)가 불안하여 배가 아팠다. 여러 날 약을 써도 낫지를 않아서 신에게 물어보니, 신이 말하기를 3년 묵은 토란뿌리를 구해 죽을 쑤어 먹으면 꼭 나으리라 한다. 민가에서는 토란을 캐어 마른 나물로 만들므로 해를 넘긴 것도 없거늘, 하물며 3년 묵은 토란을 어디서 구하느냐고 하니, 어천역(魚川驛)의 역졸로 있는 아무개 집에 가면 다락에 엮어 걸어 놓았을 터이니 가서 얻어 오라고 했다.

사람을 시켜 가서 물어보게 하였더니 정말 3년 묵은 것이라고 말하였다. 곧 얻어다가 죽을 쑤어 복용하자 거뜬히 나았다.

또 임신한 것이 아들이냐 딸이냐를 물었다. 신이 말하기를 밭〔田〕 밑에 힘〔力〕이 있으니, 반드시 귀하게 될 것이라 하였다. 이듬해에 아이를 낳으니 과연 사내아이였다. 지금의 가선대부(嘉善大夫) 대사간 유소(柳𤅡)가 이 사람이다.

어느 판서가 있었는데, 함경도의 여러 고을에 편지를 띄워 고운 베와 좋은 매를 뇌물로 공출하라고 으름장을 놓고는, 따로 하인 두 사람을 시켜 여러 고을을 돌아다니면서 공출한 물건을 거두어 오라고 파견했다.

편지를 띄운 후라, 두 하인놈은 쉽게 고운 베와 좋은 매를 구한 후 거기에 더 얹어서 소 네 마리까지 끌고 와서 앞서 주인이 편지를 띄웠던 고산(高山) 땅으로 돌아왔다.

그런데 바로 판서가 들어 있는 집 여자 주인이 신통하게 맞히는 무당이었다. 저녁 나절이 되자 무당은 서까래에다 대고 휘이 휘파람을 불더니 이런 말을 했다.

"오늘 묵은 손님은 밤중에 큰 난을 당할 것이다. 많은 사람이 병졸이 되어 길에 나타났으니 조심하라."

판서는 반신반의하며 한 하인을 시켜 몽둥이를 들고 대문 옆에 지켜서라 하였다.

얼마 있자니, 여자 무당이 또 휘파람 소리를 내면서 말했다.

"이제 다 왔다."

집 밖을 살피니 과연 수십 명의 고을 사람들이 저마다 손에 몽둥이와 칼을 들고 문 밖에 몰려와 있었다.

그 가운데에서 두 사람이 먼저 칼을 들고 문 안으로 들어서는

데, 이때 미리 지키고 있던 하인놈이 내달으면서 일격에 두 사람을 거꾸려뜨리고 말았다. 일이 이렇게 되자 나머지는 놀라 참새떼처럼 사방으로 흩어지고 말았다.

15. 현　　몽(現夢)

　장헌대왕(莊憲大王)이 성균관의 선비들에게 시험을 보게 하였는데, 그 전날 밤에 꿈을 꾸었다. 하늘에서 용 한 마리가 꿈틀거리며 성균관의 서쪽 뜰에 있는 동백나무에 내려오는 것이다. 꿈에서 깨어난 상감은 이상하게 생각하여, 관노로 하여금 가만히 가서 성균관의 동정을 살펴보고 오라고 하였다.
　관노가 가서 보니 한 선비가 팔베개를 하고 동백나무 아래에서 잠을 자고 있는데 두 발을 나뭇가지에 걸치고 정신없이 코를 골고 있었다. 관노는 그 사람의 생김새를 자세히 기록하여 상감에게 바쳤다.
　다음날 장원을 한 사람은 최항(崔恒)이었다. 상감이 그 사람을 보니 바로 기록에 있는 사람과 같았다. 그리하여 최항을 장원백(壯元柏)이라고 칭하였는데, 뒤에 최항의 벼슬은 정승에까지 이르렀다.

　진안(鎭安) 현감 정식(鄭湜)은 호남 사람이다. 만력 갑오, 을미년에 부친상을 당하였는데, 이때 왜적이 전강토를 짓밟아 나라 안이 어려움을 당하고 있었으나 오직 호남 일대만은 그 무서운 침노를 입지 않고 있었다.
　호남의 임환(林懽)·임서(林㥠)·백진남(白振南) 같은 호탕한 선비들은 저마다 거룻배를 만들어 가속과 살림을 모두 싣고 흑산도로 피난을 갔다. 섬은 바다 멀리 떨어진 곳에 있고 어부나 해녀

등이 드물게 오는 곳으로, 대나무가 하늘을 가리고 땅은 비옥하며 소채도 잘 되고 생선도 풍부하였다. 게다가 해변이 육지에 비하여 10배나 되었으므로 이곳으로 건너가자면 반드시 좋은 바람과 좋은 일기의 힘을 빌려야만 되었다.

정식은 가산을 모두 털어 수백 석의 양식을 마련하고, 또 상중에 쓸 여러 가지 물건과 맷돌, 방아 같은 기구들까지 배에 싣고 섬으로 건너갔다. 편안한 곳에서 상사를 치를 생각이었다.

섬에 머무른 지 몇 달이 지나자 들려오는 소식이, 호남 일대의 백성들은 거의 평온을 회복하고 안도하고 있다 하기에 같이 갔던 임환 등의 가속들과 더불어 육지로 건너올 차비를 하고, 좋은 일기가 오기를 기다리고 있었다.

그러던 어느 날 그가 꿈을 꾸었는데, 머리가 온통 하얀 노인이 나타나더니 이렇게 말한다.

"나는 이 섬의 도주(島主)이니라. 내일 좋은 바람이 불 것인데, 내 그대가 가지고 있는 말이 준마라 마음으로 대단히 아껴 왔다. 청컨대 그 말을 이곳에 남겨 두고 가거라."

정식은 깨어나자 이상하게 여겨 꿈 이야기를 집사람에게 하였다. 집안 식구들도 모두들 그런 꿈을 꾸었다고 한다. 그는 더욱 두려운 생각이 나서 꿈에 본 노인의 말대로 사랑하던 말을 섬에 풀어 놓고 떠나기로 하였다.

정식의 큰아들은 선비로서, 이러한 부친의 생각에 현혹되지 않고 혼자서 제지하였다.

"남아로서 큰일을 치르는데 어찌 한 번 꾼 꿈을 그대로 믿는단 말입니까? 더구나 지금은 육지에 왜적들이 득실거리고 있는 판인데, 말을 버리고 육지로 가다니 허공을 밟는단 말입니까? 안 됩니다. 말은 싣고 가야 합니다."

정식은 반신반의하여 얼른 결정을 내리지 못하였다. 그 다음날 또 꿈에 도주라는 늙은이가 나타났다.
"자식이 말이 아까워 내 말을 믿지 않으니, 그러면 자식과 처를 두고 가거라. 그러지 않고는 절대로 물을 건너가지 못하리라."
정식은 다시 꿈 이야기를 하고 말을 남겨 두려고 하였으나, 큰아들은 다시 막고 나섰다.
다른 배들은 이미 닻을 올리고 돛을 활짝 펴서 나란히 출정하기 시작하였다. 바람은 순조로워서 거룻배들은 거침없이 앞으로 나아갔다. 큰바다에 나아가 그들은 섬 쪽을 돌아보았다. 그러나 정식의 배는 바다 가운데에서 급히 맴을 돌고 있을 뿐 조금도 앞으로 나가지 못한다. 정식은 두려운 나머지 가산을 모두 바다에 집어넣었지만 배는 여전히 앞으로 나아가지 못하였다. 마침내 말과 계집아이를 물속에 던졌으나 아무런 보람도 없이 배는 물 속에 잠겨 가산과 사람이 모두 물고기 밥이 되고 말았다.
호남 사람들은 지금도 모두 그 큰아들의 허물을 들어 정식의 조난을 이야기한다. 나는 처음 과거에 급제하여 찰방(察訪)이 되었을 때 정석과 가까웠는데, 그 사람됨은 깨끗하고 사리에 밝으며 곧은 성품에 명예를 존중했었다. 그러나 불행히도 이 같은 일을 당했으니 슬픈 일이다.

유대수(兪大修)는 전날 판서를 지낸 유강(兪絳)의 손자이다. 그 벼슬은 정언(正言)에 이르렀는데, 일찍이 부모상을 당하여 무덤 아래에 여막을 짓고 거기서 기거하였다. 그러나 함께 있는 하인 놈이 그를 원망하고 죽이려는 생각을 품고 있는 줄은 까맣게 몰랐다.
어느 날 유대수가 밤에 꿈을 꾸었더니, 그 할아버지 유강이 급히 와서 창 밖에서 어서 일어나 거꾸로 누우라고 한다. 대수가 놀라 일어나 보니 몸에는 홍건히 땀이 흐르고, 두려움에 떨며 몸서리를 쳤다. 그리하여 곧 이부자리를 반대로 놓고 드러누웠으나 역시 잠이 오지 않았다.

그때, 문득 창문이 소리 없이 열리더니 긴 창이 곧장 내려꽂히는데, 창끝은 이불을 뚫고 다리 사이를 지나 요에까지 깊숙히 박혔다.

"게 누구 없느냐! 도적을 쫓아라!"

유대수의 목소리에 다른 하인들이 놀라 일어나 도적을 쫓기 시작하였다.

도적은 무덤이 있는 쪽으로 도망을 쳤다. 모든 사람이 일제히 쫓아가니 도적은 대수의 할아버지 묘에 이르러 엎어진 채 꼼짝을 못 한다.

마침내 그 도적을 잡아서 꽁꽁 묶어 밝은 데로 끌고 와 보니 다름아닌 하인놈이었다. 그 자리에서 하인놈을 곤장으로 때려 죽였다.

사람들은 모두 이렇게 말하였다.

"유강의 혼백이 무덤 위의 도적을 잡았다. 도적이 도망을 하지 못한 것은 이상한 일이다."

16. 영   혼(靈魂)

　고경명(高敬命)은 순창(淳昌) 군수였는데 그만 염병을 앓아 죽었다. 온몸은 모두 차디차게 식었는데, 심장만은 여전히 온기가 남아 있었다. 밤을 자고 나도 심장의 온기가 식지 않고 있더니, 홀연 꿈을 꾸다가 깨어난 사람처럼 자리에서 일어나서는 꿈 이야기를 하였다.
　"한 사자가 와서 나를 인도해서 어떤 관부(官府)에 갔는데 사자가 안으로 들어가서 고하니, 관인(官人)이 초청해 온 사람은 이 사람이 아니라고 하면서 어서 데려다 주라고 재촉하였다. 사자는 다시 나를 데리고 순창 경계에까지 왔는데, 길가의 민가에서 장구 치고 굿하는 소리가 들리더라. 사자는 들어가서 잠시 쉬면서 술과 밥을 얻어먹고자 하기에 나도 따라 들어갔다……."
　고경명이 사자를 따라 그 집으로 들어가니 무당이 하는 말이, 우리 성주께서 오셨다고 하면서 정중히 영접해서 상좌에 모시고 술을 올렸다. 사자는 취해서 돌아가고 경명은 천천히 관아로 돌아오다가 깨어났다고 한다.
　고경명도 이상하게 생각하고 듣는 사람도 괴이쩍어했다. 그래서 사람을 시켜 수소문을 해 보았는데, 과연 순창으로 들어오는 길가에 민가가 있고, 그 집에서는 밤중이 되어서도 제사가 끝나지 않았다고 하였다. 다시 군수가 하던 말을 물어보니, 무당이 정말 그렇게 하였다고 주위에서 말하였다 한다.

용천역(龍泉驛)은 황해도의 국도변에 있는데 그곳은 연산조에 홍귀달(洪貴達)이 죽은 곳이다. 귀달의 자는 겸선(兼善)이다. 뒤에 송일(宋軼)이 중국의 사신을 맞는 영위사(迎慰使)로서 이 역에서 묵게 되었다. 송일의 자는 가중(嘉仲)이다.

밤이 되어 송일이 객사를 지키고 있노라니까, 멀리서부터 찬 기운이 점점 다가오는데 어떻게나 추운지 도무지 참지 못할 정도였다. 괴이쩍게 여기고 있는 터에 문득 밖에서부터 "가중(嘉仲)아!" 하고 부르는 소리가 들려왔다. 송일은 그 목소리가 홍 태학사 귀달의 목소리임을 알아듣고, 비로소 정신을 차린 다음 "밖에 온 사람은 겸선이 아닌가!" 하고 물었다. 밖에서는 틀림없다는 대답이 들려왔다.

그래서 송일은 동자를 불러 급히 상을 차리게 하고 그 맞은편에 의자를 놓은 다음 상 아래에 읍을 하고 있었다.

오래지 않아서 밖으로부터 무슨 바람 같은 것이 와서 의자에 앉는 것 같은데, 추위는 더욱 심하여 이가 딱딱 마주칠 지경이었다. 이어서 혼령이 하는 소리가 들려왔다.

"내가 죽을 때 날씨가 몹시 추웠네. 지금까지도 한기를 풀어 버리지 못하였으니, 청컨대 더운 술이 있으면 좀 주게나!"

송일은 아이에게 분부를 내려 더운 술과 안주를 마련해 오라고 해서 상 위에다 받쳐올렸다.

한참이 지난 뒤 혼령은 말하기를,

"나는 매양 술을 얻어먹고 나야 몸의 추위가 풀리니, 중국의 사신이 도착할 때에도 술을 좀 얻어먹을까 하네. 그가 놀라 자빠질지 모르나, 그것은 내 공으로 하여금 자손 대대로 복록을 누리게 할 터이니 그대는 아무 걱정을 말게나."

이렇게 말하고는 사라져 버렸다. 그 뒤에 송일은 영의정이 되었고, 자손들도 모두 공경의 벼슬을 하였다.

　만력(萬曆) 임진, 계사년 사이에 통제사 이순신(李舜臣)은 한산도에 군진을 치고 있었다. 그 아들 역시 종군하여 충청도에 이르러 왜적과 만나 싸움이 벌어졌다. 단숨에 서너 놈의 왜적의 목을 베고, 이어 적을 쫓아 말을 달리던 중 한 무리의 왜적들이 초가집에 잠복해 있다가 불의에 습격을 하였다. 이리하여 순신의 아들은 말에서 떨어져 죽었다. 그러나 순신은 이러한 소식을 알 까닭이 없었다.
　뒤에 충청도 방어사가 왜적 13명을 잡아 산 채로 한산도에 보냈다. 그날 밤에 순신이 잠에서 놀라 깨어나 비로소 아들이 죽은 것이 아닐까 의심하였다. 그런데 곧 이어서 부음이 날아들었다.
　순신은 잡혀 온 왜적을 끌어내어 물었다.
　"어느 날쯤에 너희들은 충청도 어느 곳에서 붉고 흰 준마를 탄 사람을 만난 일이 있느냐? 너희들이 그 사람을 죽이고 말을 빼앗았을 터인즉, 말은 어디 있느냐? 말을 찾고자 한다."
　순신이 이렇게 타이르자, 그 가운데에서 한 놈의 왜병이 앞으로 나와 아뢰었다.
　"어떤 날 한 소년이 붉고 흰 얼룩말을 타고 우리를 추격하였습죠. 소년이 아군 서너 명을 죽였으므로 우리들은 초가집에 잠복해 있다가 불시에 소년을 습격하였고, 말은 빼앗아 우리 장수에게 바쳤습니다."
　다른 왜적놈들에게 물어도 모두 그렇다는 대답이었다. 순신은 애통해 마지않았다. 왜놈들은 옥에서 끌려나와 참수를 당했다. 그리고는 초혼제를 올려서 아들에게 이 일을 말해 주었다.

서울에 청렴결백하기로 소문난 어느 재상이 있었다. 재상이 죽자 그 가업은 더욱 가난하여 그 자식이 장성했어도 혼사를 치르기는커녕 제사상도 제대로 차릴 수 없는 형편이었다.

그 집에 딸이 하나 있었는데, 마침 혼약이 되어 시집갈 날이 가까웠으나 예물을 장만하지 못했다. 그런 형편에도 불구하고 아버지의 제사날이 닥쳐와서 제사를 지내게 되었다.

그날 밤, 그 아버지의 옛날 친구 한 사람이 밤이 늦어 별을 바라보며 길을 가는데, 앞에서 한 재상이 여러 나졸들의 호위를 받으면서 가까이 다가왔다. 드디어 서로 마주치게 되어 그 친구는 채찍을 들어 서로 읍을 하였다. 재상은 몹시도 취하여 혀꼬부라진 소리로 말했다.

"오늘 불초 자식을 만나서 권하는 대로 받아 마셨더니 이렇게 취하는구료. 그대가 가거든 잘 먹고 간다고 아이들에게 말해 주게나!"

그리고는 읍을 하고 헤어졌다.

그러나 얼마 가지를 않아서 재상은 말을 멈추더니 조그마한 봉투 하나를 친구에게 주면서 말했다.

"아이들 집이 심히 빈한한데다 딸애가 이제 시집을 가게 되지 않았는가? 내 이것을 전해 주려고 하였는데 술이 워낙 취해서 그만 잊어버렸네. 자네가 나를 대신해서 가져다 전해 주게나!"

그 친구는 그 집으로 찾아가서 재상의 말을 그대로 전하고 봉투를 내놓았다.

재상의 집에서는 제사를 끝낸 뒤라 친구의 말을 듣고는 모두 머리를 모으고 통곡을 하였다. 그런 다음에 봉투를 열어 보니 그 안에는 큰 구슬 세알이 들어 있었다. 이상하게 여겨 그것을 어머니에게 보였다.
　부인은 말하였다.
　"이것은 우리 집에서 대대로 물려 내려오는 비녀에 박힌 구슬이다. 초상 때 이 구슬을 팔아 제사를 지냈는데 오늘 이것이 어디서 왔단 말이냐?"
　비녀를 가져다가 그 구슬을 맞추어 보니 정말 꼭 들어맞았다. 일가는 모두 땅에 엎드려 통곡하였다.
　"우리 집에서 성하던 가업을 자손들이 변변치 못하여 혼수도 제대로 갖추지 못하게 되었는데, 혼령도 이것을 알고 구슬을 찾아 혼례를 치르게 하니 어찌 부끄러운 일이 아니겠는가!"
　그 친구도 통곡을 하고는 떠났다.

17. 귀　　신(鬼神)

　　청송 선생(聽松先生) 성수침(成守琛)이 서울 백악(白岳) 산록에
있는 청송당(聽松堂)에 있을 때이다. 시동도 없이 혼자 앉아 있는
데, 해질 무렵에 홀연 어떤 물체가 이 집 모퉁이에 나타났다. 자
세히 보니 몸에 푸른색 옷을 걸쳤는데, 너무 길어서 발꿈치에까
지 끌리고 머리는 산발이 되어 땅에 끌리며 바람을 따라 너울거
렸다. 산발 속에 두 눈은 고리처럼 둥근 것이 경경히 빛나서 보기
에도 소름이 끼쳤다.
　　선생이, 누구냐고 물었으나 아무 대답이 없었다. 가까이 오라
고 하니까, 창 옆으로 다가서는데 비린내가 코를 찔렀다.
　　"네 만일 도적이라면 우리 집에는 아무것도 없다. 네 귀신이라
면 사람과 귀신은 길이 다르니 어서 가거라!"
　　말이 떨어지자 그 물체는 표연히 사라지며 종적을 감추었다.

　　신숙주(申叔舟)가 젊었을 때 알성시(謁聖試)를 보기 위하여 밤
중에 친구와 같이 성균관으로 가는 길이었다. 도중에서 한 물체
가 길을 막고는 입을 딱 벌리고 있는 것을 보았다. 언뜻 보기에
어찌나 큰지 윗입술은 하늘에 아랫입술은 땅에 붙은 것 같았다.
　　같이 가던 친구는 크게 놀라서 겁에 질린 나머지 얼른 길을 돌
아 다른 곳으로 갔으나, 신숙주는 무턱대고 곧장 두 입술 사이로
들어갔다. 그러자 한 청의동자가 앞으로 나와 절을 하며 말했다.
　　"청컨대 당신을 따라 진탕 놀고 싶은데, 내가 하라는 대로 하겠

소?"
 숙주는 그러마고 대답했다.
 그때부터 동자는 신숙주에게서 한시도 떨어지지 않고 모르는 것을 가르쳐주니 그는 드디어 알성시에 우등으로 뽑혔다. 그리고 좋은 일이거나 나쁜 일이거나간에 일이 있기 전에 미리 알려주어 동자의 말만 들으면 잘못된 일이라곤 없었다. 바다를 건너 일본에 건너갔다가 돌아오는데도 동자가 미리 기후와 바람의 방향을 알려주어 무사히 다녀왔고, 그후에는 1등 공신으로 정승의 자리에 오르게 되는 일도 미리 알려주어서 좋은 길만 따라가게 하였다. 마침내 숙주가 죽으니 동자는 눈물로써 작별하고 떠나갔다.
 일찍이 고서를 보니 이임보(李林甫)에게는 신동(神童)이 있었고, 안녹산(安祿山)에게는 신병(神兵)이 있었다고 하였는데, 모두 이런 따위의 이야기가 아닐까?

 권남(權擥)이 젊었을 때의 일이다.
 그에게 친구가 한 사람 있었는데, 그 집에 전염병이 돌아 가산을 다 털어서 구하고자 하였으나 희망이 없었다. 권남이 가서 만나 보려고 하니, 모든 사람들이 입을 모아 만류한다.
 "산 사람으로 일신을 돌보지 않고 불 속에 뛰어든다면, 그 화는 한몸에 그치는 것이 아니라 자칫 잘못하다가는 일가를 망치게 될 것이오."
 권남이 말했다.
 "사람이 죽고 사는 것은 다 운명인데, 친구가 죽어가는 마당에 가서 들여다보지도 않는다면 이것은 불의 중의 불의이다."
 그는 마침내 약을 지어 가지고 친구 집으로 갔다. 그러나 집에 들어서니 아이들과 하인의 시체가 서로 베개가 되어 포개졌는데, 권남이 들어가자 그 친구는 손을 잡고 눈물을 흘린다.

이렇게 되어 두 사람은 함께 그 집에서 묵게 되었는데, 권남이 깨어 눈을 떠 보니 친구는 이미 다른 데로 피하고 보이지 않았다. 집으로 돌아오고자 하였으나 밤이 아직 밝지를 않아서 시체를 모두 수습하고는 바깥 대청으로 나와 잠시 눈을 붙였다.

밖에는 가랑비가 부슬부슬 내리고 초가을 으스름 달빛이 희미한데, 홀연 두 귀신이 도롱이를 뒤집어쓰고 나타나 곧장 담을 넘어 집 안으로 들어가더니 한 귀신이,

"사람이 모두 피했구나."

하면서 바깥으로 나왔다. 그리고는 대청에서 잠들어 있는 권남을 찾아내더니, 한 귀신이 사람이 있다고 말하였다. 그러자 다른 귀신이,

"권 정승이야, 안 돼!"

하고는 둘이서 다시 담을 넘어 달려갔다.

권남은 잠을 깨자 곧 옷을 걷어올리고 담을 넘어 귀신이 가는 곳을 쫓아가기 시작했다. 필시 지옥에서 온 사자라면 친구를 잡으러 온 것임이 분명하였기 때문이었다.

한 골목을 돌아가자 귀신이 말하기를, 그 사람이 여기에 있다고 하면서 곧장 어느 집 대문 안으로 들어간다. 그러자 문득 안에서 곡성이 터져 나왔다.

"앗차! 잡혀갔구나!"

권남은 친구가 죽은 것을 알았다.

고흥(高興) 유씨(柳氏)는 말한다.

"권남의 신의는 하늘도 흔들지 못한다. 능히 자기 몸을 아끼지 않고 사람을 구하고자 하여, 그 무한한 복록으로 마침내 정승의

자리에까지 오르게 되었으니, 이 또한 당연한 일이 아닌가? 그러나 그 친구는 권남의 이러한 뜻을 헤아리지도 않고 자기 혼자만 몸을 빼어 도망하였으니, 그 마음 쓰는 것이 권남과 조금도 비슷하지 않아서 마침내는 귀신에게 잡혀 죽은 것이다."

한 무사가 훈련원에서 활쏘기 연습을 마치고 날이 저물어 집으로 돌아오는 중이었다. 모래밭이 있는 길 왼쪽에 한 여인이 서 있는데, 옷은 깨끗하고 몸매가 아름다워 사람의 눈을 끌 만하였다. 그러나 그 얼굴에는 수심이 담뿍 어려 있어 누가 보든지 측은한 마음이 일어나게 했다.

무사는 희롱하고 싶은 마음이 일어나서 말을 걸어 보았다.
"날은 저물고 사격장은 텅텅 비었는데 이렇게 아름다운 아가씨가 혼자 이곳에 서 있다니……."
그러자 여인은 금방 얼굴이 밝아지면서 봄바람이 이는 듯 구슬 같은 목소리로 입을 열었다.
"갈 데가 있어 가려다가 날이 저물었으니, 이제 집으로 다시 돌아갈 수도 없고 참으로 걱정입니다."
"낭자가 길이 먼 것을 걱정한다면 이몸과 함께 돌아가는 것이 어떠하오?"
"첩의 이름은 종랑(終娘)이라 하옵니다. 집은 남산 밑 남부동 궁벽한 곳이랍니다. 만일 현군께서 이몸을 버리지 않으시고 누추한 곳이나마 데려다주신다면 어찌 다행한 일이 아니겠습니까?"
이리하여 무사는 아가씨의 손을 이끌고 남산골 궁벽한 골목에 있는 낭자의 집으로 갔다.
집 안에 들어가니, 그 집은 곧 사족(士族)의 집이었다. 행랑채를 따라 셋째 칸으로 가니 그곳이 바로 낭자의 방이었다. 벽에는 좋은 산수화가 붙어 있고 주렴도 아름다우며, 화사한 이부자리가 매우 눈길을 끌었다.

낭자는 무사의 손을 잡아 앉게 하고 시렁 위에서 가는 버들잎으로 만든 그릇을 내리는데, 그 안에는 맛좋은 고기와 보기 좋은 안주가 가득 있었다. 또 베개 옆에는 백자 항아리가 있는데 향기로운 술이 가득 담겨 있었다.

무사는 낭자가 따라 주는 대로 몇 잔을 마셨다. 술이 얼근히 취해 오는 가운데 정은 점점 무르익어 무사는 시간이 흐를수록 마음이 흔들리게 되었다. 그러나 이상한 일은 몸에 냉기가 스며드는데 오래 되어도 좀체로 더워 오지 않는 것이었다. 왜 자꾸 추워지느냐고 물으니, 낭자의 말이 밤에 먼 길을 무릅쓰고 왔으므로 몸이 허약해진 탓이라고 말했다.

무사는 그 밤을 낭자와 지내고 새벽에 깨어났는데 목이 몹시 말랐다. 허기진 모습으로 돌아오려니까 인근에서 새벽 샘물을 긷는 계집애가 있어 물 한 그릇을 청했다. 그랬더니 그 계집애가 이상하다는 듯이 물었다.

"낭군께서는 어째서 빈집에서 나오십니까?"

무사가 태연히 대답했다.

"종랑의 집에서 자고 나오는 길이다."

"그 집은 온통 전염병이 돌아 죽은 시체가 어지럽고, 종랑도 죽은 지 사흘이 되어도 아직 염을 하지 못했는데, 괜히 저를 속이지 마세요!"

무사는 그제서야 깜짝 놀라서 다시 나온 집으로 들어가 보았다. 집에는 시체가 여기저기 가로누웠고, 그가 자고 나온 방으로 가 보니 낭자 하나가 죽어 있었다. 그리고 그 옆에는 어젯밤에 먹다가 남긴 술과 안주가 여전히 그대로 있는 것이었다.
 무사는 그제서야 깨달아지는 게 있었다.
 '아, 죽은 낭자는 필시 염을 못한 것을 슬퍼하였구나. 그래서 내가 의기가 많은 남자인 줄 알고 혹시나 장사라도 지내 줄까 하고 바랐던 것이로다!'
 이리하여 무사는 관과 상여를 준비한 다음, 죽은 시체들을 모두 염을 하여 교외로 내다가 장사를 지냈다. 또 풍부한 술과 안주를 장만하여 제사도 올렸다.
 그날 밤 그는 꿈을 꾸었는데, 꿈에 종랑이 나타나서 감사하며 말했다.
 "더러운 몸을 버리지 아니하고 염을 해 주시고 장사까지 지내 주시니, 이 은혜 어찌 다 갚겠나이까? 명부에 가서도 반드시 보답하겠나이다."
 그후 무사는 과거에 급제하고 벼슬도 상당한 지위에까지 올랐다.

 낙산(駱山) 밑 소용동(所用洞)에 안씨(安氏)라는 늙은 과부가 살고 있었다. 혼자 집에 있으면서 나물밥에 흰 두루마기, 풀로 엮은 원정관(圓頂冠)을 쓰고 하루종일 염불을 하며 지내는 것이 일이었다. 죽어서도 제사를 받들 자식이 없으니 극락왕생을 비는 것인가. 그런데 나이 60에 죽으니 외로운 장사였다.
 노파가 죽자 그 집에는 조카가 들어와 살게 되었다. 몇 년이 지난 어느 날이었다. 대낮인데 초당에 사람의 인기척이 나서 조카가 나가 보니, 뜻밖에도 죽은 안씨 노파가 살았을 때의 모습으로 흰 도포에 원정관을 쓰고 앉아 있었다.
 조카네 식구들은 황송한 마음에 모두 나가서 절을 하였다. 안씨가 배가 고프다고 해서 식구들은 곧 성찬을 차려 올렸다. 소반에 가득 담은 음식인데 노파 앞에 올리자 순식간에 빈 그릇이 되어 나왔다. 음식을 더 달라고 해서 또 가득 차려 올렸는데, 노파는 여전히 배부른 기색이 없이 다 먹었다. 이렇게 한 달 가량이 지났다.

봄이 되어 두견화가 온 산에 가득 향기를 뿌리고 있는 어느 날인데, 노파는 떡을 만들어 달라고 하며 산 구경을 가겠다고 하였다. 그 집에서는 기름을 사다가 전병을 만들어 몇 개의 그릇에 가득 담아 주었다. 노파는 한참 후에 돌아왔는데, 그 많던 음식이 하나도 남아 있지 않았다. 이로부터는 맛좋은 진수성찬만 찾게 되어 조카는 있는 것 없는 것 모두 차려 올렸다.

이렇게 되니 가산은 차츰 줄어들어 생활에 위협을 받게 되었다. 그래서 노파가 원하는 대로 정성을 다할 수가 없게 되었다. 그러자 노파는 고약한 장난을 꾸미기 시작하여 급기야는 어린 종아이들을 때리고 조카의 자식들을 쥐어박는 등, 그 해가 이만저만이 아니었다. 게다가 이대로 가다가는 가재도 다 털려 버리고 거지가 될 판이니 어찌하랴. 그래서 주인은 은밀히 식구들과 다른 곳으로 피해 이사를 갈 계획을 세웠다. 그러자 노파는 미리 다 안다는 듯이,

"주인은 이제 어디론가 가려고 하는 모양인데, 나 또한 가는 데로 따라가야겠다!"

그러니 그 계획도 덮어 버리는 수밖에 없었다.

하루는 안씨 노파가 말하였다.

"내가 오랫동안 여기에 머무르게 되니 주인이 여러 가지로 불편하겠다. 나도 마음이 편안하지 않으니, 원컨대 술과 음식을 잘 차려서 동소문 밖 큰 소나무 아래 시냇물이 흐르는 곳으로

나를 전송해 다오."

주인으로서는 이보다 더 반가운 일이 있을 수 없었다. 정성을 들여 음식을 장만하여 동소문 밖 산수가 정결한 곳에 바치고 노파를 전송하여 떠나게 했다. 그후에는 아무런 동정이 없었다. 식구들은 서로 축하하며 10여 일을 보냈다.

하루는 밖에서 대문을 두드리는 소리가 나기에 계집종이 나가보니, 검은 얼굴에 수염이 더부룩한 사람이 서 있는데, 머리에는 흰 대나무로 엮은 모자를 쓰고 새끼로 갓끈을 해 단 모양이 괴상망칙했다.

그 사람은 절을 하며 말하였다.

"우리 주인 안씨가 왔습니다."

집에서는 아연실색하여 어쩔 줄 모르고 서로 얼굴만 쳐다보았다. 이러는 가운데 흰 도포에 원정관을 쓴 안씨 노파가 웃으면서 들어와 초당에 앉았다. 그 뒤를 이어 봉두난발에 걸레 같은 옷을 걸친 남녀 귀신들이 들어와 순식간에 초당과 뜰에 가득 들어앉았다. 그리고는 음식을 내라, 고기를 내라 야단을 치며 노는데, 닥치는 대로 그릇을 부수고 사람을 두들겨 패고 법석을 피웠다.

이리하여 그 집은 하루아침에 가산이 바닥이 나고 세간살이가 전폐되고 남은 것이 없었다. 게다가 쇠똥, 말똥이 사방에 흩어져 발 디딜 틈이 없었다.

식구들은 마침내 보따리를 싸고 도망을 쳤지만, 그후로는 죽음이 잇달아 몇 년이 못 되어 완전히 망하고 말았다. 낙산 밑 그 집은 지금도 폐허로 남아 있다.

18. 속   기(俗忌)

　화가 있으면 그 뒤에는 복이 숨어 있는 경우도 있고, 복이 있는 반면에 화가 오는 수도 있다. 길흉이란 하늘이 정해주는 것이어늘, 어찌 인력으로 마음대로 할 수 있으랴?
　속담에, 까치가 와서 남쪽 가지에 집을 지으면 반드시 영화가 있다고 한다. 또한 흉한 새가 집에 와서 깃들이면 반드시 화를 입는다고 한다. 그러나 나는 이런 말들을 항상 웃어 넘겼다.
　내가 청파(靑坡)에 살던 때 일이다. 까치가 와서 남쪽에 집을 지었다. 남들은 모두 날더러 과거에 급제하리라고 말하였다. 그런데 그 해에 내 처형의 사위가 과연 과거에 급제했다.
　그 뒤에 까치가 또 나무에 집을 지었다. 그 해 봄에 나는 사마시(司馬試)에 합격했다. 그 뒤에 또 그 나무에 까치가 집을 지었는데, 그 해에 나는 또 문과에 급제했다.
　내가 흥양(興陽)에 살던 때 일이다. 까치가 또 남쪽 언덕 높다란 나무에 집을 지었다. 일가 사람들이 모두 내 집에 반드시 영화가 있으리라 축하한다. 그런데 그 해에 과연 나는 가선(嘉善)에 승진했다. 그리고 호성훈(扈聖勳)에 참예되었다.
　명례방(明禮坊) 내 집 남쪽에 있는 버드나무에 까치가 또 와서 집을 지었다. 그 해에 나와 한집에 있던 일가 사람이 무과에 합격했다. 그 이듬해에 또 까치가 그 가지에 집을 지었는데 그 해에는 계집종의 남편 포수가 무과에 급제했다. 그러나 이 두 해 동안에 나는 벼슬에서 떨어져 침체한 생활을 했고, 게다가 우환까지 있었다.

또 속담에 올빼미가 집에 나타나면 반드시 화재가 생긴다고 한다. 내가 잠시 명례방 집에 있을 때 이웃집을 별방(別房)으로 쓰고 있었다. 내가 아직 자리에서 일어나지도 않았는데 가동(家僮)들이 밖에서 왁자지껄한다. 무슨 괴상한 물건이 나타났다는 것이다. 일어나서 나가 보았더니 올빼미가 와서 대들보 위에 움츠리고 앉아 있는 것이다. 지팡이로 건드렸더니 땅에 떨어진다. 그런데 그날 밤에 우리 큰집 사랑채에 불이 나서, 심지어 임금께서 전교를 내려 금화사(禁火司)의 부주의를 꾸짖기까지 했다.

지난해에 아내가 죽었는데, 가평(加平)에 산지를 구해서 장사지내게 되었다. 행제(行祭)를 지내는데, 올빼미가 날아와서 계집종의 가슴에 와서 앉았다. 상주는 그것이 요망스러운 일이라 해서 그 종을 가까이 오지 못하게 했다. 그날 밤 그 종은 산기슭에 불똥을 떨어뜨려 산과 들이 타 버렸다. 불은 묘막과 회장꾼들이 있는 곳까지 왔다.

또 어느 날은 올빼미가 대낮에 민가에 날아와 사람에게로 덤볐다. 가동들이 잡아서 나에게 뵈면서 무슨 짐승이냐고 묻는데, 나는 전일 경험이 있기에 그날은 특별히 불조심을 시켰다. 그러나 그 밤에 또 불이 나서 이웃집이 반이나 타 버렸다.

명례방 별가(別家) 동쪽에 부엉이 두 마리가 와서 울다가 교미를 했다. 이것을 본 온 집안 사람은 모두 재앙이 있겠다고 조심했다. 그러나 얼마 안 되어 나는 옥당(玉堂)의 장관(長官)이 되었다가 곧 이조(吏曹) 참판으로 옮기었고, 그 뒤 4년 만에 벼슬이 바뀌었다.

이런 일로 보면 까치나 올빼미는 모두 같은 새 종류인데도 혹은 영화를 알려 주고, 혹은 욕볼 것을 알려주며, 어느 것은 재앙이 되고, 어느 것은 복을 불러 준다. 흰 송아지와 새방(塞方) 말의 길흉을 어찌 사람이 짐작할 수 있으랴?

19. 풍   수(風水)

 소세양(蘇世讓)의 삼형제가 아버지의 산소 자리를 정하려고 장지(葬地)를 점치게 되었다. 이웃에 혈상(穴相)을 잘보는 사람이 있어 그 술(術)이 마치 귀신 같다고 하기에 그 지관(地官)에게 가서 점을 쳤는데, 마침내 한 곳을 지정하면서 명당자리라고 말하였다. 소세양의 집에서는 그곳에 묘를 쓸 준비를 하였다.
 그날 밤 소세양의 막내아우가 남몰래 그 지관의 집에 숨어들어가 안에서 하는 말을 엿듣게 되었다.
 지관의 처가 묻는다.
 "오늘 소씨를 위해 좋은 묏자리를 얻었습니까?"
 지관은 소리를 낮추어 가만히 대답한다.
 "그 땅으로 말하면 과연 명당자리가 틀림없지. 그러나 만약 그 땅을 가르쳐주는 자는 반드시 죽게 되거든. 그래서 나는 그보다 몇 자 남쪽에 있는 혈(穴)을 점쳐 주었지."
 "어째서 그렇지요?"
 "먼저 말한 혈로 말하면 그 속에 세 마리의 신령한 벌레가 있어 삼형제가 모두 벼슬이 높아질 명당이지."
 소세양의 아우는 집으로 돌아와 그가 들은 대로 형에게 고하였다. 소세양은 고개를 끄덕이고 나서 풍수가 처음 말해 준 묏자리에서 남쪽으로 몇 자 떨어진 곳에 장지를 파기 시작했다.
 지관이 묏자리를 보러 나왔다가 소세양 삼형제가 묏자리를 옮긴 것을 보고는 크게 놀라 말했다.

"잡아 준 묏자리를 옮기면 크게 흉사가 있을 것입니다. 절대로 안 됩니다."

소세양은 듣지 않고 말하였다.

"어젯밤 댁에서 밀담을 하는 것을 다 들었소."

풍수는 이 말에 얼굴이 파랗게 질려 버렸다.

"이놈이 죽을 죄를 지었습니다. 하오나 이 혈에는 반드시 큰 벌이 세 마리가 들어 있을 것이니, 절대로 날아가게 해서는 안 됩니다. 만일 한 마리가 날아가게 된다면 한 사람이 귀하지 못하게 되며, 두 마리가 날아가면 두 사람이 귀하지 못하게 될 것이며, 이 사람도 또한 살아 남지 못합니다. 묏자리를 파더라도 내가 집으로 돌아간 다음에 파십시오."

말을 마치고 풍수는 말을 타고 급히 돌아가 버렸다.

이리하여 풍수가 이제는 집에 당도했으리라 계산되는 시간에 묘혈을 파기 시작했다. 흙을 헤치고 구덩이를 파자 그 밑에서 넓적한 돌이 나왔다. 인부들이 힘을 모아 돌을 들어 내자, 과연 그 밑에는 큰 구멍이 있고 큰 벌이 세 마리가 있었는데 크기가 주먹만큼씩이나 되었다. 풍수가 한 말이 있어 급히 덮으려고 하는데, 아직 채 덮기도 전에 한 마리 벌이 돌연 날개 소리를 내며 날아올라갔다. 공중에서 두어 바퀴 돌더니 쏜살같이 풍수의 집이 있는 쪽으로 날아갔다.

이때 풍수는 말에서 내려 방으로 들어서려는 참인데 큰 벌이 날아와서는 벼락같이 그의 뒤통수를 쏘아 땅에 쓰러뜨렸다. 풍수는 그 자리에서 피를 토하고 죽었다.

그후 소씨 형제는 위로 두 사람이 모두 높은 벼슬을 하여 귀하게 되었지만, 막내는 끝까지 벼슬자리 하나 얻지 못하고 천덕꾸러기로 늙어 죽었다.

사람들은 말한다. 꾀가 부인에게 이르렀으니 의당 남편이 죽은 것이라고.

 박(朴) 부원군 응순(應順)은 선대조(先代朝)의 국구(國舅)이다. 그가 죽어 묏자리를 점쳐서 파게 되었는데, 그 자리는 주인 없는 고총(古塚)이어서 흙을 파자 그 속에 옛날 석갈(石碣)이 묻혀 있었다. 묘갈문을 읽어 보니 역시 옛날 부원군의 묘였다. 상감에게 아뢰어 다른 곳으로 옮기고자 하였으나 상감은 윤허하지 않았다.
 금세(今世)에 들어와서 칠원 부원군(漆原府院君) 윤효문(尹孝文)이 혈상(穴相)을 잘 본다는 박상의(朴尙義)를 불러다가 자기 아버지 부정공(副正公)의 묘자리를 보게 하였다.
 박상의는 상(相)을 보고 나서 말하였다.
 "여기는 귀문(鬼門)이 침범하였다. 혈광(穴壙) 안에 요기가 가득하니 빨리 다른 곳으로 옮겨야 한다. 그렇지 않으면 반드시 재앙이 있으리라."
 그래서 구덩이를 열어 보니, 주인 옆에 묻어 놓은 사내종의 목각(木刻)은 산 사람처럼 수염이 나 있고, 계집종의 머리는 산 사람처럼 자라서 길이가 두 자나 되었다.
 괴상한 일이라고 말하면서 털을 뽑으니 모근에 모두 사람의 살점이 붙어나왔다. 상서롭지 못한 땅이 분명했다.
 그래서 다른 묘자리를 점쳐 얻었는데, 그곳을 파 보니 혈광 안에 지석(誌石)이 있는지라, 읽어 보니 또한 옛날 부정(副正) 벼슬을 지냈던 사람의 묘임이 드러났다고 한다.

20. 천   명(天命)

 강헌대왕(康獻大王)이 풍양(豊壤)의 행궁(行宮)에 거둥했을 때
의 일이다. 어느 날 대왕은 잠시 낮잠을 자고 있었다. 저만큼 시
립해 있던 환시(宦侍)들이 수군거리면서 토론을 하기 시작했다.
 "사람의 영화란 것이 하늘이 매여 있겠니, 상감의 손에 매여 있
겠니?"
 이렇게 한 환시가 문제를 제기하자,
 "거야 물론 하늘에 매여 있지."
하고 하나가 대답하는데, 또 다른 하나는 이렇게 말했다.
 "아니야, 우리들의 영화는 상감의 손에 달려 있다."
 하늘에 매여 있다거니 상감의 손에 매여 있다거니 하면서 둘은
다투었지만 쉽게 결론이 나지 않았다.
 강헌대왕은 이미 잠에서 깨어 있어서 이들의 말을 모두 듣고 있
었다. 그는 자리에서 일어나자 아들 공정대왕(恭靖大王)에게 밀서
를 썼다.
 "이 편지를 가지고 가는 중사(中使)를 우품관(右品官)으로 올려
 주어라."
 그러나 편지를 받은 환시는 갑자기 화장실에 가게 되었다. 급
한 전갈인 듯싶어서 같이 있던 환시에게 부탁하여 편지를 전하도
록 했다.
 부탁을 받은 환시는 급히 공정대왕에게 들어가 강헌대왕의 편
지를 전했다. 공정대왕이 편지를 받아 보더니, 그 환시를 금시에

우품관으로 승진시켜 주었다. 그리고 부왕께 복명을 역시 편지로 했다.

"말씀대로 이 환시를 우품관으로 승진시켰습니다."

이 회보를 받고 나서 편지를 가지고 온 환시를 보니, 자기가 승진시켜려던 환시가 아니다. 대왕은 어찌 된 것이냐고 그 까닭을 물었다. 환시가 사실대로 말씀드리자 대왕은 속으로 탄식한다.

'사람의 영화가 주상의 손에 달렸다는 것을 한 번 저들에게 보여 주려고 했던 것이었는데, 이제 보니 사람의 영복은 과연 주상에게 있는 것이 아니고 하늘에 매인 것이로구나.'

홍서봉(洪瑞鳳)의 집은 영경전(永敬殿) 앞에 있었다. 홍서봉은 어느 날 손님을 대접하려고 큰 소 한 마리를 샀다. 포정(庖丁)이 곧 소를 끌고 올 시간이 되었는데, 마침 종놈 수손(水孫)이가 과천(果川)에서 나무를 한 바리 소에 싣고 왔다. 몹시 큰 소인데 쇠고삐를 기둥나무에 매었다. 그러나 짐이 워낙 무거워서였던지 소는 그만 옆으로 쓰러져 등을 다쳐 제대로 움직이질 못하게 되었다.

이때 포정이 잡을 소를 끌고 왔는데 소의 크기가 비슷했다. 이 상황을 보고받자, 하는 수 없으니 과천에서 온 소를 대신 잡으라고 일렀다. 이리하여 잡으려고 끌어 온 소는 살아서 과천으로 돌아가고, 나무 싣고 온 소가 엉뚱하게 죽고 말았다.

내 집에 수탉 두 마리가 있었다. 검은 놈이 어찌나 사나운지 항상 붉은 닭을 쫓아내고 저 혼자서 채소밭을 마음대로 뜯어먹는다. 붉은 닭은 근처에 얼씬도 못하고 하는 수 없이 이웃집 닭들과 어울려 돌아다닌다.

어느 날 종놈들에게 그 붉은 닭은 쓸모가 없으니 잡아서 먹으라고 했다. 그러나 이 종놈은 그 말을 거꾸로 알아듣고 검은 닭을 잡았다. 이리하여 내 집에 있던 닭은 술상에 안주로 되어 오르고, 이웃집으로 쫓겨다니던 닭이 도리어 온 암탉들은 데리고 제멋대로 놀게 되었다.

　미물들이 죽고 사는 것도 역시 그 운수가 있다. 그를 해치려는 사람의 마음대로 되는 것이 아니다. 그런데 하물며 사람에 있어서랴. 대체 사람이 죽고 살고, 영화롭고 욕되는 일은 모두 다 하늘에 있는 것이다.

21. 문　　예(文藝)

　　이곡(李穀)이 서장관(書狀官)으로 중국에 갔을 때의 일이다. 길 가의 청루 위에 어느 미인 하나가 주렴 사이로 어른거리더니 이곡을 향하여 물을 뿌렸다. 이곡은 즉시 주머니 속에서 접은 부채를 꺼내 펴 가지고 글 한 줄을 써서 보냈는데 그 내용은 이러하다.

　　아름다운 사람 석양을 희롱하여,
　　청루 주렴 속에 어른거리네.
　　무단히 양대에서 비가 뿌려,
　　삼한에서 온 어사의 옷을 적시네.
　　兩兩佳人弄夕暉　靑樓朱簾共依依
　　無端一片陽臺雨　飛酒三韓御史衣

　　이곡이 돌아오는 길에 또 그 앞을 지나가게 되었는데, 전의 그 미인이 향기가 좋은 술에 맛있는 안주를 장만해 가지고 길가에서 기다리다 그가 글지어 준 것에 대한 답례를 했다.

　　근년에 서장관 조휘(趙徽)가 서울로 부임하는 도중 길에서 얇은 비단으로 얼굴을 가린 미인을 만났는데, 그 역시 흰 부채에다 절구(絶句) 한 수를 써서 주었다.

　　수줍음 못 이겨 빙사로 가리었으니,

맑은 밤 엷은 구름 사이로 달빛이 새어 빛나네.
벌처럼 가는 허리 한 움큼을 약속했나,
비단치마는 새로 가위질한 석류꽃이로세.
惹羞行露護氷紗 淸夜輕雲漏月華
約束蜂纖腰一掬 羅裙新剪石榴花

이러한 내용이었다.
조휘는 방탕한 사나이라서 미인의 집까지 따라갔는데, 가서 보니 과연 천하 일색이었다. 그 여자가 붉은 비단으로 바지를 지어 답례하니 조휘는 더욱 그 여인을 사랑하게 되었다.

우리나라의 한 문사(文士)가 중국에 갔을 때의 일이다. 객사에 묵으면서 문에 기대어 창 밖을 내다보고 있노라니까, 어느 아름다운 아가씨 하나가 나귀를 끄는 수레에 앉아 길을 지나가는데 보기에 아름답기 그지없었다.
문사는 미인을 사모하는 사나이의 심정을 시로써 적어 보냈는데, 그 대구가 생각이 나지 않아서 고심하던 차에 마침 지나가는 미인을 보고 그것을 보여 줄 생각이 났다. 그래서 하인을 시켜 즉시 아가씨에게 그 글을 보냈다. 그 내용은 이러했다.

마음은 미인을 좇아가고,
몸은 부질없이 홀로 문에 기댔네.
心逐紅粧去 身空獨倚門

하인이 시구를 갖다 주자, 아가씨는 수레를 세우고 잠시 그것을 읽어 보더니 이내 대구를 지어 보냈다. 그 내용은 이러했다.

수레 무거워졌다고 나귀가 화를 내니,
그것은 한 사람의 마음이 더 실린 까닭일세.
驢嗔車載重 添却一人魂

목은(牧隱)이 중국에 들어가 과거에 장원을 하자 그 명성이 중국 땅을 진동시켰다.
 그가 어느 절에 이르니, 절간의 중이 나와 예로써 맞이하며 말하였다.
 "듣자하니 당신이 동방의 대문장으로 중국의 과거에 장원급제 했다는데, 오늘 이렇게 만나게 되니 어찌 다행한 일이 아니겠소?"
 이색이 중과 함께 자리에 앉자, 한 사람이 곧 떡을 가지고 와서 먹으라고 권한다.
 중은 한 글귀를 지어 보이면서 이색으로 하여금 그 대구를 채우라고 하였다. 그 내용은 이러했다.

승소가 적게 오니 중의 웃음도 적다.
僧笑小來僧笑小

승소란 떡의 별명이라고 중은 설명해 주었다.
 이색은 창졸간에 얼른 생각이 나지 않았다. 그래서 후일을 기약하면서 다음날 반드시 대구를 지어 가지고 와서 글 빚을 갚겠다고 말하였다.
 그 뒤 그는 멀리 천 리 밖을 노닐면서 한 객관에게 들었는데, 주인이 병을 들고 들어왔다. 그것이 무엇이냐고 하였더니 주인은 객담(客談)이라고 대답하고, 객담이란 술을 다르게 부르는 이름이라고 하였다.
 이색은 드디어 전에 중으로부터 받은 글의 대구를 짓기 시작했다.

　　객담이 많이 오니 손의 말이 많구나.
　　客談多至客談多

 반 년이 지나 돌아가는 길에 다시 그 절에 들러 전날의 중을 만났다.
 "대사께서 구하던 대구를 지었습니다."
 지은 글귀를 외어 들려주니 중은 무릎을 치면서 기뻐하였다.
 "대체로 정묘한 대구란 얻기 힘드는 법이거늘 어찌 늦어졌다고 탓하리오. 한 글귀를 지어 불원천리하고 와 주시었으니 이 또한 기특하고 기특한 일이 아니오."

 명나라 왕세정(王世貞)은 일생 동안 공부한 문장가이다. 살고 있는 집에는 방이 다섯 개나 있었는데, 중당(中堂)은 처가 거처하는 곳이요, 나머지 네 칸에는 각기 첩을 한 사람씩 두었다.
 그 한 방에는 유가(儒家)의 문적(文籍)으로 가득 채우고, 유학을 하는 손님이 오면 그 방으로 모시어 유학에 대한 토의를 하였다. 그 안에 거처하는 첩은 음식을 장만하였다가 예로써 손님을 접대하였다.
 또 한 방에는 불가의 서적을 채우고, 불교를 좋아하는 중이나 불도가 오면 그 방으로 모시어 불서에 대한 토론을 하였다. 그 방의 첩은 불가의 음식을 장만하였다가 손님을 접대하였다.
 이런 식으로 한 방에는 도가(道家)의 전적을, 그 방의 첩은 도가의 음식으로 접대하고, 또 한 방에는 시(詩)에 대한 서적을 비치하고, 첩은 시인의 음식으로 손님을 접대하였다. 그리고 첩들은 방마다 종이와 먹과 벼루, 붓을 준비하여 손님과 주인 앞에 나란히 놓아 항상 서사(書辭)로써 왕복하게 하고, 말로써 서로 대하는 경우가 없었다. 손님이 가고 난 후에는 글을 쓴 것을 편(編)으로 지어 책으로 묶었다.

하루는 왕세정의 어렸을 적 친구가 찾아왔는데, 그 친구는 그 때까지도 여전히 가난한 선비로 있었다. 때마침 총병관(摠兵官)이 그 아버지의 묘비명을 얻고자 천리마 세 필에다 문금(文錦) 40필, 백금(白金) 4천 냥을 글을 지어 주는 사례로 보내 왔다. 왕세정은 그 사자를 밖에 서게 하고는 그 자리에서 먹을 갈아 일필휘지, 비명을 사자에게 주어 보냈다. 그러고 나서 글 지은 사례로 받은 물건을 몽땅 그 가난한 선비에게 주었다. 자기는 그 가운데에서 하나의 물건도 가지지 않았으니 돈으로 계산한다면 수만금의 재물을 아깝다 하지 않고 친구에게 주었던 것이다.

한림 학사 주지번(朱之蕃)은 그의 제자다. 일찍이 왕세정의 손님으로 자리를 같이하고 있던 중, 한 사람이 자기 아버지의 비문을 부탁하기 위하여 책으로 된 행장(行狀)을 가져왔는데, 책의 분량이 무려 1만 장에 이르렀다. 문장의 글씨로써 비문을 지어 영원히 보존하기 위한 것이었다. 왕세정은 한 번 읽고 난 뒤 책을 덮고는 중간에 책을 들춰보거나 생각하는 일이 없이 입으로 외우면서 글을 써내려갔다. 그리하여 다 쓰고 난 뒤 주지번으로 하여금 참고로 가져온 행장과 대조해 보라고 하였다. 주지번이 대조해 보니, 처음부터 끝까지 이력이며 연월일, 관작 따위가 하나도 틀린 것이 없었다.

그 총명이 이같이 확고하였으니 그 문장의 솜씨가 만고의 독보가 아니겠는가.

휴정(休靜)은 스스로 호를 청허도인(淸虛道人)이라 하였는데, 이 사람은 동국의 명승이다.

그가 금강산에 있을 때에 다음과 같은 시구를 지었다.

춤추는 달빛은 천길 나무 위의 외로운 선녀,
수풀을 격하여 들리는 맑은 비파 소리는 한 가닥 여울물 소리.
금강산의 참모습을 알고자 하나,
흰구름이 무너진 속에 뭇 봉우리 벌려 있네.
舞月朧仙千丈檜 隔林淸瑟一聲灘
欲識金剛眞面目 白雲堆裡列群巒

묘향산에서는 또 이런 시구를 지었다.

만국의 도성은 개미 둑 같고,
천가의 호걸은 모두 초파리일세.
하늘에 걸린 달은 청허의 베개요,
끝없는 솔바람 소리, 운이 맞지 않네.
萬國都城如蟻垤 千家豪傑盡醯鷄
一天明月淸虛枕 無限松聲韻不齊

정사룡(鄭士龍)이 중국에 들어가 여러 사찰을 돌아보며 유람하던 중, 한 시승(詩僧)을 만났다. 4운율시(四韻律詩) 두어 수를 써서 보이면서 자기 딴에는 잘 지은 것으로 자부하고 있었으나 중은 도무지 한 마디도 칭찬을 하지 않았다. 정사룡은 중이 시를 해석

할 줄 모른다고 생각하고, 이번에는 다시 김시습(金時習)의 4운율시 네 수를 써서 보였다. 중은 한번 읽어 본 후 몸을 일으켜 안으로 들어가 향로와 제기(祭器)를 씻어 가지고 나오더니, 의관을 정제하고 향을 피워 상 위에 올려놓고는 김시습의 시를 다시 읽었다. 그리고는,

"이것은 이 세상 사람이 아닌 신선같이 높은 사람이 지은 것이지, 그대가 능히 지을 수 있는 시가 아니오."

한다. 정사룡은 얼굴이 붉어져 김시습이 지은 것임을 말하였다. 중이 시를 감식하는 눈이 이처럼 귀신 같으니, 보통 세속의 사람으로는 흉내낼 수 없는 일이다.

점필재(佔畢齋) 김종직(金宗直)은 영남 사람으로 나이 열여섯에 서울에서 과거를 보아 '백룡부(白龍賦)'를 지어냈다.

김수온(金守溫)은 당시 대제학으로 낙방한 시험지를 분류하다가 그 중에서 점필재의 시험지에 쓰인 '백룡부'를 보게 되었다. 한 번 읽고 나서 기특한 생각이 들어,

"이 사람은 훗날 반드시 나같이 과거의 시관(試官)이 될 솜씨를 지니고 있다."

고 말하면서 그 훌륭한 재주를 아까워했다. 그래서 상감에게 그 두루마리를 올렸더니, 상감도 기특하게 여겨 그를 영산(靈山)의 훈도(訓導)로 임명했다.

점필재는 이때 한강에 있는 제천정(濟川亭)의 기둥에 다음과 같은 시를 써 붙였다.

눈 속에 찬 매화와 비 온 뒤의 산은,
볼 때에는 쉬워도 그릴 때는 어렵도다.

일찍이 사람의 눈에 들지 않는 것을 알았으니,
차라리 연지를 찍어 모란꽃이나 그려볼까.
雪裡寒梅雨後山 看時容易畵時難
早知不入時人眼 寧把臙脂寫牧丹

뒤에 김수온이 제천정에 놀이를 갔다가 기둥에 쓴 글을 보게 되었는데, 그는 한 번 읽어 보고 감탄하였다.
"이것은 진정 전날 '백룡부'를 쓴 사람의 솜씨이다. 훗날 나를 대신하여 시관(試官)이 될 사람은 반드시 이 사람일 것이다."
그리고는 지은 사람의 종적을 더듬어 찾아보니 과연 점필재였다. 김수온의 감식 능력은 이처럼 귀신 같았다.

정현(鄭礥)이 해주 목사가 되어 부임하자, 부용당(芙蓉堂)에 걸린 현판과 여러 시편들을 보고 모두 떼어 객사에 붙이면서 하는 말이
"찍어서 땔감으로나 쓴다면 구들장이나 따뜻해질 것이거늘."
하고는 스스로 절창(絶唱)을 지어 대들보에 걸었다.

연꽃 향기와 달빛은 밝은 밤에 좋은데,
그 누가 다시 옥통소를 부는가.
열두 굽이 난간에 잠 못 이루니,
벽성의 가을 시름 아득도 해라.
荷香月色可淸霄 更有何人弄玉蕭
十二曲欄無夢寐 碧城秋思正迢迢

이 시를 읽고 음미한 사람들은 혹은 감탄하고, 어떤 이는 그 교

만함을 심히 미워하기도 하였다.

　후에 임진란이 터지자, 왜적이 해주에 침입하여 부용당의 시제(詩題)를 모두 부수었다. 그러나 오직 정현과 김성일(金誠一)의 두 시만은 그대로 두었다. 김성일은 시에 능하지는 않았으나, 일본에 사신으로 갔을 때 그 강직한 성품으로 일본 사람들이 익히 알고 있었기 때문이다.

　그래서 그의 시를 남겨 두었고, 정현의 시는 또한 절창임을 그들도 알아보았기 때문이다.

　또 왜적들은 강릉에 침입하여 관부의 현판과 시편들은 그대로 남겨 두었지만 오직 임억령(林億齡)의 장편 고시(古詩)만은 배에 싣고 돌아갔다. 왜인들 역시 시를 알아서인가 보다.

　윤결(尹潔)이 오언절구(絶句) 한 수를 지었다.

　　길이 석문동으로 들어가니,
　　밤새 시를 음미하며 괴로운 길을 간다.
　　해가 대낮이 되니 산골 물은 흰 모래빛,
　　산이 푸른데 한 꾀꼬리가 우네.
　　路入石門洞　吟詩苦夜行
　　日午澗沙白　山靑啼一鶯

　차식(車軾)에게 보이고, 이 시가 어떠냐고 물으니 차식이 냉랭하게 몇 번 읊어 보더니, 이건 사람이 지은 것이 아니라 반드시 귀신이 지은 것이라고 하였다.

　윤결은 대답했다.

　"내가 지난 밤 꿈속에서 얻은 것인데, 귀신의 도움이 있었던 게

지."

이후백(李後白)이 아직 관복을 입기 전의 일이다. 하루는 길에서 관찰사의 행차를 범한 죄로 영문으로 끌려갔다. 문초를 하는 중에 스스로 유생(儒生)임을 말하고 용서를 빌었다. 관찰사는 사람을 시켜 종이와 붓을 가져오라 하더니 후백에게 부(賦)를 지으라 한다.

　　끊어진 다리 위로 빗기는 햇빛에 눈이 어지러워 방향을 모르다가,
　　얼굴을 모래밭에 곤두박으니 먼지가 저녁 바람을 타고 말아오르는구나.
　　잘못 깃봉에 닿은 것이 원망이 되지 않거니,
　　떠돌이 신선이 한신(韓信)의 기치를 따라 노니는도다.
　　斷橋斜日眩西東 撲面塵沙捲夕風
　　誤觸牙旌知不恨 浪仙從此識韓公

관찰사가 이 글을 보고 크게 기뻐하여 곤장은커녕 상을 내리고 서로 친근해졌다.

뒤에 그는 과거에 급제하여 어사로서 호남 땅을 암행하다가 남원에 이르러 한 기생과 자리를 같이하였다. 기생이 정성을 다하여 모시면서 못내 떨어지기를 서운해하니 피차 눈물로써 작별을 하고 오다가 곡성에 이르러 비를 만나 사흘을 묵게 되었다. 여기서 그는 이런 시를 지었다.

　　어사의 풍류가 두목(杜牧)과 비슷하여,

청루에서 보낸 어젯밤이 방금 있은 일과 같네.
춘심은 늙어도 다하기 어려우니,
여인의 푸른 옷소매가 새벽 잠자리에 눈물로 적셔오네.
강물은 무정하고 놀잇배는 오락가락,
피리 소리는 출정하는 임을 원망하는 듯.
냇물에 멱감기 사흘에 비가 나의 길을 머무르게 하니,
우습다, 하느님도 일 보심이 늦도다.
御史風流似牧之 靑樓昨過帶方詩
春心至老消難盡 翠袖侵晨淚欲滋
江水無情移畫舫 角聲如怨送征斯
浴川三日留人雨 堪笑天公見事遲

뒤에 그는 이조판서가 되었는데, 공무 외에는 사사로운 청탁을 일절 받지 않았다. 어느 날 한 사람이 벼슬을 구하러 왔는데, 공(公)은 장부를 내보이면서 하는 말이,
"여기다 이렇게 그대의 관록을 미리 적어 놓고 있었는데 애석하게 되었네. 구하러 오지 말았어야 했을 것을."
그리고는 붓을 들어 그 이름을 죽 그어 버렸다.
이로부터는 감히 공에게 벼슬자리를 구하러 오는 자가 없어 집 안팎이 늘 조용하여 아무 일도 없었다.

황여헌(黃汝獻)은 문장이 뛰어났으나 협기가 강하여 당시에 그를 누르는 자가 없었다. 이렇게 되자 많은 무리들로부터 중상모략을 당해 마침내 망하게 되니, 그의 문장은 후세에 전하지 못하였다.
호음(湖陰) 정사룡(鄭士龍)이 득세하여 조정의 의논을 깨끗이

하고, 매사를 반드시 퇴계에게 물어서 배척할 것은 배척하고 시정할 것은 시정했다. 한편 퇴계는 더러 그의 잘못을 지적해 주기는 했지만, 그렇다고 자기의 의견을 말해 주지는 않았다.

그는 또 소재(蘇齋) 노수신(盧守愼)과도 좋게 지냈다. 소재는 진도(珍島)로 귀양을 가서 19년 동안이나 있었다. 이 동안에 호남 지방에 있는 노비 다섯 명이 바치는 연공(年貢)을 소재에게 전하니 소재는 그들을 모두 고맙게 여겼다.

소재가 조정으로 돌아와 보니 호음(湖陰)은 세상에서 버려진 지가 이미 오래여서 그의 문장마저도 소중히 여겨 주지 않았다. 이에 소재는 그의 글을 몹시 칭찬하여 선전하자 그 문집이 세상에 널리 전해졌다.

나는 말한다. 청운(靑雲)의 선비에 붙지 않고서야 어찌 후세에 이름을 남기겠느냐고 한 말은 참으로 격언이다.

학관(學官) 박지화(朴枝華)의 호는 수암(守庵)이라 한다. 어려서부터 명산 대찰을 찾아 즐기면서 솔잎만 먹고 곡식을 끊었다. 일찍이 학문하는 자와 함께 산사에서 같이 기거를 하였는데, 한 달이 지나도 늘 한 벌의 모시옷만으로 살았다. 밤에는 책을 베개로 삼고, 보름 동안은 왼쪽으로 눕고 보름 동안은 오른쪽으로 눕고 하니 옷은 주름살이 잡히지 않고 언제나 새로 다리미질을 한 것 같았다.

그는 유(儒)·불(佛)·도(道)의 세 분야의 학문을 착실히 공부하여 모두 일가견을 갖추었고, 그 중에서도 예서(禮書)에 가장 정통했다. 그의 문장 수업도 광범위하여 시와 문(文)이 모두 뛰어났다. 일찍이 부마(駙馬) 광천위(光川尉)의 만사(輓詞)를 지었는데, 시인(詩人) 정지승(鄭之升)은 그것을 보고 칭찬해 마지않왔다.

"이 사람이 비록 문벌이나 지위는 비천하지만 문단에서의 그의 지위는 가장 높다."

그 시는 이러하다.

    천손과 견우성은 본래 이리저리 돌아다니고,
    인간의 오복은 고루 넘치게 갖추었네.
    끓인 국, 빚은 떡으로 해마다 좋은 음식을 먹지만,
    아깝게도 이 날은 소대에 봉황을 타고 가네.
    모든 사람들 의식이나 거동에 예를 차리지만,
    화사한 침방의 무르익은 욕정의 뒤에는 정신이 흐려지네.
    집은 심수 동산에 있어 멀리 서로 바라보고,
    봄 풀이 무성한 모양은 차마 견딜 수가 없구나.
    天孫河鼓本東西 贏得人間五福濟
    湯餠當年曾食玉 簫臺此日惜乘鸞
    諸郞秉禮廞儀擧 華寢連雲象設迷
    家在沁園相望地 不堪春草之萋萋

그는 나이 70이 되자 성 안에 들어앉아 두문불출하고 종일토록 정좌하면서 몸을 흐트리지 않았다. 친구인 정생(鄭生) 해(偕)와 자주 어울렸는데, 임진란으로 왜적이 침입하자 정생과 피난을 다니다가 헤어지게 되었다. 수암은 작별하는 자리에서 친구에게 말하였다.

"내가 몸이 늙어 따라가고 싶어도 따라갈 수가 없네. 후일 이곳으로 와서 다시 나를 찾게나."

훗날 왜병이 물러가자, 정생은 다시 헤어졌던 자리로 와서 수암을 찾았으나 수암은 간 곳이 없고 골짜기 나뭇가지 위에 종이 한 장이 걸려 있었다. 글의 내용은 두시(杜詩) 오언율(五言律) 한 수인데, 수암은 돌을 안고 나무 아래 흐르는 물 속에 스스로 빠져 죽은 것이다.

그 시는 이러하다.

> 서울은 저 멀리 떨어져 있는데,
> 소식은 잠잠히 아직도 오지 않네.
> 정신으로 사귀어 글짓던 나그네가,
> 힘이 다하여 시골집을 바라보네.
> 쇠약한 병으로 강변에 누웠노라니,
> 친한 벗이 해 저물어 돌아오네.
> 백구는 원래 물에서 자는 법,
> 무슨 일로 남는 슬픔이 있는가.
> 京洛雲山外 音書靜不來 神交作賦客 力盡望鄕臺
> 衰疾江邊臥 親朋着日回 白鷗之水宿 何事有餘哀

이 시를 보건대 수암의 행적이 모두 맞는다. 수암의 자만(自輓)임에 틀림없다. 정생은 그 시체를 건져 내어 흙으로 덮어주고 갔다.

심상국(沈相國) 수경(守慶)이 젊었을 때 직제학으로 있다가 순무어사(巡撫御史)가 되어 관서 지방으로 가게 되었다.

그에게는 전날 사랑하던 기생이 평양에 있었는데, 죽어서 기성문(箕城門) 밖에 묻혀 있었다. 그곳 이름은 선연동(嬋姸洞)이라고 해서 기생들이 죽으면 으레 그곳에 장사지냈다.

상국은 평양에 가서 이런 시를 지었다.

종이 위에 가득히 종횡으로 적은 것은 모두 맹세의 말뿐이라,
훗날 구천에 가서 같이 살 것 기약하는 말이었네.
장부가 한 번 죽기는 끝내 면하기 어려운 것이니,
원컨대 선연동의 혼백이나 되어지기를.
滿紙縱橫總誓言 自期他日共泉源
丈夫一死終難免 願作嬋姸洞裡魂

뒤에 그는 충청 감사가 되었는데, 기생이 가요축(歌謠軸) 하나를 바쳤다. 그것은 권응인(權應仁)이 지은 시로서, 그 내용은 이러했다.

사람이 뜻을 이루는 것이 남과 북이 따로 있으리,
아예 선연동의 혼백은 되지 말기를.
人生得意無南北 莫作嬋姸洞裡魂

상국은 보고 나서 웃으며,
"권응인이 여기 와 있구나, 어서 오라고 해라."
하고 분부하였다.
응인이 오자 상국은 그로 하여금 시를 짓게 하였다.

상공의 백설가를 전하여 안 지가 오래었으나,
행로에 청운이 막혀 뵙기가 늦어졌구료.
歌傳白雪知音久 路隔靑雲識面遲

일찍이 평양 기생은 친척들에게 내가 죽거든 내 무덤에다 꼭 '직제학 심수경의 첩의 묘'라고 써서 비석을 세우라고 하였다. 기생이 죽은 후 심수경의 벼슬은 높아져서 상국이 되었으나, 그 친척은 기생의 묘비를 '직제학 심수경의 첩의 묘'라고 써서 세웠다.

국법에 양계(兩界)의 인물은 다른 곳으로 옮기는 것을 허락하지 않는데, 서로 약속은 했으나 뜻을 이루지 못하고 기생이 죽었기 때문이다.

참의(參議) 권벽(權擘)은 일생 동안 시를 공부하여 시에 대한 감식력이 여간 밝지가 않았다. 모든 사람의 시나 글을 한 번 보면 그 사람이 서울 사람인가 시골 사람인가를 알아보았다.

이렇게 백발백중으로 알아맞히는 것을 보고, 어떤 사람이 서익(徐益)의 시를 보이면서 맞춰 보라고 했다. 권벽은 한 번 읽어 보더니, 이 시는 절반은 시골 냄새가 나고, 절반은 서울 냄새가 난다고 하였다. 서익은 본래 서울 사람이지만 장가를 들여 여산(礪山)에서 몇 년 살았던 것이다. 권벽의 감식이 모두 이와 같았다.

「습재집(習齋集)」은 모두 열 권이 있는데, 그 자손이 빈곤하여 한 권밖에 간행하지 못하였다. 창주(滄洲) 차운로(車雲輅)가 말하기를,

"근래 동방의 시로서는 오직 「습재집」이 가장 으뜸이니 조금도 흠을 찾아볼 수 없다."

고 하였다. 내가 구하여 보니 과연 그러했다.

내가 나이 20에 산사(山寺)에 올라가 글을 읽었는데, 서울에 사는 유생들로서 아직 관복을 입어 보지 못한 사람들이 많았다. 모든 문인이 서로 돌아가면서 글로써 응수하여 길고 짧은 글이나 시

혹은 4운율(四韻律)을 지어 화답하였다. 권벽의 아들 합(韐)도 그 자리에 있어서 함께 수창(酬昌)의 대열에 끼였다. 나중에 지은 시를 모두 그 아버지에게 보였는데, 권벽은 한 번 훑어보더니 문득 내가 지은 시를 가리키면서,

"이 시는 비록 지금은 미숙한 데가 있지만 훗날 반드시 문장의 대가가 될 솜씨다. 내 문집을 아직 선택하여 정리하지 못하였으나, 이 다음에 인쇄에 넘길 적에는 반드시 이 사람더러 뽑으라고 하리라."

하였다고 한다.

윤월정(尹月汀) 근수(根壽)가 권벽을 보고 근세의 문장에 대하여 우열을 물으면서, 사람들이 모두 신진 중에서 유(柳) 아무개(곧 작자 자신)의 문장이 대단히 훌륭하다고 하는데, 그의 글과 동고(東皐) 최입(崔岦)의 글을 논한다면 누가 우수하냐고 물었다. 권벽은 이렇게 대답했다고 한다.

"최(崔)의 글은 고인의 작품을 모방한 것이다. 비록 공부가 얕아서 아직 자기 능력으로 조화를 부릴 경지에 들어가지는 못한다 할지라도 몽인(夢寅)과 같은 문장은 선배의 규범을 모방하지 않고 모든 것이 자기의 흉중에서부터 출발하여 조화를 부리려고 하였는데, 이는 가장 어려운 일이니 최로서는 거의 미칠 수가 없을 일이다."

또 일찍이 나의 죽은 친구 성진(成晉)이 허균(許筠)에게 유(柳)의 글과 최(崔)의 글 중에서 어느 것이 우수하냐고 묻자, 허균은 오랜 생각 끝에 이렇게 말하였다고 한다.

"최의 글은 노성하여 신의 경지에 이르렀으니 유가 따라갈 것 같지 않다."

신현옹(申玄翁) 흠(欽)이 일생 동안 공부하여 귀양간 후에도 조

감(藻鑑)이 심히 분명하였고, 또 권벽의 아들 합(韐)도 문감(文鑑)이 있어 두 사람 모두가 나의 시를 가리켜 동방에서 견줄 자가 없으니 이규보(李奎報)의 글과 막상막하라고 하였다. 또 차천로(車天輅)의 아우 운로(雲輅)는 문장에 대하여 깊이 연구한 사람으로서 나의 시 전권을 가지고 며칠 동안 음미해 본 다음,
"오늘날의 사람으로는 이 문장을 알아볼 사람이 없다."
고 하였다 한다. 세상은 넓으니 아는 사람은 알고 모르는 사람은 모를 것이다.

정북창(鄭北窓) 염(磏)이 9월 20일이 지나서 철늦은 국화를 읊었다.

19. 29가 모두 9이니,
9월 9일이 정한 때가 있으랴.
많고 적은 세상 사람들이 모두 알지 못하나,
섬돌 위에 가득한 국화만이 알리라.
十九廿九皆是九 九月九日無定時
多少世人皆不識 滿階惟有菊花知

이에 그 아우 작(碏)이 화답하였다.

세인이 가장 소중히 여긴 것이 중양절이지만,
반드시 중양절이 아니라고 해서 흥이 나지 않으랴,
만약 국화를 대신하여 흰 술을 기울인다면,
9월의 가을이 어느 날인들 중양절이 아니랴.
世人最重重陽節 未必重陽引興長

若對黃花傾白酒 九秋何日不重陽

 전자에 조정에서 동방의 시를 뽑을 때 정염과 정작의 시가 있었다.
 이때 대제학 유근(柳根)은 아우 정작의 시를 취하고 형 정염의 시를 버리면서 율(律)에 맞지 않기 때문이라 하였다.
 아! 정염이 음률을 아는 것이 어찌 유근이 아는 것과 같겠는가? 예로부터 남을 알아본다는 것은 어려운 일이다.

 부제학 홍경신(洪慶臣)은 약관의 나이로 시명(詩名)이 있었다. 만력 을미년에 삼각산에 노닐면서 지은 시가 있다.

　5, 6명이 봄 옷을 깨끗이 차려입고,
　천천히 푸른 산을 거니노라.
　운대는 최영의 상이요,
　석실은 공민왕이 살던 데라.
　우거진 수풀 속에는 새 지저귀는 소리,
　맑은 시냇물에는 고기가 뛰노는도다.
　꽃에 홀려 길을 찾지 못하노니,
　어디로 가서 진여를 만나리.

　봄 2월에 노닐기는 아직 일러서,
　청산에는 두견화도 보이지 않는구나.
　사람이 물을 따라 들어가니,
　절은 높고 낮은 산봉우리 앞에 서 있네.
　밤이슬은 삼각산에 젖어들고,

하늘에 부는 바람은 만 년을 하루같이 움직이네.
고승이 이 밤에 지나다가
서로 잠잘 줄 모르고 앉았네.
五六春衣潔 靑山步屧徐 雲臺崔坐像 石室愍王居
綠樹藏啼鳥 靑流出戲魚 迷花不知路 何處訪秦餘
二月春遊早 靑山無杜鵑 人隨流水入 寺在亂峰前
夜露滋三秀 天風動萬年 高僧時過夜 相與不知眠

그 격조는 당시(唐詩)에 가깝다. 만약 그대로 앞으로 나아가게 했더라면 어찌 오늘의 경신에 그쳤을 것인가?

오겸(吳謙)이 광주 목사가 되었는데, 당시 고봉(高峯) 기대승(奇大升)이나 청련(靑蓮) 이후백(李後白) 등은 모두 남쪽 사람으로 문장이나 학문이 모두 당대의 대가들이었다. 오겸은 이들을 초대하여 한번 즐기고자 먼저 기고봉에게 고을 아전 한 사람을 시켜 귀뜸을 하고, 새로 기생들을 아름답게 차려 가지고는 큰 연회를 베풀었다.

기고봉과 이청련이 함께 연회에 왔다. 술이 반쯤 취하자 오겸은 잔을 쥐고 말한다.

"내가 오늘 그대들을 초대한 것은 일장의 연회로서 서로 정의를 나누고자 한 것뿐만이 아니니, 잠시 권하는 것을 멈추기 바라오. 내 서울에 있으면서 두 분의 명성을 익히 들은지라, 서로가 한바탕 실력을 겨룬다면 백 년래 문단의 일대 장관을 이룰 것이니, 원컨대 두 분은 결코 사양하지 말기를 바라오."

그러자 기고봉이 먼저 즉석에서 승낙하고, 기생을 시켜 먹을 갈게 하고 종이를 펴놓게 하였다. 그리고는 붓에 먹을 찍어 7언절구와 4운율 8편을 쓰는데, 글자에다 점을 개칠하거나 망설이는 일이 없이 단번에 나는 듯이 휘갈겼다.

이청련 역시 종이를 펴놓더니, 한번 어깨를 흔들자 얼근한 취흥을 못 이기는 듯 호쾌하게 붓을 휘둘러 장편, 단편, 율시, 고시를 원하는 대로 휘갈겨서 교방(敎坊) 80여 명의 기생에게 모두 나누어 주었다.

각기 그 실력을 다하여 한바탕 겨룬 후에 자리를 파하고 나서, 다음날 오겸은 다시 따로 서재에 나아가 간단한 술자리를 벌였다. 술이 몇 순배씩 돌아가자 오겸은 다시 청했다.

"어제 있었던 두 분의 시전(詩戰)은 실로 일대 장관이었소. 원컨대 오늘은 고금을 통하여 널리 알려진 학문에 대하여 자세한 강론을 듣고자 하오. 두 분은 평생 익히 알고 기억한 바를 다 토로해 주기 바라오."

이청련은 주자강목(朱子綱目)에 대하여 가장 깊이 연구한 터라, 널리 알려진 것들을 제외하고 150권을 가려 그 중에서 깊고 오묘한 문장과 짧은 구절에 이르기까지 거리낌없이 입으로 외워 내려 갔다.

이청련이 재주를 다 보이자, 이번에는 기고봉의 차례가 되었다. 고봉은 다시 강목 중에서 청련이 논란한 대목을 취하여 그 본기(本紀)와 본전(本傳)이 유래한 바를 말하고, 곁들여 제가(諸家)의 크고작은 이야기들을 덧붙이는 등 취급한 것을 완전히 터득하여 암송하면서 어떤 것은 전편을, 어떤 것은 수십 행씩 읽어 보이는데 글자마다 뜻을 다 풀이하면서 도무지 막히는 것이 없이 모두 나열하였다.

오겸은 자리를 물러나면서 절을 하고 말했다.

"어제의 싸움은 청련이 고봉을 이겼고, 오늘의 싸움에서는 고봉이 청련을 이겼소. 어제 오늘 두 차례의 모임이야말로 사림(士林)에서 찾아볼 수 없는 일대 쾌사가 아닐 수 없소. 비록 동정호(洞庭湖)의 균천광악(鈞天廣樂;하늘의 오묘한 음악)이나 월궁(月宮)의 예상우의곡(霓裳羽衣曲)의 제전을 베푼다고 해도 광주의 이번 연회보다는 못할 것이오."

소재(蘇齋) 노수신(盧守愼)은 19년 동안 진도에서 귀양살이를 하였다. 겨울이면 그는 집안에 들어앉아서 독서를 하였는데 읽지 않은 책이 거의 없었다. 특히 논어나 두시(杜詩) 같은 것은 수천 번을 읽었고, 정승이 된 후에도 여전히 손에서 책을 놓지 않았다.
천성이 검소한데다가 또 술을 좋아하여 곧잘 시비에게 술을 데우게 하였는데, 계집종이 추위를 무릅쓰고 불을 붙여 술을 데우는 것이 보기가 안되어 절에 가서 불을 붙이는 만형(蔓荊)을 얻어다가 기름에 적셔 가지고는 벽에다 꽂아 놓았다. 이 불을 붙이는 가시덩굴, 즉 형(荊)은 속명으로 명가목(明可木)이라 한다. 술을 데우기 위한 화로를 놓고 그 위에다 항동감(缸銅䤴;주전자)을 준비하였다.
긴 밤에 잠이 오지 않으면 일어나서 만형을 화로에 옮겨, 입으로 한 번 불어서 불을 붙인 다음 주전자로 술을 데워서는 자음 자작하였다. 그리고는 시렁에서 책을 뽑아다가 독서를 한다. 밤마다 술 한 병에 책 몇 권씩 읽어서 죽을 때까지 독서를 계속하였다. 그리하여 나이 80에 생을 마쳤다.
젊었을 때 옥당(玉堂)으로 있으면서 봉서(封書)를 올린 일로 해서 견책을 받았지만 그 곧은 성품이 사림(士林)을 움직였다. 뒤에 조정에 돌아와 정승이 되었으나 임금에게 건의하거나 말하는 일이 따로 없었다.

그래서 수우(守愚) 최영경(崔永慶)이 그를 조롱하여 말하였다.
"노(盧) 상국의 침은 종기를 고치는 데나 쓸 일이다. 종기를 고치자면 말을 하기 전의 침이 좋거든."
소재가 일찍이 한가로이 앉아 있노라니까 박생(朴生) 광전(光前)이란 자가 산에 있는 절로부터 와서 뵈었다.
소재가 물었다.
"그동안 절에서 무슨 글을 읽었는가?"
"한문(韓文 ; 韓愈의 글)이올시다."
"몇 번씩 읽었는가?"
"50번씩입니다."
"어째서 그렇게 적게 읽었는가?"
"마음을 가다듬어 그 뜻을 새기노라니 읽는 것이 더디었습니다."
"그렇다면 하나하나 마음을 붙여 읽어서 하나도 헛되이 한 것이 없단 말인가?"
"글을 읽을 때에는 한 줄을 가지고 열 번씩 생각하면서 비록 마음을 다른 데 두지 않았으나 절반은 헛수를 센 셈이옵니다."
"그럴 게다. 사람마다 이런 병이 있는 것이 보통이지. 글을 읽으면서 생각을 다른 데 두고 있다 하더라도 천만 번 읽으면 정통하지는 못한다 할지라도 마침내는 내것이 되는 것이다. 그러나 아무리 마음을 가다듬어 가지고 50번을 정독한다고 해도 필경은 써 먹을 수가 없게 되는 것이다. 독서하는 법으로서 가장 좋은 방법은 그저 많이 읽는 것이다."
나는 공사(公事)로 해서 서애(西厓) 유성룡을 자주 만났다. 하루는 그가 묻기를,
"내 그대의 문장을 보니 매우 높은 경지에 이르렀더군. 무슨 글

을 읽었는가?"

하면서 서로 문답하다가, 나는 소재가 한 말을 그에게 전하면서 어떠냐고 의견을 구했다. 서애는 전혀 그렇지 않다면서 말하기를,

"생각 사(思) 자는 말하자면 마음 심(心)의 밭(田)이란 뜻이다. 독서하는 것은 곧 마음으로 밭을 가는 것과 같은 것이니 얼마만큼의 깊이로 밭을 일구는가 하는 것이 문제다."

하였다. 두 재사의 말은 모두 이치가 있는 말이었다. 그래서 내 일찍이 한 번 시험을 해 보았는데, 흐트러지는 마음을 가다듬어 공부하는 것이 가장 어려운 일이라는 것을 깨달았다. 결국 소재 노수신의 말이 그럴듯하게 여겨졌다.

정호음(鄭湖陰) 사룡(士龍)은 학관(學官) 어숙권(魚叔權)과 우의가 두터웠다.

하루는 어숙권이 정사룡을 보고,

"합하가 비록 문장을 잘 한다지만 고문(古文)을 정통하게 해석하는 데 있어서는 소생을 따를 수 없을 것이오."

하였다. 사룡은 그럴 리가 있겠느냐면서 한번 시험해 보자고 했다. 그래서 서가에서 손에 잡히는 대로 책 한 권을 꺼내서 폈다. 두목(杜牧)의 「아방궁부(阿房宮賦)」가 나왔다.

숙권이 먼저 물었다.

"정당(鼎鐺), 옥석(玉石), 금괴(金塊), 주력(珠礫)은 무엇을 말한 것입니까?"

사룡이 대답한다.

"정(鼎)과 당(鐺), 옥과 돌, 금덩어리, 구슬 부스러기라는 말이지."

"아니지요. 말하자면 진(秦)나라에서는 정(鼎)을 당(鐺)처럼 보았고, 옥은 돌처럼, 금은 흙덩이처럼, 구슬은 모래알로 보았다는 말이지요."
"그렇겠군."
숙권이 다시 물었다.
"서까래를 진 기둥이 남쪽 밭의 농부보다 많고(負棟之柱多於南畝之農夫), 대들보의 서까래는 베틀 위의 공녀(工女)보다 많고(架樑之椽多於機上之工女), 못대가리가 번쩍번쩍 하는 것이 창고 속의 좁쌀알보다 많고(釘頭磷磷多於在庾之粟粒), 기와를 이은 틈이 몸을 감은 옷보다 많고(瓦縫參差多於周身之帛縷), 곧은 난간, 가로지른 난간이 구주의 성곽보다 많고(直欄橫檻多於九土城郭), 악기의 서투른 소리가 시정에서 떠드는 사람들의 말보다 많다(管絃嘔啞多於市人之言語) —— 이것은 무엇을 말한 것입니까?"
사룡이 대답한다.
"그건 모두 많다는 뜻이지."
"아닙니다. 무용지물이 유용지물보다 많다는 말입니다."
"그렇겠군."
조금 있자 어린아이가 「십구사략(十九史略)」을 옆에 끼고 뛰어지나갔다. 숙권이 아이를 앞으로 오라고 해서 책을 펴니 다음의 글이 보인다.
'조적이 닭 우는 소리에 일어나서 춤을 추었다(祖逖聞鷄起舞).'
숙권이 물었다.
"밤중에 닭 우는 소리를 들으면 어떻습니까? 이것은 나쁜 소리가 아니라서 일어나 춤을 추었다는 말일까요?"
사룡이 말한다.

"세상이 바야흐로 어지러워지려는데 어째서 밤중에까지 깊은 잠을 잔단 말인가? 닭 우는 소리에 일찍 일어난다면 이건 나쁜 소리가 아니지."
"그렇지 않아요. 고서(古書)에 밤에 닭이 울면 세상이 반드시 어지러워질 징조라고 하였지요.「장자(莊子)」에 말하기를 전쟁을 미리 알리자면 모든 새가 모두 밤중에 운다고 하였죠. 또 이태백의 시에는 모든 새가 다 밤에 우니 이는 세상이 어지러워진다는 말이라고 하였으니, 조적은 세상을 어지럽히는 사람이라 세상이 어지러워질 것을 알았으므로 기뻐서 춤추었던 거지요."
사룡은 무안해서 얼굴이 붉어지면서 연신 '그렇군, 그렇군.' 하고 부끄러운 빛을 감추지 못했다.

고경명(高敬命)의 자는 이순(而順)으로, 그가 광주에서 한가로이 지내던 때의 일이었다.
서익(徐益)이 인근 고을 태수로 있으면서 한 중과 매우 정의가 두터워서 그 고을에 여러 날 유숙하고 있었다. 그는 장차 광주로 가서 경명을 보고자 한다기에 서익은,
"내 아무 날 그곳으로 가서 고군(高君)을 찾아보겠다."
하고 단단히 일러 보냈다.
그래서 중은 광주로 가서 고경명을 찾아보고 서익이 한 말을 그대로 전하였다. 경명은 중을 정성껏 대접하고 나서 책 속에 운을 따서 시를 짓고는 물었다.
"요즘 서군(徐君)은 어떤 시를 지었던가?"
중이 대답했다.
"4운시(四韻詩) 네 수를 지었습디다."

"그대는 그 운(韻)을 기억할 수 있는가?"
"기억합니다."
"무슨 글자던가?"
"대개 운(雲), 분(濆) 등의 글자로 운을 달았더군요."
 고경명이 생각해 보니, 서익이 온다는 것이 곧 술이나 시를 가지고 도전하러 오겠다는 말임이 분명하였다. 서익의 재주로는 그 장소에서 임기응변으로 운을 내어 겨룰 수는 없을 터인즉, 반드시 미리 몇 수를 지어 가지고 와서 도전할 것이었다. 4운율시를 네 수를 지었다 하니, 그것을 외어 가지고 올 것이 분명했다. 그래서 경명도 또한 그 두 글자의 운을 넣어서 시 여섯 수를 짓고는 서익이 오는 날만 기다렸다.
 약속한 날이 되자 과연 서익이 술 단지를 짊어지고 왔다. 둘이 마주앉아 대작하면서 얼근히 취했는데, 마침내 서익이 입을 열었다.
 "잉어를 낚자면 두꺼비를 미끼로 하고, 사슴을 잡자면 기름을 미끼로 하는 것이니, 내가 먼저 한 수 짓지."
 그리고는 5운율시 네 수를 짓는데, 고경명이 보니 정말 중이 말하던 운(雲)자를 운(韻)으로 해서 지었다.
 고경명은 미리 마음에 새겨 두었던 터라 즉석에서 이에 화답하여 한 수를 지었다. 서익이 다시 한 수를 지으니 고경명이 또 즉석에서 그 다음을 받는다. 이렇게 네 수를 지으니 서익은 벌써 바닥이 났지만 고경명은 아직도 두 수가 남아 있었다.
 두 사람은 다시 술잔을 주고받으며 얼마간 취하였다. 아직 몸이 어지러워지거나 할 정도가 되기 전에, 이번에는 고경명이 입을 열었다.
 "주인으로서 대답이 없다면 이 또한 예가 아니지, 이번에는 내가 먼저 지어 보지."
그리고 일사천리로 시를 짓기 시작했다.

그윽한 향기는 깊은 골짜기에 감추어지고,
괴상하게 생긴 것이 큰 강가에 나타나네.
幽芳穹谷裡 怪物大江濆
(著者註 ; 그 다음은 작자가 잊었다.)

서익이 듣고 보니 이건 도리어 당하게 된 판이라 꺼림칙하기 짝이 없다. 그래서 일부러 눈을 게슴츠레 뜨더니 취한 척 잔을 던지고 몸을 일으켰다.

고경명이 시비를 시켜 붙들려고 하였으나 서익은 옷자락을 뿌리치더니 급히 말에 올라 줄행랑을 쳤다고 한다.

전날 우리나라 선비들 간에 사화(士禍)가 자주 있었는데, 이런 까닭으로 해서인지 대다수의 선비들은 대개 방탄(放誕)한 행동으로 자신을 감추는 풍조가 있었다. 정자당(鄭子唐)이란 선비가 그런 사람이었다. 천성이 호방하고 글재주 또한 짝이 될 만한 사람이 많지 않았다.

당시 재상의 집 동산에 이름난 배나무가 있었는데, 가을이 되어 배가 먹음직스럽게 익었다. 자당은 밤에 친구 유생들과 함께 그 동산 밖으로 놀러 나갔는데, 한 친구가 말하였다.

"누가 저 집 배나무에 올라가 배를 훔쳐 올 사람 없는가?"

자당이 나섰다.

"내가 하겠다!"

여러 친구들은 서로 말렸다.

"재상의 성질이 사나워서 하인이나 계집종이 과실을 따먹을 때는 가차없이 몽둥이 찜질을 해서 죽인다는데, 만일 자네가 들키는 날에는 필시 욕을 당하고 뼈도 추리지 못할 것일세."
"그까짓 것 뭐가 무서워서……."
자당은 큰소리를 치고 나서 옷을 벗더니 벌거숭이 몸으로 옆구리에 주머니를 차고 담을 넘어갔다.
달빛은 대낮 같은데 벌거숭이가 된 정자당은 배를 따서 자루 속에 넣고 있었다. 자루가 거의 찰 무렵인데 마침 이 집 주인인 재상이 존귀한 손님 한 사람을 인도하여 오더니, 하인을 시켜 배나무 아래에다 자리를 깔고 달 구경이나 할 테니 어서 준비하라고 이른다. 하인들은 즉시 배나무 아래에 자리를 만들고 주안상을 벌여 놓았다.
주인과 손님은 마주 앉아 잔을 권하면서 농담을 주고받는데, 술이 몇 순배씩 돌아가자 술을 따르는 계집종이 술을 따르면서 자꾸 웃는 것이 재상의 눈에 띄었다. 재상은 괘씸한 생각이 들었다. 그래서 하인을 시켜 저 계집을 잡아 꿇어엎드리게 하라고 호령하고는 꾸짖었다.
"네 감히 존귀한 손님 앞에서 실성한 것처럼 웃다니, 죽을 줄을 모르느냐?"
급하게 된 계집종은 곧이곧대로 아뢸 수밖에 없었다.
"이몸이 예를 잃었사오니 죽어 마땅하옵니다. 하오나 우연히 나무 위를 쳐다보았더니, 벌거벗은 사람이 있기에 어리석은 계집이 감히 웃음을 참을 수가 없었습니다."
상국이 나무 위를 올려다보니 과연 벌거벗은 놈이 나뭇가지에 숨어 있었다.
"이놈, 어서 내려오지 못할까!"
자당은 나무에서 내려와서 길게 읍을 하는데, 그 거동이 태연하기 짝이 없다.

"네 이놈, 이름이 무엇이냐?"

"정자당이라 하옵니다."

당시 정자당의 이름은 귀하고 천한 사람을 가릴 것 없이 널리 소문나 있었다. 재상도 그 문명(文名)을 익히 들었던 바라 손님 앞이기도 해서 어지간히 성정이 누그러졌다.

"밤중에 남의 담을 넘어 과일을 훔치다니 그 행위가 괘씸하기 짝이 없다. 네가 선비라니 마땅히 글로써 속죄해야 할 것이다. 어서 땅에 꿇어엎드려라."

그리고는 '서늘한 기운이 들판으로 불어오니(新凉入郊墟)'라는 제목을 주어 8각율부(八角律賦)를 지으라 한다.

정자당은 붓을 들자 생각하는 기색도 없이 연신 입으로 불어 넘기면서 눈깜짝할 사이에 한 편을 완성하였다.

    소동파의 글 읽는 창가에,
    솔바람 소리, 산 비오는 소리 낭랑도 하오.
    백낙천이 강가에 손님을 보내는데,
    단풍잎, 갈대꽃이 가을바람에 슬슬하네.
    蘇子瞻讀書窓畔 松風山雨夜浪浪
    白樂天送客江頭 楓葉荻花秋瑟瑟
    (著者註;그 다음은 기억하지 못한다.)

주인과 손님은 이 글을 보더니 크게 기뻐하며 감탄해 마지않았다. 따로 자리를 마련하여 주인과 손님이 다같이 자당을 상좌에 앉히고는 밤새껏 환담하며 술을 마셨다.

당시의 사람으로서는 유행처럼 이 부(賦)를 암송하지 않는 사람이 없었고, 오늘날까지 전하여 동방 사람이 엮은 책 속에 들어 있다.

 뒤에 정자당은 과거에 급제하여 홍문관의 정자(正字)가 되었는데, 하루는 시장 거리를 지나다가 한 여자가 창문 안에 앉아서 녹두로 빈대떡을 부쳐서 창 앞에 놓인 널빤지에다가 늘어놓는 것을 보았다. 자당은 또 장난을 하고 싶어져서, 슬그머니 말에서 내려 낚싯대같이 긴 젓가락을 들고는 가만히 창 옆에 붙어 서서 여자가 구워서 내놓는 대로 빈대떡을 집어서 먹었다. 여자가 다 굽고 난 후 밖으로 나와 보니 소반이 텅텅 비어 있는지라 깜짝 놀랐다. 다짜고짜 이웃 사람들을 보고 함부로 욕을 퍼붓는데 듣기에도 거북했다. 어떤 사람이,
“문 옆에 낚싯대를 든 사람이 의심스럽다.”
고 말했다. 여인은 문득 깨달은 듯이 달려들어 자당의 멱살을 쥐고 흔들면서 입에 담지 못할 심한 욕을 거리낌없이 퍼부었다. 자당은 허허 웃으며 말했다.
“내 천성이 떡만 좋아하지 술을 좋아하지 않거든. 주인장, 어서 내 옷을 좀 놓아 주시오.”
 그리고 값을 치러 주었다.
 자당이 귀양을 가게 되었는데, 하루는 강가에서 잠을 자다가 상감을 만났다. 꿈에서 깬 다음에 즉시 시를 지었는데, 그 내용은 이러하다.

  생각던 가인을 꿈에서 만났어라.
  초췌한 몰골이 옛날과 달라 서로 놀라는구나.
  꿈에서 깨니 몸은 높은 다락에 있고,
  바람은 빈 강물 위를 때리고, 달은 봉우리 뒤에 숨었구나.

情裡佳人夢裡逢 相驚焦悴舊時容
覺來身在高樓上 風打空江月隱峯

그 뒤 오래지 않아서 그는 죽었다.

김계휘(金繼輝)의 총명은 고금에 드문 것이어서 글을 읽는데 열 줄을 한꺼번에 내리 읽으면서도 문장의 뜻을 하나도 놓치지 않고 모두 터득했다.

일찍이 전라도 감사가 되었는데, 소장(訴狀)이 수천 장이나 들어와 묵고 있었다. 김계휘는 글을 잘 읽는 아전 한 사람을 시켜 마치 매미가 맴맴, 벌이 붕붕 하는 모양으로 일시에 모두 읽어 내리도록 하였다. 그리고는 첩지(牒紙)를 덮고는 일사천리로 처결해 나가는데, 그 소장의 본래의 취지를 하나도 놓치는 것이 없었다. 혹시 재판에 진 쪽에서 다시 송사를 걸어 와 판결을 요구하게 되면, 그 이름만 묻고는 송사의 내용을 모두 알아서 간사한 쪽은 놓치지 않고 잡아냈다. 백성들은 모두 크게 기이하게 여기면서 다 같이 귀신 같은 솜씨라고 했다.

그가 중국으로 갔을 때, 통주로(通州路)에서 한 사람을 만나 「십구사략」을 파는 것을 보았는데 모두 6백 권이나 되었다. 계휘는 이것을 한 번 읽고 나더니 깨치지 않는 것이 없이 촛불처럼 환하게 알았다. 파는 사람이 시험을 하고자 그 중에서 손에 잡히는 대로 한 권을 꺼내 가지고 물어보았는데, 계휘는 하나도 대답하지 못하는 것 없이 눈앞에 보는 듯이 모두 외우며 내려갔다.

또 시중의 사람 하나를 시켜 시중의 이서(異書)를 취하여 사겠다고 선언하니 많은 사람이 책을 모두 여관으로 날라 왔다. 그 날 밤으로 계휘는 그 책을 모조리 읽고 나서 다음날 말하기를, 값을 주고 살 만한 것이 못 되니 도로 가지고 가라고 했다.
 이런 방법으로 보름 동안에 시중의 책들을 모두 읽고 사람을 대하여 논설을 펴는데, 막히는 것이 없음은 물론 글을 읽어 내려가는 것이 마치 옥을 울리는 소리처럼 낭랑하고 빠뜨리는 것이 없었다.

 한음(漢陰) 이덕형(李德馨)이 제독(提督)의 접반사(接伴使)로서 함께 다녔는데 군중의 비밀 서류가 헤아릴 수 없이 많았다. 그것을 모두 보려고 하였으나 제독의 문지기가 비밀리에 엿보기 때문에 덕형은 바쁜 겨를에 겨우 한 번 훑어보았을 뿐이었다. 문지기는 화를 내고 재촉하여 빼앗아갔다.
 뒤에 덕형은 상감에게 장계를 올려 명군(明軍)의 상황을 보고하였는데, 나중에 그 비밀 문서를 입수하여 참고로 대조해 보니 한 자도 틀린 데가 없었다.

 성현(成俔)은 사치스러운 가정에서 귀하게 자랐다. 천성이 독서를 좋아하여 고금을 통하여 세상에 나온 서적치고 구하지 못한 책이 없고 읽어 보지 않은 것이 없었다. 그래서 방에는 책이 베개도 되고, 자리도 될 정도로 늘 가득했다. 그는 평생 몸에 이가 많아서 독서를 하는 중에 이가 물면 잡아서는 책장 속에 끼워 넣곤 하였다. 그래서 후세 사람으로 그의 자손들에게 책을 빌려다 보게 되는 경우가 있으면 책 속에는 으레 말라 죽은 이가 수두룩하였다.
 성현은 항상 말하였다.
 "평생을 책과 고락을 같이하면서 문장에 대해서 남보다 배나 착실히 공부하였으니, 나의 본분에 대하여 영향을 끼친 것이 적지않다."

내 생각도 그러하다. 기질을 변하게 하는 것도 역시 어려운 일은 아니니 학문이나 문장이라고 크게 다르겠는가. 내가 코흘리개 어린 시절에 형님으로부터 글을 매끄럽고 아름답게 쓰는 것을 주로 배워서 시나 문장을 모두 미사여구에 치중했었다. 홍 간의(洪諫議) 천민(天民)은 나의 매부로서 내 글을 보면서 항상 말하기를, 아깝게도 화려한 것만을 숭상한 나머지 그 깊은 뜻을 모두 잃었다고 하였다.

나는 늘 그 말을 염두에 두고 눈(雪)을 읊은 시 50여 운(韻)을 지었는데, 거기에 사용한 말은 대체로 화려한 말을 피한 것이었다. 홍 간의가 이 시를 보더니 좋다고 칭찬을 하면서 계속해서 그런 방향으로 써 나가라고 했다. 그로부터 나의 시문은 환히 빛나지도 않았고 새 소리처럼 맑지도 못하였다. 모두 어렸을 적에 기질이 크게 변한 것이니, 그것은 모두 홍 간의의 가르침 덕분이다.

고려 충선왕(忠宣王)이 원나라에 조회하러 갔을 때의 일이다. 중국에서는 만권당(萬卷堂)을 짓고 당시의 학자들과 선비들을 모았는데, 조맹부(趙孟頫)도 그 중의 한 사람으로서 충선왕과 서로 정의가 두터웠다. 왕이 돌아오자 조맹부의 글을 매우 많이 얻어 가지고 와서 우리나라 학자들에게 크게 폈는데, 이렇게 되니 우리 학자들은 대개 조맹부의 글을 제일로 쳤고, 중국에는 도리어 조맹부의 글이 드물게 되었다.

조맹부의 글씨는 모두 살이 지고 취약한 특성이 있는 반면에 여위고 질기고 맑고 간결한 맛을 잃었다고 할 수 있겠다. 우리나라의 서체가 설익고 느리고 약해진 것과 진(晉)의 왕희지의 서체가 전해지지 못한 것은 모두 조맹부의 잘못이다.

또 우리나라 서당 아이들의 공부는 대개 「십구사략」과 「고문진보」를 학문의 입문서로 삼고 있는데, 내가 일찍이 세 차례 중국에 들어가 보았지만 조맹부의 글이 드문 것과 마찬가지로 이 두 책은 중국에서 모두 보기 드문 것이었다.

이 세 가지를 중국에서 천하게 여겨 버린 것이 분명한데 유독 우리나라의 학자들이 애써 그것을 공부하고 있을 따름이다.

전날에 권연(權璉)이 몇 차례씩 과거에 장원을 했다. 김일손(金馹孫)이 대체 무슨 책을 읽었기에 그렇게 되었느냐 하니까, 권연의 말이 오로지 익힌 바는 「소미통감(少微通鑑)」이라고 하였다. 일손은 겨우 그 정도냐는 듯이 심드렁해서 드러누웠으나, 일손이 읽은 것도 한퇴지의 글이 대부분이니 그것으로 많이 읽었노라 거드름을 부렸던 것이다.

우리나라 학자들이 배운 것이 모두 이 정도이니 의당 인재를 논하면 중국에 미치지 못하는 것이다.

김일손이 어려서부터 재주가 있다는 소문이 사방에 퍼져서 한 무장(武將)이 이를 듣고는 그를 사위로 삼았다. 그러나 일손은 일부러 문장을 못하는 척 방구석에 들어앉아서 「십구사략」만을 읽었다. 산사(山寺)에 올라가서 공부를 계속하면서 장인에게 편지라도 보낼 일이 있으면 짤막하게 용건만 쓸 뿐, 인사말 같은 것도 없었다. 하루는 편지를 보냈는데, 그 내용은 이러하였다.

문왕이 죽으니 무왕이 나왔다.
주공주공, 소공소공, 태공태공.
文王沒武王出 周公周公 召公召公 太公太公

간단하기 그지없는 글인데다가 무슨 내용인지도 알 수가 없었다.

그 장인은 편지를 보고는 기뻐하는 기색이 없이 얼른 소매 속에 감추었다. 무식한 사위를 둔 것이 부끄러웠던 것이다.

그때 마침 글 잘 하는 선비 한 사람이 그 자리에 있다가 김일손의 편지라기에 한 번 보고 싶은 호기심이 일어나서 그 장인에게 편지를 좀 볼 수 없느냐고 하였다. 하지만 장인은 굳이 감추고 보여 주려고 하지 않는다. 나중에는 억지로 떼를 써서 빼앗아 읽어 보니 실로 어처구니없는 글자들뿐이었다.

그러나 그 선비는 필시 깊은 뜻이 있을 것이라 생각하고 두 번, 세 번 거듭 읽어 보았다. 그러더니 갑자기 얼굴색이 공손해지면서 몸을 바로하며 말한다.

"실로 천하의 기재로구나!"

선비가 풀어 본 글의 뜻은 이러하였다.

문왕의 이름은 창(昌)이요, 무왕의 이름은 발(發)이다. 창은 방언으로 신발 밑을 창이라 하고, 발은 사람의 발과 음이 같은 것이다. 그러니까 창이 죽어서 발이 나왔다는 말은 곧 신발 창이 떨어져서 발이 밖으로 나왔다는 뜻이었다.

또 주공의 이름은 단(旦)이니 이것은 아침을 이르는 조(朝)요, 소공의 이름은 석(奭)이니 이것은 곧 저녁 석(夕)과 음이 같은 것이다. 태공은 망(望)이니, 이것을 정리하면 조조석석망망(朝朝夕夕望望), 즉 아침마다 저녁마다 바라고 바란다는 말이었다. 곧 신발이 오기만을 기다린다는 내용이었다.

그 장인은 크게 기뻐하여 곧 신발을 사서 보내 주었다.

드디어 김일손도 공부를 마치고 처남들과 동당시(東堂試)를 보러 가게 되었는데, 초장(初場)에서는 술이 취해 지필을 든 채 한 자도 못 썼고, 중장(中場)에서도 술이 취해 자느라고 여전히 백지 그대로였다. 종장에 이르러서는 삼장(三場)에 쓸 시험지를 모두 붙여서 수십 폭이나 되는 두루마리를 가지고 들어갔다.

고시관은 중흥(中興)을 제목으로 하여 문제를 냈는데 송나라 고종(高宗)도 역대 중흥의 왕으로서 다른 제왕들의 틈에 끼여 있었다. 일손은 그 제목을 말아 쥐고는 고시관 앞으로 나아갔다.

"송나라 고종으로 말하자면 한쪽 구석에서 편안함을 탐하며 망친(亡親)의 원한을 변명하면서 오랑캐에게 화친을 구걸한 사람인데, 어찌 그를 은대(殷代)나 주대(周代)의 임금들과 동렬에 넣을 수 있단 말입니까? 마땅히 고종의 사적은 고쳐야 합니다."

고시관은 이 말을 듣고 부끄러워하면서 일손의 뜻대로 글자를 고치라고 하였다. 일손은 얼근한 술 기운을 빌려 붓을 휘갈기는데, 아직 해가 기울기도 전에 가져갔던 수십 폭에 가득 써 내려갔다.

그 장인은 아들에게,

"김 서방은 그래 오늘도 한 자도 못 쓰더냐?"

하고 물었다. 그 아들은 대답하기를,

"오늘은 망언을 떠벌리고 글을 어지럽히고 붓을 더럽히고 돌아왔으니 어떻게 설명을 해야 할지 모르겠습니다."

하고 대답하였다. 장인은 입이 쓰다는 듯이 아무 말도 하지 않았다.

드디어 방이 걸린다는 날에 사람을 시켜 가서 보라고 하였는데, 일손은 그 사람더러,

"방의 첫머리에 붙은 이름은 내 이름은 아닐 것이니 가서 볼 것도 없다."

하며 말렸다. 심부름꾼은 그가 괴짜라는 것을 알고 굳이 가 보았는데 과연 김일손의 이름이 첫머리에 붙어 있었다. 처가에서는 기뻐하며 대접이 극진했다.

일손은 비록 문장에는 능했지만 번번이 장원을 할 것을 그 두 처남에게 양보했던 것이다. 그래서 큰처남은 초장에, 둘째처남은 중장에 각각 장원을 하였다.

그는 글을 쓰려고 마음먹으면 뱃속에서 이미 글이 다 되어 있는지라, 먹을 찍어 한번 휘두르는 사이에 문장이 완성되었다. 그리고 쓴 다음에는 다시 고치는 일이 없이 궤 속에 집어던졌다가 몇 달이 지난 다음에 꺼내서 고칠 데를 고쳤다. 누가 그 까닭을 물으니 이렇게 대답했다.

"처음 기초를 잡아 쓸 때에는 내 마음속에 아직도 사심(私心)이 있으므로 그 병폐를 발견하지 못하는 것이다. 오랜 후에 다시 꺼내 명경지수와 같은 객관적인 입장에서 바라보면 비로소 그 병통을 알 수 있기 때문이다."

그는 나이 33세에 죽어 그의 문장을 성취시키지 못했으니 무척 안타까운 일이다.

대개 사람들의 언어는 그 천성이나 감정으로부터 나온다. 자고로 몸이 몹시 아프거나 비참한 경우를 당하게 되면 부모를 부르는 것이 보통이다. 중국 사람들은 그럴 때는 야야(爺爺)라고 부르는데, 이것은 곧 아버지를 말하는 것이고, 우리나라 사람들은 엄마(阿媽)라고 부르니, 이는 곧 어머니이다. 먼저 어머니를 부르고 뒤에 아버지를 부르는 풍속을 따진다면 중국이 옳은 것이라고 할 수 있으니, 어머니를 먼저 부르는 우리의 습관은 우습다.

오늘날 무당, 박수들이 '아왕만수(我王萬壽)' 하고 부르는 것은 중국 요동의 동령위(東寧衛)에서 나온 것이다. 고려 때 심왕(瀋王)이 본국에 죄를 지어 중국으로 들어가서는 다시 나오지 못했는데, 그를 심왕이라고 하는 것은 원나라에서 그를 심양(瀋陽)의 왕으로 봉했기 때문이다. 당시 그를 따라갔던 종자 수백 인은 모두 심양에서 살면서 돌아오지 않았는데, 심양이란 오늘날의 동령위인 것이다.

그 풍속이 자식을 낳으면 먼저 우리 동방 나라의 말을 가르치고 선조의 신을 제사지내면서 '아왕만수'라고 하였으니, 이는 그 근본을 잊지 않으려 함이다. 오늘날 벼슬의 서열은 모두 동령위 사람을 위주로 하여 쓰는데, 이는 동방의 말을 알고자 함이다.

어떤 사람이 말했다.
"중국 지명은 모두 문자로 되어 있어서 이것은 시인들이 대구(對句)로 맞추어 부른다. 가령 불야성(不夜城)과 무풍새(無風塞), 황우협(黃牛峽)과 백마강(白馬江), 황고저(黃姑渚)와 백제성(白帝城), 황초협(黃草峽)과 적갑산(赤甲山), 어룡천(魚龍川)과 조서산(鳥鼠山), 오만(烏巒)과 백적(白狄), 봉지(鳳地)와 인각(麟閣)은 모두 청백(靑白) 등의 빛깔로 대(對)가 되어 있다. 그런데 우리나라 지명은 이런 게 없어서 시(詩) 짓는 데 쓸 대구가 없다."

이 말을 듣고 한 사람이 말하였다.
"아니다. 우리나라 지명에도 도처에 짝이 있다. 가령 우봉(牛峯)과 토산(兎山), 청산(靑山)과 황간(黃澗), 용강(龍岡)과 어천(魚川), 청암(靑岩)과 벽사(碧沙), 나주(羅州)와 금산(錦山), 진원(珍原)과 보성(寶城), 두모(豆毛)와 안골(安骨), 연기(燕岐)와 홍산(鴻山), 부산(釜山)과 발포(鉢浦), 오수(鰲樹)와 계림(鷄

林), 노강(老江)과 소농(少農), 금정(金井)과 석성(石城), 목천(木川)과 초계(草溪), 음성(陰城)과 양천(陽川), 이렇게 얼마든지 있지 않은가?

또 방언(方言)으로 지은 지명으로도 노로목(老奴項)과 배암골(背岩洞), 고령절(高嶺寺)과 구리개(求理街), 당파골(唐坡巷)과 한정골(漢井洞), 미륵목(彌肋項)과 수리고개(愁里嶺)등 수없이 많지 않은가? 다만 우리나라에는 시인이 적어서 이런 지명을 대구로 쓸 사람이 드물 뿐이지."

먼저 말했던 사람은 그만 말문이 막히고 말았다.

조정에서 동호(東湖)에 독서당(讀書堂)을 마련해 놓고 문학하는 선비들을 뽑아서 여기에서 글을 읽게 했다. 그러므로 여기에 뽑힌 자는 반드시 재주와 인격이 구비된 자라야 한다.

이성중(李誠中)이 여기에 뽑히게 되었는데 그 재주가 별것이 아니라고 반대하는 의논이 나왔다. 이것을 보고 어떤 사람이 말하였다.

"성중(誠中)의 시에, '사창이 눈과 달에 가까우니 촛불을 꺼도 밝은 빛이 들어오네. 이 귀한 한 잔 술로 밤이 깊어도 돌아갈 줄 모르네(紗窓近雪月 滅燭延淸輝 珍重一樽酒 夜闌猶未歸)' 하는 구절이 있는데 사가독서(賜暇讀書)하는 데 뽑지 않을 수가 없다."

이리하여 성중은 여기에 뽑혔다. 그러나 알고 보면 '滅燭延淸輝'란 글귀는 원래 이백(李白)의 글이다. 그러니 글 네 구 중에 한 구는 남의 글이고 보니 성중은 가위 3구서당(三句書堂)인 셈이다.

남성신(南省身)이 장차 한림(翰林)에 천거가 되려 하는데 여기에 이의가 많았다. 당시 유소(柳溯)가 부제학으로 있었는데 다음과 같이 주장하였다.

"남성신이 지은 시 중에서, '1만2천 봉 봉우리 윗길을 임인, 경자년 사이에 걸었었네. 바람과 연기가 눈 속에 뵈던 것은 지금도 생생하고, 피리 소리와 학의 울음은 옛날 소리와 같네(一萬二千峰上路 壬寅庚子年間行 風烟眼底之今色 笙鶴空中猶舊聲)'란 구절이 있는데 이 시를 가지고서도 한림이 될 수 없단 말인가?"

이리하여 마침내 그는 한림으로 뽑혔다. 남성신이야말로 가위 4구한림(四句翰林)이라 할 것이다.

채수(蔡壽)의 손자는 이름이 무일(無逸)이다. 나이 겨우 5, 6세인데 어느 날 수(壽)가 손자를 안고 누워서 먼저 글 한 구를 지었다. '손자 녀석이 밤마다 글을 읽지 않는구나(孫子夜夜讀書不).'

이 글을 외워 주면서 손자더러 대구를 채우라고 한다. 손자는 우는 채로, '할아버지는 아침마다 약주도 몹시 자시네(祖父朝朝藥酒猛)'라고 대구를 채웠다.

또 어느 날 채수는 손자를 등에 업고 눈이 내린 마당을 거닐면서, '개가 달아나니 매화꽃이 떨어진 자국이로군(犬走梅花落).' 하고 한 구 지어 손자더러 대구를 채우라고 한다. 손자는 얼른, '닭이 달리니 대잎 모양일세(鷄行竹葉成).' 하고 대답했다.

정작이 어렸을 때의 이야기이다. 어른들을 따라서 강가에 있는 정자에 나가서 놀고 있는데, 저만큼 물가 모래밭을 바라보니 무언가 두 가지 물체가 오락가락하는 것이 희미하게 뵌다. 이것을 어떤 사람은 사람이라고 하고, 또 어떤 사람은 갈매기라고 한다.
그러나 이윽고 그 쪽에서 피리 소리가 들려 오는데, 그것은 사람임이 분명하다. 어른들이 정작을 보고,
"네 저것을 두고 글을 지어 보아라."
했다. 정작은 서슴지 않고 즉시 시 한 수를 지었다.

저 멀리 모래 위에 있는 사람,
처음엔 백로인가 의심했었네.
바람결에 들려오는 피리 소리,
곡조도 쓸쓸한데 해는 이미 저물었네.
遠遠沙上人 初疑雙白鷺 臨風忽橫笛 寥亮江天暮

근래에 당시(唐詩)를 배운 사람으로는 모두 최경창(崔慶昌)과 이달(李達)을 친다. 최경창이 옛 재상 이장곤(李長坤)의 집을 지나다가 시 한 수를 지었다.

문 앞의 거마들이 연기같이 모였더니,
상국의 번화한 영화도 백 년을 가지 못했네.
촌 골짜기에 쓸쓸히 한식이 지나고 나니,
수유화는 어느 담 밑에 피어 있는가.
門前車馬散如烟 相國繁華未百年
村嶺寥寥過寒食 茱萸花發何墻邊

그가 또 중국에 갔다가 어느 장군이 전사(戰死)한 것을 보고는 만가(輓歌)를 지었다.

해 저물자 구름 속에 불빛이 하늘에 비치더니,
선우의 군사가 녹두산에 밀려오네.
장군이 천 명 군사 거느리고 가더니,
밤에 노하를 건너 싸우다 돌아오지 않네.
日暮雲中火照天 單于兵近鹿頭山
將軍自領千人去 夜渡瀘河戰未還

이달(李達)이 최경창을 무장(茂長)에서 만났다. 이달에게 사랑하는 기생이 하나 있었는데, 마침 장사꾼 하나가 자하금(紫霞錦)을 팔러 왔다. 그러나 돈이 없어 기생에게 사 줄 수가 없으므로 그는 시를 지어서 최경창에게 보냈다.

장사꾼이 강남 저자에 와서 비단을 파니
아침 해가 비치자 붉은 연기가 피어오르는 것 같네.
아름다운 여인이 남편의 옷을 지어 주고 싶어도,
주머니 속에 돈이 한푼도 없으니 어찌하리.
商胡賣錦江南市 朝日照之生紫烟
佳人欲作君衣帶 手探囊中無直錢

이 글을 본 최경창이 말했다.
"만일 이 시를 평가한다면 시 한 구절에 천금이라도 값이 싸다."
그의 한식시(寒食詩)에 이런 것이 있다.

흰 개가 앞에 가자 누런 개가 따르는데,
들밭에 풀을 깎으니 무덤이 총총 있네.

늙은이들 제사 마치고 밭가에 앉아 술 마시다가,
해 저물자 어린이들 부축받으며 돌아가네.
白犬在前黃犬隨 野田草除塚累累
老翁祭罷田間飮 日暮少兒扶醉歸

또 그의 시에 이런 구절도 있다.

찬 숲에 연기는 푸르고 갈매기 나는데,
강 위 인가엔 사립문을 닫았네.
해 저물어 다리목엔 사람들 모두 가고,
산에 가득한 푸른 기운만 땅에 서리네.
寒林烟碧鷺絲飛 江上人家掩竹扉
斜日斷橋人去盡 滿山空翠滴霏微

또 손의 선상(船上)에서 지은 시에 이런 구절이 있다.

푸른 바다 하늘과 같아 구름도 잠겼는데,
백구는 무수히 이끼 낀 바위로 올라가네.
산에 핀 꽃 다 지도록 돌아가지 않으니,
집은 봉우리 저쪽 강 남쪽에 있네.
碧海如天雲影涵 白鷗無數上苔岩
山花落盡不歸去 家在石峰江水南.

또 경창의 시에 이런 것도 있다

암자 하나 저 흰구름 사이에 있는데,

중은 서쪽으로 가서 오래도록 돌아오지 않네.
단풍잎 날 제 비마저 뿌리는데,
혼자서 차디찬 경쇠 치면서 가을 산에서 자네.
茅庵寄在白雲間 長老西遊久未還
黃葉飛時疎雨過 獨敲寒磬宿秋山

이런 시들은 모두 맑은 기운이 돌아 맛볼 만하다. 다만 이 사람들은 겨우 조그만 시를 짓는 것으로 일을 삼을 뿐, 기본 공부가 충분하지 못해서 옛 사람들처럼 크게 울리지 못한 것이 애석할 따름이다.

강양군(江陽君)은 종실(宗室)의 한 사람이다. 성질이 본래 소탈하면서도 아담한 면이 있고 거기에다 시를 잘 짓고 특히 매화를 사랑했다.

그런데 몹시 중한 병이 들었다. 하루는 창문을 열고 밖을 내다 보니 매화가 처음 핀 것이 보인다.

그는 시비(侍婢)를 시켜 매화 한 가지를 꺾어 오라고 해서 책상 위에 놓더니 종이 한 장을 찾아 절구(絶句) 한 수를 썼다.

나이가 장차 50이 가까운데 병에 걸려
집 모퉁이의 유유한 풍경 소리 슬프게 들리네.
매화꽃은 사람의 일이 고쳐지는 줄 모르고,
한 가지 먼저 피어 향기를 보내 오네.
年將知命病相催 屋角悠悠梵些哀
梅萼不知人事改 一枝先發送香來

이 글을 다 쓰고 나서 그는 숨을 거두었다.

한편 한순(韓恂)이란 사람은 뜻이 맑고 분명했다. 세상 밖의 일을 좋아하더니 나이 33세에 죽었다.

임종할 때 아내와 아들을 불러 먹을 갈고 종이를 가져오게 하더니,

> 이 세상에 태어난 지 33년에
> 우주를 어루만지면서 멀리 가노라.
> 落烟火三十三春 撫宇宙而長逝

이렇게 쓰고 나서 붓을 던지고 숨을 거두었다.

22. 식　감(識鑑)

　　나의 고조(高祖)의 휘(諱)는 호지(好池)인데, 용력이 아주 뛰어나 나이 16, 7세에 남이(南怡)와 서로 겨눌 만했었다. 그들은 서로 약속하기를 나뭇가지로 깎은 화살로 발바닥을 쏘아서 발가락 하나라도 움직이지 않으면 갑(甲)으로 하고, 만일 하나라도 움직이면 을(乙)로 하자고 하였다. 먼저 남이가 발바닥을 문지방에 걸쳐놓고 고조께서 활을 당길 대로 당겨 화살로 남이의 발바닥을 쏘았는데, 남이는 나무로 깎아 만든 발처럼 하나도 움직이지 않았다. 그래서 갑을 얻었다. 이번에는 남이가 고조의 발을 쏘았는데, 고조께서는 발가락 하나를 움직였다고 한다. 그래서 을이 되었다.
　　나의 증조(曾祖)의 휘(諱)는 지(潰)이다. 사람을 알아보는 능력이 있었다. 남이를 몰래 관찰하고는 제 명대로 다 살지 못하리라 하고 고조를 따라 흥양(興陽) 땅 농지로 내려갔는데 과연 남이가 죽었다.
　　훗날 다시 서울로 올라와서 무과에 급제하여 진도 군수가 되었다. 그 땅의 요망한 귀신이 백성들을 괴롭혀 왔는데 증조께서 등신 불상을 세우니 이로부터 고을 안이 태평해졌다고 한다. 고을 안에는 깎아지른 듯한 단애와 높은 언덕이 있어서 증조께서는 늘 말을 달려 언덕과 절벽을 오르내리는데, 멀리서 바라보면 마치 용마가 나는 듯하였다고 한다. 증조께서 노시던 유적은 지금도 곳곳에 남아 있다.

제안대군(齊安大君)은 안평대군(安平大君) 등 여러 군(君)들이 모두 제 명에 죽지 못한 것을 보고는 화를 피할 생각으로 거짓 어리석은 척 꾸미며, 또한 자식이 있으면 자식에게도 누가 될까 평생 여색을 가까이하지 않았다.

항상 여자는 음물이니 가까이하면 추태가 벌어진다고 하였다. 그 부인은 어느 날 예쁜 계집을 하나 골라서 밤중에 제안대군의 잠자리로 들어가게 했다. 이것은 대군의 행동이 과연 말과 같은가를 시험하기 위한 것이었다. 그랬더니 밤중에 놀라 깨어난 제안은 크게 노해가지고 호령하며 그 계집을 매를 쳐서 돌려보냈다. 이로부터는 시비와 다른 계집은 얼씬도 하지 못했다.

일찍이 태학진사(太學進士)가 집에 간수할 칼 한 자루를 대장간에서 구하고자 하였는데, 대장간은 제안문(齊安門) 안에 있으므로 진사가 친히 문 안으로 들어가 대장간 일을 하였다. 제안이 쇠를 두드리는 소리를 듣고 내다보니 웬 선비가 대장간 일을 하고 있기에 누구냐고 물어보니, 하인이 태학진사라고 대답한다.

당시의 인사들은 저마다 예절을 귀하게 여겨 선비의 이름을 가진 자라면 좀처럼 귀인이 대문을 두드리는 일이 없었다. 이것은 세도가들을 싫어하는 선비의 자존심 때문이기도 했다.

그러나 제안대군은 처음부터 유생들을 공경하였으므로 태학진사를 불러들여 마당에 마주서서 예를 하고는 초당에 올라 자리를 베풀고, 좋은 술과 음식을 대접하였다.

조금 있자니 정일품의 세 군(君)이 명함을 들여보내며 뵙기를 청했다. 유생이 황공해서 마당으로 내려오려 하니 제안은 그것을 말리면서, 우리 집 손님은 절대 마당에 내려가는 법이 없다고 한다. 여러 군들이 들어와 마당에서 절을 하고 당상에 올라 자리를 잡게 되자, 진사는 아랫자리로 내려오는 것이 예라고 생각하여 몸을 일으켰다. 그러나 이번에도 제안대군의 제지를 받았다. 우리 집 손님이라면 아래로 내려가는 법이 없다고 하여 진사는 황송해서 땀이 흐를 정도였다. 마침내 술이 취했다고 말하고 집으로 돌아왔다. 제안대군의 성품이 이같이 의연하였다.

 연산(燕山)은 세자 때부터 사나운 기질이 엿보였다. 하루는 손순효(孫舜孝)가 강정대왕(康靖大王)의 어탑에 올라가 상감의 귀에 입을 대고 말하였다.
 "이 자리가 아깝습니다. 바라건대 일찍 이 계획을 세우심이 옳을까 합니다."
 연산에게 보위를 물려주기가 아까우니 일찌감치 연산을 제거하라는 말이었다.
 손순효의 행동을 본 대신들이 모두 웅성거리면서 공적인 일을 떳떳이 말할 일이지 감히 임금의 어탑에까지 올라가 입을 대다니, 마땅히 벌을 주어야 한다고 떠들었다.
 그러나 상감은 웃으면서,
 "늙은 신하가 과인더러 주색을 가까이하지 말라는 은밀한 말을 하였노라."
하고 말하였다. 그러나 끝내 손순효의 말을 따르지는 않았다.
 박원종(朴元宗)은 상으로는 표현할 수 없는 공로가 있는 공신으로서, 그 위세가 임금을 누를 정도였다. 공희대왕(恭僖大王)을 알현하고 나갈 때마다 왕은 으레 용상에서 일어나서 박원종이 문 밖으로 나가는 것을 보고 나서야 돌아와 용상에 오르곤 하였다.
 박원종은 이러한 이야기를 듣고는 조회가 파하고 물러갈 때면 옷을 걷어붙이고 숨이 넘어가는 듯 헐떡거리면서 물러나왔다. 신하 된 사람으로서 그 같은 대우를 받으면서 어찌 제 명대로 살겠느냐는 것이었다.
 이로부터 원종은 매일 밤 여색을 가까이하고 술을 몹시 마셨다. 드디어 등창이 나자 시비를 시켜 매일같이 종기가 난 부분을 손톱으로 긁으라 하고 주색을 여전히 계속했다. 종기는 날마다 심해져서 마침내 낫지를 않고 나이 36세에 영상의 자리에 올라서 43세에 죽었다.

 허종(許琮)은 연산조의 의정대신이다. 선왕이 계실 때 왕비 윤씨를 폐하자는 데 조정의 의론이 모아지고 있었다. 허종은 간언을 해야 할 입장이라 일찍 입궐하는 길에 누님을 찾아가서 그간의 경위를 설명하게 되었다.
 그 누님은 경사(經史)에 밝아서 읽지 않은 책이 거의 없었고, 또 주자강목에 대하여 상당히 정통했다. 허종이 일찍 찾아온 것을 보고는 물었다.
 "무슨 근심이 있기에 꼭두새벽부터 찾아왔단 말인가?"
 "조정의 의론이 이미 폐비를 하기로 정해졌는데, 나는 이를 간해야 할 몸이오. 그래서 근심이 되는구료."
 동생의 말을 듣고 누님은 즉석에서 말하였다.
 "역대의 관례를 볼 것 같으면 자식이 세자가 되었으면 그 어미를 책하여 폐한다는 것은 곤란하지. 이는 그것을 주장한 자에게 화가 미치는 것이 상례이니 입궐해서는 절대로 안 된다."
 허종은 크게 깨달아 중도에서 일부러 말에서 떨어져 기절을 했다. 그리고는 사람을 시켜 급히 의정원에 보고하고, 의사와 약을 보내 줄 것을 전하였다. 조정에서는 그날로 새로운 간의를 뽑아 마침내 그 일을 해치우고 말았다. 그 사람은 이모(李某)이다.
 나중에 연산이 즉위하자 과연 전날 어머니를 폐하자고 하였던

무리들은 모조리 죽이고 이모는 3족을 멸하는 화를 당하였다. 그러나 허종은 화를 면할 수 있었다.

당시 홍문관 교리였던 이장곤(李長坤)은 조정에서 잡으러 오는 바람에 급히 도망을 치느라고 얇은 옷에 신발도 제대로 신지 못하였다. 도중에 겹친 피로로 길가에 쓰러져서 잠이 들게 되었는데 뒤를 쫓던 나졸들이 달려와 발견하고는 짚신이 큰 것을 이상하게 여겼다.

"발이 큰 것을 보면 이장곤 같은데, 옷차림을 보니 아닌 것 같다."

하고는 그대로 지나쳐 버렸다.

장곤은 도중에서 기갈로 더 가지 못하고 냇가에서 반쯤 쉰 보리밥을 주워 먹기도 하면서 겨우 기운을 차려 가지고는 민가로 기어들어가 백정집의 사위가 되었다.

장인 되는 백정은 사위란 것이 매일 밥만 축내고 빈둥빈둥 노는 꼴이 못마땅해서,

"몸이 커서 밥만 축을 내고 빈둥빈둥 노니 옷감을 대기 힘들다."

고 잔소리를 했다.

뒤에 연산군이 쫓겨나게 되자, 장인은 관복을 구해다가 입혀서 고을 원님에게 이장곤의 명함을 보냈다. 이것을 알고 이웃 사람들은,

"백정의 사위가 겁도 없이 원님을 보려고 하니 필경은 곤장을 면치 못하리라."

고 하였다. 그러나 이장곤의 명함을 받은 고을 원님이 허겁지겁 달려와 맞이하며 객관에 모시고 온갖 정성을 다했다. 이웃 사람들은 모두 별일이 다 있다고 수군거렸다.

이장곤은 다시 벼슬길에 올라서 뒤에 좌상까지 지냈다.

심의(沈義)는 심정(沈貞)의 아우이다. 문장에 능하였고, 그 형과는 달리 그릇이 커서 형이 하는 일이 마음에 들지 않았다. 형과 다투기가 싫어서 일부러 어리석은 체 하여 행사가 망령되고 말에 두서가 없었다.

그가 처음 학문을 할 때 그 친구에게 어떻게 하면 문리(文理)가 터지는 것이냐고 물었다. 그 친구가 대답하기를 문리가 터지려면 '탁' 하는 소리를 들어야 한다고 거짓말을 하였다. 그래서 두문불출하고 독서를 하면서 문리를 튼다고 하기에, 형이 물으니 탁 하는 소리가 날 때까지 기다린다고 대답하였다.

이로부터 5, 6년 동안 틀어박혀 독서를 하면서 탁 하는 소리가 들리지 않는다고 한다. 어느 날 계집종이 무슨 일을 하려고 사기그릇에 불을 담아 가지고 부엌에서 나오다가 그릇이 불어 달구어져서 탁 소리가 나면서 깨졌다. 방 안에서 글을 읽던 심의가 그 소리를 듣고는 드디어 문리가 터졌다고 좋아하면서 책을 덮고 덩실덩실 춤을 추었다. 그후에 과거를 보아서 급제하였다.

일찍이 아버지의 상을 당하여 형제가 같이 무덤 아래에 여막을 짓고 기거하게 되었다. 어느 날 밤에 심의가 갑자기 일어나더니 앉아서 소리내어 울었다. 형 심정이 이상히 여겨 우는 까닭을 묻자 의가 대답했다.

"밤에 꿈을 꾸었는데 아버님께서, '슬프다, 어리석은 아이야. 네 장차 어떻게 살아가겠단 말이냐? 아무 곳에 있는 아무 밭과 아무 하인을 너에게 줄 터이니 끼니나 굶지 말아라.' 하고 말씀하셨습니다."

아무 곳 아무 밭이란 어떤 것이냐고 묻자 의는 자기 형이 상속

받은 토지 중에서 가장 상등에 속하는 땅과 총명한 종을 가리켜 대답했다.
 심정은 가엾은 생각이 나고, 또 죽은 아버지가 현몽을 하였다 하니 차마 거절할 수가 없어서 문서를 아우에게 넘겨주었다. 그러나 다음날 생각해 보니 아무래도 자기가 너무 쉽게 내어준 것 같아서 배를 앓기 시작했다. 무슨 계교를 써서 그 땅과 하인을 도로 빼앗을 수 없을까 생각을 하다가 마침내 마음을 정했다. 그 역시 밤이 되자 깨어나서는 앉은 채로 훌쩍훌쩍 울었다. 아우 의가 놀라 그 까닭을 묻자 대답하기를,
 "꿈에 양친을 다 뵈었는데 아버님께서 말씀하시기를, '슬프다, 큰아들아! 네가 어떻게 제사를 받들려고 하느냐? 아우에게 준 전지와 종은 네가 가져야 한다.'고 하더라. 그래서 슬퍼 우는 것이니라."
 제법 그럴듯하게 둘러댔지만 아우의 대답은 엉뚱했다.
 "형님의 꿈은 정말 춘몽입니다."
 심정은 배가 아팠으나 어쩔 도리가 없었다. 비로소 아우놈이 바보 천치가 아님을 알았다.
 심의의 집 이웃에 한 부인이 남편 상을 당하여 남편의 시체를 빈소에 안치하고 장사지낼 준비를 서두르고 있었다. 빈소에는 흰 장막을 둘러치고 요 이불을 깔아 놓고서 아침저녁으로 술과 반찬을 소반에 담아 가지고 들어와 절을 하며 울었다.
 그 기미를 안 의가 하루는 밤에 온몸에다 검은 칠을 하고는 빈소로 잠입해 들어가서는 관 옆에 깔아 놓은 요 속으로 들어가 누웠다. 밤중이 되자 과부가 음식을 차려들고 여러 계집종들과 같이 장막 밖에 이르더니 술을 한 잔 따르고 곡을 하기 시작했다.
 "아이고, 영혼이시여. 당신은 지금 어디를 가셨단 말입니까?"

의는 기다리고 있던 터라, 시꺼먼 손을 장막 밖으로 내밀어 흔들면서 말했다.

"가긴 어디로 가. 지금 여기 있잖은가."

과부와 계집종들은 시체의 손이 나와 움직이는 줄로 알고 곡을 뚝 그치는가 싶더니 다음 순간에는 기절초풍을 하고 달아나 버렸다. 의는 슬그머니 장막 밖으로 기어나와서는 음식을 모두 거두어 가지고 담을 넘어 달아났다. 뒤에 과부와 종들이 다시 와서 보았지만 한 번 죽은 시체가 살아났을 까닭이 없었다. 모두 괴이한 일이라고 수근거렸다.

신광한(申光漢)이 심정의 별장인 소요당(逍遙堂)을 기념하는 부(賦)를 지었는데, 그것은 '낙엽은 떨어져 가을 구덩이를 메우고, 비끼는 햇빛은 반쪽 산에 그림자를 던진다(落葉藏秋壑 斜陽映半山)'란 글이었다. 옛날 왕안석(王安石)의 본을 따서 심정이 분수에 넘치게 별장을 꾸민 것을 기롱한 것이었다. 심정은 그 뜻을 몰랐지만 아우 의는 알아보았다. 그래서 비밀리에 광한을 찾아가 위협했다.

"내 형에게 이 사실을 말해야겠다."

신광한은 애걸을 하며 손이 발이 되도록 몇 번이나 빌었다. 의는 말은 그렇게 했지만 끝까지 사실을 누설하지 않았다.

드디어 그 가문이 보복을 당하는 날이 오고야 말았다. 의는 형 정과 더불어 잡혀서 대전 앞뜰에 꿇어앉는 몸이 되었다. 수십 대씩 곤장을 맞았다. 그러나 의는 거짓 어리석은 척 꾸미며 이 소리, 저 소리로 미친 헛소리를 질러서 마침내 풀려났다. 결국 그 어리석은 짓이 평소 사람들에게 널리 알려졌던 때문이었다.

홍천민(洪天民)과 박응남(朴應南)은 막역한 사이로서 성만 다르

지 형제나 다름이 없었다. 그러나 홍천민의 처는 사람을 잘 알아
보는 터라, 어느 날 남모르게 두 사람이 방에서 이야기하는 것을
엿듣고는 남편에게 말했다.
"당신이 박씨와 친교가 두터우나, 종당에 이르러서는 박씨가
당신을 저버릴 날이 있을 터이니 조심하시오."
남편은 듣지 않았으나, 훗날 부인의 말대로 박응남은 홍 참판
을 배반하고 말았다.

허균(許筠)은 총명이 영발(英發)해서 아홉 살 때에 벌써 시를
지었는데 대단히 훌륭했다. 어른들은 모두 칭찬하여, "이 아이는
훗날 훌륭한 문장가가 될 것이다." 하고 칭찬했다. 그러나 오직
그 매형 되는 우 간의(禹諫議) 성전(性傳)만은 어린 허균이 지은
시를 보고는 이렇게 말했다.
"이 아이가 비록 글을 잘 짓는 선비가 될지는 몰라도 다른 날에
는 반드시 허씨 집안을 뒤집어놓을 것이다."
허균이 종사관(從事官)이 되어 원접사(遠接使)인 유근(柳根)을
따라서 의주(義州)에 이르렀는데, 당시 영위사(迎慰使)였던 신흠
(申欽)과 날마다 만나 토론을 하였다. 신흠은 허균이 고서에 대하
여 지식이 많다는 것을 소문으로 들은지라, 유불도(儒佛道)의 글
에 대하여 이야기를 주고받으면서 질문을 하였다. 허균은 묻는
대목마다 환히 설명을 가하여 막히는 데가 없어, 신흠으로서는
도무지 당해 낼 도리가 없었다. 신흠이 나중에 물러가면서 탄식
하여 말하였다.
"이 젊은이는 사람이 아니다. 그 생김새가 또한 보통 사람들과
다르니 필시 여우나 뱀, 쥐 따위의 정기를 받고 타고난 모양
이다."

아는 사람의 조감은 이같이 분명했다. 내가 비록 문장을 미치도록 좋아하지만 평생 그를 한 번도 방문하지 않았다.

서애(西厓) 유성룡(柳成龍)이 도체찰사가 되어 여러 고을로 문서를 보낸 일이 있었다. 문서가 완성되었으므로 역리(驛吏)를 시켜 각 고을의 방백에게 전하게 하였는데, 사흘이 지난 후 그것을 고치고자 문서들을 회수해 오게 하였다. 날짜가 걸리리라고 생각하였는데 역리는 그날로 문서를 가지고 왔다.
성룡은 기분이 좋지 않아서 힐문하였다.
"네 문서를 받고도 사흘이 지났는데 어찌 아직도 돌리지 않았더란 말이냐?"
그러자 역리가 대답했다.
"속담에 '조선(朝鮮) 공사(公事) 사흘'이라 하니 소인은 사흘이 지난 뒤에 다시 돌리고자 이날까지 미루었습니다."
이는 사흘이 못 가서 다시 고치는 등 시정이 일관성이 없음을 말한 것이다.
상국이 벌을 주고자 하였는데 가만히 생각해 보니 이 말은 실로 세인에게 경종을 울리는 말이며, 또한 자기의 실수도 면할 길이 없었다. 잠자코 다시 고친 문서를 돌리라고 지시하였다.
당시 왜적이 아직도 이 땅을 괴롭히는지라 팔도에서도 날마다 군사 조련을 부지런히 하였다. 성룡은 수상(首相)으로서 도훈련사(都訓鍊事)가 되어 아이들을 모아 화포를 다루고 적을 죽이는 교습장을 설치하고 가르쳤다. 그런데 한 무사가 도감(都監)에 와서 청하기를, 무명 백 필을 얻는다면 준마 백 필을 사겠노라고 한다. 성룡이 이상하게 생각하여 그 까닭을 물으니 무사는 이렇게 대답했다.

"무명 한 필이라면 새로 난 망아지 한 필을 살 것인즉, 그것을 사다가 3, 4년 잘 기르면 아이들이 군사로서 성장한 뒤에는 족히 써 먹을 수 있을 것입니다."

성룡은 이 말을 듣고 기뻐하는 기색이 없었다. 당시 아이들을 훈련하는 방법은 왜적의 가상적인 교두보를 설치하고 칼을 쓰거나 창으로 찌르는 등의 연습이었다. 아이들은 실감이 나지 않아서 반은 유희요, 어떤 아이들은 숨어서 웃음을 삼켰다.

지금은 수십 년 사이에 무과를 설치하여 무사를 뽑아서 기예를 성취하게 하지만(또한 전날 중국이 오랑캐를 정벌할 때 우리의 병사들이 저마다 화포를 만들어 오랑캐로 하여금 두려워 중국에 항복하게 한 바 있다), 그 옛날 임금의 행차가 영유(永柔)에 머물면서 무과를 설치하고 2백 명의 무사를 뽑아 조총(鳥銃) 쏘는 시범을 해 보일 때에는 무사들이 총을 잡고도 쏘는 법을 몰라서, 군사로 하여금 불을 붙이게 하고는 화약이 쾅 하고 터지면 놀라서 그대로 총을 놓아 버리는 사례가 허다하였다.

당시 나는 헌부(憲府)의 지평(持平)이 되어 시험관으로서 그 광경을 보고 쓴웃음을 금치 못했다. 나라는 적지 않은데 어찌하여 군사들로 하여금 불을 붙이게 하고 그 재주를 시험한단 말인가?

그때 무장 이일(李溢)도 또한 시관 중의 한 사람이었는데, 혼자 이렇게 중얼거렸다.

"이제 우리나라가 조총을 가지고 인재를 취하니 앞으로 10년이 지나지 않아서 반드시 거국적으로 기예가 성취될 것이다."

지금 우리나라의 병사(兵事)는 차치하고, 조총이라면 제대로 다루지 못하는 사람이 없다. 이 장군의 말이 맞았다 하겠다.

익성군(益城君) 홍성민(洪聖民)이 일찍이 홍연(洪淵)과 더불어 왜적을 막을 방법을 논하였다.
홍연이 말했다.
"왜적이 아직 육지에 오르기 전이라면 배로써 제어할 여지가 있다. 상륙한 뒤라면 우리나라는 결코 지탱할 수가 없을 것이다."
익성군이 말했다.
"육지에 오른 적은 물을 떠난 고기 같아 막기가 오히려 쉬울 것이다. 그대의 말은 어째서 그렇게 다른가?"
"아니다. 그건 크게 옳지 않다."
무릇 세상의 일은 시험해 본 연후라야 알 수 있는 것이니, 임진란에 이르러 우리나라는 혹시 해전에서는 승리하였으나 육전에 이르러서는 이긴 것을 보기가 드물다.
홍연의 관점은 적을 바로 본 것이니, 그가 유신(儒臣)이긴 하지만 평시라면 참장(參將)으로 천거할 만한 사람이다.
왜장 카토오 키요마사(加藤淸正)는 휘하의 장졸들을 매우 엄격하게 다스렸던 까닭에 그 휘하의 한 사람이 카토오 키요마사에게 원한을 품고 죽이려고 했다. 출전에 임하여 바야흐로 출발하려는 순간에 번개같이 칼을 빼어 키요마사의 등덜미를 내리쳤다. 키요마사는 급히 칼을 빼어 이를 막았는데, 손가락 하나를 다쳤다. 휘하의 막장들이 급히 달려들어 자객을 잡아 당장에 목을 칠 기세였다. 이때 키요마사는 황급히 제지하며 말하였다.
"내 바야흐로 진을 치고 싸움에 임하려는 마당인데 보잘것없는 하나의 필부가 감히 대장군을 해치려고 하였으니, 그 용기라면 능히 적의 장수라도 감당할 만하다. 내 그를 용서하여 크게 써 보리라."
이리하여 그 사람을 편장으로 삼았다.

카토오 키요마사의 사람됨이 활달하고 호걸스러운데다가 도량이 또한 이처럼 크니, 그를 택하여 큰 싸움을 맡긴 토요토미 히데요시의 인물됨도 가히 짐작할 만하다. 능히 사람을 볼 줄 아는 혜안이 있었던 모양이다.

23. 의   식(衣食)

　지난번 왜란 때 중국 군사 10만 명이 오랫동안 우리나라에 주둔하였는데, 그들은 우리나라 풍속이 저들과 다른 것을 들어 곧잘 비웃곤 하였다. 우리나라 사람이 회(膾)를 잘 먹는 것을 보고는 그들은 더럽다고 모두 침을 뱉었다.
　그것을 보고 우리나라 한 선비가 말했다.
　"논어에도 보면 '회는 가늘게 썬 것을 싫어하지 않았다(膾不厭細)'고 하였고, 그 주(註)에도 '짐승과 물고기의 날고기를 썰어서 회를 만들었다'고 하였다. 공자께서도 일찍이 좋아한 것인데 어찌 그대의 말이 그렇게 지나친가?"
　중국인이 대답했다.
　"소의 밥통의 고기나 처녑 같은 것은 모두 더러운 것을 싼 것이다. 이것을 회를 쳐서 먹는다니 어찌 뱃속이 편안하겠는가?"
　또 고기를 꿴 것을 구워 먹으면서 그 피를 빨아먹는 것을 보고는 그것을 빼앗아 땅바닥에 동댕이치면서,
　"중국인은 잘 익은 고기가 아니면 먹지 않는다. 고기에 피가 그대로 붙어 있다면 이것은 오랑캐의 음식이다."
　하고 욕을 했다.
　문사는 또 대답해 주었다.
　"회나 구운 음식은 모두 고인들이 좋아하던 것이다. 고서에도 많이 보이니 어찌 탓할 수 있겠는가?"

우리나라 사람이 밤에 어두운 방에 앉아 있으면 중국인은 바깥 관문에서부터 냄새를 맡으면서 '반드시 고려인이 있다'고 말한다. 말하자면 비린내가 난다는 것이다. 우리나라 사람은 생선을 많이 먹으면서도 비린내를 맡지 못하니 이 까닭인가 한다.

예로부터 요좌(遼左) 사람은 이를 잡아먹고, 형남(荊南) 사람은 뱀을 먹으며, 섬서 사람은 고양이를 먹는다. 그리고 남방 사람은 사마귀를, 또한 세상 사람이 모두 두꺼비를 먹는다. 그렇다고 해서 우리나라 사람들이 침을 뱉는 일은 없다.

근자에 중국의 남북이 두꺼비를 먹는 것을 서로 공격하면서 남쪽으로부터 시작하여 마침내 천하 사람들이 모두 금하게 되었다. 게다가 두꺼비가 게[蟹]로 화한다고 해서 게까지도 금하였다. 게는 옛날 중국 사람들이 좋아하던 것인데 어찌 금한단 말이냐. 이건 말하자면 정구지 국에 입을 데었다고 해서 국이라면 일체 먹지 않는 것이나 다름없다. 두꺼비는 남만 사람들의 음식이며 한퇴지도 먹었다. 유종원(柳宗元)은 이를 기롱하여 사마귀는 또한 옛 사람들이 꺼리던 것인데, 어떻게 하여 중국에 들어왔을까? 마땅히 저 밥통의 육회나 처녑회나 마찬가지로 이나 뱀을 먹지 말아야 할 것이라고 말하였다.

만력(萬曆) 무오, 기해년 사이에 명나라 장수들이 서울 장안에 가득하여 남이신(南以信)은 예방 승지로 몹시 바빴다.

하루는 한 명나라 장수가 부리는 사람을 시켜 의정원에 말을 전했다.

"바야흐로 춘삼월이라, 들으니 이 나라에는 죽정(竹蟶)이 많은데 그 맛이 달아서 위장에 무척 좋다 한다. 장군께서 이를 맛보고자 하시니 접대도감(接待都監)에게 말하라."

그러나 접대도감은 이를 꺼리어 위에 아뢰려 하지도 않았다.
남이신이 말했다.
"죽정이란 것은 우리나라에도 역시 없는 물건이다. 도감이 어디서 구한단 말인가? 가서 그대로 알리도록 하라."
이 말에 심부름꾼은 발을 구르며 화를 냈다.
"이건 당신네 나라에 흔해 빠진 물건인데, 어찌 엉터리 없는 말로 사람을 농락하려드는가?"
"우리나라의 토산이라면 그까짓 것쯤 어찌 천장(天將)을 위해 아깝다 하겠는가? 그런 것이 있다는 소문은 아직 들어 보지 못했다."
심부름꾼은 여전히 화를 낸다.
"시장 바닥에 나가면 흔하고 흔한 것이 죽정인데 당신네는 아직도 나를 놀릴 셈인가?"
"그렇다면 어찌 그것을 내게 가져다 보이지 않는가?"
남이신의 말에 심부름꾼은 휑하니 밖으로 달려나가더니 오래지 않아서 한 물건을 손에 들고 들어왔다.
"봐라, 이게 죽정이 아닌가?"
이신이 가만히 들여다보니 이것은 바로 진합(眞蛤)이었다.
"허허, 우리나라에서는 이것을 조개라고 한다. 죽정이라고 하는 말은 들어보지 못했다. 우리나라에서는 흔한 것이니라."
곧 접대도감에게 알리고, 임금께도 아뢰었다.

이제신(李濟臣)과 김행(金行), 김덕연(金德淵)은 어렸을 적부터 막역한 친구이다. 같이 별시(別試) 공부를 하면서, 세 사람이 지은 글을 한 권의 책으로 묶어서 세상에 전하기도 했다.
김행과 김덕연은 자라탕을 좋아하였는데 그때마다 이제신은 더럽다고 침을 뱉으면서 말하였다.
"그 더러운 것을 선비 된 자로서 어떻게 먹느냐? 사족(士族)으로서 자라를 먹는다는 것은 그 위인됨을 물어볼 여지도 없이 용렬한 일이다."
김행과 김덕연은 서로 눈짓을 주고받으며 말했다.
"반드시 곤란한 입장이 될 때가 있을 것이다."
김덕연의 농지가 성산포(城山浦)에 있었다. 이제신더러 아무 날 낚시질이나 하면서 그곳 경치를 구경하자고 하였다.
약속한 날에 이제신과 김행이 같이 왔다. 그 밖의 좌석에는 다른 손님들도 와 있었다.
덕연은 손님들을 위해 점심을 차렸는데 나오는 것을 보니 잘 삶은 닭국물이었다. 생강과 후추 등 양념을 어찌나 잘했는지 큰 그릇에 가득 떠 나오니 맛있는 냄새가 콧속을 진동시켰다. 세 사람은 다른 손님들과 더불어 맛있게 한 그릇을 다 먹었다. 덕연은,
"집이 가난하여 다른 반찬은 없으나, 집에서 기장을 먹여서 기른 씨암탉이 있는데 살이 통통 쪘기로 그것을 잡았다."
고 말하고, 손님들이 맛이 없다 하지 않고 달게 먹으니 감사하기 짝이 없다고 했다.
이제신이 말했다.
"내 평생 닭국을 먹어보긴 하였지만 이처럼 맛있는 것은 처음이다."
덕연이 이 말을 듣고, 그럼 한 그릇 더 들겠느냐고 물었다. 이제신이 정말 한 그릇 더 먹었으면 좋겠다기에 한 그릇 더 가져다 주었다. 이제신은 좋아하면서 다시 한 그릇을 다 비웠다.
김행과 김덕연은 서로 눈짓을 하고 물었다.
"그래, 이 맛이 왕팔탕(王八湯)과 어떤가?"

이제신은 머리를 흔들고, 자못 나무라는 눈치로 말했다.
"좋은 음식을 먹고 어찌 더러운 음식 이야기를 하는가?"
그때 덕연이 말했다.
"자네가 먹은 것이 그래 왕팔탕이 아니란 말인가?"
이 소리에 만장의 손님들이 모두 손뼉을 치면서 웃었다.
크게 놀란 이제신은 땅바닥에다 머리를 박고 연신 웩웩! 토하는 흉내를 냈다.

어느 서울 사람이 볼일이 있어 함경도 덕원(德源) 땅엘 가게 되었다. 한낮이 되어 맑은 시냇물가에서 점심을 먹고 있노라니 기골이 장대하고 풍채가 의젓한 한 무사가 와서 말안장을 풀고 시냇가에서 휴식을 취한다. 그런데 옷이며 마구가 모두 화려하기 그지없었다.
잠시 있자니 무사는 장막을 치고 점심을 차리는데, 따라온 하인의 태도가 정성이 대단했다. 한참 지난 후 무사는 종자를 시켜 회를 한 접시 가져다가 이웃에서 쉬는 손님에게 올렸다.
서울 사람이 보니 회를 썬 것이 매미 날개처럼 곱고 정렬한데다 또 초장이 어찌나 맛있는지 순식간에 다 먹어 버렸다.
다음날은 다시 길을 떠나 문천(文川) 땅에 이르렀는데, 무사는 먼저 와서 장막을 치고 장막 속에서 다시 회를 만들어 서울 나그네에게 가져왔다. 서울 나그네는 그 날도 달게 먹었다.
고원(高原)에 도착하여 그 날도 서울 나그네는 잔뜩 얻어먹고 용변을 보고 싶어져서 궁리 끝에 무사가 쳐놓은 장막 뒤로 돌아갔다. 그런데 이상한 것이 장막 뒤에는 뱀 대가리와 뱀 껍질이 낭자하게 흩어져 있지 않은가. 용변을 마친 나그네는 무사의 종자더러 그 까닭을 물었다.

종자는 천연스런 얼굴로 대답했다.
"우리 주인이 시내에 걸린 다리 아래에 내려가서 풀잎을 뜯어 말아 가지고 입에다 대고 부니까 크고작은 뱀들이 다리 밑에서 기어나왔지요. 주인은 노끈으로 뱀의 목을 걸어 매고 나왔습니다."
"그래, 그 뱀을 어디다 쓰는 거요?"
"약으로 쓰는 거지요. 나를 따라오시오."
무사의 종자는 나그네를 이끌고 장막 안으로 들어갔다. 역시 보기 좋은 회가 탁자에 많이 남아 있었다.
"저것이 뱀이요, 아니면 물고기요?"
"뱀고기지요."
나그네는 이 말에 그만 먹은 것이 올라와서 땅에다 머리를 박고 연신 토하였다.
대개 무사들은 음부(陰部)에 종기가 나면 약으로 뱀고기를 먹는 것이다. 이로부터 서울 나그네는 절대로 동행을 하지 않았다.

송 생원이란 사람이, 집에 심부름 하는 아이가 없어서 외방에서 나이 17, 8세 되는 아이를 데리고 왔다. 그는 물었다.
"네 무슨 일을 잘 하느냐?"
아이가 대답했다.
"다른 일은 잘 하는 것이 없고, 나무를 하는 일을 좀 합니다."
그는 집사람을 시켜 새벽밥을 짓게 하고, 그럼 나무를 해 오라고 하였다.
그러나 아이는 밥을 해 주어도 먹을 생각을 하지 않았다. 주인 송 생원이 그 까닭을 묻자, 아이는 천연스레 대답한다.
"저는 한 끼에 밥 한 말〔斗〕을 먹습니다."

송생원은 기가 막혔으나, 한편으로는 장하기도 하여 즉시 부엌에다 한 말 밥을 지으라 하고 국도 한 솥 가득 끓이라고 하였다.
　이윽고 밥상이 들어왔는데 밥은 한 함지요, 국은 한 솥이었다. 숟갈과 젓가락을 주자 아이는 그것을 내려놓고 사발을 잡더니 아예 밥을 사발로 퍼서 먹고 국은 솥단지째로 들이마셨다. 순식간에 밥과 국을 모두 먹어 버리고 말았다. 주인과 계집종들은 이를 보고 모두 입을 딱 벌리고 말았다.
　이윽고 다른 하인이 새끼 한 다발과 큰 지게 하나를 가져왔다. 아이는 그것은 거들떠보지도 않고 굵은 새끼 50 다발을 요구하였다. 하인들은 이웃으로 부지런히 뛰어다니면서 새끼 50 다발을 구해다 주었다.
　아이는 새끼를 등에다 짊어지더니 성 밖으로 나가 산에 올랐다. 한 사람이 따라가 보니 나무를 하는데 손으로 나무를 뿌리째 뽑고 그것을 모아다가 한 곳에 쌓으니 순식간에 작은 산만한 나무더미가 되었다. 그것을 굵은 새끼 50 다발로 묶어 가지고 돌아오는데, 성문에 이르니 문이 좁아서 도무지 들어올 수가 없다. 할 수 없이 성문 밖에다 내려놓고 집으로 날라 왔다. 워낙 기운이 장사라 등에다가 나뭇단을 지고 나르는데 온통 길을 메우며 걸어오니 다른 사람들은 길을 걸을 생각도 하지 못하고 황급히 남의 집 처마 밑으로 숨어들어가는 형편이다. 이때 고관의 행차도 말고삐를 돌려 길을 돌아갔다.
　송 생원은 처와 의논을 했다.
　"이 아이가 비록 용력이 대단해서 무거운 일을 거침없이 해내지만, 이러다가는 먹을 양식을 대기가 어려워 우리 식구까지 굶주리게 될 것 같소."
　그리하여 마침내는 그 아이를 돌려보냈다.

24. 교   양(教養)

오성 부원군 이항복(李恒福)이 말하였다.
"준마가 새끼를 낳으면 의당 서울 밖 외방에서 먹여 길러야 하고, 선비가 외방에서 자식을 낳으면 마땅히 서울로 데려다가 길러야 한다."
이 말은 진실로 격언이다.
근자에 서울이 궁핍하여 비록 좋은 말이 있다고 할지라도 먹여 기를 수가 없었고, 준마를 훈련시켜 길들이려면 언제나 외방에서 길러야 했다.
외방의 선비들은 배움에 힘쓰지 않아서 비록 재주가 있을지라도 성취할 수가 없었고, 그래서 서울에서 길러야만 했다.
내 조정의 높고 낮은 벼슬아치들을 보니 모두가 서울 사람들이라, 외방 사람들로서 조정에 들어오기는 무척 힘든 모양이다.
아! 도성 10리 안에 인재가 있으면 몇 사람이나 있겠는가? 조정에 가득한 벼슬아치들이 모두 그 중에서 나온다면 이제 청운의 뜻을 품고 벼슬을 얻으려는 자라면 서울을 떠나 어디에 살 것인가? 그러니 외방의 선비들은 서울의 말에나 비유할까?

임형수(林亨秀)는 정미년에 비명에 죽은 사람이다. 생전에 글자를 배운 것을 깊이 후회하여 죽을 때 자손들에게 경계하기를, 절대로 선비의 길을 밟지 말라고 하였다. 이 까닭으로 해서 그 아들 포(枹)는 글자를 모르는 무식쟁이가 되어 버리고 말았다.

드디어 나라가 바로잡혀지자 조정에서는 임형수의 죄를 사면하여 옛날의 벼슬로 되돌아가게 하였고, 그 아들 포는 정산(定山) 현감으로 명하게 되었다.

이때 감사(監司)가 고을마다 학문을 권장하느라고 시부(詩賦)의 제목을 각 고을에 돌렸다.

그 제목을 적은 종이를 봉투 속에 넣고 봉한 다음, 겉에다가 고을의 현감이 직접 받아서 열어 보라고 적었다.

임포는 형리(刑吏)가 청하는 대로 손수 뜯어 보았는데 부(賦)를 적(賊)으로 잘못 보고는 속으로 도적이 일어났다는 말인 줄로 알았다.

현감이 아전에게 묻는다.

"군사를 모으려면 어떻게 해야 하느냐?"

"나팔을 불어서 군사를 모으는 것입니다."

"그럼 나팔을 불어라!"

나팔 소리가 울리자 즉시 사병 수백 명이 모였다.

아전은 아무래도 이상한 생각이 들어서 그 글을 좀 보여 줄 수 없겠느냐고 하니 현감은 선뜻 내주었다. 이를 본 아전은 뒤로 물러나 엎드려 고하였다.

"도적 적(賊) 자가 아니오라 부(賦) 자올시다."

포는 크게 놀랐다.

"어떻게 군사를 흩어지게 하는 것이냐?"

"다시 나팔을 불면 군사가 흩어집니다."

포는 크게 부끄러워하며 다시 나팔을 불게 하여 군사를 흩어지게 하였다.

그는 선천적으로 강한 힘을 타고나서 스스로 말의 네 발을 거꾸로 들고 마당에서 말굽에 징을 갈아 박곤 하였다.

하루는 이웃 고을 현감이 방문을 하였는데, 현감의 신분으로는 크게 부끄러운 일임에도 불구하고 말을 네 굽을 들어 그대로 마구간에 처넣고는 손님을 맞이하였다는 이야기가 있다.

25. 음　악(音樂)

　진이(眞伊)는 송도(松都)의 기녀(妓女)이다. 일찍이 송도의 옛 사격장에 살았는데 희미한 달빛이 비치는 밤이면 오고가는 사람은 하나도 없이, 활터는 적적하기만 하였다.
　어느 날 백마를 탄 장군이 활터에 말을 멈추고 소매로 눈물을 닦으면서 노래를 불렀다.

　　5백 년 도읍지를 필마로 돌아오니
　　산천은 의구한데 인걸은 간 데 없네.
　　두어라, 고국의 흥망을 물어 무엇 하리오.
　　五百年都邑地 匹馬歸來兮
　　山川依舊 人傑何所之兮
　　已矣哉故國興亡 問之何爲兮

　노래를 마치고 채찍을 휘둘러 가 버리니 간 곳을 알 수 없었다. 그 노래의 비장함은 부인으로는 견디기가 어려운 것이었다. 오늘날 사람들은 전하기를 사람이 지은 것이 아니라고 하기도 하고, 혹은 진이가, 혹은 알 수 없는 송도 사람이 지은 것이라고도 한다.

　북창 선생(北窓先生) 정염(鄭磏)은 음률을 잘 알았다. 노끈으로 술병을 묶어, 구리 젓가락 하나를 그 속에다 꽂고는 다른 젓가락

하나를 가지고 술병을 두드리면 5음6률(五音六律)이 제대로 나오지 않는 것이 없었다.

그의 아버지 정순붕(鄭順朋)이 강원 감사가 되어 금강산에서 즐기고 있었는데, 마하연(摩訶衍) 암자에 이르자 뒤를 따르는 아들 염을 보고 말하였다.

"사람들이 네가 휘파람을 잘 분다고 하는데 내 아직 들어 보지 못했다. 이런 절경에 왔으니 한 곡조 불어 볼 만하다."

염이 말하였다.

"고을 사람들이 이곳에 많이 와 있으니, 원컨대 내일 비로봉(毘盧峯)에 올라가 불겠습니다."

순붕은 그렇게 하라고 하였다.

다음날은 비가 내렸는데, 염은 비를 맞으면서 봉우리로 올라갔다. 순붕도 올라가려고 하니 중이 말리면서 오후가 되면 비가 갤 터이니 그때 올라가라고 한다. 비오는 날 비로봉에 오르는 것은 대단히 위험했기 때문이다.

오후가 되니 과연 비가 개어 중은 앞에 서서 순붕을 인도하여 봉우리로 올라갔다. 기암 절벽으로 둘러싸인 산골짜기에 이르니, 피리 부는 소리가 맑고 높게 암석을 울렸다. 그러자 중이 말하였다.

"이렇게 깊은 산 속에 웬 피리 소릴까? 경치가 기가 막히니 신선이 내려왔나 봅니다."

순붕은 아무 말도 하지 않았으나, 그것이 피리 소리가 아니라 아들이 부는 휘파람 소리라는 것을 알았다.

손등(孫登), 완적(阮籍), 소문(蘇門)의 휘파람이 유명하다고 하지만 정염을 따라가지는 못할 것이다.

김운란(金雲鸞)은 성균관 진사(進士)인데, 진사가 된 후에 눈병을 앓아서 양쪽 눈을 다 못보게 되었다. 본래 선비란 장님이 되어 음양복서(陰陽卜筮)를 공부하는 것을 가장 수치로 여겼다. 그래서 거문고를 타는 법을 배웠는데 스스로 그 솜씨가 신의 경지에 이르렀다고 생각할 정도였다.

어느 날 달이 밝은 밤에 그는 잠을 이루지 못하여 스스로 밝은 천지를 보지 못하는 자기 신세를 탄식하고, 또 대과(大科)도 보러 갈 수 없어 벼슬길에 나가지 못하고 평생 신분이 높은 선비들과 교제도 할 수 없는 자기의 신세를 한탄하였다.

그리하여 그는 무한한 슬픔에 잠겨 남산 기슭에 있는 옛 사당 앞에서 담장에 몸을 의지하고 거문고를 탔다. 그 곡조의 비장함을 어찌 말로 다 표현할 수 있으랴. 서너 곡조를 타고 나자 갑자기 사당 안에서 시끄러운 소리가 나더니 드디어 귀신의 울음소리가 밖으로 흘러나왔다. 귀신이 하도 눈물을 죽죽 흘리면서 슬피 우니, 마침내 운란은 겁이 더럭 나서 거문고를 챙겨 급히 달아났다. 그의 솜씨는 이같이 귀신도 울릴 정도였다.

뒤에 그에게는 두 아들이 있었는데, 모두 공부를 착실히 하여 과거에 올랐다. 그들의 이름은 극성(克誠), 극명(克明)이다.

26. 사　　어(射御)

　　사간(司諫)을 지낸 나의 조고(祖考)께서는 활을 매우 잘 쏘았다. 하루종일 활로 과녁을 쏘아도 땅에 떨어지는 화살은 하나도 없었다.
　　조고께서 금산(錦山)에 계실 때의 일이다. 제비보다도 작은 푸른 새가 관아의 옥상에 와서 앉았는데, 이 새는 지옥에서 온 사자라고 하여 흉조(凶鳥)에 속하기 때문에 그 고을 무사들이 모두 쏘아서 죽이려고 하였다. 그러나 무사들이 활을 당기면 새는 팔딱 날아 일어나서 화살은 새의 배 밑을 스치고 지나갔다. 화살이 지나간 다음에 새는 다시 앉았던 자리에 여전히 앉아 있었다. 이렇게 되어 화살통의 화살이 다 없어질 때까지 쏘아대도 새를 떨어뜨리지는 못하였다. 무사들이 돌아가며 화살통을 다 비울 때까지 쏘아도 마찬가지였다.
　　드디어 조고께 한번 쏘아 보기를 청했다. 조고께서 활을 쏘니 화살은 아슬아슬하게 허공을 지나가고, 새는 여전히 앉았던 자리에 도로 내려앉았다. 두 번째 화살을 쏘게 되었다. 활 시위소리가 나더니, 이어 화살이 날아가고 철썩 소리와 함께 새는 배를 꿰뚫려 땅바닥에 떨어졌다.
　　모든 사람이 신기하게 여겨, 그 쏘는 법을 물었더니 조고께서 대답하시기를,
　　"화살을 날리는 법은 그 물건을 겨냥하는 것이 아니라 그 가까운 위치를 겨냥하는 것이다. 그러면 맞지 않는 법이 없다."

하였다. 이 말에 모든 사람이 다 감복하였다.
 조고께서 활을 잘 쏘았기 때문에 남쪽 고을에서 화살에 쓸 좋은 대나무를 많이 구해 두었는데, 모두 절품(絶品)으로 다락 위에서 7, 80년을 묵었다. 대나무는 오래 묵으면 묵을수록 좋은 재료가 되는 것이다.
 돌아가신 어머니께서 일찍 과부가 되시었고, 나의 형님들도 모두 무(武)를 숭상하지 않았으므로 그 대나무들은 혹은 붓대가 되기도 하고 혹은 베를 짜는 여인에게 주기도 해서 모두 없어졌다. 그러나 우리 마을의 무사들로서 그 대나무를 화살로 쓴 사람치고 과거에 급제하지 않은 사람이 없었다. 이런 까닭으로 인근의 무사들은 앞을 다투어 계집종들에게 뇌물을 써서 대나무를 훔쳐 내오도록 하였다 한다. 그리고 그것으로 화살을 만든 사람들은 모두 무과에 장원을 하였다고 하는데, 우리 집에서는 알지 못하였다 한다.

 천연(天然)이란 중이 나이 80에 송화(松禾) 현감을 뵈러 왔다. 현감은 마침 준마를 새로 얻었는데, 길이 들지 않아서 사람만 보면 마구 발길질을 하거나 물어뜯어 행패가 여간 심하지 않았다. 그래서 마구간에다가 말을 집어 넣고 주위에 나무로 울타리를 만들어 굵은 밧줄로 동여매 놓았다.
 그리고는 먹이를 줄 때에는 나무 사이로 콩 같은 것을 던져 주었는데, 그럴 때면 꼿꼿이 일어나서 코를 흥흥거리면서 사람을 노려보기 때문에 사람들은 가까이 가기를 무서워했다.
 중 천연이 이 말을 한 번 보더니 감탄하며 말했다.
 "이렇게 좋은 말을 마구간에 가두어 놓고는 겁을 먹고서 길들이지 못하다니 참으로 아깝구나. 길만 잘 들이면 그 뛰어난 용력과 재주를 크게 떨치련만."

사또는 반가운 마음으로 물어보았다.

"어떻게 하면 길이 들게 될까?"

"빈도가 비록 기운이 없는 늙은이지만 허락하신다면 한번 길들여 보겠습니다."

사또는 허락하였다.

중은 곧 마구간으로 가더니, 큰 몽둥이를 찾아 쥔 다음 목책과 밧줄을 풀었다. 말은 코를 홍홍거리며 말굽으로 땅을 차며 경계하였지만, 중은 몽둥이를 가로 들고는 크게 호통을 치고 말고삐를 끌고 마당으로 나왔다.

한번 기가 꺾였던 말은 마당에 나오자 다시 사나워지기 시작했다. 큰소리로 으르렁거리면서 껑충껑충 하늘로 뛰는 품이 범같이 날쌔고 용같이 거세다. 천연은 몸을 날리더니 갑자기 말잔등에 올라탔다. 말은 솟구쳤다가 떨어지고 옆으로 돌다가는 다시 왼쪽으로 몸을 누이면서 등에 있는 사람을 떨어뜨리려고 하였다. 그러나 천연은 두 다리 가랑이로 말의 배를 힘껏 끼고 앉아서 넘어지려는 몸을 몽둥이로 의지하면서 끝까지 말에서 떨어지지 않았다.

이렇게 서너 차례 곤두박히며 마당 안을 미친듯이 돌아다니던 말은 마침내는 앞발을 번쩍 쳐들고 크게 울부짖더니 땅에 내려서서는 움직이지 않았다. 사람과 말은 땀으로 흥건히 젖어 있었다.

천연은 드디어 말에서 내려 사람을 시켜 말을 마구간으로 끌고 가도록 하였다. 해는 아직 중천에 있었다.

이로부터는 안장을 얹고 채찍을 휘둘러도 순순히 따랐고 아이가 타도 순하게 말을 잘 들었다. 훌륭한 기질과 용력을 십분 발휘하였음은 말할 것도 없다.

27. 서   화(書畵)

　황기로(黃耆老)는 술을 좋아하였으며, 초서(草書)를 잘 썼다. 누구든지 그의 글씨를 얻고 싶은 사람은 큰 연회를 베풀고 그를 모신다. 멀고 가까운 지방에서 손님들은 저마다 질이 좋은 비단 폭과 화려한 종이를 두루마리로 만들어 가져왔다.
　기로는 많으면 많을수록 이렇다 할 군소리 한마디 없이 붓의 좋고 나쁜 것을 가리지 않고, 또 집에서 쓰던 손에 익은 붓을 찾는 일도 없었다. 다만 주인더러 먹을 두어 말쯤 갈아 놓으라고 하고는 아이들이 담벼락을 문지르며 장난하던 몽당 붓과 부인들이 편지를 쓰다가 버린 붓을 다 모아 오라고 한다. 그리고는 그것을 한데 묶어 가지고는 해가 저물 때까지 얼근한 취흥에 생각나는 대로 휘갈겨서 모든 손님들에게 나누어 준다.
　그의 필법은 붓을 한 번 휘둘러 2, 3백 장을 대번에 휘갈기는데, 다 쓰고 난 후에 보면 용이 나는 듯, 호랑이가 솟구치는 듯, 신출귀몰하는 모양은 천태만상을 이룬다. 그의 필법은 장욱(張旭), 장여필(張汝弼)을 배웠는데, 이 두 사람의 필법을 완전히 소화하여 스스로 독창적인 수법으로 표현해 가니 중국의 수백 세대를 통하여 보아도 매우 드문 것이다.
　당시의 은사(隱士)로서 성수침(成守琛)은 스스로 호를 청송(聽松)이라 하고, 서예에 능하여 그 이름이 일대(一代)를 울렸다. 그는 기로의 글씨를 흉보았는데, 기로의 필력은 독창적이라고 하나 정통적인 데서 벗어나 세상을 기만하는 것이라 하였다. 그래서 당시 성수침에게서 서예를 배운 사람들은 모두 기로를 배척했다.
 내가 일찍이 기로의 글을 보았는데, 없을 무(無) 자는 가로로 점을 대여섯을 찍고 세로로 또한 점처럼 대여섯을 내리그었으니, 이는 옛 필법은 아니었다. 어떤 사람이 이것을 보고 기롱한 것일까.
 청송의 글씨가 선우추(鮮于樞)의 필법에서 취하여 조송설(趙松雪)의 것을 섞은 것이라면, 기로의 글씨는 미친 듯이 마음대로 날뛰는 것으로서 동방 초서의 우두머리이다. 여기에 청송의 글씨를 어떻게 비유할 수 있을 것이랴.
 중국인이 청송의 글씨를 보고 평가하기를 산골의 중이나 야인의 글씨라고 하였는데, 청송은 세상을 피하여 은둔하여 사는 사람이라 중국 사람이 참으로 글씨를 볼 줄 안다고 하겠다.
 청송은 즐겨 개 꼬리털로 붓을 만들어 썼는데, 대개 빳빳한 것을 골라 쓰는 취미여서 산골 사람들의 질박한 성품이 붓으로 잘 설명되었던 것이다.

 최흥효(崔興孝)의 초서가 절묘하기 짝이 없어서 안평대군이 몹시 그를 존경했다. 그래서 여덟 폭의 갑사비단을 마련하여 흥효의 글씨를 얻고자 사람을 시켜 보냈다.
 이때 흥효는 밖에서 크게 취해 집으로 돌아와서는 심부름 온 사람을 사립문 밖에 세워 둔 채로 하인을 시켜 갑사비단을 펴고 먹을 진하게 갈라 하고는 아무렇게나 어지럽게 붓을 놀렸다. 다 쓴 뒤에 보니 어떤 것은 점이요, 어떤 것은 문지르고 내리긋고 가로로 긋고 하여, 한 자도 글씨가 되지 않았다. 그리고는 물기가 다 마른 뒤에 아무 말 없이 둘둘 말아서 심부름꾼에게 주어 돌려보냈다.

안평대군은 가져온 글씨를 보자 크게 놀라고, 크게 노했다. 다음날 뵈러온 홍효를 보자 화가 잔뜩 나가지고 꾸짖었다.
"불초가 그대의 필법이 절묘한 것을 사랑하여 갑사비단 여덟 폭을 마련하여 그대의 글씨를 얻고자 하였다. 그런데 그대는 나를 업신여겨 글씨라고 할 만한 것은 하나도 없고 함부로 먹칠을 해서 비단폭만 더럽혔으니 이러고서도 죄를 면하려 하는가?"
홍효는 안평의 말에 크게 놀랐다.
"어제는 크게 취하였습니다. 그래서 어떻게 붓을 놀렸는지 모르겠사오니 청컨대 그것을 보여 주십시오."
안평은 먹칠을 해 온 비단폭을 내보였다. 홍효는 한 번 보더니 부끄러워 어쩔 줄 모른다.
드디어 비단폭을 펴 놓고, 다시 붓을 들어 그 위에다 먼저처럼 점을 찍고 문지르고 긋고 하더니 한 편의 초서를 만들어 놓았다. 그 서법은 미친 바람이 휘몰아치듯 소나기가 쏟아지듯 호랑이가 뛰고 용이 놀란 듯한 그런 필체였다.
안평은 크게 놀라고 또한 매우 기뻐하여 그에게 상을 내렸다.
이로부터 안평은 여러 번 홍효의 집으로 행차하여 홍효로부터 서예를 익혔는데, 그 필법은 홍효를 닮아서 비슷한 점이 많았다. 홍효는 안평이 오래지 않아서 수양대군에게 화를 당할 것을 알았으므로 스스로 필법을 고쳤다.
안평이 이것을 애석히 여겨 그와 멀어졌는데, 이런 일로 해서 홍효는 화를 면하게 되었다.
그가 안평에게 써 준 8폭의 글씨는 지금도 전한다. 여기에 쓴 글은 '자류행단사(紫騮行旦斯)' 등의 구절이다.

28. 의   약(醫藥)

안덕수(安德壽)는 소경대왕(昭敬大王) 때의 신통한 명의이다. 나이가 들어 사람들과 어울리는 일이 드물었으나, 그가 병을 진찰하고 약방문을 적어 준 대로 약을 쓰면 백발백중이었다. 아무리 다스리기 어려운 고질병이라도 고치지 못하는 것이 없었다.

당시 사람들은 말하기를, 양예수(楊禮壽)의 투약 방법은 패도(覇道)와 같아서 집중적인 투약으로 효과를 빨리 보는 반면 사람들을 상하는 일이 많다지만, 안덕수의 방법은 왕도(王道)와 같아서 효력은 느리지만 사람을 상하는 일이 없다고 하였다. 그래서 당시의 세론은 모두 그를 두둔했다. 양예수도 소경대왕 때 명의의 한 사람이다.

어느 날 한 사람이 병명을 알 수 없는 병에 걸려 수개월 동안 고질을 앓고 있었다. 덕수에게서 약을 지어가지고 가서 썼으나 증세가 나아지는 듯하다가 다시 다른 증세가 나타났다. 덕수는 다시 약을 지어 주었는데, 이번에도 다른 증세가 나타났다. 거듭해서 약을 지어 주면 낫고 나았다가는 다른 증세가 나타나고, 이렇게 해서 약을 지어 주기를 다섯 번이나 했지만 병은 낫지도 더하지도 않았다.

하루는 덕수가 밤에 꿈을 꾸었는데 어떤 사람이 나타나서 이렇게 말했다.

"그 사람은 나와 서로 불구대천의 원수지간이어서 내가 상제(上帝)에게 고하여 그를 죽이고자 하였는데, 공(公)이 약을 주어서 뜻을 이루지 못하겠다. 내가 그의 병세를 다섯 번 변하게 하였더니 공은 다섯 번 약방문을 써서 고쳐 주었다. 그러나 결국은 미구에 내가 이길 것이다. 내일 그의 병세를 여섯 번째로 바꿀 터인데, 공이 또 약을 써서 고친다면 내 이 원한을 공에게 옮겨 장난을 할 것이다."

덕수는 잠을 깨고 매우 이상하게 생각했다.

아침 나절에 그 집에서 사람이 왔기에 병자의 용태를 물었더니 과연 여섯 번째로 증세가 변했다고 한다. 덕수는 약을 주지 않았다. 그리고 병자는 마침내 죽었다. 사악(邪惡)한 것이 비록 사람을 가지고 장난을 친다고 하지만, 그것은 사람의 혈기 가운데 어딘가 허탈한 곳이 있기 때문이다. 사기(邪氣)는 그 틈을 노려 끼어드는 것이다.

내 일찍이 고맹이수지설(膏盲二竪之說)을 듣고 심히 의심이 나서 옛 의서를 들춰 보았는데, 심장 밑이나 격막 위라 해도 역시 고칠 수 있는 처방은 있는 법이었다.

진나라의 명의 화완(和緩)이 이수(二竪)의 장난을 무서워한 일이나, 덕수가 꿈 때문에 마음이 흔들려서 사람을 구하지 않은 일은 모두 애석한 일이다.

나주 목사(羅州牧使)에게 백발 홍안의 친한 손님 한 사람이 찾아왔다. 그 고을을 지나는 길에 들렀으므로 목사는 객관에 들이고 교방에서 나이 어리고 예쁜 기생 하나를 시켜 시침(侍寢)을 하게 했다.

노인은 보름쯤 유하고 떠나갔다. 떠날 때 그 기생은 남편을 보내는 아녀자처럼 눈물을 흘리며 이별을 서러워했다.

그 꼴을 보고 다른 기생들이 돌아가며 조롱을 하기 시작했다.

"그래, 이별한 남자가 한두 사람이 되어 그렇게 슬퍼한단 말이냐? 더구나 늙고 쭈그러진 영감을 가지고."
 목사가 이 소문을 듣고 괴이쩍게 여겨 기생을 불러 물었다.
"손님은 나이 70이 된 노인인데, 네 어찌 그렇게 이별을 슬퍼한단 말이냐?"
 기생이 말했다.
"비록 나이 70이라고 하오나 진지를 드시는 것이나 다른 행동이 젊은 사람과 다름이 없었나이다."
"그건 알 수 없는 일이다. 노인이 매일 산삼이라도 먹는단 말이냐?"
"다른 것은 특별히 드시는 것이 없고 다만 허리춤에 푸른 주머니를 차고 있사온데, 그 속에 네모난 쇳조각이 하나 있었습니다. 노인께서는 저녁에 그것을 물에 담가두었다가 아침에 그 물을 마시곤 하였지요. 쇳조각의 크기는 아이들 주먹만큼 한 것이었는데, 소녀는 그것이 어떤 물건인지 알지 못하오나 하루도 거르는 일이 없고 기운은 젊은이에 못지않았습니다."
 기생의 말을 듣고 목사는 고개를 갸웃거렸다. 근세에 와서도 장생불사의 영약이 있단 말인가.
 그것은 다른 것이 아니라 철분을 섭취하는 방법이다. 많은 사람들이 쇠로 그릇을 만들어 잠자기 전에 물을 가득 담았다가 새벽에 일어나서 그것을 마시는데, 이로 인해서 어떤 이는 젊음을 연장한다고도 한다.
 재상 홍연(洪淵)도 그것을 원하여 역시 쇠가 녹은 물을 자주 마셨는데, 늘그막에 가서는 천식으로 죽고 말았다. 이로써 철분이 어떤 사람에게나 다 좋은 것이 아님을 알 수 있다.

29. 기 예(技藝)

　상국(相國) 한응인(韓應寅)이 신천(信川) 땅에서 거상을 치렀다. 당시에는 온 나라 안이 왜적으로 들끓어서 세도가의 집도 편안치가 못했다. 응인은 시골에 내려온 김에 가솔들에게 농사일을 알게 하고자 하인과 시비들에게 밭 매고 모 심는 일을 권장했다. 하루는 김을 맨 논에 곡식이 얼마나 자랐는가 보려고 상국이 몸소 논으로 나가 보았다. 온 논이 퍼렇게 물들었으므로 기쁜 마음으로 지팡이를 끌고 이랑을 한 바퀴 둘러보고 돌아왔다.
　"우리 집 사람들이 김을 매더니 온 논이 퍼렇게 곡식이 자랐다. 이 얼마나 대견한 일이냐?"
　때는 사오월인데 벼가 벌써 그렇게 자랐을까 싶어 늙은 농부 하나가 논으로 나가 보았다. 그랬더니 퍼렇게 자랐다는 것은 벼가 아니라 벼이삭뿐이었다. 작게 자란 벼를 모두 뽑아 버린 것이다. 농부는 하품을 하고 돌아갔다.
　그 하인이나 시비들이 모두 서울에서 나고 자랐으므로 전답을 볼 여가도 없었고 오로지 옷을 짓는 일이나 거문고를 타며 노래부르는 일이나 배웠지, 먹는 곡식이 어떻게 해서 자라는 줄은 몰랐던 것이다.
　신천 사람들은 이 일을 풍자하여 언제나 무슨 일이 잘못 되면 으레 '한 상국의 농사'라고 말했다.
　아아! 말세에 사람을 등용하는 것이 이와 같았다.

30. 복   서(卜筮)

　홍양(興陽) 사람 유충신(柳忠信)이 점치는 책을 가지고 와서 나의 백씨(伯氏)에게 올렸다.
　"내 일찍이 이 책 때문에 사람이 곤궁하게 된 경우를 적지않게 보아 왔으므로 다시는 점을 치지 않을 생각입니다. 그래서 이렇게 받들어올립니다."
　"어찌 되었기에 그러는가?"
　백씨가 그 까닭을 물었으나 웃기만 할 뿐 대답을 하지 않았다. 그래서 억지로 그 내력을 들었는데 그 이야기는 이러했다.
　충신이 젊었을 때 이 점치는 책을 가지고 시골 사는 선생에게 배우고는 다시 서울로 올라오던 길에 길가의 한 주막에서 유숙하게 되었다. 얼른 보니 주인의 처가 몹시 아름다웠다. 마음을 단단히 먹고 성사해 볼 생각으로 혼자서 점책을 뒤적여 괘를 뽑았다. 점괘에 있는 글을 보니 옥 같은 여인과 상봉할 점괘라 마음속으로 크게 기뻐하며 오늘밤의 일은 반드시 성사를 볼 것으로 믿어 의심치 않았다.
　드디어 밤이 되었다. 충신은 슬그머니 일어나서 부인의 처소로 숨어들어갔다. 그러자 주인 여자는 기겁을 하고 큰 소리를 치는 게 아닌가. 이어서 부인의 고함 소리에 주인이 깨어 일어나 몽둥이를 집어들고 달려왔다. 이리하여 충신은 미처 행장도 수습할 틈이 없이 모두 버리고 줄행랑을 쳤다. 그후로는 그 점책을 다시는 쓰지 않았다 한다.

나의 백씨는 이 책을 받고 속으로 웃음을 금치 못했다.
 언젠가 서산(西山)에서 거상을 당하여 여막을 지키게 되었는데, 허약대(許若大)라는 하인이 글을 좀 깨친 것을 알고, 맏형께서는 제사를 지내는 여가를 가려 그에게 점책을 펴놓고 가르쳤다.
 이로부터 약대는 점쟁이가 되었다. 촌사람들이 그에게 와서 물어보고는 잘 맞힌다고 칭찬을 했다. 소문이 나기 시작하자 그의 이름이 걷잡을 수 없이 퍼져 드디어는 수백 리 밖에서도 소문을 듣고 술이나 쌀 등을 한 보따리씩 싸들고 점을 치러 왔다. 약대는 금방 재산이 늘고 호사를 하게 되었다. 책은 하나인데 얻고 잃은 것이 이처럼 다르니 어찌 우스운 일이 아닌가.

 상국(相國) 박순(朴淳)의 호는 사암(思庵)이다. 풍의가 깨끗하고 기상이 훤해서 선왕(先王)께서 늘 칭찬하기를 물과 달의 정신과 얼음 같은 옥을 품고 태어난 사람이라고 하였다. 그의 시 또한 사람들에게 아낌을 받았다. 천성이 여색을 좋아하여 객청 옆방에 늘 시비를 머물러 있게 했다.
 상국과 홍 간의(諫議) 천민(天民)이 서로 자리를 같이하였는데 상국은 창을 등지고 앉았다. 그 창 너머에서는 시비가 바느질을 하는데, 바늘을 잡아당길 때마다 은가락지를 낀 옥 같은 손가락이 창문 위로 올라오곤 했다. 그러나 상국은 홍천민이 웃는 것을 보지는 못하였다.
 뒤에 상국은 은퇴하여 영평(永平)의 우두계(牛頭溪)에서 한가롭게 지내게 되었다. 병이 들어서 시비의 무릎을 베고 누워 있던 중 하루는 갑자기 놀라며 몸을 일으켰다.
 "옛날에 내가 중국에 조회하러 갔을 때 그곳에서 점쟁이에게 물었더니, 봉(鳳)을 베개로 하면 죽는다고 하였다. 네 이름이

봉(鳳)이 아니냐. 내가 병이 들었으니 일어나지 못할 것이다."
 바야흐로 병을 고치려는 때에 범이 개를 물어다가 침실 밖에다 놓고 갔다. 상국은 점을 쳐서 말하기를,
 "우리 집안은 가고오고 하는 것이 인(寅;곧 범)과 관계가 깊다."
했다. 과연 인일(寅日)이 되어 그는 죽었다. 그 집이 청빈하여 병자가 꿀을 찾았어도 먹어 보지 못하고 죽었다니 슬픈 일이다.

31. 과　　거(科擧)

안자유(安自裕)가 진사시(進士試)를 보게 되었다. 글제목은 죽궁(竹宮)을 가지고 부(賦)를 짓는 것이었다. 때마침 소나기가 쏟아져서 자유는 비를 피하여 시험관의 장막 뒤로 들어갔다. 이때 장막 안에서 시험관 두 사람이 말을 주고받는데, 오늘의 부(賦)는 '부하일가인혜(夫何一佳人兮)'라는 글을 맨 처음 구(句)로 쓰는 사람에게 장원을 준다고 한다.

자유가 이 소리를 엿들었을 때는 부를 절반쯤 지었을 땐데, 그 소리를 듣고는 지은 것을 찢어 버리고 다시 썼다. 결과는 과연 그가 장원이었다.

뒤에 황낙(黃洛)과 조정(趙挺)이 같이 진사시를 보러 갔는데, 시제는 '박협상루선(迫脅上樓船)'이라는 것이었다.

조정은 황낙에게 가만히 말했다.

"나는 처음 구를 '인생식자우환시(人生識字憂患始)'라고 쓰고 싶다."

조정은 정말 그렇게 쓸 생각이었으나 입으로 말을 하고 나니 쓸 생각이 없어졌다. 조정 역시 그가 좋은 글을 자기에게 말해 줄 까닭이 없다고 생각하고 다르게 썼다.

결과는 한 사람도 장원이 나오지 못하였다. 그날 시관들은 서로 약속하기를 '인생이 글을 아는 것은 근심의 시발점(人生識字憂患始)'이라고 첫 구절을 쓰는 사람에게 장원을 주기로 하였던 것이다.

우의정 정지연(鄭芝衍)이 나이 45세에 과거에 급제했다. 그 친구 대사헌 박응남(朴應男)은 희보를 듣고 지연의 집으로 달려갔다.

재상의 신분으로 가마를 달려 문안을 왔으므로 지연의 집에서는 모두 크게 기뻐하여 문틈으로 방 안을 엿보았다. 그러나 응남은 인사하는 말도, 또 축하한다는 말 한 마디도 없이 책상에 책을 펴놓고 지연과 더불어 글귀를 두고 서로 논란을 벌이고 있었다.

오랫동안 서로 입씨름을 하던 끝에 천천히 의중의 말을 털어놓기 시작했다.

"자네가 이제 급제했으니, 나라를 위해 죽을 수가 있겠는가?"

"재주가 없어서 겨우 이제야 뜻을 이루었으니 나라에 무슨 보탬이나 되겠는가?"

그러나 응남은 눈을 부릅뜨고,

"그건 또 무슨 소린가? 조정에서 선비를 고르는 것은 다 뜻이 있어서 그러는 것인데, 자네가 나라 일로 죽지 않는다면 그 누가 목숨을 버리겠는가?"

하고 한 마디 하고는 축하의 말도 없이 떠나갔다.

그 사람이 정실에 얽매이지 않고 진심으로 사람을 대하는 태도가 이와 같았다.

그는 또 신진 문사인 정탁(鄭琢)이 쓸 만하다는 소문을 듣고 한림학사로 천거했는데, 다른 날 친구 집에서 정탁을 만나게 되었다. 정탁은 그가 자기를 천거해 준 사실을 익히 알고 있었으므로 공손한 태도와 은근한 경의로 정성껏 그를 모시었다. 그러나 응남은 한 마디도 말을 건네는 일이 없었고 모든 행동이 정탁을 전혀 모르는 사람 같았다. 정탁은 이러한 응남의 무언의 가르침을 받고 스스로 부끄러움을 느꼈다. 그러나 그에게 모든 일을 주선하고 끝까지 변함없이 보살펴 준 것은 역시 박응남이었다.

응남은 평소에 글읽기를 좋아했는데, 벽에다가 큰 글씨로 '10년 동안 글을 읽지 않아도 좋으나 하루라도 소인과 가까이해서는 안 된다(可以十年不讀書 不可一日近小人)'고 써붙였다.

그 사람됨이 기분과 형세를 좇아 쉽게 움직이는 성품이 아니었으므로 사람들은 모두 그를 꺼려하고 어렵게 여겼다. 모든 행사가 옛날의 현인과 비슷하니 또한 보통 사람과는 다른 것이다.

홍 상국(洪相國) 섬(暹)이 처음 벼슬에 나왔을 때, 사화(士禍)를 당하여 대궐 앞뜰에서 곤장 150대를 맞고 남쪽으로 귀양을 가게 되었다.

그가 공주의 금강에 이르자 마침 서울로 과거를 보러 가는 선비들을 만나게 되었다. 선비들은 홍섬이 강 위에 있다는 소문을 듣고 그를 보기 위하여 모두 몰려왔던 것이다.

그 선비들 중에서 남쪽에서 왔다는 어느 선비가 강변으로 왔다. 반쯤 걷어올린 소매며 그 생김생김이 호매하기 그지없는 인품이었다. 그 유생은 홍섬의 모습을 바라보더니 눈물을 흘리면서 말하였다.

"내 듣기에, 서울에 홍섬이란 사람이 있어 당대에서는 드물게 보는 훌륭한 선비라고 하던데 대체 무슨 죄를 졌다고 저런 꼴을 만들었단 말이냐? 이 어찌 군자로서 과거를 볼 만한 시국인가!"

이 말을 마치고 그 유생은 말고삐를 돌려 고향으로 돌아가 버렸다. 그의 이름을 수소문하니 임형수(林亨秀)라고 했다.

아! 사람이 명리를 그리는 것은 고기가 좋은 미끼를 바라는 것과 다를 것이 없다. 낚시꾼이 미끼를 던지면 고기는 모두 놀라 달아나기 마련이다. 그러나 쉽게 달아난 고기는 마침내 다시 온다. 그리하여 결국은 낚시에 걸리게 되는 것이다. 홍섬이 다시 재상이 된 것도 그러했고, 임형수가 다시 과거를 보아 벼슬을 얻었다가 화를 입은 것도 그러했다. 명리가 사람을 기만하는 것이나, 좋은 미끼가 고기를 속이는 것이나 어찌 다를 바가 있으랴.

32. 치 부(致富)

　신석산(申石山)은 신분이 천한 사람이었다. 어느 날 그는 봉표사(奉表使)를 따라 연경(燕京)에 가게 되었다. 워낙 집이 가난했으므로 가진 것이라곤 아무것도 없는 빈털터리였다.
　요동 땅에 이르러 밤에 용변을 보고자 밖으로 나왔다. 그런데 어둠 속에서 무엇인지 알 수 없으나 땅에서 번쩍번쩍 빛이 나는 것이 보였다. 나무 막대기 하나를 주워 땅을 파 보았더니 그 속에서 뿔 같은 물건이 나왔는데, 길이가 두어 자 정도나 된다. 이상한 물건이라고 생각하여 가만히 품에 넣고 방으로 들어왔다.
　다시 길을 떠나 옥하(玉河)의 여관에 들었다. 석산은 허리춤에서 뿔 같은 이상한 물건을 꺼내서 들보 위에 걸어놓았다. 그런데 그 집에서 일하는 종놈이 자세히 그것을 살펴보더니 어느 틈에 소문을 퍼뜨렸다. 이때부터는 연신 장사꾼이 드나드는데 문이 미어질 정도였다. 그러나 큰 장사꾼이란 잇속을 차리는 법이라, 들보 위에 걸린 물건을 곁눈질로 바라보면서도 놀라는 기색이 없었다.
　석산은 그것이 무엇인지를 알지 못하였으므로 장사꾼이 들어와 10만 냥을 준다기에 이게 웬떡이냐 싶어서 즉석에서 팔아 버렸다. 그러나 실제로 그 물건이 어찌하여 그렇게 값이 나가는지 몰라서 가만히 종놈을 불러다 물어보았다.
　"처음부터 내 그것이 보배인 줄은 알고 있었지만, 실은 그것이 어떻게 해서 귀한 것인지 알지 못한다."
　종놈이 대답했다.

"그것이 뱀의 뿔이 아닙니까? 황후께서 아들이 없어서 용한 의원에게 물어보았더니, 의원의 말이 뱀의 뿔 한 쌍을 얻어서 몸에 지니면 아들을 볼 것이라 하였습니다. 그것이 제일가는 처방이라는 것이지요. 나라 안팎을 뒤져 하나는 구했지만 나머지 짝을 구하지 못해서 백만금을 걸고 구하는 터가 아니겠습니까? 그런데 손님이 그것을 가졌으니……."

석산은 그 얘기를 듣고 후회막급이었다. 자기는 결국 10분의 1인 10만 금밖에 받지 못했으니 말이다.

석산은 아쉬운 대로 10만 금으로 비단을 샀다. 그러나 짐이 무거워 다 싣고 돌아올 수 없었으므로 계약권(契約券)을 만들어 가지고 와서는 4, 5년에 걸쳐서 사신들의 배로 실어 날랐다.

마침내 그는 서울의 갑부가 되었고, 그 자손도 공부를 해서 벼슬이 절도사에 이르렀다.

아산(牙山) 고을 길가에 큰 나무가 하나 있었다. 그 나무 위에는 학의 둥우리가 있고 아직 품지 않은 알이 몇 개 있었다.

동네 장난꾸러기 아이들이 나무 위로 올라가 그 알을 꺼내가지고 놀았다. 깨어서 갈라 보니 깃털이 이미 나 있어서 얼마 있지 않으면 새끼학이 될 것이었다. 그것을 동리 노인 한 사람이 보고는 크게 꾸짖어 하인을 시켜 다시 둥우리에 갖다 놓게 하였다. 그러나 새끼는 이미 죽어 있었다.

자웅이 되는 학은 둥우리에 돌아와서 알이 깨지고 새끼가 죽은 것을 보더니 슬프게 울었다. 한 마리는 둥우리에 남아 지키고, 나머지 한 마리는 허공으로 날아가서 보이지 않았다.

사흘이 지나서 날아갔던 학이 다시 둥우리로 돌아왔다. 그리고 오래지 않아서 죽은 줄 알았던 새끼가 다시 살아나서 알을 깨고는 일제히 울어댔다.
 노인은 이상히 여겨서 둥우리 속을 가만히 들여다보았다. 둥우리 속에는 푸른 빛깔이 번쩍이는 돌이 하나 있어서 매우 탐스러운지라, 그것을 가져다가 상자 속에 넣어 간직하였다.
 노인의 아들은 무사(武士)였다. 종사관을 따라서 연경(燕京)에 가는 길에 그 돌을 가지고 가서 시장 바닥에 나가 자랑하면서 내보였다. 장꾼들이 모두 신기하게 여겨 들여다보고 있노라니까, 한 오랑캐 장사치가 가까이 다가와 물었다.
 "그게 어디서 났소?"
 "학의 둥우리에서 얻었소."
 "내 천금을 내고 사겠소. 지금 돈을 준비하지 않았으니 잘 싸서 보관하고 계시오. 내가 돈을 가지고 올 테니."
 무사는 크게 기뻐하며 돌에 묻은 모래를 씻어 깨끗이 간직할 생각으로 그것을 물에서 씻었다. 씻으면서 보니 돌에 구옥새 눈 같은 것이 두 개 튀어나와 있었다. 무사는 내친 김에 돌로 두드려서 그 눈을 갈아 버린 다음 깨끗한 비단에 싸서 궤 속에 간직하고 자물쇠를 채웠다.
 약속한 날에 장사꾼은 돈을 준비해 가지고 왔는데, 그 돌을 보더니 깜짝 놀란다.
 "이 돌이 며칠 사이에 그 정기를 잃어버릴 줄이야. 이제는 아무 쓸모가 없는 돌멩이가 되어 버렸구나."
 "어째서 그런가요?"
 "이 돌로 말하면 서해의 모래밭에서 나는 희귀한 물건으로, 이름은 환혼석(還魂石)이라 하오. 죽은 사람도 이것을 품고 있으면 다시 살아날 수 있다고 하는데, 이제 돌을 문질러서 그 눈을 갈아 버렸으니 신묘한 정기가 없어졌구료. 참으로 안타까운 일이오."

아무리 구하기 어려운 보물이라 할지라도 그것은 인력으로 어찌할 수 없는 것이다. 장사꾼은 놀이개로나 간직하겠다고 하면서 열 냥을 주고 그것을 사 갔다. 무사는 통분해했지만 어쩌는 도리가 없었다. 한번 실수로 천금 대신 10금을 가지고 돌아왔다.

33. 내　구(耐久)

　대개 사람이 일을 성사시키는 데는 마땅히 19년으로 한 기한을 삼는 수가 많다.
　옛날 중국 진문공(晉文公)은 외지에 19년 동안 있다가 진나라에 들어가서 패업(霸業)을 성취했다. 소무(蘇武)는 흉노(凶奴)에게 잡혀 있다가 19년 만에 돌아오자 한나라에서 기린각(麒麟閣)에 그의 초상을 그려 붙였다. 유명한 공신(功臣)들의 상을 기린각에 그려 붙이게 된 것이었다.
　장건(張騫)은 오랑캐에게 잡혀가 있다가 19년 만에 돌아와서 박망후(博望候)가 되어 그 이름이 후세에까지 전해진다.
　범여(范蠡)는 19년 동안에 세 번이나 천금을 모았다. 사마공(司馬公)은 19년 동안 서울에 있어 마침내 상업(相業)을 이루었다.
　우리나라에 있어서도 노수신(盧守愼)이 19년 동안 진도(珍島)에 귀양가 있는 동안 글을 읽어 문장이 되어 가지고 조정에 들어와서 정승이 되었다. 그 중에 유독 월왕(越王) 구천(句踐)만은 19년에 1년을 더한 뒤에 오나라 원수를 갚았다.
　대개 10이란 숫자는 음(陰)의 끝 숫자이고, 9란 양(陽)의 끝 숫자이다. 그리고 19년이란 윤(閏)의 남은 부분이 그치는 해이다.
　주역(周易)의 효(爻)는 16에서 다시 변하고, 3이 지나서 변하면 19가 된다. 모든 일이 셋으로 이루어지는 때문이다.
　그런데 지금 사람들은 금방 일을 시작했다가 즉시 그만두어, 혹은 하루 만에도 그치고 혹은 한 달 만에도 그쳐서 몇 해 동안 오래 계속하지 못하고서 그 사업이 이루어지지 않는 것만을 원망한다. 이것은 자기 스스로를 경박한 사람으로 만드는 것으로 매우 슬픈 일이다.

34. 음   덕(陰德)

 조선 선조(宣祖) 때 정협(鄭協)이란 사람이 있었다. 그는 어려서 장가를 들어 새로 지은 옷을 입고 친구들과 함께 율곡 서원(栗谷書院)을 다녀오게 되었다. 돌아오는 길에 그는 길가에서 떨고 있는 거지아이를 발견하고 자기 새 두루마기를 벗어 입혀 주고는 가동(家童)을 시켜 데려다가 집에서 키우게 했다.
 이 아이는 크면서 매우 주인에게 충성스럽고 또한 힘이 장사였다. 때마침 임진왜란을 당해서 왜적을 피해 나루를 건너 피난하게 되었다. 나룻배는 한 척뿐인데 건너갈 사람은 수백 명이어서 도저히 무사히 건너갈 수가 없다. 모든 사람들은 허둥지둥 그 배에 탔는데 중류(中流)에 이르자 마침내 배가 뒤집혀 몰살했다. 그러나 유독 정협의 가족만은 그가 길러 준 거지아이가 얕은 여울목을 찾아 업어 건네주어서 무사히 난을 피할 수가 있었다.

35. 붕   당(朋黨)

아계(鵝溪) 이산해(李山海)가 남사고(南師古)를 송정(松亭)에서 만났다.

남사고가 서쪽으로 안산(鞍山)을 가리키고 동쪽으로 낙봉(駱峰)을 가리키면서 말했다.

"이 다음날에 조정에서 반드시 동서(東西)의 분당(分黨)이 있을 것이오. 낙(駱)이란 각마(各馬)로서 끝에 가서는 각각 흩어지게 마련이고, 안(鞍)이란 혁안(革安)으로서 개혁한 뒤에라야 편안해질 것이요, 또 성 밖에 있어서는 그 당(黨)들이 실시(失時)한 사람이 많아서 반드시 시사(時事)의 개혁이 있어야만 일어났다가 결국은 없어질 것이오."

그 뒤에 과연 서인(西人)의 당(黨)은 모두 때를 놓친 사람이 많았다.

처음에 심의겸(沈義謙)의 무리는 공헌대왕(恭憲大王)이 즉위할 때에 크게 일어났다가 정철(鄭澈)이 정적(鄭賊)의 변을 진정시킨 뒤에 다시 일어났다. 또 윤두수(尹斗壽)의 무리는 선조(宣祖)가 의주로 파천할 때를 타서 일어났다. 또 몇몇 사람들은 금상(今上)이 즉위하는 초년에 일어났다.

한편 동인(東人)의 당은 남과 북, 대북(大北)·소북(小北)·육북(肉北)·골북(骨北)의 이름으로 각각 나뉘었으니, 그 말이 과연 들어맞았다 하겠다.

36. 무   망(誣罔)

고려 왕씨(王氏)로서 왕위를 계승한 자는 왼쪽 겨드랑이에 모두 금빛으로 된 비늘이 세 개가 있다.

신우(辛禑)는 강도(江都)에서 죽었고, 신창(辛昌)은 강릉(江陵)에서 죽었는데, 모두 이러한 표적이 있었다.

차식(車軾)이 고성 군수(高城郡守)가 되었을 때 양사언(楊士彦)의 장인 이시춘(李時春)을 만났는데, 그는 당시 나이 70세였다. 그의 말을 들으면 이러하다는 것이다.

자기의 증조부가 강릉에 살고 있었는데 당시에 나이 90세였다. 그 증조모의 말에 자기가 20세 때에 그곳에 고려조(高麗朝)의 왕이 형을 받는다고 해서 가 보았다는 것이다. 그는 형을 받게 되자 여러 사람들에게 말하였다.

"나는 왕씨(王氏)로서 본래 용(龍)의 자손이다. 내 겨드랑이 밑에 분명히 비늘이 세 개가 있을 것이다. 이것을 세상에 공표해 주기 바란다."

이 말을 듣고, 그의 옷을 벗겨 보니 과연 왼쪽 겨드랑이 밑에 비늘 세 개가 있는데 금빛으로 된 것이 크기가 엽전만했다.

모두들 놀라고 해괴하게 여겼다.

세상에서는 전하기를 고려 공민왕(恭愍王)이 아들이 없는데, 그 왕비가 신돈(辛旽)과 간통해서 우(禑)와 창(昌), 두 아들을 낳았으니 이는 왕씨가 아니라고 한다.

그런 때문에 사서(史書)에 신우·신창이라고 했는데, 이제 강릉 사람이 세 비늘이 있는 것을 목도했다는 것으로 보아 사씨(史氏)가 잘못 썼다는 것을 알 수가 있다.

37. 구   변(口辯)

　　김행(金行)이란 사람은 언변이 좋고 농짓거리를 잘 했다.
　　어느 날 술자리에서 보니 외는 늙었고, 참외는 설었다. 대추는 시들었고, 감은 작고, 술은 물탄 것처럼 싱겁다.
　　김행은 탄식하며 말하였다.
　　"금년은 가위 풍년이로군. 상률(橡栗)이 감만하고 냉수에서도 술맛이 나는구나."
　　어느 날 그의 친구와 앉았는데, 그 친구라는 사람이 몹시 마음이 답답한 모양으로 앉아 있다. 김행은 이마를 찌푸리면서 말하였다.
　　"6월 삼복(三伏) 염천(炎天) 대낮에 붉은 직령(直領)을 입고, 붉은 말을 타고 얼굴 붉은 여인들이 있는 술집 앞으로 달려가도 그 속이 자네보다는 더 답답하지 않겠네."
　　이 말을 듣고 그 친구는 피식 웃었다.
　　이구수(李龜壽)란 사람은 목소리가 가늘고 생김새는 파리하다. 김행이 이를 보고 한 마디 했다.
　　"슬프다, 구수(龜壽)여! 굴원(屈原)의 모양에 송옥(宋玉)의 목소리를 가졌으니, 비록 공자(公子)나 왕손(王孫)으로서 부모가 다 있고 형제가 무고하더라도 자네를 보면 울지 않을 수 없겠네."
　　그 사람도 이 말을 듣고 웃고 말았다.

38. 욕　　심(慾心)

김생(金生)이란 사람은 젊었을 때 성질이 호탕했다. 길을 지나가는데, 어느 양가(良家) 여자가 문 안에 서 있는 것을 보니 얼굴이 몹시 고왔다. 그러나 양가 여인에게 말을 걸 수가 없어서 기회가 오기만 기다렸다.

하루는 그 집 식구들이 모두 교외에 일이 있어 나가고, 그 여인 혼자서 집을 지키고 있었다. 그것을 알게 된 김생은 어느 헌리(憲吏)의 의관을 빌려다가 친구에게 입히고서 이러이러하게 하라고 일렀다.

친구는 헌리의 의관을 차리고 김생을 끌고 그 집 문 안으로 밀치면서 호통을 쳤다.

"이놈은 법을 어긴 놈이니 네 집에서 오늘 하룻동안 맡아 두고 절대로 밖에 내보내지 말아야 한다. 만일 이놈을 놓치는 날이면 네가 대신 벌을 받으리라."

이렇게 말하고 헌리는 가 버렸다. 김생은 짐짓 밖으로 도망가려 했으나 그 집 여인은 애걸하다시피 김생의 옷을 잡고 으슥한 뒷방으로 데려다 가두어 둔다. 이 집에는 물론 여인과 김생 두 사람밖에 없게 되었다. 이 기회를 노린 김생의 행동은 불문가지였다.

39. 재　　앙(災殃)

　김안로(金安老)는 권세가 대단히 커서 악한 행동이 거듭되고 화를 입을 일이 한두 가지가 아니었다.
　하루는 그 아들의 혼인을 치르는데 마당에 천막을 치고 손님들을 청해다가 술을 내게 되었다. 그런데 갑자기 소리개 하나가 장막 속으로 날아오더니 안로(安老)의 사모(紗帽)를 물어다가 저만큼 던지고 간다. 술자리에 있던 손님들은 모두 괴상히 여겼다.
　조금 후에 금부도사(禁府都事)가 나졸들을 데리고 와서 그 집을 포위하고 임금의 전지(傳旨)라면서 안로를 잡아갔다. 이것을 본 손님들은 자기 몸의 귀한 체면도 잃고 모두 쥐새끼처럼 땅으로 기어 도망했고, 미처 도망하지 못한 사람은 안로와 함께 잡혀서 죄를 입었다.
　안로가 일찍이 연경(燕京)에 갔을 때 점을 쳐 보았더니 점쟁이 말에,
　"갈원(葛原)에서 죽으리라."
했다. 이때 안로는 잡혀가다가 갈원역(葛原驛)에서 사사(賜死)되었으니 참으로 이상한 일이다.

40. 해   학(諧謔)

 임제(林悌)는 호협한 선비로서, 젊었을 때 친구와 같이 어느 골목을 지나게 되었다. 그 골목 막다른 곳에는 재상의 집이 있었는데, 마침 큰 잔치를 베풀고 손님을 맞이하고 있었다. 임제는 그 주인을 잘 알지도 못하면서 친구에게 말했다.
 "내 이 집 주인과 옛날부터 교분이 있네. 자네도 나를 따라 이 연회에 참석하지 않겠나?"
 친구가 허락하니, 임제는 잠깐 문 밖에 기다리고 있으면 내가 들어가서 친구와 같이 왔다고 하고, 다시 나와 맞아들이겠다 한다.
 두 사람은 약속을 하고 친구는 문 밖에 기대선 채 임제만 안으로 들어갔다.
 주인이 마중을 나오자 임제는 짐짓 아는 사이처럼 읍을 해 보이고는 말석에 가서 앉았다. 하인들이 음식상을 바치고 돌아가며 술을 마시는데, 손님 중의 한 사람이 주인을 보고 저 사람은 누구냐고 물었다. 주인이 보아도 모르는 사람이어서 주인은 다시 여러 손님을 찾아다니면서 누구와 동행을 한 사람이냐고 물었지만 손님 중에는 아는 사람이 없었다.
 "건방지기 짝이 없는 녀석이군!"
 주인과 손님은 다같이 코웃음을 쳤다.
 이때 임제는 비로소 입을 열어,
 "여러분은 지금 이 사람을 보고 웃는데, 그것은 아직 약과요.

내 말을 듣고 나면 가소로워 배꼽이 빠질지도 모르오."
"그건 또 무슨 미친 소린가?"
손님 가운데 한 사람이 대거리를 하자 임제는 시치미를 뚝 떼고 말하였다.
"오래 전부터 문 밖에는 내 입만 바라보면서 술과 음식을 기다리는 사람이 있소이다."
이 말에 주인과 손님들은 모두 웃음을 터뜨렸다. 이리하여 손님들이 돌아가며 임제에게 술을 권하였고, 마침내 그의 호매한 성품을 알게 되었다.
드디어는 밖에서 기다리고 있는 친구도 합석시키자 하여 하인을 불렀다.
친구는 들어와서 자리를 잡고 앉았는데, 임제가 여러 선비들과 어울려 환담하는 것을 보고 끝까지 의심치 않았다.

어떤 사람이 수염이 길게 났는데, 집 형편이 풍족하여 오는 손님에게는 으레 술을 대접했다. 그러나 좀 잘 대접해야 할 손님도 있고 아무렇게나 대접할 손님도 있었다. 그 아내는 이것을 분간할 수가 없어서 술상을 똑같이 차려 내보냈다.
무슨 좋은 수가 없을까 하고 연구하던 주인은 꾀 하나를 생각해 냈다.
귀한 손님이 오면 자기가 수염의 맨 위를 어루만지고, 웬만한 손님이 오면 수염의 중간을, 그리고 하잘것없는 손님이 오면 수염의 맨 끝을 어루만져서 이를 신호로 쓰기로 아내와 약속했다.
어느 날 대단치 않은 손님 하나가 왔다. 주인은 아내가 볼 수 있도록 수염의 맨 끝을 매만졌다. 술상은 물론 대단치 않게 준비되어 나왔다. 술도 겨우 석 잔을 따르고 나더니 주인은,

"내가 집 형편이 넉넉지 못해서 술도 안주도 부족하니 매우 미안하오."
해서 돌려보냈다. 이렇게 얼마를 지냈는데 그 마을에 사는 친구 하나가 찾아왔다. 주인은 역시 수염 끝을 만지작거렸다. 그러나 이러한 주인의 수작을 눈치챈 손님은,
 "여보게, 오늘은 윗수염을 좀 만지지그래."
하고 말했다. 주인은 이 말을 듣고 몹시 부끄러워했다.

　파주(坡州)에 절도(絶倒)할 일 한 가지가 있다. 안씨(安氏) 성을 가진 양반 하나가 살고 있었는데, 그는 귀가 먹어 옆에서 벼락 치는 소리를 해도 듣지 못했다. 그러나 남의 말하는 것만 보면 그 사람이 무슨 말을 했는지 알지도 못하면서 우선 웃기부터 하는 것이었다.
　어느 날 그 마을에 계(契) 모임이 있었다. 늙은이, 젊은이가 모두 모여서 온종일 노는 날인데, 그 자리에 안씨도 역시 참석했다. 어떤 친구가 안씨를 보고,
 "요새 평안한가?"
하고 인사를 했다. 그러나 안씨는 이 말을 알아듣지 못하고 엉뚱하게 대꾸했다.
 "저 자식은 남만 보면 욕이여."
그러고는 픽 웃었다. 인사하던 친구가 안씨의 말을 듣고 속으로 웃으며 이렇게 말했다.
 "네가 내 자식이라고 했다."
그런데 안씨는,
 "진작 그럴 일이지!"
하고 박장대소를 한다. 좌중의 모든 사람들이 웃지 않는 사람이 없었다.

계서야담·어우야담

初版 發行 ● 1992年 5月 20日
再版 發行 ● 1993年 7月 5日

著 者 ● 李　義　準
　　　　柳　夢　寅
編著者 ● 李　民　樹
發行者 ● 金　東　求

發行處 ● 明　文　堂
서울特別市 鍾路區 安國洞 17~8
對替　010041-31-0516013
電話　(營) 733-3039, 734-4798
　　　(編) 733-4748
FAX　734-9209
登錄　1977. 11. 19. 第 1~148號

● 落張 및 破本은 交換해 드립니다.
● 不許複製 · 版權 本社 所有.

값 5,000원
ISBN 89-7270-022-3